日下三蔵［編］

日本SF全集

1

1957〜1971

出版芸術社

日本SF全集 1

1957〜1971

日本SF全集 1 1957〜1971

目次

処刑

SHINICHI HOSHI

星 新一

1926（大正15）年9月6日、東京生まれ。本名・親一。東京大学農学部卒。父の星一は星製薬創業者、母方の祖父は人類学者の小金井良精、祖母は森鴎外の妹・喜美子である。51年、父の死を受けて星製薬を継いだ。56年、その重圧から逃避するために「空飛ぶ円盤研究会」に入会する。

57年、同会を母体に形成された科学創作クラブの同人誌「宇宙塵」に参加。同誌2号に載った「セキストラ」が「宝石」11月号に転載されデビュー。「おーいでてこーい」「ボッコちゃん」など、切れ味鋭いショート・ショートを次々に発表して、たちまちこの分野の第一人者となる。作品集に『ボッコちゃん』『悪魔のいる天国』『ノックの音が』『エヌ氏の遊園地』など多数。68年、『妄想銀行』および過去の業績によって第21回日本推理作家協会賞を受賞。83年には前人未到のショート・ショート1001篇を達成した。

SF長篇に異次元からの侵略を描いた『夢魔の標的』、ネットワーク社会を予見したサスペンス『声の網』があり、時代小説『殿さまの日』、エッセイ集『きまぐれ博物誌』『できそこない博物館』など、その活躍はショート・ショートだけに留まらなかった。また、ショート・ショート公募の選者を長年に亘って務めるなど、後進の育成にも力を注いだ。97年12月30日、間質性肺炎により死去。98年、その功績に対して第19回日本SF大賞特別賞が贈られた。

07年に刊行された最相葉月による評伝『星新一　一〇〇一話をつくった人』（新潮社）は、第29回講談社ノンフィクション賞、第28回日本SF大賞、第34回大佛次郎賞、第61回日本推理作家協会賞評論その他の部門、第39回星雲賞ノンフィクション部門を、それぞれ受賞するなど高く評価され、星作品の根強い人気を証明した。

初出=「宝石」59年2月号
初刊=『人造美人』（61年2月／新潮社）
底本=『ようこそ地球さん』（72年6月／新潮文庫）

星香代子さん（星新一夫人）のことば

五十年目の感動

以前から私は星新一の悲しい作品を読む度、この人ってどうしてこのような話を思いつくのかと、泣いてしまうことがよくありました。

『処刑』は一九六〇年以前に書かれたもので何度か読んだ筈なのに、内容をよく覚えていなくて、今度読み直してやはり涙が出てしまいました。五十年近くも前のものとは思えず、新しく書かれた作品のように感動し「この人ってどうして」と又思ったのでした。

その男は、パラシュートをはずす気力もなく、砂の上に横たわったまま目で空をさがした。

うす青く澄み切った高い空に浮かぶ、小さな羽毛のような雲のそばに、みるみる小さくなって行く宇宙艇をみつけた。少し前、パラシュートをつけた彼をつき落していった宇宙艇だ。それはさらに小さくなり、空にとけ込んで消えた。

彼と地球とのつながりは、これでまったくたち切られた。もう、心をごまかしようがない。これからは、いつ現れるか知れない死を待つ時間だけがつづく。いまや処刑の地、赤い惑星上にいるのだった。

酷熱というほどではないが、暑かった。彼はのどの渇きに気がついて、そばにころがっている銀色の玉を見た。銀の玉は日光を受けて、静かに光っていた。

地球では文明が進み、犯罪がふえていた。文明が進むと、犯罪がふえるのではないか。この、むかしだれもが持った不安は、すでに現実となっていた。軽金属できらきらするビル。複雑にはりめぐらされた、自動装置のための配線。大小さまざまの電子部品。

このような無味乾燥なものがいっぱいにつまった都会の、どこから、またどうして、なまなましい犯罪が生まれてくるのかは、ちょっと不思議でもあった。しかし、犯罪は起っていた。殺人、強盗、器物破壊、暴行。それに数え切れない傷害、窃盗。

もちろん、この対策は万全だった。電子頭脳を使ったスピード裁判。以前の何年もかかる裁判は改善され、検事、弁護士、裁判長の役をひとつの裁判機械がおこなっていた。逮捕された次の日には、刑が確定する。その刑は重かった。悲惨な被害者の印象がうすれないうちに確定する刑は、重くなければならなかった。

あんな刑では、被害者がかわいそうだ。この素朴な大衆の要求は、刑をますます重くしていった。そのたびに、裁判機械の配線は変えられ、刑はより重くなるのだった。しかも、宗教をほとんど一掃してしまってからは、犯罪を押さえるには、重い刑しかなかった。また犯行よりも刑の方が苦しくなくては、その役に立たなかった。

処刑方法として最後に考え出されたのが、赤い惑星の利用だ。探検ロケットがはじめて行きついてからしばらくのあいだの、この星へのさわぎは大変なものだった。学術上の新しい発見、産業上の新しい資源、観光旅行。

だが、調査がしつくされ、採算可能の資源をとりつくされたあとの惑星は、もう意味がなかった。地球のひとびとは限度のない宇宙進出をつづけるより、地球を天国として完成した方が利口なことに、気がついた。

その星は処刑地にされ、犯罪者たちは宇宙船で運ばれ、小型の宇宙艇に移されて、パラシュートでおろされるのだった。銀の玉を、ひとつ与えられて。

その男は、銀色の玉をこわごわみつめた。ますます激しくなる渇きは、彼にパラシュートをはずさせ、玉に近よらせた。彼はそっと、手にとる。しかし、それについているボタンを押すことは、ためらった。

最初の一回なんだから、大丈夫だろう。だが、この気やすめを追いかけて、

「第一回目でやられたやつも、あるそうだ」

という地球でのうわさが、まざまざと頭に浮かんだ。彼はまわりを見まわし、このボタンを遠くから押す工夫はないものかと思った。しかし、それをあざ笑うように、

「ボタンは手で押さない限り、絶対にだめですよ」

という、彼に玉を渡す時の、宇宙船乗務員の言葉が思い出された。おそらく、その通りだろう。そんなことが出来るのなら、この銀の玉の価値はないのだから。

渇きはつよまった。唾液《だえき》は、さっきからまったく出なかった。もう、がまんはできない。彼は高所から飛びおりる寸前のような、恐怖とやけとのまざりあった気持ちで、ボタンにあてた指に力を入れた。

ジーッ。玉は、なかで音をたてた。彼はあわてて、指をはなす。音はやんだ。助かったな。ボタンと反対側の底をちょっと押すと、その部分がはずれて、銀色のコップが出てきた。

コップの底には、水が少しばかりたまっていた。彼はそれをみつけ、勢いよく口のなかにぶちまける。もちろん、ぶちまけるといったほどの量はなかったが、からからになっていたのどの渇きを、一応はとめた。

彼は舌をコップのなかにのばし、その底をなめようとしたが、それはできなかった。もっとも、とどいたとしても、一滴あるかないかの程度だ。彼はカチリと音をさせて、コップをもとにおさめた。

そうそう、そんな調子でいいのよ。もっと、飲みたいんじゃないの。銀の玉は笑いかけるように、ふるえる彼の手の上で、きらきら光った。

遠く地平線のかなたから、爆発の音が伝わってきた。

銀の玉は、直径約三十センチ。表面には、たくさんの細かい穴があいている。押しボタンがひとつ、その反対側には、コップのさし込み口。ボタンを押せば水がそのコップにたまる。

これは空気中の水蒸気分子を、強力に凝結させる装置なのだ。人工サボテンとも呼ばれている。この星を旅行する者には、なくてはならない装置だった。しかし、文明の利器には、かならず二通りの使い方がある。彼の持っている、また、いまこの星の上にいるすべての者が持っているこの銀の玉は、処刑の機械なのだ。もちろん、水は出る。しかし、ある回数以上ボタンが押されると、内部の超小型原爆が爆発し、三十メートルの周囲のものを一瞬のうちに吹きとばす。

その爆発までの回数は、だれも決して知らされないのだった。

だれか、やったな。男は反射的に手の銀の玉を砂の上におろし、二、三歩はなれた。しかし、ボタンを押さない時に爆発することは、ないのだ。

彼はこれに気がつき、それ以上はなれるのをやめた。しかし、玉をまともに見る気も、しなかった。渇きは、いくらかおさまっていた。

これから、いったい、なにをすればいいんだ。彼は立ったまま、見まわしてみた。地平線の近いこの星では、そう遠くまで見渡せない。より遠くを眺めるには、そばにある砂丘にのぼる以外になかった。

砂丘の上に立つと、むこうに小さな街が見えた。街といっても三十軒あるかないかの、むかしの西部劇にでてくるような、安っぽいものだった。開拓時代のなごりで、住んでいる者がいるはずはなかった。彼のような死刑囚にめぐり会える可能性も、こんな街では少ない。

しかし、ここにぼんやりしているのも、いたたまれない気持ちだ。死を見つめながらじっとしているより、なにか気をまぎらす、くふうをしたほうがいい。それには、あの無人の街にいちおう目標をたてて、歩いてみるのも一つのやり方だろう。道路は砂丘のすそを通って、その街にのびていた。

あの街まで、行ってみよう。彼は、銀の玉をとりにもどった。

あたしを、置いて行くつもりじゃないでしょうね。

玉は、砂の上で待っていた。穴のたくさんあいた玉の表面は、きらきらと光り、それの持ち主のその時の気分を反映して、表情を作るように見えるのだった。彼は玉を抱え、砂丘を越え道路に下りた。舗装された道路は、ところどころ砂でうずまりかけ、歩きにくい所もあったが、彼はそれをつたって街をめざした。

ちくしょう。なんで、こんなことになったんだ。しかし、この文句は、それ以上つづかなかった。わめいてみたって、なんの役にも立ちはしない。彼はたしかに人を殺したのだし、殺人者がここで処刑されることは、地球上のメカニズムのひとつなのだ。

その動機や理由などは、問題でなかった。殺すつもりでなくても、殺すつもりであっても、殺された側にとっては同じ事なのだから。地球の重さに匹敵するとまでたとえられた、個人の生命。それを奪った者が、許されていい理由はない。

それに、たとえ弁解する機会が与えられても、多くの者には、なんとも説明のしようがなかった。彼もまた同じだった。しかし、説明はできなくても、原因はあった。それは衝動とでも呼ぶべきものだった。

朝から晩まで単調なキーの音を聞き、明滅するランプを見つめているような仕事。それの集った一週間。それの集った一カ月。その一カ月が集った一年。その一年で成り立つ、一生。

しかし、それに対して、不満をいだきはじめたら、もう最後なのだ。逃げようとしても、行き場はない。機械はそのうち、そのような反抗心を持った人間を見ぬき、片づけてしまう。片づけるといっても、機械が直接に手を下すわけではない。その人間に、犯罪を犯させるのだ。

いらいらしたものは、少しずつそんな人間のなかにたまる。酒やセックスでまぎらせるうちは、まだいい。麻薬に走るものもでる。麻薬を手にいれることのできないものは、どうにも処理しようのない内心を押さえ切れなくなって、ちょっとしたことで爆発させる。

傷害だ。そして、彼の場合は、殺人となってしまった。だから殺人は計画的でもなく、うらみとか、金銭とか、嫉妬といったもっともらしい動機があるわけでもなかった。したがって、ここ赤い惑星の囚人には、被害者の顔をおぼえていない者さえ多い。彼もそうだった。

しかし、いずれにしろ、殺人は殺人だ。

このように、機械にむかって対等、あるいはそれ以上につきあおうなどとの考えを持った人間は、まんまと機械の手にのり、裁判所に送られる。裁判所の機械は冷静に動き、決して誤審のない、正確きわまる判決を下す。脳波測定機、自白薬の霧、最新式のうそ発見機は、くみ合わされた一連の動きをおこなって、たちまちのうちに、事実を再現してしまうのだから。

「おれには、人間性がないのか」

このようなありふれた反問に対して、機械は人工の声で、ゆっくり答える。

「被害者のことを、考えてみよ」

そして、明白な事故と正当防衛の場合を除いて、殺人犯はすべてこの星に送られ、銀の玉に処刑をまかされるのだった。

ほぼ百パーセントに近い検挙率のなかでも、犯罪は絶えなかった。巧妙な粛清。機械と共存のできない者、動物的衝動を持つ者を整理しようとしているのかもしれない。したがって、皮肉にもここに送られてくる者は、生命に執着する心が強かった。

ちくしょうめ。彼は不満をなにかに集中して、憎悪したかった。しかし、機械を憎悪することは、できるものではない。ひとりでも人間が裁判官の席にすわっていたのなら、それを心に描いて憎悪し、いくらか救いにできたかもしれない。

しかし、そう都合よく行くようには、なっていない。彼のやり場のない不満は、からだから発散しなかった。これも処刑を、一段と苦痛の多いものとするために考えられた、手段のひとつかも知れないのだった。

のどが、ふたたび渇いてきた。地球より酸素の少ない空気のため、より多くの呼吸をしなくてはならなかったし、湿度の少なさは、そのたびに水分をからだから奪い去っていた。水が飲みたい。鼻の奥やのどに、熱した塩をつめ込まれているようだった。男は抱えている玉を、ちらと見た。

早くボタンを押したら。

冷たいこびを含んで、笑ったように見えた。昔のマタハリとかいう女スパイのウインクは、こんな感じだったのかな。彼は、つまらんことを連想したものだと、苦笑した。

街は近くなっていた。あの街までは、水を飲むまい。彼はそうきめて、水を節約するてだてとした。それに、あそこには、なにかあるかも知れないのだ。いま爆死するより、街を見てから死んだほうが、後悔も少ないように思えた。彼は細い細い管で息をつくようにあえぎながら、街に入った。

　家々は道の両側に、十軒ぐらいずつ並んでいた。だが、まっさきに彼の目をとらえたのは、そのまんなかあたりの右側の一軒が飛び散り、壊滅した跡だった。思わず、足が止まった。

　だれか、前にここでやられたやつがいる。おそらく、その男も、砂漠を通ってこの街にたどりついたのだろう。なにかここに、絶えまない死の恐怖から救ってくれるものがないかと思って。

　一軒一軒を見まわったあげく、それとも、ついたとたんだったかもしれないが、この家のベッドの上か、椅子の上か、あるいは家の前のふみ石の上かで、最後の水を飲もうとしたのだ。一軒の家はこなごなになり、両どなりの家もあらかたこわれ、道をへだてたむかいの家のガラス窓は、めちゃめちゃになっていた。

　男はその跡を見つめながら、立ちつくした。考えまいとしても、自分をそこにおいた想像をしないでは、いられなかった。考えをそらそうとしても、それはできなかった。夕ぐれが迫って、彼の影が家の破片のとび散った空虚な街の、道路の上に長く長く伸びるまで。

　赤味をおびた砂漠の上を走って、沈みかかった太陽の光は、その家並みの欠け目から彼の顔にまともにあたり、赤くいろどった。渇きをふたたび激しくよびさまされ、彼は玉を見た。銀の玉も、あざやかな赤に燃えていた。

　どう。

　玉は彼に誘いをかけた。この時は、いつもの冷たさが感じられなかった。

　よし。男は前に進み、こなごなになったスレートや不燃建材などの、破片の上に立った。砂漠を横切る真赤な夕日の光、だれもいない街。いまなら、死ねそうな気もした。地球の文明に調和できなかった彼にとっては、むしろ、すばらしい死に場所だった。彼は太陽にむかい、立ったままボタンにふれた。以前にここで死んだ、だれともわからぬ男に、親しみのような感情をもいだいた。いまだ。思い切って、ボタンを押した。

ジーッ。玉は小さなうなりをあげたが、彼は夕日を見つめ、もう少しの辛抱だと、指の力を抜かなかった。音は止まった。コップに、水が一杯になったのだった。

男はわれにかえって、思わずコップをはずした。冷たい水でふちまでみたされたコップが、重く手の上にある。もう考える余裕もなく、口にぶつけた。

コップは歯にあたり、水が少しこぼれ、口のなかにはいった水も、はれあがったのどをうまく通らず、逆流してくちびるからあふれた。彼はそのあふれた水を、ふるえる手でコップにうけとめ、落ちつきをとりもどしながら、あらためて、少しずつ口に含み、飲み下した。のどを通り、食道を下り、胃にはいり、からだじゅうにしみ渡って行く水をはっきりと感じた。

コップをさかさにして、しずくを口のなかに落し終ると、さむけを覚えた。太陽が沈みきり、夜がしのび寄ったらしく、冷たい風があたりにうごめいていた。

彼の、ほんの少し前までの死を受け入れてもいいような気がまえは、まったく消え去っていた。生への執着、死の恐怖、いまの瞬間を生きて通り越せたという安心感が、どっと押しよせた。立っている家のくずれ跡から、えたいのしれぬものがそっと起き上がりはじめたような戦慄《せんりつ》で、とりはだが立った。

彼は道路にとびのき、はいってきたのと反対の方に、早足で歩きかけた。道はふたたび、砂漠にのびていた。防寒にも充分な服だから、寒さを心配することはない。だが、人間味のかけらさえない砂漠に、さまよい出る気もしなかった。

しばらくたたずんでから、男は街のいちばんはずれの、飛び散った家と道をへだてた反対側の家の、ドアを引いた。鍵はかかっていなかった。ドアが開くと発電装置が動いて、その家の灯がいっせいについた。

黄色味をおびたやわらかい光が、かつてこの家の住人たちを照らしたと同じ光で、部屋じゅうを明るくし、久しぶりの客を迎えいれた。机、椅子、そして床の上に、うっすらとほこりがたまっている。彼は本能的に台所の方角を察し、ドアをあけた。ステンレス製の流し台の上には、蛇口が。

蛇口に手をかけた。しかし、それは回らなかった。力をこめる。やはり動かない。彼は蛇口をあらためて見なおし、苦笑した。それはすでに、口がいっぱいにあけられていたのだった。

当然のことだろう。この星が処刑地に定められて住民たちが地球に引きあげる際に、造水装置は完全にとり除かれていたはずだ。だから蛇口からパイプを伝って、家じゅう、そして街じゅうを調べてみたって、その端にはなにもないのだ。

部屋にもどり、彼は椅子にかけた。さっき机の上に投げ出しておいた、銀の玉に目をやる。

あたしがいるのに、つまらないことを考えないでよ。

そう言っているように、黄色い灯の下で光っていた。

疲労するほど動きまわったわけでもないのに、からだのなかには重い疲労がつまっているのを、感じた。また、いったん渇きのおさまったいまは、たまらない空腹をおぼえた。

腰につけていた袋をあけ、男は赤い粒をひとつ取り出した。これをコップ一杯の水にとかせば、一食分の食料になる。彼は机の上で袋を全部あけ、粒を数えようとしたが、またしても、これを渡す時の乗員の無情な声が、よみがえった。

「数えてみたって、参考にはなりませんよ。ひとり百粒ずつと、きまっているんですから」

彼は、そのとき聞き返してみた。

「百食分が、限度なんだな」

「そうとも限りませんね。街には、どこにでも、たくさん残してありますよ。足りなくなったら、それを使うんですね。もっとも、それまでもつかどうかは、なんともいえませんが」

爆発までの回数は玉によってそれぞれちがい、乗員だって知らないことだった。この家の食品箱をさがせば、これと同じ赤い粒はあるだろう。さがし出してみても、いまは同じことなのだ。

おなかは、すかないの。

銀の玉は、今度は食欲で誘惑した。空腹感がつのっているにもかかわらず、唾液は少しも出なかった。水、そして食物。彼は期日の知らされていない処刑の日まで、この二つで苦しみつづける以外にないのだった。

玉に近より、男はボタンにふれた。空腹のほうが、がまんしやすいのだぜ。いいのか。この考えが頭にひらめき、ボタンは押せなかった。しかし、この時、ひとつのことを思いついた。あそこで押そう。さっきのこわれた家の跡。さっきは、幸運にもパスしたところ。一回、爆発があった跡なら二度と爆発は起らない、そんなジンクスがあるような気がしたからだ。

自分で勝手に作り出したこのジンクスに、すがりつく気持ちで、道に出た。もちろん、ほかの家は灯ひとつついていず、黒い家々が並んでいた。風はあまりなかった。彼はこのジンクス以外に考えないように努め、さっき逃げ出した家の崩《くず》れ跡に立ち、すぐにボタンを押した。

ジーッ。過去の人生のすべてが恐怖のうちに一回転し、音のなり止むまで、その回転をつづけた。

ほっ。深いため息がでた。コップの口までたたえられた水は、この星の小さな月をひとつ浮かべていた。こぼすといけない。彼は一口すすり、ゆっくり灯のついている家まで運んだ。月は水面に浮かんだまま、家の入口までついて来た。

銀の玉を椅子の上に置き、赤い粒をそれに入れた。粒はとけ、かすかな音とともに泡を出し、水を黄色に染めた。そして、表面に緑の膜が浮かぶと、出来上がりとなるのだった。

それを、口に流し込んだ。クリーム状になった液は、ゆっくりと口のなか、ほほの内側、歯のあいだ、舌の上などすみずみまで、さわやかな味を行きわたらせ、のどから胃にはいって、活気をからだじゅうによびさましはじめた。からい味の種類ではなかった。そこまでは、残酷ではないのだな。彼はそんなことを考えながら、残りを飲みほした。

生きているという実感と、生きていたいという欲望が、つぎつぎとわき出し、彼はそれを持てあました。眠れるかどうかはわからなくても、眠ろうと試みる以外に、その処理方法は考えつかなかった。

室内のすみには横になれそうな長椅子もあったが、男は階段で二階にあがってみた。ドアの少し開いている部屋をのぞくと、ベッドがあった。ほこりは、下の部屋ほどたまっていなかった。

ここで寝よう。彼は万一、本当に万一、玉の盗まれる場合を想像して、玉を運んでベッドのそばの椅子においた。その部屋にラジオをみつけ、スイッチを入れた。こわれていそうになかったが、ダイヤルをどんなに回してみても、雑音ひとつ出なかった。彼はベッドに横たわって、玉をちらっと見た。

もう、ねるの。顔でも洗わない。

とんでもない。地球ではあきあきし、惰性のようになっていた習慣。寝る前のシャワーや口のすすぎが、どんなに貴重だったか、痛切に思い知らされた。彼はベッドについているスイッチで、部屋の灯の全部を消した。

弱い月の光がさし込んでいたが、彼にまでは当らなかった。男は窓から空を見た。星がまたたき、そのなかには青い星があった。地球では見ることのできない、唯一の星。それは地球だった。

青い星。海の色だった。地球は水の星だ。彼は海にとび込みたかった。雨。長い雨も不意の夕立も、またひどい暴風雨も、この赤い星にはまったくない。そして、雪、氷。北極と南極。どっちが北極だろう。だが、青い星の上に、見当はつけられなかった。

この星の水はすでになくなっていた。極にあった氷はすべて分解され、酸素となって空中に散っていたし、水素はエネルギー源として使いつくされていた。開拓時代には、なにしろ酸素が最優先で作られていたのだ。ここの水は空気中にわずかに残り、高い空で時たま雲になっても、決して雨となって降ってくることはない。銀の玉を使わない限り、この星の上では、液体の水を得る方法はほかにない。その銀の玉も、ここではもう作りようがなかった。内部に含まれる触媒には、地球でしか採れない元素を使うのだから。

ちきしょう。地球め。彼は地球を、彼をこんな破目に追いやった文明を、心の底からのろい、なんの役にも立たなくても、あの青い星めがけて憎悪の念を集中してやろうと思った。しかし、青は、すぐ水を連想させ、雨、雪、霧、しぶき、流れ、あらゆる種類の豊富な水に連想が飛び、それは出来ないのだった。

これも、計算された処刑の一環なのだろうか。地球は静かに平和に輝いていた。彼のような動的衝動を起す者をつぎつぎと粛清しつづける地球は、ますます平和になるだろう。彼がどんなに強く念じ、どんなに長く見つめていても、あの星に核戦争がおこり、急に輝きを増す可能性など、ないのだ。

男は疲れていた。玉をおいた椅子に背をむけているうちに、いつとはなしに眠りにおちた。それを待っていたように、悪夢がおそった。だが、疲れは目をさまさせず、悪夢は朝まで、彼を苦しめつづけた。

朝。目をさました男は、二階のバルコニーに椅子を運び、通りを眺めた。家じゅうをさがせば、化粧道具や電気カミソリがあるかもしれないが、そんなのを使う必要はなかった。すがすがしい朝。乾燥した空気はひんやりとしていた。しかし、それはほんのひととき。まもなく、たえがたい日中の暑さになるのだった。

街にはことりという音も、虫の飛ぶ羽音もなかった。動くものといえば、彼のほかにはなにもなく、音をたてる可能性のあるものは、彼の銀の玉以外ないのだ。だれか、話し相手はいないだろうか。その時、玉はきらりと光った。

あたしじゃ、不満足なの。

かっとなった彼は、バルコニーの床の上の玉を、軽くけった。玉はころがり、音をたてて舗装された道に落ち、さらにころがって、むかいの家にぶつかって止まった。

しまった。こわれたか。残忍さをいっぱいに秘めた玉でも、こわれると困るのだ。男は階段をかけおり、道にとび出して玉を拾いあげた。べつに見たところ、変化はなかった。こわごわゆすってみた。なにも音はしなかった。ボタン。しかし、指をあてると、なまなましく恐怖がよみがえった。これは試みなんだ。故障の試験なんだ。いいだろう。高まる動悸《どうき》のなかで、祈りながらちょっと押した。音がない。こわれたのかな。少し力を入れて、もう一回押した。

ジーッ。音だ。あの、いやな音だ。彼は耳を押さえたくなり、指をはなした。玉はこわれていなかった。玉は、容易にこわれるものではないのだ。上空から落しても、内部の緩衝装置は耐えるのだった。それに、この星の上に残っているどんな器具を使ってこじあけようとしても、ほとんど不可能に近いほど、きわめて丈夫な金属で包まれていた。

かつて技術者上がりの冷静な犯罪者が、この星でこじあけようと全知能を傾けて試みた話は、うわさとなって地球にも伝えられていた。ありあわせの器具を使って慎重に進められたその計画は、いちおう成功した。だが、そのとたんに玉は爆発したのだった。もっとも、その男は遠くはなれて巧妙に作業をおこなったので、死ぬことはまぬかれた。

しかし、その成功はなんの意味もなかった。それまでは死の恐怖を代償とすれば水が得られたのに、もはやなにをなげだそうと、水は得られない。ひとの玉を盗もうとしても、他の連中は、この時だけは必死に協力して、こばんだのだった。つぎの日にそいつは胸をかきむしり、自分の腕をかみきり、血をすすりながら死んだ。この話を地球の善良な人間は、楽しげに聞いた。しかし、この星から戻った者はないのだから、だれかが作った話かも知れない。いずれにせよ、玉の丈夫なことだけは、たしかだった。

コップの底に少したまった水を、彼はすぐさま飲みほした。

その日は、夕ぐれまで街にいた。

渇きが耐えきれなくなると、こわれた家の跡にいって戦慄しながらボタンを押し、水を飲むとふたたび、生への執着をとりもどす。あとはバルコニーの椅子にすわり、焦燥《しょうそう》と不安のなかで、どこまで近づいてきたかもわからぬ死の影のことについて、思いをめぐらすのだ。太陽が道を真上から照らし、そして少し傾き、彼が日かげから追い出されるまでに四回くり返した。

爆発までの時間は、なにが基準となっているのだろう。犯罪の程度だろうか。それなら、重い犯行のほうが短い時間で爆発するのだろうか。それとも、長く苦しめるため長い時間なのだろうか。落ち着いて考えられない頭では、すぐここで行きづまり、同じところで、堂々めぐりをはじめる。しかし、たとえ落ち着いて考えてみても、わかるはずは、ないのだ。

午後、男は気分を変えようと、街じゅうの三十軒近い家々を、たんねんに調べた。だが、なにも、めぼしい物はなかった。家々に残っていた物のようすから察して、この近くにかつてウラニウム鉱があって、その採取員たちの住んでいたことがわかった。しかし、それもまた、いまの彼にとって、なんの意味もなかった。ウラニウムがあったって、どうということもないし、地下水のないこの星では、穴が残っていても、水のあるはずもなかった。

家々の台所も、くわしく調べた。安心して飲める、一杯の水でもあるかと思って。しかし、戸棚には乾燥食料がつまっているだけ。そして、最後の一軒の台所の、戸棚をあけた。

彼の目の前の二本のびん。一本は黄色で、一本は茶色。彼は黄色のびんに手をのばしたが、ふるえる手ではうまくつかめず、びんは床に落ちて割れた。ベンジンのにおいが、たちまちのうちに、部屋じゅうにみちた。彼はもう一本を、しっかりにぎった。有名な食料品会社のマークがあった。だが、その下のレッテルの文字。濃厚ソース。彼は床にたたきつけた。どろりとした液が、床にひろがりはじめた。

力なくその家を引きあげようとして、男は壁の地図を見つけた。家の標識を調べ、手紙のくずをさがし出したりして、いまいる場所を地図の上に求めた。だが、それを知ったところで、一刻の休息をも与えないこの責苦を逃れる、なんのたしにもならないのだった。

彼は玉の待っている、もとの家にもどった。

これから、どうなさるの。

つぎの街に、行ってみるさ。もうこれ以上、この街にいるのも、たまらなかった。彼は玉をかかえ、その街を出た。ふりかえると、街は沈みかけた夕日を受けて、小さく赤く燃えていた。街はやがてべつな人間がやってくるまで、無人のまま待ちつづけるのだ。

日は沈み、星々は数と輝きをました。曇る日のないこの星では、星々の光と小さいながら二つある月の光で、夜でも道を見失うことはなかった。遠い砂丘の起伏に目をやり、また星座を見あげ、歩きつづけた。地球だけは、なるべく見ないようにした。しかし、銀河はミルクの流れとなり、他の星々もジョッキの形、噴水の形、酒びんの形に星座を作り、月は小さなブランデーグラスとなって、彼を悩ました。

一杯いかが。

腕にかかえている玉からは、誘惑の感触が彼に伝わった。男は道ばたに腰をおろし、ひざの上に玉をのせた。空を見あげ宇宙の壮大さをつとめて考え、指をボタンに当てた。指はなかなか動かなかった。

早く押したら。

玉は冷たく、星の光できらめいた。彼はふたたび宇宙の壮大さを考え、やっと決心をつけて、ボタンを押せた。

むかしの死刑なら、一回だけ死の覚悟をすればよかったが、この玉は、何回も何回も死の覚悟を求める。それに、むかしのは、むりやり他人が殺してくれたが、この方法によると、必ず来る、いつとも知れない期日を、自分で早めてゆくのだった。

彼は精神を疲れはてさせて、一杯の水を得、また夜の道を歩きつづけた。あけがた近く、地平線に小さな閃光《せんこう》を見た。しばらくして、爆発音がかすかに聞こえた。

太陽はこの星の反対側をまわり、ふたたび地平線にのぼってきた。夜の闇をはらいのけ、空の星を消し去り、朝がおとずれた。

男は道のかなたに、一軒の家をみつけた。ガソリンスタンドだった。そのガラスは砕け散っていた。道をへだてた反対側の、一軒が飛び散っていたのだ。彼はその跡に、歩み寄った。そして、ふしぎなことに気がついた。

崩れた家の跡のまん中にある、一カ所のくぼみ。なんだろう。そのうち、彼の顔色は変った。二重の爆発。だれでも、爆発の跡は安全といったジンクスを、作りあげてしまうのだった。そんなひとりが、飛び散ったことを示す跡。

彼は空腹だった。ガソリンスタンドのなかに入って、うずくまった。夜どおし、なにも食べていなかった。またも、何回もためらって、ボタンを押した。もう玉の出す音だけは聞きたくなかったので、靴をぬぎ、両手で耳を押え、目をつぶって足の指で押してみた。

人体を識別する能力をそなえたボタンは、足の指でも、これまでと同じく動いてくれた。音はかすかにはなったが、いっそう無気味に、からだに響いた。彼は赤い粒をなげこみ、腹をみたし、倒れて眠った。夢はなかった。

午後おそく、目がさめた。のどは、依然として渇いていた。建物をさがすと、スクーターがみつかった。このむこうで飛び散ったどっちかの人物が、どこからか乗ってきたものだろうか。いてもたってもいられない気分にかられ、事故で死ねることを祈りながら、すっとばしてきたやつ。そして、ここで。

そんな想像を彼は打ち切り、その修理をはじめた。夜になると、ランプをつけてつづけた。朝になって地下室を調べると、ガソリンの缶があった。これに火をつけようか。だが完全で確実な死に、ふみ切れるものではなかった。彼はガソリンをスクーターに注いだ。

あたしにまかせておいたほうが、安全よ。

玉はささやいていた。

男はスクーターの前のかごに玉をのせ、そこをあとにした。速力をしだいにあげた。このスクーターの、以前の持ち主がやったのと同じに。早く、早く。だが、急ぐ目的があるためではなく、それ以外にすることがないのだった。

死のことを忘れることはできなかったが、風を受け暑さを少しまぎらせた。砂漠にはさまれた道路に、事故を起す原因となるものはない。事故死も許されないといえそうだった。時どき、ほんの時どき、道のへこみで車がはねた。玉はそのたびに少しとび上がり、楽しそうにゆれていた。

彼は、不意にブレーキをかけた。道ばたに光るもの。銀の玉だった。そのそばの人骨。病気にでもなったのか、寿命のつきるまで爆発がこなかったのかは、まったくわからなかった。彼はかけより、玉を拾った。

しめた。もうかった。だが、ボタンを押そうとすると、考えないわけにはいかなかった。これだって自分のだって、可能性は同じなのだ。この持ち主が爆発を予感し、渇きをたえぬいて、死んだのかも知れない。いまこれを拾い、二つ持ったところで決して、二倍の役に立つわけでない。安全性もふえない。それどころか、拾ったことで、いま持っている玉の価値を、なくしてしまうかもしれないのだった。

彼は玉をおいた。砂に浅い穴を掘り、骨を入れた。幸運なやつか、不幸なやつか。彼はちょっと頭を下げ、そばに玉を入れ砂をかけた。将来、長い年月ののち、ここが処刑地でなくなってから、ふたたび、この玉の掘り出されることがあるだろうか。この玉の性質を、まったく知らない者によって。

だが、彼はそれ以上、このくだらない空想をひろげることをしなかった。彼の生命はのどが渇き切るまでであり、音が無事にひびき終ったら、また新しく生まれ変り、つぎのわずかな生命を持つのだ。この短い生命のあいだには、そのつぎの生命のことを考える余裕などない。だから、とほうもない将来の空想をひろげる能力は、まったくなくなっていた。彼はスクーターにもどって、始動させた。そのゆれで、玉はうれしそうにはね、踊りまわった。

へんな玉を、つれ込まないでくれたのね。

男はしばらくゆっくり走らせていたが、また、しだいに全速にあげた。それでもハンドルを持つ手は決してあやまちをせず、幸運な事故は、おこりそうもなかった。彼は人体の、このしくみをのろった。

またも、夜が来た。男は道ばたで、横になった。服のえりをたてると、そう寒くはなかった。星を見あげ、銀河を眺めた。水。それから、さっき埋めてきた玉のことを考えた。

地球への反抗として、あの玉を使ったほうがよかったかな。しかし、彼の感情は、そうではなかった。あんまり後悔はわかなかった。なぜだろう。やっぱり、自分の玉のほうがいいのだった。すでに何回も生死をともにした玉。最初の憎悪も、一種の愛着のようなものをおびはじめたのだろうか。彼は玉を、スクーターから持ってきた。

そばにおいてくれるの。

玉は空の星の光を集め、彼にウインクしてみせた。男は玉をだいて、横になった。

ふと、女性のことが、頭に浮かんだ。ここにおろされてから、はじめてだった。この絶えまない神経への責苦では、そんなことを考える余裕など、なかった。この星に女性はいないのだった。女性は機械とも平然と調和できるので、われわれのようにはならないのかな。彼はそんな風に考えているうち、この星の上で許された唯一の救い、眠りにはいった。

悪夢ではなかった。バラ色の夢だった。女性がいた。彼は朝まで、その女性とたわむれていた。ふざけあい、乳首をつついて、きゃあきゃあ叫ばせ、わけもなくさわいだ。だが、どうしてもキスだけはさせてくれなかった。

ふたたび朝。男は暑さで目をさますと、玉をだいたまま道ばたに横たわっていた。しかし、玉のようすが、変だった。底を調べると、コップには水が一杯にたまっていた。寝ているあいだに、ボタンを押していたのだった。彼は玉を軽くなで、よごれをふいてやり、コップの中に赤い粒を入れ、恐怖なくしてはじめて得た、一杯を飲んだ。だが、こんなことは、もう終りだろう。見ようとして夢を見ることは、できないのだから。

楽しいめざめではじまった一日も、たちまちもとに戻った。彼は暑さの道を走り、時どき停車し、玉を憎悪し恐怖し、戦慄してその絶頂を越え、水を得るということをくり返した。

その日、彼は道を歩いてくる、ひとりの老人に会った。少しはなれてブレーキをかけ、声をかけた。

「やあ……」

危害を加えてくるかもしれないと、彼は目をその老人から離さなかった。悪人であるとはいえなくても、彼と同じく人を殺した犯罪者であることは、まちがいないのだから。

しかし、その老人は彼が見えるはずなのに、気がつかないようすだった。そのまま、すれちがってしまいそうになった。彼は肩に手をかけた。老人は止まった。たいした年齢でないのかもしれないが、顔つきは、あきらかに老人だ。ひげののびた顔の目は、あらぬ方角をみつめていた。

狂っているな。彼はあわてて手を放した。自分の近い将来を、見たような気がした。まもなく、こうなるのだろうか。そのほうが、幸福なのだろうか。こうなっても、やはり死の恐怖は残るのだろうか。その老人の歩みつづけるのを見送っているうちに、なにかなすべきことがあるような気がし、それを思いついた。

そうだ。やつをおどかして、水を出させよう。思考を失っているのなら、案外やるかもしれない。彼はあわててあとを追い、前にまわって言った。

「そのボタンを押せ」

老人はゆっくり、ボタンに指を当てた。彼はあわてて四十メートルばかりかけ、耳をふさいで伏せた。もういいだろうな。彼は目をあげて見た。老人は手招きしていた。なんの意味だ。彼はためらいつつ近よった。老人はめんどくさそうに言った。

「おい、新入りだな……」

口調はまともだった。そして、表情を変えずに、言葉をつづけた。

「……つまらんことを、考えるなよ。もっとも、最初は仕方がないかな。おれも、そうだったんだから……」

老人はしゃべりながら、道ばたにすわった。

「……おまえさんも、いまにこうなるさ。なに、すぐだぜ。ひとに水を出させる。こいつは、うまい考えだ。だが、できっこない話さ。三十メートルはなれて待っていて、それで出た水が、三十メートルかけ戻るあいだ、残っていると思うかね。どんなおどかしかたをしたって、だめさ。渇き以外の苦痛なんて、この星にはありゃしない。それに、ひとに殺してもらえればと、だれだって考えているんだからな。地球で自殺寸前までいっていたやつだって、ここじゃあ自分では死ねないんだ。殺してくれるやつも、いないんだ。地球で、ひとを殺してきた連中ばかりなのにね。苦しむ仲間が一人でも多いほど、気が楽なものさ」

「…………」

「催眠術をかけようとしたって、むりだ。こればかりはという警戒の壁を破る催眠術はないし、また、なんとかかけたところで、あのジーッという音には、術を中断させる作用があるらしいぜ。まったく、うまく出来ていやがる。どんな方法を使っても、ひとに押させるわけには行かないんだ。まあ、それだから、いまもって、この玉が使われているんだろうがね」

「…………」

「だれも来た当座は、さっきのようなことをやってみる。それから、やけを起してみるやつもある。だが、やけなんて起してみたって、たかが知れている。それに、そうつづくものではないんだ。事故で死にたいと、思ってみる。しかし、ここには殺人もなければ、事故もない。地震もなければ、火事もない。台風や洪水なら、お願いしたいくらいだ。交通事故は、ごらんの通りさ。おあいにくさまだね。あるものはただ一つ。眠っているあいだにとなりの部屋で、どかんとなってくれることだけだ。だが、これもうまくはいかない。やはり、おたがいに調べてしまうんだ」

「………」

「それから。ああ。もうめんどうくさい。けっきょく、頭のなかに残った一点をみつめ、その一点にしばられて生きているのさ。それがなんだかは、知るものか。銀の粒かも知れないぜ。ああ。むだなことをしゃべったな。だが黙っていれば、おまえさん、どこまでつきまとってくるか、わからなかったからな。あばよ。のどが渇いた。水を一杯くれるかね」

　彼はさっきから、答えようがなかった。老人は、歩きはじめた。彼はその後姿に、声をかけた。

「この星におろされて、どれくらいになるんだ」

だが、老人はふりむきもしないで言った。

「知るもんか。わかるもんか」

　その通りだった。ここに来てからの時間は、時間ではないのだ。非常に長く、非常に短い、時間とはまったく別のものなのだ。彼はスクーターを、のろのろと進めた。

　元気がなくなったのね。

　銀の玉は、かごのなかで皮肉にゆれていた。

　男はいくつかの街を過ぎ、大きな街にはいった。開拓時代には、十万人も住んでいたろうか。そのころは活気にみち、開発だ、研究だ、どこかの衛星だ、小惑星だ、などと動きまわっていたのだろう。だが、地球の天国化のため全部が引揚げてしまったいまは、哀れなものだった。街にはやはりふっとんだ跡があり、中央の高いビルも上の方がなくなっていた。

　彼は街路を、ひととおり回った。そして、十人ほどの人をみかけた。バルコニーの長椅子に横になっている者、街をぼんやり歩いている者。家の入口の石に腰かけている者。しかし、彼がやってきても、だれもなんの反応も示さなかった。彼はちょっと恥ずかしさを感じ、スクーターを止めた。

一軒の家へはいった。そのはいる前に両側の二軒ずつを調べ、だれもいないことをたしかめ、いつか会った老人の言葉を思い出し、苦笑した。

男は相変らず精神の大ゆれをくり返し、水を飲み、その家のベッドにはいった。何十人かはこの街にいるのだろうが、まったく人のけはいを感じなかった。眠ってまもなく絶叫を聞いたようだったが、それは悪夢のうちかもしれなかった。あけがた近く、大きな爆発の音を聞いた。これは悪夢ではなかった。

彼はずっとその街にいた。どこに行っても同じことだ。時間の観念は、とっくになくなっていたから、ここについてどれくらいになったかは、全然わからなくなった。玉をみつめ、最大の恐怖をくり返した。彼は頭がぼんやりとしてきた。だが、渇きと玉のボタンを押す時の恐怖は、最初と少しも変らなかった。音のひびき終るまでにくり返す過去一切の回転は、ますます早くなった。体力がおとろえてきたが、それもまた恐怖を弱める、なんの役にも立たなかった。

銀の玉は、もう表情を作らなかった。彼の内部の表情が、一定したからかも知れなかった。玉の光がましたら終りが近いんだ、と考えれば光をまし、失いはじめたら、と思えば光沢がへり、彼を苦しめるだけだった。彼も街のほかの住民とまったく同じになった。爆発の音にも無感動になった。しかし、ボタンを押す時の恐怖は、変らなかった。

いままで爆発しなかったのなら、最初のころ、もっとのんきにしていればよかったと思う。だが、明日まで爆発しないだろうから、いま安心して、とはいかないのだった。

彼はむかし地球にあったという、神のことを考えたかった。しかし、その知識は、なにもなかった。知っていることは、地獄についてだけだった。だが、それ以上に悪くなりっこないと保証されている地獄の話は、いまの彼には、うらやましく思えた。

彼はある時、ちょっと街を出て、宇宙空港まで行ってみた。金属板を敷きつめたひろい空港は、船が発着しなくなってから、長い年月をへていた。その高い塔の上に、だれかいるのを見た。空港事務所から双眼鏡をさがして、それをのぞいた。その塔の上の人物も双眼鏡で空を見ていた。万一の釈放を待っているのか、不時着する船を待っているのか。おそらく、その両方だろう。あいつは、新入りだな。彼は双眼鏡をおいて、街にもどった。

そして、また長い時間。決してあきることのない、真剣な、無限の、まったく同じくり返し。彼が不満をむけた機械文明の、完全きわまる懲罰だった。

また、長い時間。彼は狂いそうになり、それを待った。しかし、それも許されない。もう、どうにもこうにもならなかった。

また、長い長い時間。ついに、彼は絶叫した。

絶叫。自分のなかのものを全部、地球での不満、この星での苦悩を全部、いっぺんにはき出してしまうような絶叫をし終えた。周囲のようすが、少し変っていることに気がついた。なんとなく、すべてが洗い流されていることに気がついた。玉を見た。玉は表情をとりもどし、見たこともないような、なごやかさをたたえていた。

目がさめたの。同じことじゃないの。

なにが同じなのだろう。ああ、そうか。彼はすぐわかった。これは、地球の生活と同じなのだった。いつあらわれるかしれない死。自分で毎日、死の原因を作り出しながら、その瞬間をたぐり寄せている。ここの銀の玉は小さく、そして気になる。地球のは大がかりで、だれも気にしない。それだけの、ちがいだった。なんで、いままで、このことに気がつかなかったのだろう。

やっと、気がついたのね。

玉は、やさしく笑った。彼は玉をだいて、ボタンを押した。はじめて、落ちついて押せたのだ。水は出た。彼はそれを飲み、また水を出し、赤い粒を入れて口に流し込んだ。部屋を見まわし、ベッドのたえられない汚れに気がついた。

「よし……」

彼は浴室に行った。ひどいよごれの服をぬぎ、風呂のなかに玉をかかえてすわった。コップを外し、ボタンを押しつづけた。音も気にはならなかった。むしろ、楽しくひびいた。彼は音を継続させ、リズムをつけ、歌をうたった。戸をあけ窓を開き、空気を流れさせ、水を集めた。水は少しずつ、風呂のなかにたまった。

彼は地球の文明に、しかえしできたような気がした。水はさらにたまり、波立ち、あふれた。彼は玉を抱きしめた。いままでの長い灰色の時間から、解放されたのだった。地球から追い出された神とは、こんなものじゃあなかったのだろうか。

彼は目の前が、不意に輝きでみちたように思った。

時の顔

SAKYO KOMATSU

小松左京

1931（昭和6）年1月28日、大阪市生まれ。本名・実。京都大学文学部イタリア文学卒。在学中に高橋和己、三浦浩らと同人グループに参加。雑誌記者を経て、ラジオ大阪のニュース漫才の台本を三年にわたって執筆する。
「SFマガジン」の創刊号を読んでSFの持つ可能性に衝撃を受け、再び小説を書き始める。61年の「SFマガジン」第1回コンテストに投じた「地には平和を」は努力賞を受賞。翌年、「易仙逃里記」が同誌に掲載されてデビューするや、ユーモラスなものからシリアスものまで、多彩な筆致で本格的なSF短篇を矢継ぎ早に発表。宇宙SF、時間SF、SFホラー、SFミステリ、ショート・ショート、芸道小説と、あらゆるジャンルの作品を手がけ、たちまち日本SF界の第一人者となる。

64年の『日本アパッチ族』以降、『復活の日』『果しなき流れの果に』『継ぐのは誰か?』など長篇にも冴えを見せ、73年の『日本沈没』では日本中に沈没ブームを巻き起こした。翌年、同作品で第27回日本推理作家協会賞を受賞。85年には『首都消失』で第6回日本SF大賞を受賞した。

2000年に角川春樹事務所の主催で小松左京賞が制定され、選考委員を務める。06年からは『小松左京全集完全版』（城西国際大学出版会）の刊行がスタートしている。大阪万博のプロデュースなど、作家としての枠をはるかに越えた幅広い活動でも知られる。

初出=「SFマガジン」63年4月号
初刊=『地には平和を』（63年8月／ハヤカワ・SF・シリーズ）
底本=『時の顔』（78年5月／角川文庫）

著者のことば

まるで大航海時代の人々が新大陸や新しい文明の発見に胸躍らせていたのと同じように、この作品を書いた一九六〇年代前半は、タイムマシンとかパラレルワールドという物理学の仮説や核物理学の発展、生物学でも遺伝子など、次々と展がっていく二十世紀的な分野の新しい知見に、私は夢中になっていた。ＳＦでは、それらを小説に使ってもよいのだという、そんな興奮をもって書いた覚えがある。

小会議室の中には、沈痛な顔がずらりならんでいた。だれ一人として、僕たち二人の方を正視できないでいた。

「タナカさん」院長のチャン・タオルン博士が口を切った。「ここには東部アジア総合病院の全医局員がおります。そして中央病理学研究所のデュクロ博士、トロントハイム医大のヨハンセン総長、特殊臨床医学の泰斗《たいと》ブキャナン博士の諸先生もおられます」

チャン博士はちょっと顔ぶれを見わたした。

「みなさん、あなたの息子さんの治療のことで、当医院においでねがったのです」

「斯界《しかい》の泰斗を網羅していただいたわけですな」

おやじ――時間管理局最古参のヨシロ・タナカ調査部長の口ぶりには、かすかに皮肉と怒りがまじっていた。

「で、みなさんの結論はどうなんです？　カズミはなおるんですか？」

えらい先生がたが、一せいに眼をふせた。

僕はふと特別病棟の麻酔ケースの中に横たわる、カズミの姿を思いうかべた。色の白い、端麗な顔は、二十四時間毎《ごと》におそうはげしい発作にやみおとろえ、死人のようになっている。――チャン博士は金属的なせきばらいを二、三度した。

「われわれはできうるかぎりの――さよう、現在の臨床医学のあらゆる知識をもって、この一年間手段をつくしてみたのです」

水をうったような沈黙が部屋をみたした。

「で、その――もはや治療ではなく、別の処置をとらねばならぬという結論に達しました」

「あなたの御子息は奇病なのです」悔恨やるかたないといった調子でブキャナン博士が口をはさんだ。「われわれには、どうしてもその病因がつかめない。したがって手のつくしようもないのです」赤ら顔の博士はどんと机をたたいた。「こんな病気はあり得ない。わしは医者をやめたいですよ」

照明が部屋の一部で暗くなり、映画がうつりはじめた。

「病状については、すでにご存知だと思います」

チャン博士がひきついだ。「発作は一年二か月前に突然起りはじめ、それ以後、ほとんど正確に二十四時間間隔でおそってきます。これが二週間つづいては、二週間やむのです。——患者の言によりますと皮膚表面に突然おそってくる刺すような痛み、つづいて筋肉、内臓組織まで貫通するはげしい痛み……」

僕は思わず舌うちした。患者の父親に、患者の苦痛を語ってきかせてどうする気だ？

「疼痛感覚《とうつうかんかく》が起ったあとは、青い、小さな斑点《はんてん》が、皮膚上に残る。——われわれにとって不可解なことは、患者がこのようにはげしい苦痛を訴えるのに、組織そのものには、一連の収縮以外何の変化も起らないということです」

フィルムは筋組織の顕微鏡映画をうつし出した。毛細血管の中を血球がせわしなく動き、半透明の黄紋筋細胞《おうもんきん》がうごめいていた。と、突然表皮細胞の一部が、はげしく収縮した。その収縮は組織表皮部から深部へかけて、一直線にひろがって行った。

「今あそこにひろがって行く原因不明の収縮が、発作です」チャン博士はいった。「発作の後、組織には何の損傷も起らないのに、患者は依然として疼痛感がその点に残っていると訴えている。——当然考えられるのは、発作が心因性のものであるということです。しかし……」

静まりかえった席上で、おやじの荒い息と、チャン博士が唇《くちびる》をしめす、かすかなピチャピチャという音が、いやにはっきりきこえた。

「サイコメトリ方法による精密検査によっても何一つ原因らしいものはみとめられません、しかも——これこそ現代医学にとって不可能であり、奇病たるゆえんなのですが——この発作と残留疼痛感は、いかなる強力な麻酔をもってしても、防ぎ得ないのです」

——僕は発作の起った時のカズミのおそろしい叫びが耳にきこえるような気がした。ケースの中で……手足をしばりつけられて。

画面に人体の略図がうつった。その上に胴体を中心に、無数の青い点がちらばっていた。——おやじが音をたてて息をすいこんだ。

「発作点は身体前面にのみあらわれ、一か所に二度起ることは決してありません。現在ではすでに身体上数か所に……」

「もうけっこうです！」おやじが叫んだ。「あんたらはいったい何をいいたいんです？　あきらめろというんだったら、はっきりそういってくださ い。カズミはなおらないんですか？」

この絶望的な問いが、時間局員の場合、何と皮肉にひびくことだろう？　禁止時域《プロヒビジョン・エリヤ》――現在から前後五十年の間、一般局員が決してはいれない時域がある。数千年をとびこえることは許されたものたちが、自分に直接関係のある未来については、知ることを禁じられているのだ。

「そのことについて……」チャン博士は苦しそうにいった。「われわれは、今日ここであなたの裁断をあおぎたかったのです。結論として――われわれには、この病気はなおせません。このままでは、御子息は苦しみつづけて一年かそこらのうちに死ぬでしょう」

「で、何の裁断をするのです？」おやじはうちのめされた声でいった。「安楽死ですか？」

「いいや、病気はなおせなくとも、生命をひきのばす手段はあります――脳髄移植です」チャン博士はいきおいこんでいった。「御子息そっくりのアンドロイドを準備して……」

「アンドロイドか！」突然おやじは軽い声をたてて笑った。「永遠に年をとらぬ、アンドロイド！――あなたがたは自分で子供を育てた経験が、あまりないようですな、人格とは、脳につまっているものがすべてだと概念的に思っている。だが、父親にとっては、息子の髪の毛一本皮膚一片――いや、病気そのものが息子の全人格なのです」

「脳髄移植も、確実に問題の解決になるとはかぎらない」突然特殊病理学の権威、デュクロ博士がいった。「そのことはあらかじめ知っておいていただいた方がいいでしょう」

医者たちの間に動揺が起った。デュクロ博士を非難するようなささやきがかわされた。

「どういうことです？」おやじはけげんそうに

きいた。「アンドロイドにも病気がおこるんですか？」

「心因性の場合、おこることがあります。――今度の場合も……」博士はちょっとためらった。

「私は症状から見て、T・Dだと思うんですがね。――少数意見ですが……」

「T・Dって何です？」

「精神感応性疾患《テレパシック・ディジーズ》――思念力の作用によって起る病気です」

「じゃ超能力《エスパー》の連中の誰かが起したというんですか？」僕はおどろいて叫んだ。

「デュクロ博士の説は、少数意見です」ヨハンセン博士が、強い北方訛《なま》りで重々しくいった。

「T・Dなら簡単に原因が――この際は犯人というべきでしょうが――見つかるはずですからね。完備した超能力警察《エス・ピイ》、登録されて、厳重にとりしまられている超能力者《エスパー》たち……」

「むろん、われわれは超能力警察《エス・ピイ》に依頼して、充分に調査しました」ブキャナン博士もいった。

「結果は、その兆候はまったくないということです。――報告書をごらんになりますか？」

おやじは、宙を見つめて考えこんでいた。チャン博士が、この問題をうちきって、裁断をもとめようとした時、おやじは突然たち上った。

「みなさん」おやじはいった。「移植手術は待ってください。そしてせがれの命を、何とかできるだけ長く、もたせてやってください。今おねがいしたいのはそれだけです」

それから部屋の隅《すみ》の方へ体をそむけると、つきつめた表情でいった。

「デュクロ博士――お話があるのですが」

デュクロ博士の個室へはいると、おやじは習慣で、恐ろしいものでも見るように、こっそりと壁面テレビの方をふりかえった。

「息子さんをごらんにならない方がいいですよ」

デュクロ博士は、肩にうめこまれた医師用の皮下時計《ハイポダミック・クロノメーター》でちょっと時刻を感じとった。

「いま、十五時です。発作はすくなくともあと十一時間は起きません」

博士はまだ若く、チュートン族の先祖がえりといったずんぐりした体格だったが、いかにも機敏らしかった。

「連中は冷凍仮死状態をとることにしたらしいですよ」博士は飲物をすすめながらいった。「だが、はたしてそれで苦痛がなくなるかどうか――仮死が仮死であって死でないかぎりはだめかもしれません」

「信じられませんね」僕はいった。「感覚器も大脳も反射系も代謝系も、カチカチの仮死状態にあって、なお苦痛があり得るんですか？」

「T・Dならば、あるかも知れません」

「そのT・Dについて、くわしくききたいのですが……」おやじはかたい声でいった。

「じつをいうと、この分野はあまりくわしくわかっていません」博士はいいづらそうにいった。「症例が非常に少いので――四十世紀の超能力研究もまだあいまいなものですな。特に交感《コレスポンダンス》理論など、だいぶ欠陥があると思います。だからこそ、みんなこの疑問をさけたがるんですな」

「T・Dってものは時代をこえて効力を発揮しますか？」

博士はちょっとびっくりしたようだった。

「まさか――そんな話はききませんね、要するに、テレキネシスとか、サイコキネシスとよばれる力で病気を起すんですからたいてい思念集中と同時に起ります。もっとも思念力蓄積の必要がある時は、効果のおくれはありますが」

「たたりという場合は？」

この珍しい廃語になった言葉の意味が、僕にはすぐわからなかった。しかしデュクロ博士は古代医学にくわしかったから、すぐわかったらしかった。

「あれは残留思念力の問題ですね」博士はむずかしい顔をした。

「特定の地域や物体に残留思念力があって、近よったりふれたりすると効果を発揮する――これもそう長くは残らないはずです」

「だがエジプトの〝王者の谷〟の場合は、実に四十世紀をこえて、効力が残った」

「あれはこう考えます。あのピラミッドの質量と構造、それに長く沙漠《さばく》のなかに放置されていたということが、サイキック・エナージィを閉じこめ、保存するのに非常に役立ったのだ、と。――古代エジプト人が、わざわざその目的でああいう構造をえらんだのか、偶然そうなったのかは知りませんがね」

「ちょっとまってください」僕はいった。「カズミの病気が、過去の思念力によって起ったとでもいうんですか?」

「あるいは……」そういいかけて、おやじはぐっと口をつぐんだ。

「どうして?」僕は突然わきあがってきた不安に、思わず立ちあがって、おやじの顔をのぞきこんだ。

「なぜカズミが――時間局員のあなたが、過ぎさった時代から病気をかかえて来たというなら、まだ話がわかります。だけどカズミは数学院の研究生で、過去との交渉はないはずじゃありませんか?」

「何か心あたりでもあるのですか?」デュクロ博士は鋭くいった。

おやじはおしだまって頭をかかえこんでいた。――言おうか言うまいかというはげしい葛藤が、おやじの胸の中にうずまいているのが、手にとるようにわかった。

「実は……」おやじはひからびた声でいった。

「二十四年前……」


西暦一八四三年、極東N六三〇六地区――その時代の表現によるならば、天保十四年閏《うるう》九月のニッポン、エド。――僕はことのなりゆきの意外さにおどろきながら、時間基地八〇八号を出て本郷の切り通しをぬけ、広小路からたそがれの御成道《おなりみち》を南に向って走っていた。盲縞《めくらじま》の着物に町人髷、ふりわけ包みに手甲脚絆《てっこうきゃはん》といった旅人姿で……。頭の中は催眠記憶装置《ハイプノムネモニックス》で、大急ぎでつめこんだ十九世紀江戸の、言語風俗や知識でわれかえりそうだったが、それ以上におやじの告白がまだ耳の中になりわたっていた。

「カズミはわしの本当の子ではないのだ」とおやじはデュクロ博士の部屋でいった。「わしの本当の子は、二十七年前のアルテミス号の遭難の時、妻といっしょに……生後六か月だった」

「じゃ、カズミは？」

「二十四年前……」おやじは手をもみしだきながらいった。「わしが二千年前の極東六三〇六に調査に行った時に――」

僕はぎょっとして叫んだ。

「でも、それは大変なことです。違反です」

「むずかしいところだった」おやじはつぶやいた。「赤ン坊はほっておけばそのまま死ぬところだった。それにそのとき人の気配がしたので、咄嗟《とっさ》に赤ン坊を連れて来てしまったのだ。そして、赤ン坊は、死体として、もちこみ許可をとり蘇生手術《そせいしゅじゅつ》をうけさせた」

それからおやじは僕の顔を見て、絶望的に叫んだ。

「なあ、タケ、わかってくれ！　子供を失った父親の感情がどんなものか……とりわけ、ニッポン系人種が、子供に対してどんなに深い愛情をいだいてきたか！」

それにしたところが、カズミの奇怪な病気の原因が実際に十九世紀にあるかどうかは、まったくあやふやだった。ただ、その原因不明の病気がT・Dかも知れないといううたがいがあるかぎり、その過去のベールにとざされたおいたちはさぐってみる値打ちがありそうだった。

「同感です」デュクロ博士も力をこめていった。「病因がはたしてそこにあるかどうかは、私にも全然自信はありません。しかしその領域は、今やわれわれにとってもたった一つの可能性です。ひょっとして、万一にも病因がつかめたら……」

「そうしたらなおせますか？」

「いや、それは何ともいえません」博士は自信なげな表情でいった。「ただ、病因がつかめたら、何か治療手段が見つかるかもしれない」

なお、実際的な問題がのこっていた。こんなあいまいな理由で、正式の航時許可がとれるか？

――おやじは自分で行くといってきかなかった

が、すでに年齢限界をすぎていたし、調査部長自身の出張はことが大きくなりすぎる。

「僕が行きます」と僕はいった。

その時すでに、運命に対する予感のようなものがあった。僕の平均超能力係数は6だ、悪い方ではない。

それにカズミと僕は幼な馴染《なじみ》だった。ごくちいさい時、僕たち二人は一目見ただけでお互いに好きになった。それ以来僕たちは、かたときも離れることのない友人になった。学校も一緒だった。専門は違っていたが僕はまるで兄弟のように、したしみあっていた。僕が兄貴でカズミは弟だ――カズミは最初あった時から僕をしたい、僕は彼をかばってきた。僕たちの間には友情以上のもっと深い強いきずながあった――といって、妙な関係ではない。むしろ肉親の愛情にちかいものだ。おやじと知りあって時間局へ入ったのもカズミの推薦だった。僕は年下のカズミを心から愛していた。どんなことがあっても、たとえ身を投げ出してもカズミを救わねばならないという強い衝動はおやじよりももっと強かったのではないかと信じている。

「あなたが、調査命令を出してください。おさななじみの危急をすくうなら、どんなことでもやりますよ」

こうして僕はあてずっぽうの調査にのり出したのだった。はたしてこれが病因解明のきめ手になるかどうかまるきり五里霧中だったが、とにかく僕は、上野不忍池《しのばずのいけ》のほとり、東照宮の裏にある十九世紀日本基地八〇八号から、下谷へむけて急いでいた――おりしも東叡山《とうえいざん》寛永寺の時鐘が、三つの捨て鐘をつきおわり、暮六つの鐘の音を、くれなずむ江戸の町にいんいんとひびかせはじめた。

逢魔《おうま》が刻《とき》というのか、この時刻、下谷黒門町《したやくろもんちょう》界隈《かいわい》には、ぱったり人通りがたえていた。野良犬《のらいぬ》の影のうろつく、ほこりっぽい江戸の街を左へ折れ右へ折れて行くと、行く手に目標の火除《ひよ》けの空き地が見えた――記憶にまちがいなければ、あれが秋葉原だ。それをめやすにまた左へまがると、森閑《しんかん》とした練塀小路《ねりべいこうじ》だった。四ツ角までくると花田町の方角から小きざみにいそぐ下駄《げた》の足音がきこえてきた。僕は傍の天水桶《てんすいおけ》にかくれて、眼帯式になった江戸時代用のかくしカメラをかけた。

四辻《よつつじ》に黒襟《くろえり》をかけた若い女が、何か包みを胸にかかえて、つんのめりそうになってかけてくる。と見るまに、角のところにうずくまっていた、頬かむりの黒い影が女にとびかかるや、匕首《あいくち》がにぶくきらめいた。女がかすかに悲鳴をあげ、もつれあううちに男の手拭《てぬぐ》いがとける。――女がくずれおち、男は女の包みをとって、ためらったように中をのぞいたが、いきなり傍の塀にたたきつけた。一瞬、赤ン坊の泣き声がした。男はしゃがんで女のふところをさぐる。その時、女の来た方角から、もう一つの足音がきこえてきた、男はぎょっと顔をあげ、飛鳥のように暗やみへ消えた。

かけよったのは、でっぷり肥《ふと》った、中年の旅人姿の男だった。――二十四年前のおやじだった。僕はおやじがこの時代に調査に来て、偶然カズミをひろう場面に立ちあっているのだ。おやじは女の死体を見、男の逃げた方角を見、ころがっている包みをひろった。はっと驚く思いいれがあり、それからあたりを見まわして、天水桶のかげの僕を見つけた。一瞬ためらいののち、おやじは御徒《おか》士町《ちまち》の方角へ脱兎《だっと》のごとくかけ出した。二十四年前、カズミをひろった時に、おやじをおどろかせた人影とは、ほかならぬ僕のことだった。――さあ、ここからだ。ひろわれた時のカズミは、臍《へそ》の緒《お》書きも何もつけていなかった。彼の出生をさぐるのは、女の線をたぐるよりしかたがない。

成年したカズミのかおだちとそっくりな、二十二、三の女の顔は断末魔の苦悶《くもん》にゆがんでいた。眉《まゆ》もおとさず鉄漿《かね》もつけず、といって生娘《きむすめ》とも見えない。

「子供を……」と女はあえぎながらいった。

「しっかりなさい！」僕は耳に口をあててどなった。――派遣調査員が過去の人物と決定的な関係をもてるのは、大ていの場合その人物の死の間ぎわばかりだ。事態を変えないための配慮だが、時おり自分が死神のように思え、因果な商売だと思うことがある。

「赤ン坊の名は？」僕が女をゆさぶった。「あんたの名は？」

「さと……」と女はいった。——それが最後だった。ふところは、さっきの男がさぐっていったか何もない。僕は唯一の手がかりである、犯人のおとして行った汚い手拭いをひろって走り出した。

——角を曲ったとたんに経文をくちずさみながらやってくる、旅の僧侶《そうりょ》にどんとぶつかった。

「何かありましたか？」まだ若いらしい僧侶は、つきあたられてびっくりしたようにきいた。

「殺しでさあ」僕はいった。「今そこで若い女がやられたんで」

「それは気の毒な……」と僧侶はいった。

「ほんに若えのに気の毒なことで」僕はできるだけ江戸ッ子らしい口調でいった。「ごめんなせえやし、あっしはちょっとひとっぱしり番所まで」

僕はその場をはずして、またかけ出した。背後で、死体を見つけたらしい僧侶の、驚きの声がきこえた。その声をきいた時、僕はふと気がついた。——たそがれ時の暗がりで、網代笠《あじろがさ》の下からチラリと見ただけなので、顔立ちはほとんどわからなかったが、その顔をどこかで見たような気がし、その声にもおぼえがあるような気がしたのだ。だが、気がせくままに、僕は駐在員の家へむかって走りつづけた。


この時代の時間局駐在員は、湯島金助町の目明《めあか》し油屋和助だった。

「おそかったな」和助は一人で長火鉢《ながひばち》の前にすわっていた。

「今日来るというので、一本つけて待ってたんだ。——十九世紀の江戸の酒をのむかね？」

江戸に二十年も駐在している和助の恰好《かっこう》は、さすがに板についていた。本田髷《ほんだまげ》に黄八丈の丹前をひっかけ、長煙管《ながぎせる》でやに下ったところなど、どう見ても江戸前の親分だ。そのくせ自分では決して事件を解決しない。

「すぐに現像してくれ」と僕はカメラをはずしながらいった。

「殺した奴《やつ》の線からもたぐってほしいんだ。何かいわくがあるかも知れない」

「殺しのことは、こちらの下っぴきに、番所へとどけさせるから女の身もとはいずれ町方の方でわれるだろう。お前さんは見ねえことにしとくんだ。わかったな？」

「通りすがりの坊主に見られてるぜ」

「大丈夫だよ。江戸にゃ神かくしや、迷宮入りがわんさとあるんだ」

　和助と僕は地下室にいって、犯行現場の写真をしらべた。超高感度のフィルムを拡大すると犯行が順序を追うて、全部うつっていた。おさとの顔は見れば見るほどカズミに似ていた。手拭いのはずれた瞬間の兇漢《きょうかん》の顔を見ると和助はちょっと、声をたてた。

「こいつは驚いた」

　座敷へあがると、和助は小障子をあけて路地へむかってどなった。

「金太！　ちょっとこい！」

　裏口から、髷節《まげぶし》のまがった、おっちょこちょいらしい下っぴきが上がりこんで、素袷《すあわせ》の前をかきあわせた。

「お前、直《なお》が江戸へかえって来たという話をきかねえか？」

「へえ……」金太はとぼけた顔をした。「そういえば八百辰《やおたつ》がこないだの朝、多町の青物市のかえりに見かけたとか」

「どじなうそをつくな！」和助はついた。「やつァ今どこにいる」

「勘弁しておくんなさい。直兄ィにゃ世話になったんで……」

「お上《かみ》の御用じゃねえ、どこにいるんだ」

「こないだうちから、こっそり帰って来て、九段中坂でめし屋をやってます」

「知ってる男か？」金太がでて行くと、僕は和助にきいた。

「片岡直次郎《かたおかなおじろう》――直侍《なおざむらい》だよ。知らないのか？　先だって死んだ河内山宗俊《こうちやまそうしゅん》のとりまきで、有名な悪《わる》だ。いずれ黙阿弥《もくあみ》が芝居にして三千歳《みちとせ》とのひきで大そうなところを見せるが、実物はあんなイキなもんじゃなくてつまらねえ男さ。ここのすぐ隣の大根畠《だいこんばたけ》で、源之助って相棒をしめ殺したこともある」和助は帯をしめながらいった。「そういやァ殺しのあった練塀小路は、河内山の家のあったところだ。——いい気質《きっぷ》の男だったがな」

僕たちはそれからすぐ駕籠《かご》で九段中坂へむかった。駕籠という珍妙な乗物も、天保期の小悪党のことも、僕にはまったく興味がなかった。むしろカズミの身もとの件で、あまりわき道にそれてしまうのを恐れていた。だがこの段階では、あらゆることにあたって見るよりしかたがない。

九段坂界隈は、屋敷町ばかりのさびしい場所だった。それでも中坂へんはまだ町家の灯が見えた。和助は、八犬伝を書きおえたばかりの曲亭馬琴のすんでいる家をおしえてくれたが、僕はこの壮大で退屈な古典作家にも興味はなかった——あとで考えてみると、この問題を追及するのなら、少しはこの雄大な因果話を読んでおくべきだったのだが。

直次郎は店をしめて、一人で茶碗酒《ちゃわんざけ》をのんでいた。和助を見ても、その鉛色の顔は少しも動かなかった。痩《や》せて、垢《あか》じみて、すさみ切った感じの中年男だった。

「直さん」和助はいった。「ひさしぶりだな」

「和助か」直次郎はどろんとした眼を向けた。

「お前、あいかわらずちっとも働きがねえそうだな。十手《じって》を返したらどうだ」

「例によって、お上とは関係ねえ話だ」和助は押しのある声でいった。「今夜練塀小路でやった女は誰だえ？」

「そいつが生き証人ってわけか？」直次郎はじろりと僕を見た。

「証拠もおとして行きなすった」和助は手拭いをほうった。

「大口屋の手拭いに、三の字が書いてある。どじな仕事だな」

「小づかいせびりに吉原《なか》の近所まで行ってよ」直

侍はぐいっと茶碗をあおった。「留守を食ってのかえりみち、つい昔なつかしい兄貴の家の近所に足がむいてな。通りすがりに、何か大事そうなものをかかえた女が通りかかったら……」

「直さん、お前大そうやきがまわったね」和助はズケズケ言った。「河内山とくんで、雲州に一泡吹かせた直侍が、行きずりに、小娘殺してふところを探ったか。伝馬町《てんまちょう》で一服もられた河内山が、草葉のかげで泣くぜ。三千歳花魁《おいらん》もあいそをつかすだろうよ」

「やかましいやい！」直次郎はどなった。

「おい、直！」和助も負けずにどなりかえした。

「かりにも十手をあずかってるんだ。殺しでしらを切るならすぐ奉行所へつき出すぜ。たださえ人返しの法が出て、江戸の出入りはやかましい。十里江戸おかまいの身を忘れたか」

直次郎の顔に卑しげな笑いがうかんだ。

「この話、いくらで買う？」

「切餅《きりもち》二つ」

「いつもながら大そう気前がいいな。盗《ぬす》ッ人《と》でもやってるんじゃねえか？」

「ふざけるな！　森田屋清蔵たあわけがちがうぞ」

直侍は森田屋の名をきくと、にがい顔をした。和助がならべた五十両の金をふところにねじこむと彼はいった。

「七ッ半すぎに鳥越のお熊婆《くまばば》ァの所へ行ったんだ。婆ァは留守で、上りこんでると、婆ァが血相変えてとびこんで来て、直さんいいところへ来た。手を貸してくれっていうのよ。これこれこういう風体の娘が、たった今上野の方へ逃げた。おっかけてやってくれれば五両出すといいやがる」

「五両か、直侍も落ちたもんだ」和助はつぶやいた。「女が抱いてた赤ン坊のことは？」

「赤ン坊とはきかなかったな」直侍は紫色の唇を、苦いものでもなめたようにゆがめた。「ついでに女の持っている包みも始末してくれというんだ——あの婆《ばば》ァ、手前が堕胎《おろし》専門で、す巻きや水子が平気なもんだから、人を赤子殺しの片棒にしやがる」

僕たちは、夜道を浅草へととってかえした。

鳥越と向う柳原のあいだに立った荒れ果てたひとつ家で、お熊婆ァは朱《あ》けにそまって死んでいた。

「直だな」和助は舌うちした。「金のことでもめたんだろう。ちょっとのあいだに二人殺しやがった」

僕はじりじりしながら、和助の家で一晩すごさねばならなかった。直侍が、捜査の糸の一本をめちゃくちゃにしてしまったので町方の方で、おさとの身もとがわれるのを待たねばならない。

「お家騒動のにおいがするな」と僕はいった。

「その線からさぐれないか？」

「お家騒動といったって、大名旗本から零細町民の家にいたるまで、ごまんとある」和助は笑っていった。「封建家族制下では、お家騒動は常に起っている。いわば日常茶飯事《さはんじ》だよ。――まあ焦らないことだな」

事件に対する焦りだけでなく、僕は一刻も早くこの問題を解決して、四十世紀へ帰りたいと思っていた。――僕が以前この地をおとずれたのは、まだ日本海が湖で、原始林の中をマストドンがうろつきまわっている時代だった。歴史時代にはいってからは、今度がはじめてだ。そして、この、十九世紀中葉の江戸に潜入したとたん、自分の人種的な血のつながりを通して、陰惨な過去の時代の影が、蜘蛛《くも》の糸のように僕をからめ出すのを感じたのだ。

時間局員は、感情的に訓練をうける。一たん過去の時代へさかのぼったら、どんな悲惨な事態を眼前にしても、決してそれと決定的な関係をもたないようにしなければならない。カズミを拾ったおやじはある意味で、その禁律をおかしたことになるのだが――局員だって人間だ。そしてまた、調査員が過去の時代の影響をうけるということもしばしば起るのである。

特に僕は、自分が若いので心理的感情的な危険にむかって押しやられつつあることをひしひしと感じていた。――直侍のもつ、どす黒い、陰惨な影は、僕に鳥肌《とりはだ》をたてさせた。そしてさらに、お熊婆ァの家の床下から出た、何百体という嬰児《えいじ》の骨は、戦慄《せんりつ》を通りこして、僕をどうしようもない悲哀感にしずめた。嬰児虐殺が、貧しい人々にとってさけがたい自己保存の手段の一つだという ことを知っていただけに、その悲哀には出口がなかった。

――花のお江戸は、草原と丘陵の中に、ごちゃごちゃかたまった、ほこりだらけ、犬の糞だらけの灰色の町だった。武家屋敷のみがいたずらに宏《こう》壮《そう》で、だだっぴろかった。数年前の大飢饉《だいききん》の余波がまだおさまらず、いたるところ乞食《こじき》の群れがおり、道ばたの筵《むしろ》の下からは、行きだおれの鉛色の脚が出ていた。大部分の人たちは、飢餓と、疾病《しっぺい》と、政治的圧力の中で、垢まみれになって豚のように生きていた。これが僕の先祖たちなのだと思うと、僕は全身がうずくように感じた。――この二日の間に、老中水野忠邦は上地令《あげちれい》の失敗から失脚した。富豪と大名が、利益の上で結束して行った、政治上のごたごたなど、庶民には何の関係もなかった。上層部の誰《だれ》がどうなろうと、彼等の呪《のろ》われた境遇には、何の変化もないのだ。

翌日の午後、金太がおさとの身もとがわかったことを知らせてきたときは、正直いってとび上りたい思いだった。「通りすがりの坊主が身もとを知ってたんで、すぐわかりましたが、実はいろいろしらべてたんで」と金太はいった。「何でも根岸へんの百姓の娘で、借金のかたに、一年とちょっと前から、日本橋富沢町の古手屋、辰巳屋《たつみや》進左衛門のところへ、仲働きにあがってたそうです」

「おさとは子供を生んだんじゃねえか?」

「親分よく御存知で――進左衛門夫婦にゃ子供がないんですが、おさとの方は進左衛門の手がついて三月ほど前に男の子を生んだ。むろん辰巳屋のあととりにというんで、今辰巳屋がひきとって育ててます」

「それじゃおさとはお部屋さまでおかいこぐるみか?」

「そうでもなかったようです、何しろ進左衛門は養子ですからね」

このころには、腹は借り物という思想があった、特に婿養子の妾《めかけ》となれば、あととりをうんでも、それほど大きな顔はできない。

「おさとはきのう、何だってあんな時刻に下谷へんを走ってたんだ?」

「それがおかしいんで——おさとは向島《むこうじま》の辰巳屋の寮で子を生んで、そのあとそのまま一足も外へ出なかった。ところがきのうの八ツすぎに親もとからむかえの駕籠が来て、それにのって出てったっていうんですが——親もとの方じゃ、そんなむかえをやったおぼえはねえっていうんで……」

「するとその駕籠でお熊のところへ行ったのかな……」和助は腕を組んだ。「ちょいときくが、おさとは子供をつれて行ったのか?」

「つれて行けるわけァねえでしょう。大事なあととりさまは、生れるとすぐ辰巳屋にひきとられて、乳母のおかねという毘沙門天《びしゃもんてん》みたいなのが、御用大事にわきからはなさねえ、生みの親のおさとにもあわせねえって話ですぜ」

「妙な具合だな」和助は考えこんだ。「おめえ辰巳屋へ行ってみたか?」

「三公が行きやした」

「辰巳屋の奥で、何かさわぎがおこっていなかったかえ?」

「そんな気配はありませんぜ——不人情なもんで、あととりの母親が死んだっていうのに、親もとには、香奠《こうでん》がわりに借金は棒にひいてやるといったそうで」

「するとおさとが殺された時、抱いていた赤ン坊ってのは誰だろう?」金太が出て行くと和助はいった。「結局カズミは誰の子だ?」

「おさとの子だよ」僕は興奮をおさえきれずにいった。「コルシカの兄弟さ——おさとは双生児《ふたご》をうんだんだ」

「なるほどそれで筋がとおる!」和助はひざをたたいた。「辰巳屋の家つき女房の一統がたくらんだんだな」

「おさとは、ふた児の片方を、辰巳屋にもって行かれたんで、残った方をはなすまいとしたんだろうな」僕は苦い唾《つば》がわくのをかんじながらいった。「それを辰巳屋の方は、あとあと面どうだと思って、にせのむかえをやってお熊のところへつれこんだ。——お熊にカズミを始末させるためさ。ひょっとすると女房の方はあととりはできたし、おさとも殺させるつもりだったのかもしれないね」

「大いにありそうなことだ」和助は顎《あご》をなでながらつぶやいた。

「養子の旦那《だんな》に、女ができて、冷静でいられるわけはないからな。女にあととりができるのを待って旦那へのしかえしに殺してしまう——江戸の女はおそろしいな」

　僕は確認のために、和助にたのんで、辰巳屋のあととり進之丞《しんのじょう》の、写真と指紋と血液型をとってもらった。これを四十世紀に照会すると、おやじは興奮した声で、カズミと進之丞が、一卵性双生児にちがいないといってきた。

「これで問題は半分解決したようものですな」デュクロ博士の声は、なめらかで、冷静だった。——四十世紀の声だ。

「とにかく患者と過去のつながりはわかりました。病因が双生児交感現象《ツイン・コレスポンダンス》の一種であることは、まずまちがいなさそうです。進之丞というカズミさんの兄弟は、おそらく二十四歳ごろ、同様の病気にかかっているにちがいありません。そちらの方で、一つ病気の原因をしらべてください」

「で、もしかりにその病気の原因がわかったとしてですね」僕は考え考えいった。「その病因がとりのぞけなかったらどうするんです？　つまり、進之丞をなおすことが、歴史的事実に反するとしたら？」

「病因がわかれば、何とか手をうってみます」博士はためらいがちにいった。「とにかく進むよりしかたありません」

　僕は博士の指示にしたがって、カズミが発病した一年三か月前の当日に相当する時点にとんだ。慶応二年六月——この時点において、進之丞もまた、発病しているはずである。

慶応二年の江戸は、不穏の情勢にみちていた。内外の情勢は、日々に緊迫をつげ、江戸市民は猛烈な物価騰貴にあえいでいた。各地で起っている百姓一揆《ひゃくしょういっき》は、徳川時代最高の件数にのぼろうとしていた。そんな街中を、僕は上野山中の基地から、日本橋富沢町の辰巳屋へ急いだ。直接進之丞に面会をもとめるつもりだったのである。

ところがたずねて行った先の様子は、二十四年前とがらりと変っていた。——辰巳屋の店がなくなってしまったのだ。きけば十年前の大地震——それがあの有名な安政の大地震だったが——店がやけ、一家根だやしになったという。僕はおどろいて、進之丞という子供も死んだのかときいて見た。すると古くからすむ人が、息子はよそに行っていて助かり、村松町の乳母の家へひきとられたはずだと教えてくれた。

やっとさがしあてた村松町のおかねという乳母の家は、露地裏の小さな家だった。ついたとき、その露地にはとりこみごとがあったらしく、人があつまってあとかたづけをやっていた。僕は、露地から出て来た男に、何があったかきいて見た。

「おかね婆さんのところのわけえもンが死んでね」浴衣《ゆかた》に銜《くわ》え楊枝《ようじ》の男はのんびりといった。「今しがた葬礼が出たところだ。なげえわずらいだったよ」

「死んだのは誰です?」僕はまっさおになってきいた。「まさか、進之丞じゃ……」

「お前さん知ってなさるのか? 上野《おやま》の若衆に上ってたにやけた野郎だが、四、五年前に帰ってきてから、ぶらぶら病いになって、しまいにやァ毎晩大変な苦しみようさ。不忍の蛇《へび》にでも見こまれたんだろうといってたが、ゆンべぽっくり……」

「仏さまは、青あざだらけだったってよ」

丸まげのかみさんが口をはさんだ。

「おおいやだ、虎裂利《ころり》か何か流行病《はやりやまい》でなきゃいいけどね」

僕は呆然《ぼうぜん》とした。——これはどういうことになるのだろう。進之丞は明らかにカズミと同じような病気にかかって死んだのだが、それはカズミが発病する四、五年も前にはじまっている、そしてカズミの発病した日に、進之丞は死んでいるのである。

　コルシカの兄弟の例を見てもわかるように双生児感応現象は、通常一方が病気にかかると、他方も同じ時に、同じ病気にかかるというふうに、ほとんど同時に起る。それがこの場合は、一方の病気を他方がひきついだような形になっているのだ。これはどういうことか？　進之丞を苦しめたＴ・Ｄの原因が、進之丞の死後、今度はカズミに作用し出したというのか？　そしてカズミもまた進之丞のように——いずれにしても病因をたしかめるためには、進之丞の生きている当時にさかのぼらなくてはなるまい。いや、さかのぼったところで——進之丞は結局原因不明の病気で死んでいるのである。

　僕は途方にくれて歩きまわりながら、何となく進之丞のほうむられたという浄安寺の裏手まで来てしまった。垣根《かきね》ごしにのぞくと、墓地の石塔の向うにまあたらしい白木の卒塔婆《そとば》が見え、前に一人の旅僧がうずくまって経を読んでいた。——その声をきくと、僕はハッと胸をつかれた。思わず垣根をこえ、墓地にはいりこみ、僧侶の後へまわって、声をかけた。

　ふりかえった五十年輩の僧侶は、頬を涙でぬらしていた。その顔を見て、僕はとび上るほどおどろいた。それは二十四年前、練塀小路でぶつかった僧にちがいなかった。暗がりの中の一瞥《いちべつ》でさえ、見たことがあるような気がしたのも道理、僧侶の顔はカズミに生きうつしだったのである！

「何か御用かな？」と僧侶はいった。

　僕はどぎまぎしながら、きいた。

「どなたか、御縁筋のお墓で？」

「さよう」僧侶の声は涙にくもった。「わしの実の息子ですじゃ」

　僕は、本堂の階段に腰をおろして、僧侶の意外な話をきいた。きけばきくほどこんがらがった話だった。——辰巳屋の進左衛門は、妻だけでなく、数人の妾にも子ができなかった。そしてただ一人、子供ができたおさとは——辰巳屋の奉公に上る時、すでに子供を宿していたのである。

「二十五年前、わしは根岸の里に庵《いおり》をむすんでおってな」僧侶は、夢見るような目付きでいった。

「おさとは、近所の娘で、よく食物の世話などしてくれた。——それというのも、他人同士でありながら、わしたち二人の顔だちがあまりよく似ているので、近所の人たちは前世で兄妹であったのだろうといってはやしたりしたからじゃ。それでおさとも自然、わたしに兄のようになついていた」

その点は僕も気づいていた。おさとはカズミそっくりだった。しかし僧侶の方は、もっとカズミに似ていた。——うす気味わるいくらい似ていたのだ。A＝B、B＝C∴A＝Cというわけだ。つまり第三相等の原理によって、おさととこの僧侶も、男女の別はあれ、そっくりだったということになる。

「それがある晩、突然おさとがやって来て、泣きながら一と月後に妾奉公に行くことになったといい出した」僧侶は溜息《ためいき》をついた。

——おさとは当時まだ若かった僧を愛していた。そしていやな妾奉公に行く前に……

「わしも若かった」僧侶は顔をふせた。「僧体でありながら情にほだされて戒律をおかしたのです」

一と月半のち、おさとが辰巳屋に奉公へ行く時、おさとはまたこっそり会いに来た。

「あなたの子を宿しました」おさとはうれしげにいった。「必ず育てます」

僧侶はいたたまれなくなって旅に出た。一年ののち、江戸へかえって来た時、偶然にも、下谷でおさとの殺されたところへ行き合わせたのである。

「そういえば、あなたはあの時、道でぶつかって、人殺しのあったことを教えてくれた人に似ておるが……」僧侶はいぶかしげに言った。

「冗談じゃない、二十四年前といえば、あっしはまだ子供です」僕はあわててうちけした。

――僧侶は、偶然にせよ、おさとの死に行きあわせたことにふかく感じ、諸国をまわっておさとの霊をとむらった。それから二十年後――またまた通りかかった寛永寺の谷中門の木蔭《こかげ》で、僧侶は自分にそっくりな寺小姓が、若い娘と睦言《むつごと》をかわしているのを見たのだ。むろん進之丞だった。彼は僧侶の身である自分のあやまちからできた子が、僧侶のなぐさみものになっているのを見て、ふたたび仏果のおそろしさが身にしみて、さらに修行をつむために江戸をはなれたのだという。そして五年後の今日――

「丁度江戸へかえって来た日に、息子の葬列に出あうとは……」そういって僧侶は涙をながした。「おさとといい、進之丞といい、わしは肉親の死んだばかりのところに行きあうような運命にあるらしい。まるで自分が死神のような気がする」

「進之丞がどんな病気で死んだかご存知で？」僕は僧侶の顔をうかがいながらきいた。

「知らぬ――はやり病いときいたが……」

そこで僕は話してやった。進之丞の病気――すなわちカズミの病気のことを。半分も話さぬうちに、僧侶は叫んだ。

「では、あれは人の恨みを買ったのじゃな！」僧侶の顔は苦痛にゆがんでいた。「進之丞はのろい殺されたのじゃな。むごいことを！　もし生きているうちにわしにあえたら、呪いをといてやったのに……」

「何だかおわかりですかい？」

「わからないで何としよう。丑《うし》の刻まいりじゃ――ほかに考えられぬ」

僧侶はあえいだ。

「ご存知であろう。巷間《こうかん》古くから流布《るふ》しておる邪法じゃ、黒月《こくげつ》の丑の刻、呪う人をかたどる藁人形《わらにんぎょう》を、森奥の神木に五寸釘《ごすんくぎ》をもってうちつける。通うは白無垢《しろむく》に素足、頭上に鉄輪《かなわ》をいただき、三本の足には蠟燭《ろうそく》をたてる。釘をうつのは四肢《しし》の先よりはじめ、三七二十一日目に喉《のど》、額、心の臓の急所を貫くのじゃ。通う姿を人に見られた時は、見た人を殺さねば本人が死ぬとか、いろいろ言われておるが、所詮《しょせん》俗法ゆえきまりはない――しかし、一念凝る時は、法にはまらずとも、よく人を殺すという。それにしても五年ごしに呪われるとは……」

「進之丞はどんなうらみを買ったんでしょうね？」僕は胸をとどろかせながらきいた。「見当がおつきで？」

「おそらく恋のうらみではあるまいか」僧侶は顔をおおってつぶやいた。「この法は、古来、女子《おなご》が嫉妬《しっと》をはらす術《すべ》としてよく用いた。進之丞はあの通り美男じゃ、おそらく寺小姓時代にでも……」

それだけきけば充分だった。寺小姓と町娘――明暦《めいれき》の振袖火事《ふりそでかじ》をはじめ、お七吉三《きちさ》、お浦伊之助と、この組みあわせは、江戸の歴史を妖《あや》しく色どり、時にはこれがもとで八百八町が灰燼《かいじん》に帰したことさえある。進之丞の寺小姓時代の恋愛関係を洗えば、呪ったものがわかるだろう。

「一つお教えください」僕は立ち上りながらいった。「その呪いをとくのはどうすればいいんで？」

「やはり法によって調伏せねばならぬ」僧侶はいった。「一番に、藁人形を焼いて回向《えこう》することじゃ。できれば呪う者を説いて、得度させるがよい、これを続ければ呪う側もまた自分の命をちぢめる。――ほかに誰か、呪われておる方がおありかな？」

あなたの、もう一人の息子です、とのどまで出かけた言葉をやっとのみこんで、僕は僧侶にわかれを告げた。

「またお目にかかるような気がするな」と僧侶はいった。「あなたとわしは、何か深い仏縁でむすばれているような気がする」

僕も何だかそんな気がした。何しろカズミの実の父親なのだ。ふりかえって、墓標の前にふたたび坐りこんだ僧侶を見た時、僕はその姿が、四十世紀の総合病院で、カズミの枕頭《ちんとう》にあって苦悩を味わっている、おやじの姿と重なりあうように思えた。

寛永寺凌雲院の寺男は、進之丞の恋人のことをよくおぼえていた。谷中《やなか》村のお蝶《ちょう》といって、小旗本の娘だが勘当《かんどう》の身だという。進之丞は、彼女とのことが知れて寺から暇が出た。気の弱い彼はそれを恥じて、お蝶に身もとも告げずおかねのもとに帰って行った。

「なんとも気の強い娘でな、寺に進之丞の身もとをききに来て、教えられぬとなると、地団駄ふんで、ちくしょう、くやしい、私をすてた男は、呪い殺してやるとわめいておったよ」

僕はゴール寸前まで来たことを知った。お蝶はいま薊《あざみ》の庄太という片眼の男とくんで、本所回向院の軽業見世物に出ているという話をきいて、僕はお蝶をさがしてもらうために、この時代の駐在員の手をかりることにした。

この時代の神田明神女坂下の蜘蛛七《くもしち》という男だった（筆者註。――蜘蛛七は実在の人物。幕末から明治にかけて、名の知られた掏摸《すり》の元締めだった。お蝶の事件では、北町奉行所の探索に協力している）。僕が蜘蛛七の家に行くと、彼は背の小さな、眼付きの鋭い男を送って出たところだった。

「あの男を知ってるか？　豆庄だよ」蜘蛛七は僕を招じいれながら顎でしゃくった。「日本橋の尾張屋庄吉だ。鼠小僧《ねずみこぞう》をつかまえた有名な目明しさ」

「掏摸《すり》のあんたが、目明しと？」

「掏摸といっても、元締めともなれば、お上の手伝いをして、お目こぼしにあずかるさ。このところちっとばかりそちらの方が忙しいんでね」蜘蛛七は苦笑した。「ところで用事は？」

僕がお蝶の居所をきくと、蜘蛛七はとたんに眼をひからせた。

「薊の庄太とくんでるって？　そいつァ切支丹《キリシタン》お蝶にちがいない！」

「知ってるのか？」

「知ってるも何も、今俺《おれ》がひっぱり出されてるのも、そのためさ。――四、五年前から江戸をさわがせている簪《かんざし》掏摸《すり》の容疑者だ」

そういって蜘蛛七は長火鉢《ながひばち》の引き出しから、銀の定紋付平打《じょうもんつきひらうち》の簪をとり出した。

「こういうものが、今江戸の女の間ではやっている。ところが四、五年前から、この型の簪ばかりをねらう掏摸がいるんだ。多い時には日に四、五人、被害者も町娘から奥女中までで、おそろしくすばしっこい。ふつう女の頭のものをするのは、すれちがいざま女の前をまくる、女が驚いておさえようとすると、頭が前へ出るからそこをするんだが、この掏摸はそんなことをやらねえ、すられた者は、いつすられたか、皆目おぼえがないんだ。囮《おとり》も使って見たが、まんまと鼻をあかされ、おかげで与力衆組頭平田藤三郎の面目まるつぶれだ」

「お蝶がその掏摸だというのかい？」

「こりゃアうちに出入りする髪結いの源七が、一人でそうにちがいないとがんばってるんだが――お蝶の軽業芸は絶品だ。あまり人間ばなれしてるんで、切支丹のあだ名がついたんだが、その軽業を利用して、頭の上からするにちがいないというんだ。――なるほどねえ、お蝶と藁人形か」

　そういうと蜘蛛七は畳にずぶりと簪をつきさした。

「そうきいて見りゃア筋が通る。金銀類は盗みは特に詮議《せんぎ》がきびしいんだが、江戸中の故買屋《けいずかい》を洗って見ても、今まですられた簪が一本も出てこねえ、売らずに全部藁人形に刺したとなると、これは出ねえはずだ」

「すぐお蝶をつかまえてくれ」僕は身ぶるいしながらいった。「つかまえて藁人形のありかをきき出してくれよ」

「まあ待ちな、江戸じゃあ巾着切《きんちゃくき》りはりっぱに手先の職業として、みとめられてるんだからな、現行犯でなけりゃおさえられない。――今夜網をはるよ」

　直接ぶつかっても、とても僕の手におえるような相手ではないと知りながら、僕は蜘蛛七が手配に出かけた間に、本所《ほんじょ》回向院《えこういん》まで、お蝶の姿を見に出かけずにいられなかった。焦りだけでなく、一人の若者を呪い殺し、その兄弟を二千年の後に業病におちいらせ、二人の父親を嘆かせ、僕を二十四年間にわたってひきずりまわした娘の顔を、ひとめ見ておきたいと思ったからである。

あついさかりだったが、回向院は相当な人出だった。垢離場《こりば》のあちこちに立つ人垣《ひとがき》の中で、お蝶の軽業は、一きわ目立つ黒山の人だかりをつくっていた。——僕はお蝶の姿をひと目見て、そのあまりの小柄さに、ショックをうけた。こんなにも華奢《きゃしゃ》な、五尺にも満たぬ小娘のどこに、人を呪い殺すほどのはげしさがひそんでいるのか、わからなかった。

銀杏返《いちょうがえ》しに結って、派手な振袖にたすきがけ、白の腕ぬきに棒縞《ぼうじま》の袴《はかま》をはいたお蝶は、まるで人形のようにかわいらしく見えた。そのしなやかな小づくりの肢体《したい》、勝気な三白眼《さんぱくがん》、きつくひきむすばれた唇には、もえ上るような負けぬ気と一しょに、何か全身で訴えるような、はげしい悲哀がみなぎっていた。

——お蝶の軽業こそ、目を見はらせるにたるものだった。三尺長さの胴丸籠《どうまるかご》に、懐紙の吹き切れる白刃を十数本半円形につきさし、やけどのひっつりのある片目の男が、地上三尺にささえるのを、お蝶は稲妻のように身を細めてくぐりぬける。一寸ちがえば、腹が縦一文字鰻《うなぎ》さきになるのだ。なみの者なら、肩もはいらないほどの隙《すき》間《ま》を、お蝶の体は信じられぬくらい細く細くなって、とびぬける。——その瞬間、僕はお蝶がその死も知らずに未だにいだきつづける、進之丞へのはげしい思いを、突然理解した。彼女は自らをやくはげしい情熱と憎悪と化した悲しみのゆえに、女だてらに日々白刃の危険の上に身をおどらせずにはいられないのだ。とぎすまされた刃《やいば》が牙《きば》をむく胴丸籠を、華やかな征矢《そや》のようにくぐりぬける時、彼女自身が一本の銀簪と化し、無限の恨みと悲しみをこめて死せる進之丞の胸をつらぬき、二千年をへだててカズミの胸をつらぬき——そしてそれを見る僕自身の胸をもつらぬいたような気がした。投銭を集めたお蝶と庄太が、風のように姿を消し、人垣が散ってしまった後も、僕はぼんやりそこにつっ立って、キラリと銀簪のようにとぶ、お蝶の姿の残像を追っていた。——あの飛燕《ひえん》のような跳躍の姿の、はげしさと美しさは、僕の胸に鮮やかにやけつき、二度と消えることはあるまい。

お蝶はその夜、若衆姿で両国橋で涼んでいるところを見つかって、尾行をつけられ、その夜も銀簪をすってかえってくるところを、浅草見付で同心にとりおさえられた。翌朝巳《み》の刻、呉服橋をわたった北町奉行所で、奉行井上信濃守《しなののかみ》じきじきのとりしらべがあるというので、僕はその結果を首を長くして待っていた。ところが午《ひる》まえにかえってきた蜘蛛七は、「一ぱい食った！」と吐き出すように言った。「お蝶と思ったのは薊の庄太だった、畜生！　どこですりかわったんだ」

銀簪掏摸は、町方をあざわらうかのように、その日の晩からまた跳梁《ちょうりょう》しはじめた。しかもお蝶は、その日以来、完全に居所をくらましてしまったのだ。こうなっては、僕には手のほどこしようがない。残る道はただ一つ、未来において、お蝶の記録が残っていないかどうかをしらべることだった。僕は明治、大正の駐在員に連絡をとった。明治期からはすぐに返事があった。

「切支丹お蝶なら有名な事件だ」と駐在員は教えてくれた。「記録もあるし、読物にもなっている。――竹内お蝶、弘化《こうか》元年二月、本所割下水の旗本竹内外記《げき》次女として生る。身もち悪く、十七歳の時勘当、かつて恩をかけし谷中村もと木彫職人、薊の庄太のもとにいたり……」

「そんなことより、お蝶はいつつかまったんだ？」

「つかまらなかった」と駐在員は言った。「自殺したんだ。遺書もある」

「くわしく話してくれ」と僕はいった。

慶応三年十月十四日――江戸の不安はまさに一触即発の状態にあった。各所で打ちこわしがはじまり、豪商や米屋の店舗は暴徒と化した町民によって破壊され、飯米が奪い去られていた。十五代将軍一橋慶喜《ひとつばしよしのぶ》はこの日大政奉還の上書を提出、一方京都では武断派の策動により、薩長《さっちょう》に討幕の密勅が下ったが、江戸の市民はまだそのことを知らず、ただ刻々せまる不穏な情勢を感じとって、日毎に暴徒と化しつつあった。僕はその日の夕方、貧しい人々や乞食が、大集団となってどこともなく移動している浅草をぬけ、両国橋をわたっていた。目ざすお蝶の居所は、どぶの臭いと異臭にみちた、巨大な迷路のような貧民窟《ひんみんくつ》の中の一軒だった。やっとお蝶の家をさがしあて、しめ切った戸の前に立った時、中からかすかなうめき声と人の動く気配がした。僕はあたりに気をくばって、そっと戸をあけた――。

　幕末から明治初年へかけて世間をさわがせた高橋お伝、夜嵐《よあらし》おきぬなどの毒婦とならんで、とりわけ妖しい輝きを放つ切支丹お蝶の最後は、史実によると、この年向う両国百軒長屋に、ただ一人、ひっそりと毒をあおいで、二十四歳の生涯《しょうがい》をとじたことになっている――だが、彼女の死の間際に訪れた僕が、そこで出あった事実は、これとすこしちがっていた。僕がはいって行った時、お蝶以外に誰か人がいたのだ。表の戸をあけた時、裏口からこっそり誰かが出て行った。

　お蝶は六畳の間に、文机《ふづくえ》をおいて線香をたて、その上につっぷしていた。たった今毒をあおいだ茶碗は、右手ににぎりしめられていたが、そのとなりにもう一つ茶碗があった。お蝶の座蒲団《ざぶとん》の隣には、もう一つの座蒲団があり、まだぬくみが残っていた。――線香の臭いと砒素《ひそ》の臭気にまじって、かすかに髪油の匂いがただよっている。僕はお蝶を抱き起した。酒にまぜて石見銀山《いわみぎんざん》をあおいだ小さな口からは、砒素の黒い臭いがたちこめていた。

「お蝶さん」僕は耳に口をあてていった、「教えてくれ、呪いをとくのはどうするんで」

「進さん……」とお蝶はかすれた声でつぶやくと、がっくりと首をたれた。

　徳川幕政の崩壊と、偶然運命をともにしたこの江戸娘は暗い、はげしい呪詛《じゅそ》も忘れはてたように、ただ一個の可憐《かれん》な死体となっていた。横たえたとき、そのあまりの小ささ、軽さに、胸がしめつけられるような気がした。

僕は文机の上の遺書をとりあげた。たった今までここにいた男――史実の外にはみ出している男のことが、何かわかるかと思ったのだ。読みすすむにつれて僕は愕然《がくぜん》とした。罪の懺悔《ざんげ》や、藁人形のありかを書いた前半は、記録に残るものとおなじだが、後半は紙をついで書き足してあるのだ、そこの書き足されている分は、後代の記録に全然ないものであり、しかもその内容は身うちの凍るようなものだった。

罪障ふかき身、今ははてんとせしところ
みほとけのおみちひきにや、とつせん
進さまこ無事の姿にておとなはれ
ふたりこもごも涙ながらにゆるしをこひ
ともにつもるうらみもはれ候、進さままた
いまはともに死なんとおほせいたされ
死ぬへき身を、今生のなこり
なお両三日生きなからへ……

ではたった今までここにいたのは、進之丞の幽霊か？　それとも彼はまだ生きているのか？

だが、僕は先を急いでいた。咄嗟の間に時間局員としての判断がものをいった。僕は遺書の書き足した文をさき取り、前半にすぐ最後の日付けと署名をつないだ。余分であるべき茶碗を、とっさにふところにいれ、座布団もかたづけ、記録に残る状況とまちがいないかを点検し、すぐ蜘蛛七のところへ走った――藁人形のありかは、明治の駐在員の報告でわかっていたが、史実に忠実であろうとすれば、僕がそれを見つけることも、やきはらうこともできないのだ。

蜘蛛七の知らせで、町方がかけつけた時、お蝶はたった一人で冷たくなっていた。遺書を見て、一行は夜道をすぐ谷中へむかった。天王寺境内――谷中の一本杉《いっぽんすぎ》とよびならわされる巨大な老杉《ろうさん》が、しずまりかえった山中にくろぐろとそびえている。その幹の地上六、七尺のところに、ぽっかりと黒い穴があき、中で空洞《くうどう》になっている。月の光をたよりに、中をのぞいた一行は、冷水をあびせられたような思いをあじわった。――そこには若衆振袖を着せられた等身大の藁人形が一体、その全身には針ねずみのように数百本の銀簪がつきたてられて、簪は銀色の剛毛のように、また光暈《こううん》のように、月の光に白くキラキラと輝いた。

　のっぺらぼうの面をあおのかせる人形の喉のところには、すでに五年の月日に色あせたが、まだその華やかさをとどめる進之丞の振袖の片方が綴《と》じつけられ、その上に紙をとめて、こう書いてあった。

「竹内お蝶、恋のうらみ」

（著書註。――切支丹お蝶の事件は、進之丞との恋から、藁人形の一件にいたるまですべて史実、文久二年から江戸をさわがせた簪すりの事件はお蝶の遺書によってはじめて真相がわかった。時の北町奉行は前出の捕物に失敗しお蝶に自殺されたため慶応三年暮職を免ぜられた。）

　過去の問題は、これで一切解決したはずだった。お蝶は回向院に葬られ、藁人形もまた回向院で大護摩《おおごま》とともにやかれた。この日付を四十世紀に投影して見ると、僕が出発してからちょうど三日後にあたる。――考えてみると、この問題に関するかぎり、僕は何もしなかったも同然だ。二千年前の世界を、かくされた糸をたどって二十数年にわたってかけめぐり、結局何をしたかといえば、カズミの身もとと、病因をつきとめただけである。

　なぜ、病気になったかはたしかにわかった。しかし病気をなおすためなら、別に息せき切ってかけめぐらなくても、あの総合病院での会議の日から、もう三日だけ、待っていればよかった。――そう僕は信じていた。大護摩にやける藁人形の煙が、すみわたった江戸の空に高く高くのぼって行くのを見ながら、いったい今度の事件で僕のはたした役割りは何だろうとふと思った。過去との奇妙な照応によって起った事件は、過去に支配されている。僕は原因をつきとめたが、僕自身はそれに対して何一つ手を下すことができなかった。すでに決定された過去の事実継起の糸が、問題を処理して行くのを、じっと待つよりしかたなかった。お蝶に呪詛をとかせることはできなかったが、藁人形がやかれたなら結局同じことだ。要するに僕はからまわりしたにすぎない。少くとも僕はそう信じていた。

――だから藁人形がやかれても、カズミの発作がおさまらないという通知を、おやじからうけとった時、僕はどんなに驚いたろう。「発作点の増加はなくなった」おやじは憔悴《しょうすい》した声でいった。「だけど今度は、今まで生じた斑点が一せいに発作を起すんだ」

「夜中に？」

「そう、二時にだ」

僕は、カズミの全身をおおう無数の斑点を思って憤然とした。

「なあタケ、たのむ。何とかもう少しさぐって見てくれ」おやじの声は泣いているみたいだった。

「このままでは三日ももたんと、デュクロ博士は言っている」

「ですが……」これ以上何をさぐるんです、といいかけて僕は口をつぐんだ。

「今となっては、あなたの働きだけがたよりです」デュクロ博士の声も、人がかわったように沈痛だった。「もう少ししらべてくれませんか。過去に原因のある病気は、過去に解決法があるはずです」

　だが、これ以上どうしろというのか？　進之丞もお蝶も死に、藁人形もやかれたのだ。僕は薩長軍来るの流言《りゅうげん》に、騒然としている江戸の町を見おろしながら、墓地を出て、ぶらぶらと寛永寺境内をあるいていた。――まもなく上野の基地は撤去され、移動する。二か月後には鳥羽伏見の戦いに破れた慶喜が、この山の大慈院にこもって恭順の意を示し、半年後にはこれを擁する彰義隊が官軍をむかえて、上野一円は大変なさわぎになるからだ。――しかし僕はそんな事に何の興味もなかった。これからいったい、何を、どうさぐればいいのか、ただそれだけを考えながら、僕は歩きつづけた。どうすればいいんだ？

　ただ待てばいい、――そんな声もどこかでした。未来において、未来への投影であるこの過去において、運命の一切が成就するまで、じっと待ていい。

僕は、五年前進之丞とお蝶がむつみあっていたという寛永寺谷中門をぬけ、いつしかまた谷中の一本杉のほとりに立っていた。幹の空洞は、今は主もなくうつろな口をあけ、そこから蝙蝠《こうもり》が宵闇をもとめてとび立って行った。茜《あかね》から紫紺にうつるたそがれの空を背景に、老杉の梢《こずえ》がくろぐろと天を摩するあたり、一番星が銀粒のように輝きはじめていた。——とその時、僕の耳に、ききおぼえのある読経《どきょう》の声がきこえて来た。

我覚本不生、出過語言道、得解脱諸道、
因縁遠離、知空等虚空

ふりむくとそこに、あの僧侶が立っていた。

「やはり、あなたじゃったな」僧侶は感にたえたようにいった。

「やはり、あなたとわしとは、あさからぬ仏縁にむすばれていたのじゃ。——いいなされ、わしに何の御用じゃ」

「あなたに?」僕はいった。

「せがれがそういったのじゃ」僧侶の声はうるんでいた。「進之丞の亡霊が、昼日中、前髪の若衆姿でわしの前にあらわれ、教えてくれたのじゃ——谷中の一本杉へ行け、そこにわしの助けを求めておるものがいる、と」


四十世紀の超近代的な総合病院に、網代笠に墨染の衣《ころも》、笈《おい》をおって錫杖《しゃくじょう》をついた十九世紀の僧侶の姿があらわれた時、病院は蜂《はち》の巣をつっついたようなさわぎになった。

「この古代ツングースのシャーマンが、わしらみんなの知恵をしぼってもなおせない病気をなおすというのか!」ブキャナン博士は髪をかきむしって叫んだ。「わしは医者をやめたいよ!」

「ツングースじゃありません、ニッポン人です」デュクロ博士はいった、「私は六対四でなおせる方にかけますね——魔法をとくには魔法医者《ウィッチ・ドクター》が必要です」

それは僧侶もいったのだ。——あるプロセスをふんで蓄積された思念力はやはり同様のプロセスをふまねばときはなされない。

「人形は念力を伝える手段《てだて》にすぎぬ」と僧侶はいった。「手段を排しても、呪う対象が存するかぎり、怨念《おんねん》はその人につきまとう。これを除くには、法をほどこさねばならぬ」

僧侶は僕の手をにぎって、熱っぽい声でいった。

「つれていってくだされ。二千歳の後といえども、わしは残るもう一人の息子を救わねばならぬ――修行未熟とはいえ、全力をふるってやって見よう。わし自身の罪ほろぼしじゃ」

おやじには、僧侶がカズミの実の父親であることは伏せておいた。しかし憔悴した患者の顔をのぞきこんで、落涙する僧侶の姿を見、その相貌《そうぼう》を見て、おやじはすぐにわかったらしかった。

「タケ、えらいことをやったな」おやじはまっさおになっていった。――僧侶に事情をぶちまけ、この時代へつれて来た。これは時間局員として、致命的な違反行為だ。「責任は一切わしが負う」

「その必要はありません」僕はいった、「僕が責任をとります――僕がカズミをなおしたかったのですから」

医師たちは二つにわかれて大議論をおっぱじめていたが、寸秒を争うので、主任医師はとにかくやらせて見ることにした。――僧侶の指図で、悲地降伏の壇なるものがカズミの枕頭に作られた。木製三角形で青黒くぬられ、その上に南面して、土で三角形の火炉がきずかれた。仏具類は僧侶が笈の中にもっていたが、そなえものの五宝、五香、五葉、五穀などの天然鉱植物をそろえるのが大変だった。このリストを資料局にたのんだ時、むこうは僕の精神鑑定をもとめて来た。――やっと準備がととのった時、その奇妙な壇は、次元の混乱で、この四十世紀最高の設備をもつ病院に、とつぜんおちこんできた、珍妙な太古の筏《いかだ》のように見えた。

みんなはまだ、この真言三部法中の下成就、天令輪明王《きょうれいりんみょうおう》の法のおそろしさを知らなかったのだ。しかし、照明が消され、芥子油《けしあぶら》の燈明がほの暗くはためくなかに、安息香の香気と、僧侶の読経の声がたちこめ出すと、異様な雰囲気《ふんいき》がみなぎってきた。――やみおとろえたカズミは、麻酔ケースの中で、苦しげに息づいていた。芥子油にひたされた、小さな藁人形を胸におかされて……。

僧侶は身をきよめ、手に拍子の香をぬり、静かに壇の前へすすんだ。その顔は必死の念に、はりつめていた。壇下で吽声《うんせい》を発し、右手指をはじいて、拝しつつ壇にのぼる。――立ったりすわったり、人をさそいこむようなゆるやかな動きで、調伏の儀式がはじまった。油煙をあげてもえる燈明の赤い火に、僧侶の姿は部屋の壁に巨大な影法師となってうごめいた。――カズミの胸におかれた藁人形が壇上におかれた。三十センチほどの、滑稽《こっけい》なのっぺらぼうの人形は、炎に赤黒く照らされると、突然原始的な呪詛をこめた、おそろしげな偶像になったようだった。

人々は芥子油のもえるいがらっぽい臭気にむせながらも、その奇怪な儀式にひきずりこまれていった。――突然僧侶は身を起した。燈明の火が護摩壇にうつされ、乾いた芥子の茎が、一時にぐわっともえ上った。

「吽《うん》!」僧侶ははげしく叫んだ。右足で左足をふみ、奇妙な恰好でうずくまっている。「我れは是れ、降三世忿怒尊《ごうざんぜふんぬそん》!」

みんなは息をのんで壇上を見まもった。

「不動明王、降三世明王、大威徳明王、勝三世明王!」僧侶は藁人形を高くかかげた。「竹内お蝶、汝の煩悩《ぼんのう》、貪瞋痴《とんしんち》ことごとく消滅し、彼此《ひし》平等の法利をもって、大涅槃《だいねはん》を獲得せん!」僧侶は薩陀《さった》と叫んで人形を火中に投じた。

次に起ったことを、催眠現象による集団幻覚として説明するのはいとやすい。しかしとにかく、四十世紀最高の医師たちのみんながみんな、その情景を見たのだ。――藁人形に火がつくと、それはむくむくと等身大にふくれ上ってつっ立った。身には若衆小袖をまとい、全身に無数の銀簪をつきたてられ――あの『恋のうらみ』と書いた紙片に火がつくと、簪は銀のしぶきとなってぬけおちた。人形は前髪もうるわしい進之丞の姿となってもえ上った。炎に包まれて宙に舞い上ると見るや、その顔はお蝶のものとなっている。たちまち紅蓮《ぐれん》の炎がそのしなやかな体を包み、一団の黒煙となって天井にうずまき、一条の銀光が煙の中から壇上へ走った。

「なおったぞ！」うすれて行く煙のむこうからデュクロ博士の叫びがきこえた。「斑点が消えた！」

みんなが麻酔ケースにかけよった時、僕は壇上につっぷした僧侶のところへかけのぼった。——調伏の法は、悪念強力なる時、未熟のものこれを行えば、自らの身にも災およぶ、といった僧侶の言葉が、頭の中にうずまいていた。

僧侶はこと切れていた。——そのぼんのくぼに、あざやかな、青い斑点があった。

「判決は追放だ」局長はちょっと気の毒そうにいった。「結果はどうあれ、規則は規則だからな。——タナカ部長は、自分が全部の責任をとるといってきかないが、そうもできん」

「いいんです」僕はいった。「部長に僕は苦しんでないとつたえてください。——これでよかったのだ、と」

「デュクロ博士と超能力研の方からも減刑嘆願がでている。——君はむしろ功績があったというんだ」

呪術のプロセスは念力集注の有効な形式として再発掘されるだろう。密教の理論もまた、超能力研究上再評価されようとしている。デュクロ博士は、交感理論について新しい研究を始めている。僕はふと死んだ僧侶——カズミの父のことを思った。

「減刑はみとめられないが、君には希望する追放時域を指定する恩典があたえられる。どこを希望するね？……」

僕はあらかじめ考えていた希望時域を言った。

「追放になる前に、一つだけおねがいがあるんですが……」

僕が説明すると、局長は納得した。——過去へむかって出発する一時間前、僕は監視つきで病院をおとずれ、チャン博士にカズミの写真をわたしていった。

「一時間でやってくれますね」

「でも、なぜです?」博士はカズミの写真と僕の顔をみくらべながらとまどった表情でいった。

「いいから急いでやってください」

　僕はちょっと声をひそめてつけくわえた。

「それから——ある種の解毒剤がほしいのですが……」


　破戒のあやまちによってできた子供をすくうために、四十世紀で命をおとした哀れな老僧を、千住小塚原の無縁塚のほとりにうめながら、僕は奇妙な思いにおそわれた。——この僧侶をふるいたたせた、あの不思議な感情、父性愛というものも、今は自分のものとして理解できた。土をかける前に、僕はもう一度、僧侶を見た。カズミそっくりの顔——おさとというただ一つのパターンから次々にうみ出されたいくつもの顔。おさと、進之丞、カズミ、そして僕——すなわちこの僧侶!……悲しみがおそってくるかと思ったが、むしろ滑稽でグロテクスな感じがして、笑いたくなった。これこそ運命のアイロニーでなくて何だろう!　名もない哀れな男、つまり僕自身の未来が、ここで死んだのだ。——それから僕は少し過去にかえり、下谷の辻であの僧侶が通りかかるのを待った。僕を見て眼を見はる僧侶に、谷中の一本杉で途方にくれている僕に、あいに行ってやるようにつげると、ええじゃないかの群衆が、気狂いのように踊りくるう人ごみにまぎれて逃げ出し、さらに数日をさかのぼった。

　慶応三年十月十一日、——向う両国百軒長屋でまさに毒をあおごうとしていたお蝶のもとにかけつけた時、彼女は僕の顔を見て、どんなに驚き、かつ狂喜したろう。お蝶はまだ進之丞を愛しつづけていた。そして僕も——あの両国回向院で、彼女を一眼見て以来、その盲目的にはげしい、大時代な愛情にうたれ、彼女をはげしく愛し出していたのだ。彼女の愛を果し、同時に僕の彼女に対する渇望——それはまた、あの暗い、盲目的な江戸時代そのものに対する愛でもあったのだが——をみたすためには、僕が手術をうけるよりしかたがなかったのだ。——三日間は夢中にすぎた。このような暗黒の愛情は、情死によってしか解決されないものだが、心中しようといった時の、彼女の喜びようを見ると、何度解毒剤をのむのをやめようかと思ったか知れない。だが、僕はそこで死ぬわけに行かなかった。僕は追放される身だったのだ。

愛らしいお蝶の顔に、最初の発作が起って来たとき、表に人の立つ気配がした。僕は立ちあがり、急いで裏口からぬけ出した。あとの始末は彼がやってくれるだろう。——上野の基地へむかって、両国橋をわたりながら、僕はふと暮れなずむ江戸の街を見た。江戸時代最後のものであるこの江戸の夜景は、同時にまた僕の意識で見る最後の風景となるだろう。これから基地に待つ執行吏の手によって、僕は一切の記憶を消され、希望によって、天保十年の時代、江戸郊外のある寺のほとりにすてられる。そしてまた——すべてがはじまるだろう、記憶を失った一人の男が寺にすくわれて出家し、やがて根岸の里に庵をむすび自分とそっくりな顔をした娘と出あってびっくりするだろう——そっくりなわけだ、彼の顔はその娘——おさとの二人の子供に似せて、整形手術をうけたのだから。——隅田川《すみだがわ》に灯をうつしながら、猪牙《ちょき》舟《ぶね》が一艘《いっそう》、深川の方へ下って行く。僕は川風に振袖の袂《たもと》をひるがえして、橋をわたりながら、心の中で我が子カズミにわかれをつげた。——これでいいのだ。これですべてが、理屈が通る。

僕がお蝶の家からふところにいれたまま四十世紀にもちかえった、あの茶碗についた指紋も、僧侶の指紋も、どちらも僕自身の指紋と同じだったのである。

決闘

RYU MITSUSE

光瀬 龍

1928（昭和3）年3月18日、東京生まれ。本名・飯塚喜美雄。東京教育大学理学部卒。高校で理科の教師を務める傍ら、SF同人誌「宇宙塵」に参加。60年、同誌に発表したショート・ショート「同業者」が「ヒッチコック・マガジン日本版」に転載されてデビュー。62年、「晴の海1979年」を「SFマガジン」に発表して本格的に活動を開始する。

タイトルに年号を冠した一連の宇宙SFでは歴史小説の手法で架空の未来史の構築を試み、東洋的な世界観をベースにした独自の筆致で人気を博した。宇宙もの・未来ものには国産SFベスト級の名作『百億の昼と千億の夜』をはじめ、『たそがれに還る』『喪われた都市の記録』『派遣軍還る』などの作品がある。

早くからタイム・パトロールものというスタイルで時代SFも手がけ、長篇『寛永無明剣』『幻影のバラード』、短篇集『多聞寺討伐』『歌麿さま参る』など多数。ジュブナイル『夕ばえ作戦』『暁はただ銀色』、大河歴史ロマン『平家物語』、時代ミステリ『明治残侠探偵帖』、科学エッセイ『ロン先生の虫眼鏡』と幅広い分野で活躍したが、99年7月7日没。没後、その功績に対して第20回日本SF大賞特別賞が贈られた。

初出=「SFマガジン」63年7月号
初刊=『落陽2217年』（65年5月／ハヤカワ・SF・シリーズ）
底本=『無の障壁』（78年9月／ハヤカワ文庫JA）

飯塚修羅さん（光瀬龍氏の長男）のことば

一ファンとして

光瀬龍がこの世を去って、八年以上の月日が流れた。そして光瀬龍の描いてきた「宇宙年代記」の年号だけが現実のものとなってきている。二〇〇七年はすでに過去のものとなり二〇一五年、二〇一七年ももうすぐそこまで迫っている。しかし現実の世界は相変わらず戦争や紛争を繰り返し、宇宙開発は土星に探検衛星が到達したばかりである。はたして光瀬龍の世界に二一八〇年には追いついているのだろうか。

シュウたちは操縦室の天井の移動用フックに足首をひっかけて、こうもりのようにぶら下っていた。ぶら下っているというのが正しいのか、それともそこに立っているというのがほんとうなのか、無重量状態のもとにおかれた操縦室の内部では、それはまことにはっきりしないことなのだが、床に立ちならんだ一年生たちから見ればシュウたち三年生の占めるその場所は、最上級生の特権と放埒を示してまさに羨望のまとであった。

三年生の宇宙服《スペース・スーツ》は燃えるような鮮黄色だった。背中に負ったエア・タンクや電話器《トーキー》の銀色がそれによく調和して、彼らを奇妙な色美しい動物の群のように見せていた。

それにたいして、緑色の宇宙服《スペース・スーツ》を着て白いエア・タンクを背負った一年生や、青灰色のスーツに明るいオレンジ色のエア・タンクの二年生はむしろ植物的な色合いといえた。そしてそれが、そのまま、最上級生と一、二年生との気質の違いともいえた。

黄色と黒に塗り分けられた教師用移動クレーンが、ゆっくりとすべり出してきた。その踏板の上に、主任教師のコンウェイの姿があった。

「さあ、本船は磁気嵐の中で難航している。さっきの流星塵は本船の外殻に二、三の亀裂を与えた。操縦室内の空気はどんどん洩れ出している。チュルクとヨド。二人はクルーだ。どう処理するか。やってみろ！」

その声は皆のヘルメットの中にキイーンというノイズをひいた。一、二年生の群は刷毛ではいたように緊張し、三年生は顔をしかめた。

「いよう。いいぞ、チュルク。お声がかかったぞ」

「ゆけ、チュルク、一年の坊やがお待ちかねだ」

「船に穴があいたとよ。こっちは鼓膜に穴があいたよ」

コンウェイのヘルメットが黄色の宇宙服《スペース・スーツ》の群を見上げた。

「なにをやってるんだ。早くしろ！」

チュルクはヘルメットの中で白い歯をむいた。片足で軽く天井を蹴るとその反動で操縦席まですべっていって計器盤《メーター・ボード》の上に腰をおろした。

天井からげらげらと笑い声が降ってきた。

一年生のヨドは追いたてられたねずみのように落着かないそぶりで床の中央に進み出た。ヘルメットの中の顔はチュルクにすがりつくようにゆがんでいた。

「ヨド。お前は破孔をさがして充塡材を流しこむんだ。ポンプのあつかい方は知ってんだろ。あんまり急にやると充塡材が乾かないうちに破孔のむこう側へ吹き出ちまうぜ。わかったらやんな」

ヨドは充塡材ポンプを押してただよっていった。チュルクはくるりと体の向きを変えて操縦席へ落ちこみ、たくみに両手を使って十数個のダイヤルを回していった。幾つかの回路が開かれ、パイロット・ランプがあわただしく点滅した。

操縦室の片すみではポンプのノズルを手にしたヨドがうろうろしていた。破孔個所が発見できないでいるのだった。手にしているノズルの先端の検出器にひとみをこらしながらヨドは必死に這い回った。

「ヨド！　早くしないと全員死んでしまうぞ」

コンウェイの怒声がはしった。クレーンが大きく回ってくる。

「先生、指示器がないんです」

ヨドの声は聞きとれないほど低くかすれていた。指示器は演習用の模擬漏出を作り出す小型の吸気装置だった。演習に先立って、教師がそれを適ぎに機械類などの間に配置しておくのだった。

「なに？　指示器がない。検出器を見るんだ。検出器を」

ヨドの声は泣き出さんばかりだった。

「検出器のメーターも動いていません」

コンウェイはクレーンからとび降りた。見るとヨドの言うとおり、この演習をはじめる数分前に配置したはずの指示器はその場所から消えていた。コンウェイもあわてた。

指示器はモーターを止められて道具箱の後に積重ねられていた。

天井からいっせいに口笛の嵐がまきおこった。

「穴があいていないんじゃ空気の漏れるわけがね

えや」

「無事でなにより。やっぱり船は丈夫に作っておかなければねえ。これは勉強でした」

「指示器をしまっておいたところがわかる検出器を作ってもらいてえな」

　コンウェイの顔色は紙のようだった。彼には誰がやったことなのかはすでにわかっていた。期待に胸をおどらせて見おろしていたのだろう。やりくちは巧妙だった。コンウェイはこみあげてくる烈しい怒りをかろうじておさえつけた。とがめたところで名乗りでる者のあろうはずもない。かえって彼らはそれを待っているのだった。

「自分が置くのを忘れたくせに何を怒っているんだ」用意されている言葉はたぶんそれだろう。

　コンウェイはちら、と時計に目をはしらせるふりをした。

「よし、それではこれで演習を終る。解散」

　険しい目つきが青白い苦笑いに代った。自分たちの若い頃もこうだったのだ、と思うことによって彼はむりに自分をなぐさめた。自分は彼らをよく理解しているのだと思いこむことによって教師はどうやら平静をよそおうことができる。その実、そのときほど自分と生徒との間のどうにもならない断層におびえているときはないのだった。

　コンウェイの姿が操縦室から出てゆくと、黄色の宇宙服《スペース・スーツ》がかん声をあげて下級生の上に落ちてきた。

「奴、あわてて逃げてゆきやがった。だいたいあいつは声がでかすぎるよ」

「さあ終った。ジャミー、お前がきのう言っていた廃品《ジャンク》処理場へ行ってみようぜ。小型宇宙船用の緩衝ソリの廃物をさがすんだ」

「ソンとジャミー！　お前らの宇宙船というのはいつできるんだ？　かき集めた部品だって一万や二万じゃあるまい。実はたたき売ってひともうけしようってのか」

「わが東キャナル市では、金属は宝石よりも尊いんですからな」

「もうすぐできるよ。ひとのこと心配すんな」

三年生たちはその鮮黄色の宇宙服《スペース・スーツ》をくるくると脱ぎすてた。そこへ下級生たちがよってたかってファスナーをおろし、フックをはずす。ヘルメットを片づける者、電話器《トーキー》をかかえて格納棚に運ぶ者、下級生たちは上級生の目にとまるように必要以上に体を動かした。

突然、さえた音がひびいて一人の下級生が床にころがった。そのほおがみるみる赤くはれあがった。罵声がとんだ。

「なんだ、この野郎！　一年生のくせに横着なことをしやがって。おれの耳まで取りはずすつもりか。このイヤホーンはただひっぱったってとれねえんだ」

一年生はのろのろと体を起した。

「ぼく、知らなかったんです。ぼくのイヤホーンがふつうのさしこみ式のものですから、君のもそうなのかと思ったんです。すみません」

「よく気をつけて見るんだ。型が違うだろ」

それだけですんだのは幸いだった。ほっとした色が下級生たちの上に流れて、手足はいいよいよこまめに動いた。

薄緑色《ライト・グリーン》のコンビネーション・スーツが操船科生徒の制服だった。《東キャナル市専修学校》の中でも、宇宙船工学科の生徒のこのコンビネーション・スーツは他の学科、市経営学科や民生施設学科、立法科などのそれぞれの制服の中で一段と異彩を放った。その宇宙船工学科の中でも、この薄緑色こそは、未来の宇宙船船長《キャプテン》として、機関科《エンジン》や電装科、通信科や整備科などの生徒の制服の色を圧していた。その右腕にとめられた小さな銀のメダルこそ、彼ら、操船科生徒があのはじめてこの土地の砂を踏んだ二隻の宇宙船の乗組員《クルー》たちの後継者であることを示していた。市民たちの期待は彼らの上に多大であったし、それにこたえる彼らの自信もまた絶大であった。

たしかに宇宙船パイロットの数は必要数をはるかに下回っていたし、その超過勤務の実態は最小限度の休養すら保障しなかった。一人でも多くのパイロットが、一日でも早く生れることを皆は待ち望んだ。

その操縦科三年生。左の胸にはいった三本の白線は人目をひくに充分だった。

　廃品処理場《ジャンク》へ行くというソンとジャミーが地上車を運転して消えると、残った七人は一団になって保養区へ通ずる走路《ベルト》にとびのった。

◇

　保養区十二階のソーダーサルーンはいつも混雑していた。このあたりではシティの第三次拡張工事が始っていて工務局の労務員が忙しげにゆききしていた。防護用ヘルメットをかぶった彼らの群がひとときの休息にサルーンのテーブルを囲んでいることもしばしばあった。

　操船科生徒の制服はここでもひときわ人目についた。きびしい鍛練と豊かな栄養からくる彼らのそろってがん丈な体軀と分厚な胸は、比較的筋肉労働の多い工務局の人々にもまさってあたりを圧倒した。

　テーブルにつくと、さまざまな果汁飲料やグラスをのせた自動配給車が人々をぬって近づいてきた。

「な、みんな。市経営科の一年生のオキっていう奴を知ってるかい？」

「いや、知らねえ」

「ああ。見たことある」

「ひと月ぐらい前によそのシティから移ってきたそうだが」

「それで？」

「ツルブの女を横どりした」

「ツルブ？　おれたちの科の一年のか」

「ツルブの？」

「そう。女は普通学校の三年のツジとかいう奴なんだが」

「それでツルブは黙ってるのか！」

「なめたまねをしやがる」

「なにしろ、ツルブは気が弱い。それにオキっていう奴はおれも一度見たことがあるが、へんに度胸のありそうな奴だ」

ゼイクのテレビ電話のダイヤルを回して市経営科の生徒居室を呼び出した。呼び出しに応じた受付に、

「居室番号はわからないが、オキという一年生をたのむ」

回路が切り変ってゆくのだろう。しきりにスクリーンに輝線がはしった。やがて緑色のパイロット・ランプがともるとスクリーンの奥にもやもやと一つの顔が現われた。ピントが合うと、眉の濃い、腫れぼったいまぶたをした目の細い少年の顔が浮き上った。

「ぼくはオキだが、君は?」

「操船科三年のシュウが話があるそうだ」

「そんな人、ぼくは知らないよ。人違いじゃない?」

「黙ってろ」

シュウが代って送話器を手にした。

「オキ、おれはシュウだ」

「ぼくはオキ。用事って何ですか? ぼくは君を知らないけれど」

「ブルク! なんでそれを今までおれたちに言わなかった」

「まて、ただのうわさだけじゃいけねえと思ったからちょっと、たしかめていたんだ」

「くそ! たかが市経営科のそれも一年生のくせに出過ぎたまねをしやがる」

「市経営科っていやあ《専修学校》の中でも一番くずの集っているところじゃねえか。それが同じ一年でも操船科の者の女に手を出すなんて、おい、これはこのままにしておいてはおれたちの顔がまるつぶれだぞ」

「これはもの笑いだ。このメダルが泣くぞ。ブルク、あしたツルブによく言って聞かせろ。そういうことがあったら上級生にすぐ言うんだってな」

「ツルブにヤキを入れてやれ」

「ところで、そのオキだが」

「シュウ。何か面白い方法があるか」

「ほかの科の奴らに操船科には指一本触れさせないようにしてやるんだ」

「これからおれたちは面白いことをして遊ぼうと思っているのさ。それでお前を誘ったんだ」

「ぼくを？　面白い遊びって、でもぼくは今言ったように君を知らないんだ。いきなり誘われたって困っちゃうな」

「なにも困ることはないだろう。すぐに来るんだ。操船科三年居室のロビーだ」

「待ってよ。ぼくは」

「おい！　お前、上級生のいうことに従えないのか。市経営科というのはそういうところか。お前たちの三年生がそうしろと言ってるんだな」

「いや、それは違う。三年生がそんなことを言うもんか。ぼくが困ると言ってるんだ。それにぼくはきょう日直当番だし」

「来たくなけりゃ来なくたっていいんだ。それじゃ三年の代表を呼べ！　今すぐにだ」

「わからない人だなあ」

「なにい」

「行くよ。行けばいいんだろう。操船科のロビーだね」

シュウは指でぴいんとスイッチをはじいて電話を切った。

「来るとよ」

「それじゃ、船の用意をしとこう」

ブルクがにやりと笑って立ち上った。彼はインターフォンに向ってささやいた。

「操船科の三年ですが、明日の船内指揮実習の予習をしたいんです。実習船を貸してください。時間は……」

話し終ってインターフォンを切り、ブルクは指を立てた。

「教官室ＯＫ。なかなか熱心だ。しっかりやれ、とよ」

「さあて、オキが生きているのがいやになるほどこってりしぼってやろう」

皆はなんとなく浮き浮きして立ち上った。

ブザーが鳴った。

「来たな」

ハンクがドアを開くと、地味な薄茶の制服《ユニホーム》を着た貧弱な体つきの少年が立っていた。

「ぼくはオキだけど、シュウに呼ばれたんだ」

ロビーの奥にいたシュウたちがどやどやと立ち上って出てきた。

先頭にたったブルクがオキの頭の上から言った。

「さあ、おれたちといっしょに行くんだ」

「君は誰？　シュウとは違うようだが」

「みんなシュウの友だちさ。シュウはほら、あれだ」

あとから出てくるシュウを指さした、オキは彼に近づこうとして二、三歩踏み出したが、その肩をブルクの大きな手につかまれた。

「あっち、あっち」

シュウは鼻にしわを寄せ、凄い目をオキに向けただけで声もかけなかった。

オキは一瞬、不安な顔色になった。そのまま巨大な体軀の上級生たちに囲まれて、おされるように廊下を移動していった。


いぶかるオキをおどしすかして宇宙服《スペース・スーツ》を着せ、ヘルメットをかぶせると、ようやく上級生たちの計画がわかってきたとみえ、オキの顔色が変ってきた。いくら抵抗しても、はるかに体の大きな彼らには歯がたたないとさとると、オキは静かになった。その目はいよいよ細く、時おり烈しい光を見せて、むっつりとおし黙った。

皆を乗せた地上車は、附属空港の一角にそびえる四号実習船の下に止った。投光器の光芒に照らし出される四号宇宙船は、小型貨物船《カーゴ》を改造したものながら、夜目には銀色の巨大な塔のようにそびえていた。

皆は一団になってリフトにおさまった。

ハッチを開いて操縦室へ入った。整備員の手によって船は発進を待つばかりにすべての準備は完了していた。

ブルクとハンクが操縦席へついた。カシュテイがその後方の通信席に腰をすえる。シュウとオキは壁面の空席についてGベルトで体を固定した。

他の者はそれぞれハッチを開いて姿を消した。

「いいか。オキ。この船はこれから宇宙空間へ出る。お前は宇宙飛行の経験があるか?」

「二度ある」

「それは都合がいい。宇宙飛行の経験は多いほどいいんだ」

「どうしてぼくを誘ったんだ」

「さあ、それでは発進用意! いいかブルク。時計を合わせろ。マイナス二七……二六……二五……二四……二三、カシュテイ、《タワー》とコンタクト開始! マイナス二一……二〇……」

「船長《キャップ》! こちらAエンジンOK」

「一八……一七……一六……四……三……二……一……ファイヤー!」

凄まじい衝撃が船体の軸に沿って貫いていった。すべての照明は汐のひくように暗くなっていた。あらゆる物が震動していた。ヘルメットの中でシュウの顔は張り裂けんばかりにふくれあがった。かたくつぶったまぶたの裏側で無数の火花が渦まいた。シュウはわずかに首を回して隣のオキの顔をうかがった。

オキは大きな口をあいて犬のように舌をたらしていた。今彼の体を猛烈な嘔吐感と割れるような頭痛が襲っているらしかった。

シュウはにやりと笑った。

十一分後、エンジンは出力の低いBエンジンに切りかえられ、航路が修正されていった。さらに九分後、エンジンは停止した。慣性飛行に移った四号実習船は満天の星々の光を受けて流星のように突進していった。

しだいに体が楽になりはじめた。嘔吐感も頭痛も消え、シュウは太い息を吐いてGベルトをはずした。

「おい、オキ! なんて面《つら》をしてるんだ。さあ、立て」

「ひどい船だ。この前、乗った時はこんな船じゃなかった」

「あたり前だ。おれたちがそんなぜいたくな船で訓練してたら、いざという時にはどうするんだ」

「だけど、いつもこんな船でばかり練習していたら、最新型の船に乗ったら扱いがわからないんじゃないかな」

「市経営科あたりのチビにはそのくらいのことしか考えられないんだろ」

「どうして君たちはそう、ほかの科の人たちのことを悪く言うんだ」

「なんだ、ふらふらしてるじゃねえか」

「どうするんだ？　これから」

「お前はどうも勇気が欠けているようだから少しきたえてやろうと思ってな」

「ぼくは勇気があるよ」

「そうか。ならなおいい」

船は慣性コースをおちていった。エンジンの咆哮も今はやんでいっさいの震動はとだえた。水底のような静寂がよみがえってきた。

皆が操縦室に集ってきた。カシュテイは通信席から、ハンクは操縦席から首を伸ばしていた。

「オキ、本船は現在、火星赤道上を高度一万六千八百キロメートルで慣性飛行中だ。スクリーンを見ろ」

操縦室中央の大スクリーンにきらめく光の渦があらわれた。茫洋《ぼうよう》たるその光の渦は、みるみる微細な無数の光点となった。暗黒の中に輝く、永劫にまたたくことのないそれは千億の星くずであった。決して人を容れない、人類の踏みこむことを許さない荒涼たる永遠の夜であった。

オキの心は烈しく震えた。今、眼前にあるものは、かつての宇宙飛行で経験した壮大なものに対するつつしみ深いおそれや感激などとはまったく異質な、痛烈な拒否と凍結した憎悪であった。

「どうだ。オキ。この宇宙船の外は何もない。無限の空間があるだけだ」

「……」

「オキ、お前は少し生意気だ。気をつけてもらわなきゃいかん」

千億の星くずの描く果てしもない光の海に、声もないオキには、このシュウの突然の人間臭い言葉があまりにも場違いなひびきをもって聞えた。

「え？」

「オキ。お前、ツルブの女を横どりしたろう。

操船科の下級生がつらい目に合わされたと聞いちゃ、おれたち上級生としては黙っていられねえんだ」

「ツルブ？　知らないよ。そんな人」

「このやろう、しらをきる気か」

「ほんとうだよ。それにツルブの女を横どりしたとは何のことだ」

「ふうん。お前、ツジがツルブの女だということは知らないのか」

「ああ、全然知らないよ」

　ブルクが脂ぎったあごをつき出した。

「それじゃ聞かせてやろう。あのツジな、あいつは操船科の一年のツルブの女なんだ。お前にツジを横どりされてツルブはしょげている。だいたいお前が横からのさばり出てきたからなんだ」

「ツジはたしかにおれの友だちだ。だが、そんないきさつがあるとは知らなかった」

「何がいきさつだよ。生意気な口をきくな！」

　カシュテイが通信席から首を伸ばして叫んだ。上級生たちはいっせいに動いた。

「だけど君たち。それはぼく個人の問題じゃないか。君たちに指図は受けないよ。そうだろう」

「オキ、もう一回言ってみろ」

「つまり、ぼくとツジの間のことじゃないか。もしかしたら、ぼくがツジにふられることになったことなのかもしれないじゃないか。しかたがないことだな。東キャナル市には女の子が少なすぎるんだ」

　オキは冷たく言い放った。

　シュウは残忍な目つきでオキの上にかがみこんだ。

「オキ、一つ提案がある」

「何なりと言えよ」

「おれとお前と決闘しよう」

「決闘？」

「そうだ。見ろ、あそこに宇宙船の外部へ出るためのエア・ロックが二つある。あの強化プラスチックの窓のついたハッチがそうだ。一つにおれ、一つにお前がはいるんだ。そしてな、おい！　チュルク、それをオキに見せてやれ。あの円板はルーレットだ。十二に分けた目盛のうち、一つに赤い線がひいてある。誰かにこれをぐるぐる回してもらうんだ。針が赤い線で止ると、電流が通じてエア・ロックの外側ハッチが開くんだ。中に入っている奴は宇宙へほうり出される。それですべてが終りだ。どうだ面白いだろう。お前の方のハッチが開くか、それともおれの方のハッチが開くか、それは運しだいだ」

「いやだよ、ぼくは。そんなこと」

「恐ろしいか。そうだろうな。お前たちは一生、シティの地下でねずみといっしょに暮している奴らだからな」

「だって君たちは宇宙空間に出ることには馴れているんじゃないか。ぼくはそんなこと練習したこともない」

「オキ、これは練習もへちまもないんだ。エア・ロックからほうり出されたが最後、流星のように慣性飛行だ。そして火星へむかってそれこそほんとうの流れ星だ。もっともその頃にはもう死んでるだろうけれどもな」

オキの顔から玉のような汗がすじをひいて流れ落ちた。

「君たち、ぼくを殺そうというんだな」

「おい、人聞きの悪いことを言うな。運と勇気をためすためだけだ。万一、どっちかが死んでもこれは純然たる事故だ。不可抗力のな」

「そのルーレットの針が、ぼくのところに止るように仕組まれていないとどうして言える？」

「オキ！　お前を殺そうと思ったら何もこんな面倒なまねをする必要はないんだぞ。やろうと思ったらどこでもやれるんだ」

「君たち、どうしてそんなにぼくが憎いんだ？」

「さあね、おれたちはとても退屈しているし、それにおれたちが操船科だからじゃねえか？」

シュウはつるりと顔をなでた。

オキは黙ってしばらく三年生たちの顔を見つめていた。

すでに汗はひいて、そのひたいは青白く冴えきっていた。

細い目からは急速にいっさいの感情が消えて

いった。かすかに開いた口から深い吐息が洩れた。

「よし、やろう」

いやに静かな声だった。

シュウは唇をゆがめて小さく笑った。

二人は宇宙服《スペース・スーツ》を綿密に点検し、新しい酸素のボンベを背負った。ボンベには、三十分間の使用量しか入っていなかった。電話器《トーキー》と飲料水のチューブははずされた。ヘルメットの固定ボルトをしめつけると、二人はそれぞれのエア・ロックに入った。シュウは鼻唄混りだったが、オキの足もとはややもつれていた。

エア・ロックの内側ハッチが厳重に閉じられると、上方の強化プラスチックの窓から二人の顔がのぞいた。そのハッチの前に、大きな手製のルーレットがすえられた。その後を半円形に皆がとりまいた。スポットライトの目のくらむような光の輪が、その白い円板をくっきりと浮き出させた。

「いいか?」

ルーレットの上にかがみこんだカシュテイがうわずった声で呼びかけた。

「よし、それじゃ、おれの方からはじめてくれ」

チュルクが走り寄ってオキのエア・ロックの電源回線を切った。

シュウのロックに赤いパイロット・ランプがともった。

「ゆくぞ!」

ブルクが泣くような声で叫んだ。その上体が烈しくうごくと、針は銀の光芒を曳いて銀板のように回った。

凍りついたように身動きする者もいなかった。死のような静寂の中で、針だけが音もなく回り続けた。

一分。

二分。

しだいにその動きはおそくなり、やがて針の形が現われてくる。

ゆっくり、ゆっくり、
止るかと見えて惰性で針は回りつづけ、赤いマークの上を幾度も通り過ぎていった。

ようやく止ろうとするその一センチ先に、赤いマークがある。そのまま針は動くともなくすべりかさなると見え、通過し、止った。

「……セーフだ」

誰かがうめくように言った。

「よし、こんどはオキだ」

回路が入れ変えられた。オキのエア・ロックに赤い灯がともった。

ふたたび針は目にもとまらず回りはじめた。音もなく、
いつ果てるともなく。

長い分秒が過ぎてゆく。

やがてそのおとろえが皆の目にはっきりと見えはじめた。

キラ、キラ、と息つくように輝きをみせ、ついに止る時がきた。ゆっくりと半周して。そのとがった先端はぴたりと赤いマークを指した。と誰も思った。

一瞬、わずかにそれた。

シュウがハッチの中でけたたましく笑った。誰も何も言わなかった。

チュルクが手馴れたしぐさで回路を入れかえた。

カシュテイが皆の顔にちら、と視線を投げ、体をひねって針を回した。床の上に汗が落ちて小さな汚点をつくった。

針は軽快に回った。

皆は、もうこれが最後だと思った。今度こそ片がつくだろう。シュウが死のうが、オキが死のうが、こんな決着は生涯ごめんだと思った。襲いかかってくる錯乱に耐えて、死を待っている者の鼓動が痛いほど皆の胸に伝わってきた。

針はまるで生物のように円板の上を這いつづけた。

ブルクがあごをしゃくった。うむを言わせぬようなうながしかただった。チュルクがまだ回り続けている針を、大きな手でぴたりと押えた。

「止めだ！　オキにもわかったろう」

シュウが片目をつぶって鼻にしわを寄せた。オキは不思議そうな目で、チュルクの押えた針を

見つめていたが、その頭が窓からふいに消えた。ハッチに体をこすりながら、ゆっくり崩れおれる音が聞えてきた。

「あの腰ぬけ、のびちまいやがった」

「カシュテイ。市経営科の居室へ電話をかけてオキを引きとりに来いと言え」

◇

ようやくその日の講義が終った。午後いっぱいを使っての《基地設営概論》は、気が遠くなるほどたいくつなものだった。フィルムもスライドも、ただ皆の神経をいら立たせ、うずかせるだけのことでしかなかった。

われをとりもどした開放感に、どやどやと廊下へ出た。

「お。あれはオキじゃねえか。何しに来たんだ」

リフトの前に立っていた小がらな人影が急ぎ足に近づいてきた。

「たぶんあやまりにでもきたんだろう」

オキは立ちふさがるように廊下の中央を歩み寄ってきた。

「オキか。何の用だ？」

「この間は醜態だったな。オキ、出過ぎたまねをするとどうゆうことになるかわかったろう」

「そのことについてシュウに話があるんだ」

「おい！　シュウ。お客さんだ。お前に話があるとよ」

「なんだ」

シュウは片頬で笑いながら体をゆすって、オキの前に現われた。

「シュウ。この間はぼくの負けだ。ぼくが貧血を起したんだから」

「おれたちの言うことがわかればいいんだよ。何もお前をおっぽり出すことだけを考えていたわけじゃないからな」

「で、もう一度やろう。こんどこそ片をつけようよ」

「なんだと、こいつ」

「この野郎！　まだわかっていねえんだな」

「どうだ。シュウ。やるかやらないかどっちだ？」

オキは細い目でじっとシュウの顔を見つめた。

「おい、みんな！ こいつがどうあってもこの間の決着をつけたいというんだ」

皆の顔に、焔のようなものがめらめらと燃え上った。

「ようし。のぞむとおりにしてやろうじゃないか」

「市経営科なんかにもなかなか骨っぽい奴がいるもんだな。オキ、こんどはお前がいい出したんだ。どうなってもおれたちは知らないぜ」

オキを囲む目は異様な光を放った。

シュウは怒りでこめかみの血管が青くふくれあがった。

皆は獲物をとり囲んだ狼のように、肩をとがらせた。

附属空港の一角に、今日も実習船はその鋭い舳を天に向けていた。

血のような残照が広漠たる平原を染めていた。

遠く、地上車の群が虫のように動いていた。

皆は黙々と操縦室に入っていった。この前と同じように、ブルクとハンクが操縦席につき、カシュテイが通信席に身を埋めた。他の者は刺すような視線をオキにあびせてそれぞれの持場へ去っていった。シュウとオキは並んで腰をおろし、Gベルトを体にまいた。

「発進用意！ 時計照合、マイナス二七……二六……二五……《タワー》コンタクト……二〇……一九……」

「エンジン、ＯＫ」

「……一〇……九……八……」

「《タワー》ＯＫ」

「……四……三……二……一……ファイヤー！」

すさまじい重力の変化が皆の顔をひきゆがめた。うすれかかる意識の下で、シュウはこの時、オキに火のような憎しみを感じた。

「殺してやる」

シュウはうめいた。

「船を出すんだ。シュウ」

耳もとでオキがささやいた。

体を動かすと左の胸に固い物が触った。

「もう一度言うぞ。船を出すんだ」

「なに！」

ねじ向けたシュウの顔に、黒光りする金属の円筒がさしつけられた。シュウは思わず身を引いた。熱線銃だった。

「聞えたらいうとおりにするんだ」

シュウの顔色はみるみる陽のかげるように青ざめた。

目の前の空間が一瞬、目もくらむ鮮かな青に染った。閃光が消えると、操縦室の片すみに置いてあった消火器の炭酸ガス・ボンベが黒い残骸と化していた。

「ハンク！　船を出すんだ」

いぶかしげな面もちでのび上ってふりかえったハンクたちの顔に信じられない疑惑と恐怖が浮んだ。

オキが声もなく笑ってうなずいた。

「出せよ。船を」

シュウの声は夢でもみているかのようにうつろだった。

もう一度、骨身をくだくような衝撃が、すべてを押し包んだ。船体は歯の浮くような音をたてて烈しくきしんだ。固定されていなかった物品がなだれのように床をすべった。焼け崩れた消火器の残骸がころげ回るように落ちてきてカシュテイの体に当った。カシュテイはのめって床に落ちた。

何がどうなったのか誰にもよく事態はつかめなかった。漠然とわかっていることは、まったく思いもかけなかったオキの反撃によって、自分たちが非常な危険にさらされているということだった。どうしてそんなことになってしまったのか、ただ思考は混乱するだけであった。

やがて慣性飛行に入った。

「皆にここへ集ってもらおう」

オキはむしろ明るい声で言った。

「みんな、操縦室へ集れよ」

シュウがインターフォンに向って叫んだ。

ハッチが開いて顔を出した者たちは、操縦室内の異常な雰囲気に眉をひそめた。そして事の重大性をさとるや、ある者はオキにつかみかかろうとして周囲の仲間にひきもどされ、ある者は放心したように立ちつくした。

「君たち。ようすはごらんのとおりだ。気を悪くしないでくれたまえ。弱い者は弱いなりにやらなくちゃね。でも、ほんとうを言うと、ぼくは自分が弱いとは少しも思っちゃいないけど」

「おれたちをどうしようって言うんだ」

「この間の運だめしをもう一回やってみよう」

「おい、馬鹿なことを言うな」

「それはとても面白い遊びだ」

「オキ！」

「カシュテイはかわいそうなことをした。あれはほんとうに不可抗力だったんだ。純然たる事故だよね」

無邪気とも言えるその口調に恐ろしい響きがかくされているのを感じて、シュウの心は氷のように冷えあがった。

「考えていることをはっきり言え」

「操船科の人は気が短いな。それでは君、この間のルーレットをここへ持ってきてください」

オキは手にした熱線銃でブルクを指さした。

ブルクは何かつぶやいて動かなかった。黙ってブルクを見つめるオキの顔にゆっくりと何かの意志が動きかかった。

「ブルク、ルーレットを持ってこいよ」

ハンクがブルクの体を押した。ブルクは体をおこしのそのそと歩いて操縦室のすみにうず高く重なった器具の間から白い円板を運んできた。針がとれかかっていた。

「よし。君、なおしてください。それから君は針が赤い線の所に止ったら、この船室のエア・ロックのハッチが全部開くように配線してください。二重扉の外側も内側もいっしょに開くようにね。あとでぼくが点検します」

皆の顔に烈しい恐怖の色が浮んだ。

「オキ！　まて、おれたちが……」

「とても面白い遊びだ。ぼくはすっかり気にいった。あの日、誘ってもらってほんとうに嬉しいよ。あ、君、電源はその回路からとってください。この部屋から出ないで」

ブルクは、影のように体を動かして作業を続けた。その手も、足も、彼自身のものでないかのようだった。彼の目は手もとを見ている時も、はるか遠くを見ている時のように茫とかすんでいた。

「オキ！　あやまる。おれたちが少し君にひどいことをし過ぎたようだ。かんべんしてくれ」

チュルクがへたへたと床にすわりこんだ。

「やめろ！　チュルク。市経営科の鼻たれなんぞに何を頭などさげているんだ。オキ！　いい度胸だ。生きて帰れるとは思うなよ」

シュウのひとみは狂気に似た凶暴な光を噴いた。全身から顔も向けられないような殺気が立ちのぼった。

オキはふっと笑った。

「できたよ」

ブルクは床を這う配線を指し示した。

オキは熱線銃をかまえたままゆっくりと移動してその配線を調べた。ハンクが目に見えないほどわずかずつ体の位置を変えていった。オキの目が、エア・ロックの開閉装置に向いた。左手でコードをひいて接触をたしかめる。そのとき、ブルクの体がまり﹅﹅のように躍った。ブルクの体がオキの上半身にぶつかるのが早かったかオキがエア・ロックのハッチを開いたのが早かったか、身を沈めたオキの背を飛びこえて、ブルクの体はエア・ロックの内部に突っこんだ。熱線銃を皆のほうに低くつき出しながらオキはすばやく背でハッチを押した。ゴム・パッキングの閉まる音が聞えた。エア・ロックの中で一度だけ叫び声があがり、すぐに静かになった。

誰かが静かに泣き出した。それはいかにも悲しげにいつまでも続いた。

「配線はいいようだから、始めよう。ええと、君、針を回してください。力いっぱい回すんだ」

オキはチュルクをうながした。チュルクは円板の上に屈みこむと、何のためらう様子もなく、力いっぱい針を回した。

針はおそろしい早さで目盛の上を回った。

皆の顔からは、もう恐怖も怒りも消えていた。放心と無感動だけが、その目をガラス玉のように光らせているだけだった。呼吸さえ止ってしまったように、ならんで立ったままびくりとも動かなかった。

針はしだいにその回転をおそくし、長い時間の果てに止った。赤い目盛からは半周も離れていた。

「もう一回やってください」

オキは唄うように言った。針はふたたび回りはじめた。

その針の動きに目もくれず、まっすぐ顔をあげている者が二人いた。

シュウのひとみは毒の焔のように、まばたきもせず、オキの目の中を見つめていた。オキの視線は石のように何の感情もなく、シュウの目にあてられていた。

そのまま、オキは白い歯を見せてシュウに語りかけた。

「この間はすっかりだまされたよ。この船が宇宙へ飛び出したんだとばかり思っていた。だから、たとえエア・ロックが開いたとしても、空港の土の上へ落ちるわけだったんだ。それを知っていたのは君たちだけ。知らなかったぼくはとても恐かった。何度、もう駄目だ、と思ったかしれない。

あ、針が止ったようだね。もう一回やってください」

静寂の中で、針の回る音がかすかに聞えた。

「ふとした機会に、あの日はこの実習船が一度も離陸しなかったことを聞いたんだよ。実習船だから、たとえ飛び上らなくても、飛び上ったように思わせる装置がいろいろとついているわけだ。だからきょうはほんとうに離陸してもらったんだ。あのハッチの外は空港じゃないぜ。こんどこそほんとうに星の海さ。どうだい。すっかり気に入ったろう。まったく面白いゲームだ」

オキの言葉が耳に入らない者が一人いた。

チュルクは背を丸めて、オキの言うままに必死に針を回し続けた。回し始める位置によっては、決して針が赤いマークの上で止らないようにできることをチュルクは知っていた。その場所だけをチュルクは見つづけた。

「もう一度やってください」

その声だけをチュルクは聞いていた。

そのチュルクの必死な作業を知っている者が二人いた。オキとシュウだった。

船は飛びつづけ、チュルクは汗で痛む目に針を見つめつづけ、シュウは憎しみにまみれて彫像のように動かなかった。

オキは細い目をいよいよ細くして静かに言うのだった。

「回してください」

通りすぎた奴

TAKU MAYUMURA

眉村 卓

1934（昭和9）年10月20日、大阪生まれ。本名・村上卓児。大阪大学経済学部卒。大阪窯業耐火煉瓦に勤める傍ら、SF同人誌「宇宙塵」に参加。61年、同誌に発表したショート・ショート5篇が「ヒッチコック・マガジン日本版」に転載されてデビュー。61年の「SFマガジン」第1回コンテストに投じた「下級アイデアマン」が佳作第2席となる。63年の第一長篇『燃える傾斜』の刊行を機にコピーライターに転じ、65年から作家専業となった。

初期には奇抜なアイデアの未来もの、宇宙ものが多かったが、組織の中の個人にスポットを当てた「インサイダー文学」を提唱し、本格SF〈司政官〉シリーズへと発展を遂げた。一方で『かなたへの旅』『異郷変化』など日常を侵す異世界の恐怖を描いた作品にも定評があり、後には自伝的要素を取り込んで、『夕焼けの回転木馬』『傾いた地平線』といった傑作に至った。また、ショート・ショートを得意とし、星新一を上回る1000篇以上を発表している。学年誌に発表した『なぞの転校生』『ねらわれた学園』『ねじれた町』などのジュブナイルで年少の読者を虜にし、SFファンに育てた功績も計り知れない。

79年に〈司政官〉シリーズの長篇『消滅の光輪』で第7回泉鏡花文学賞、87年に『夕焼けの回転木馬』で第7回日本文芸大賞を、それぞれ受賞。80年代から90年代にかけて『引き潮のとき』と『不定期エスパー』の2大長篇を連載したが、2006年には久しぶりの書下し長篇『いいかげんワールド』を刊行している。

初出=「小説新潮」74年8月号
初刊=『通りすぎた奴 』（77年5月／立風書房）
底本=角川文庫版『通りすぎた奴』（81年7月／角川文庫）

著者のことば

この話は、まだ小さかった娘が、「エレ弁というのがあったら面白いね」と言った瞬間に頭の中でできたものである。当時私の一家は、公団住宅の七階で暮らしていたのだ。高層都市の中での均一化された暮らしと、馬鹿らしくてふつうの人間がやらないことを実行した者はどうなるか――のイメージが、ぱっとまとまったのであった。つくりに無理があるのは承知だが、それでもいいと思って書きはじめ、改稿もしたのである。

その日、エレ弁売りと話し合うまで、ぼくは〝旅人〟のことなど、すっかり忘れていた。

すこし、胃が重い。飯抜きにしたほうがいいのだが、できなかった。ぼくは白米と卵焼きと煮つけという、古めかしい食事が好きなのだ。チャンスがあると、食べずにはいられない。

ドアがひらくと、ぼくは席を立ち外に出て、弁当売りを目で探した。顔見知りの、年のせいでよたよたと歩く弁当売りは、ぼくを認めるとすぐにやって来て、包みを差し出した。

「どうだい、景気は」

ぼくは、金を払いながらたずねた。

「ま、こんなものだろうな」

弁当売りは頷《うなず》いてみせた。「特急がとまらなくなったんで、かえって助かる。一度にわっとたかられると、こちとら無器用なもんでおたおたしてしまう。それに、どうしてもひとつやふたつ盗まれるしね。今のようにぼちぼち売れるほうが気苦労がなくていいよ。――きょうはどこまで行くのかね？」

「一万六千百二十五階」

「じゃ、一晩どまりだな？」

「ああ。一万六千階に、なじみの宿泊所があるし」

「気の毒だな。ここのエレベーターはおそいもんでね」

「そうでもないさ。ぼくはじき貧血をおこすから、あまり速いのは好きじゃない。それに、あしたは休日だろう？　のんびりして帰るつもりだ」

「なるほど。そういえば、あしたは休日だったな」

「そんなことといってるようじゃ……おじさん、少し働きすぎだよ。もうそろそろ無理をしないほうがいいんじゃないか？」

ぼくがいうと、弁当売りは肩をすくめた。

「そりゃ、わしだって、時には骨休みしたいと思うよ。けど、きょうび、安い日当で手伝ってくれるような人間なんて、なかなかみつからないしね」

ベルが鳴りだした。

弁当売りは、隣りの、次に到着するエレベーターのほうへ行こうとして、不意に振り向いた。

「どうだろう。例の男みたいなの、いないかね?」

「例の男?」

「ほら、だいぶ前にあんたが世話してくれた〝旅人〟さ」

「——ああ」

ぼくは思い出した。

「あいつ、今ごろどのあたりにいるんだろうなあ」

弁当売りはもっと喋《しゃべ》りたそうだったが、時間がなかった。ぼくは身をひるがえして、ドアがしまりかけているエレベーターに飛び込んだ。

案の定、空席はなくなっている。ぼくがすわっていた席も、ぶよぶよに肥えた、クラゲみたいな女に占領されていた。

しかたがない。

そのうちどこかがあくだろう。

これからまだ三時間このエレベーターに乗り、一万六千階で全階停止の無料エレベーターに乗りかえるのである。

ぼくは壁にもたれたまま、弁当の包みを開いた。

いつもの通りの、九千五百階のエレ弁だ。白い飯、やわらかな卵焼きと、それにきんぴらごぼう、かまぼこ……その濡《ぬ》れたつめたい舌ざわりを楽しみながら、ぼくはゆるゆると食べにかかった。エレ弁はやはりこうでなくちゃいけない。このごろではこうしたエレ弁はすくなくなって、コンパクトな合成食品の詰め合せが当り前のようになってしまったが……あれにはまるで情緒というものがない。

たんねんに口を動かしながら、ぼくは考えていた。〝旅人〟か。

そういえば、はじめて彼に会ったのは、三年ほど前のことだったな。

その男は、四百二十三階と四百二十四階の間の踊り場にすわり込んで、何かしていた。彼のまわりには、バッグや包みなどが、どれも同様に汚れた色をして、ころがっていた。

ぼくが階段をくだっていたのは、全くの気まぐれからである。簡単な仕事を済ませ、その日はもう何もすることがないものだから、四階ばかり下の四百二十階にあるレジャーセンターへ、エレベーターを使わずに降りることにしたのだ。

階段というのは、妙なものだ。それ自体はちっとも動かないで、人間のほうが移動しなければならない。途中には時間潰《つぶ》しをするような設備もなく、塗料は剥《は》げ落ち、申しわけのように暗い灯がともっているだけ……ときたま掃除されることもあるようだが、たいていは塵芥《じんかい》だらけで、お義理にも衛生的とはいえない。いわば、フロアとフロアをつなぐだけの存在なのだ。

とはいっても、エレベーターのすくない時間などには、かなりの人数が階段を利用するし、それをまた当てこんだ乞食《こじき》や、いかがわしげな女どもがたむろしているものだから、その一種異様な雰囲気を求めて遊びに行く者だって、すくなくない。

だから、ぼくはその男を見たとき、乞食かそうでないにしても、浮浪者のたぐいだと思った。通りすがりに、そいつが何をしているのか見てやろうという、その程度の気持しかなかったのである。

しかし。

ぼくは足をとめた。

男は、絵を描いていたのだ。

絵といっても、スケッチである。そろえて立てた膝頭《ひざがしら》に、てのひらぐらいのノートを置いて、忙しく鉛筆を走らせているのだった。

好奇心にかられて、ぼくはそのノートを上から覗き込んだ。

それは、踊り場の風景だった。汚れた壁面やむらがる女たち、通行人などが、暗い灯のおかげで生じた陰影を帯びて、いきいきと描かれているのだ。

「ほう」

と、ぼくは嘆声を洩《も》らした。

男が、顔をあげた。

男はぼうぼうと髭《ひげ》を生やしていた。髪もくしゃくしゃだったが、ひどく綺麗な目をしている。その目の感じと顔つきから、ぼくは男が自分と同じくらいの年の——青年であることを知った。

「…………」

彼は手をとめてぼくをみつめている。何か用なのか、といいたげな表情だった。

「うまいね」

と、ぼくはいった。何かいわなければならないような気がしたからだ。

彼は何の反応も示さなかった。

「それ、売るのかい？」

ぼくは何気なくたずねた。

「売る？」

彼は眉《まゆ》をひそめ、それから、かすかな笑いを唇《くちびる》のあたりに浮べた。「いいや、売りはしないよ。売りものじゃない」

「でも、それだけうまかったら、売れると思うよ」

ぼくはまたいった。

正直なところ、階段風景のスケッチなんてものを買う人間が、そんなにたくさん居るとは思えなかったが、彼の技術に対して、そのくらいのお世辞はいってもいいような気がしたのだ。

青年の口辺の笑みは、一段と深くなった。深くなると同時に、それは鮮やかな嘲笑《ちょうしょう》に変った。

それきり、青年は何もいわず、せっせとスケッチを続けるのだ。

ぼくはしばらく黙って立っていたが、やがて、にわかに何もかもが馬鹿馬鹿しくなった。

やっぱり、こいつは少しおかしいのだ。

頭がいかれているのに違いない。

でなくて、どうして、こんなことをするのだ？

こいつは、ぼくや、ぼくのよく知っている人々とは違う。こいつは、ちゃんとした世間の仲間にはなれない落伍者なのだ。

そう結論をくだしてしまうと、もう未練はなかった。ぼくはふんと鼻を鳴らし、階段をくだって行った。

それが、彼との最初の出会いだった。だからそのときにはまだ、彼が〝旅人〟であるとは全く分らなかったのである。

飯を食い終ったぼくは、隅のごみ箱に包みをほうり込み、便所に行った。

九千五百階でエレ弁を買ってから、もう三十分ちかく経っている。もともと長いあいだ立ったり歩いたりすることに馴れていないぼくの脚は、ずきずきと痛みだしていた。

余分の金を払ってもいいから、エレベーターの上部へ行って、特別シートにすわろう。

そう決心して、細いタラップにむかいかけたとき、エレベーターが減速し、二、三人が席を立つのが見えた。

ぼくはあわてて、さきほどの肥えた女の横の空席へと急ぎ、吐息とともに腰をおろした。

ドアが開き、閉じ、エレベーターはまた上昇する。

ぼくは楽になり、平和な気分になった。エレ弁も食べたし、あとは一万六千階まで、居眠りしようと考えごとをしようと勝手なのだ。毎日、自宅のすぐ近くにある会社に出勤し、しょっちゅう出張を命じられては、あっちのブロック、こっちのブロックへと、超高速地下鉄ででかけ、エレベーターであがりさがりする……そんな生活をしているぼくにとっては、休日やどこかの階で泊り遊んだりするときは別として、エレベーターにすわっているこの時間が、いちばん気楽なのである。

もちろん、働きはじめたころは、そうではなかった。

ぼくはこの世界、一般に都市と呼ばれているこの世界の外に、何があるのか知らない。世界の外どころか、都市にブロックがいくつあるのかさえ知らないのだ。きっと何百何千とあるのだろうが、ぼくが行ったところ、これから一生のうちに行くことになるところは、そのうちのごく一部分に過ぎないはずだ。しかも、その訪ねたブロックにしたところで、それぞれ何千階も何万階もあるうちの、いくつか限られた階へ降り立つだけの話である。つまり、ぼくは都市の大部分を見ないうちに年老いて死んでしまうのだ。はじめのうちは、そう思っただけで気分が悪くなり、目がくらむような感じがしたものである。

しかし、今ではそんなことはない。そんなに何もかも知らなくったって、ちゃんと生活して行けるのだし……そのことは、ぼくだけでなく誰もかれも同じなのだ……と、悟ってしまうと、何ということもなく安らかな気持でエレベーターに乗っていられるのだった。

で……ぼくはまたいつの間にか、〝旅人〟のことを考えはじめている。

最初の対面から一年あまり経って、ぼくは再び彼と出くわすことになった。

九千五百階で、である。

そのとき、ぼくは疲れた足をひきずって、仮眠できるところを探していた。かなり無理なスケジュールで、このブロックへ到着したのが真夜中過ぎ。とりあえず九千五百階ゆきのエレベーターに飛び乗ったものの、降りてみると次の上りの長距離急行まで、三時間も待たなければならないことが分ったのだ。

寝不足でめまいがしていたから、どこでもいい一眠りしようというつもりだった。が、午前四時という時刻のこととて、照明は休息時の暗さになっており、一、二度泊ったことのある宿泊所も扉を固く閉じて、呼べど叫べど返事がなかった。しょうがなく、開いている宿泊所を求めて彷徨《ほうこう》していたのだ。

ぼんやりとともる保守燈を頼りに、ぼくは人気のない通路を進んで来たが、階段に通じる分岐点のあたりで、ぎくりとして立ち止った。

前方に、何か黒いものが横たわっていたのだ。

近寄ると、それは人間だと分った。

行き倒れなのだ。

都市内で行き倒れというのは、珍しくない。人間はいつかは動けなくなって死ぬもので、今のように生きるためには方々飛びまわらなければならない時代では、自分の家で倒れるのがむしろまれなのだ。行き倒れがあると、その階の治安担当係員が身元を調べて送り返す。もしも送り返す先がなかったり金も持ってなかったりすると、たいていはダストシュートにほうり込まれるのだった。そのあと当人がどうなるか知らないが、いずれにせよ行き倒れは、係員が来て処理するまで放っておかれるのが常なのだ。

そいつをまたいで通り過ぎようとしたぼくの目は、しかし、横にころがったバッグからはみ出ている紙片をとらえた。

スケッチだった。

階段の風景のスケッチなのだ。

と、すると……これは、この前出会った青年なのか？

ぼくは靴の先で、その行き倒れを仰向にした。

やっぱりそうだ。

「ううむ」

彼がうなった。

生きているらしい。

そう気がつくと、ぼくは身をかがめて、彼に問いかけた。

「どうしたんだ？　大丈夫か？」

彼は薄目をあけて低くいった。

「ひどいじゃないか」

「え？」

「蹴飛ばすなんて、ひどいじゃないか」

「悪かったな。死んでいると思ったんだ」

「たとえ死んでいたって……」

弱々しく呟きながら、彼は肱《ひじ》を使って起きあがろうとしたが、できなかった。

「だめだ」

彼はうめいた。「あんた……何か食うもの、持っていないか？」

「…………」

「もう二日も食事をしていないんだ」

「食事を……していない？」

ぼくは、ぽかんとした。「何か理由があって、断食しているのか？」

彼は黙って首を左右に振った。

「変な奴《やつ》だな」

ぼくは顔をしかめた。「食物ぐらい、クレジット・カードを出せば、どこででも売ってくれるじゃないか」

「そんなもの、ない」

「カードを持っていないって？」

「俺には定職なんてないから、持たせてくれないんだ」

「じゃ、浮浪者だな？」

「違う。〝旅人〟だ」

「何？」

「旅をしているんだ。徒歩で、このブロックのてっぺんまで登るんだ」

「…………」

ぼくは茫然《ぼうぜん》と彼をみつめた。そんな奇妙なことを考える人間には、会ったことがなかった。エレベーターに乗りさえすればひとりでに連れて行ってくれるものを……どうしてそんなに馬鹿げたことをするのだ？

「なぜだ？」

と、ぼくはたずねた。「エレベーター代がないのか？」

相手は答えなかった。答えるかわりにまた呟いた。

「何か……食わせてくれ」

「…………」

どう考えても、こいつは気がふれているのに違いない。ぼくはそう思ったが、このままほったらかしにするには、ぼくの好奇心が許さなかった。もっとくわしく聞かないことには、気が済まない。そのためには、とりあえずこいつを助けなければならないが、なに、食物を与えるぐらいなら、大した損にはならないだろう。そう計算して、ぼくは〝旅人〟をかかえ起した。

けれどもぼくは、覚悟していたよりも多額の金を使わなければならなかった。ぼくはそこらの店で食事をおごるつもりだったのだが、時間が悪かった。ふつうのレストランは営業しておらず、結局、どうやらみつけた宿泊所へ彼を連れ込み、そこで料理を注文することになったのだ。おまけに、彼はろくに口もきかずがつがつと食べ終ると、ただもう眠気を訴えるだけなので、ぼくはやむを得ず、自分のとは別に、ベッドルームを借りてやったのである。

頼んでおいたとおり二時間後に起してもらったぼくがロビーに出て行くと、彼はもうそこにいて、待っていた。まだ眠いんじゃないかとたずねたが、彼は無感動な調子で応じた。

「もういいんだ。短時間で熟睡するのは馴れている」

それから、やわらかな目を向けて、

「ずいぶん世話になっちゃったな。済まなかった」

と、つけくわえた。

「いいんだよ」

へんに眩しいものを見たような気がして、ぼくはあわてて手を振った。

「助かったよ。これで、また登りつづけることができる」

その言葉で、ぼくは質問のきっかけをつかむことができた。

「本当に、歩いてこのブロックのてっぺんまで登るつもりなのか？」

「ああ」

「どうして、エレベーターにしない？」

「エレベーターは使わない」

彼は静かに応じた。「エレベーターなんて、ないと思えば気にならない。最後まで徒歩で行くつもりさ。今までも、ずっと徒歩で来たんだ。――ときどき、階段にすわって思索に耽《ふけ》ったり、その気になったらスケッチしたりしながらね」

その口吻《くちぶり》から察すると、どうやら彼は以前にぼくと会ったのを、憶えていないらしかった。と、いうより、ぼくがしたと同じような真似を、他の多くの人々もやったのに違いない。

「じゃ、ここまで来るのに、ずいぶんかかったろう？」

「四百日あまり、かな」

彼は、バッグから古びた小さな日記帳をとり出した。「きょうで、うん、四百十一日めだ」

「その間、休まずにか？」

「そうでもない。今いったように、途中で道草をするから、ぼくは自分で、一日に三十階から四十階登ればいいことにしている。それを二日つづけたら、次の一日はその階で賃仕事をして、食料や必需品を買うんだ。そしてまた二日間登る――というわけさ。うまい具合に仕事がみつからないと、けさみたいなことになるけどね」

「そんな調子じゃ、いずれ行き倒れのままでくたばっちまうぞ」

「ま、それでもいいさ。別にこわくはないよ。もっとも、やはりいざ倒れてしまうと、けさのように誰かれかまわず助けを求めるのがつねだけど」

ぼくは、しだいに相手が本気なのを確信しはじめた。考えていることは狂っているが……まぎれもなく本気なのだ。

だが、ぼくは、もうひとつだけ、はっきりさせておきたかった。

「なぜ、そんなことをする？」

ぼくはたずねた。

「そうだね。別に理由はないが……ただ登りたい、それだけかな」

彼は答えた。

「登ってどうする？」

「…………」

彼は小首を傾げて微笑したが、何もいおうとはしなかった。そんなことまで考えてはいないようなのだ。

今のところ、もうこれ以上彼から何も引き出せそうになかった。

そろそろ行くとするか。

腰をあげようとして、そこでぼくは、ふとあることを思い出した。

たしか、この九千五百階のエレ弁売りが、安い日当で働いてくれる手伝いはいないだろうかと、いっていたっけ。

あのエレ弁売りに、この男を紹介してやろう。斡旋料《あっせん》を貰えるわけでもないのに、どうしてそんな気になったのか……まあ、ぼくはこの階でよくエレ弁を買うから、そうなればこの男ともちょくちょく会えるだろうし、そのうちには、もっと納得の行く説明も聞けるだろうと、無意識のうちに期待していたのかも知れない。それとも、この前と違って、今度は彼にぼく自身のことを記憶させたかったのか……。

「ところで、どうだ?」

と、ぼくは切り出した。「見たところだいぶ弱っているようだし……しばらく軽い仕事をして、金と体力をたくわえたほうがいいんじゃないか?」

「かも知れん」

彼は、意外に素直にうなずいた。

「実は、ここで手伝いを欲しがっている人があるんだ。エレ弁売りなんだが……一日や二日といわず、ここでしばらく働いてみたら?」

「そうしてもいい」

彼はいった。

で……ぼくは彼をその九千五百階の、老いたエレ弁売りに引き合わせたのだ。契約は直ちに成立し、〝旅人〟はエレ弁売りの手伝いをすることになった。

人は見かけによらぬもので、彼はその仕事を熱心にやり、しかも有能だったようである。ぼくが九千五百階を通りかかって弁当を求めるたびに、老いたエレ弁売りはとても助かっているといい、彼を紹介したぼくにも礼をいうのだった。老人が休んでいる日には、ぼくは彼からエレ弁を買ったが、そんなとき、彼はきびきびとして見えたし、どの仕事にしても、やってみると、それなりの面白さがあるものだという意味のことをいったりした。彼が仕事を〝やれなかった〟のではなく〝やらなかった〟のだと知って、ぼくは奇異の念を抱き、やがて、都市には常識だけでは判断できない人間だって存在するのだということを信じるようになった。

けれども、彼はつまるところ〝旅人〟だった。一か月間働いたあと、彼は再び上へ上へと登って行ったのだ。老いたエレ弁売りは何とかして彼を引き止めようとしたらしいが、どうにもならず、それではというので、よく働いてくれた労に対して、特別手当を支給したようである。

ぼくは偶然、その出発の前日に〃旅人〃から弁当を買い、いつもよりだいぶ長く話し合った。

「準備は充分だ」

彼はそのときいった。「今度は、予定を崩すようなことはないと思うよ。二万五千百三十階の最頂部まで、スケジュール通り登ってみせるぞ」

ぼくは、このブロックの特急・急行エレベーターが二万五千階まで行っているのは知っていたが、そこまで乗ったことは一度もないし、まして、その上がどうなっているのかは見当もつかなかった。各ブロックが何階まであるかということは、何かの案内書かパンフレットに載っているはずだが、今まで必要を感じなかったので、読んだことがない。それにぼくは、ブロックの最頂部なるものへ行った経験もなかったのだ。

「てっぺんはどうなっているんだろうね」

ぼくがいうと、彼は肩をすくめた。

「わからない。でも、どうせ見ることになるんだから、いいさ」

「登ったあと、どうする？」

ぼくは、やはりたずねずにはいられなかった。

「どうするかな。ま、登ってから考えるよ」

と、いうのが、彼の返事だった。

ぼくは、彼のそのあたらしいスケジュールと最頂部到達予定日を聞いて、メモした。

それ以後、彼に会っていない。

もっとも、何度か彼の夢も見たことはある。そんなときの彼は、いつも無表情に上だけをみつめて、一歩また一歩と階段を踏んでいるのだった。


脇の下にしつこく衝撃がつたわってくるので、ぼくはわれに返った。

いつの間にか眠ってしまったらしく、隣席の肥えた女が、もたれかかるぼくを肱《ひじ》で小突いているのだ。

ぼくは唇の端のよだれを拭いて、姿勢を正した。何もあんなに幾度も乱暴に突かなくったってよさそうなものだ、と少々腹を立てながら腕時計を覗き込む。

一万六千階まで、あと二、三分という時刻だった。

突っつかれたおかげで、乗りこさずに済んだのだ。おかしなものだな——と、ぼくは苦笑とともに立ちあがり、ドアの傍へ行った。

もうすぐ一万六千階だ。

エレベーターなら寝ているうちに来てしまうが……徒歩ではこう簡単に行かない。何もわざわざ歩くことはないと思うがなア。

そこでぼくは首を振った。

どうして、こんなにも〝旅人〟のことを考えなくちゃならないんだ？　九千五百階のエレ弁売りと話し合ってから、ずっと彼のことを考えどおしではないか。彼と別れてから、もう二年ちかくなるというのに、やたらにそのことばかり考えるなんて……。

待てよ。

ぼくは目を澄まし、ついで、あわただしくポケットからメモをとりだした。

まちがいない。

きょうだった。

彼がいっていた最頂部到達予定日は、きょうだったのだ！

はじめのうち、ぼくはちゃんとこの日をおぼえていた。ときには、あと何日だなどと勘定してみたりした。時日がたつにつれて忘れて行ったが、それでも、たまには彼のことを回想し、その日を確認したものだ。この一、二か月はやたら忙しくて、失念していただけのことであるが……記憶の底にはちゃんとしまわれていたのだ。だからこそ、エレ弁売りの言葉をきっかけにして、こんなにもしつこくぼくにまつわりついていたのに違いない。いや、エレ弁売りにいわれなくても、ぼくは自分で気づいていただろう。そのはずであった。

きょう、彼は最頂部に到達し——その当日に、ぼくはこのブロックに来ているのだ。

エレベーターが停止し、ドアが開く。

行こう、とぼくは一万六千階のフロアに出ながら決心した。

最頂部へ行ってみよう。

ぼくはこれから仕事で、一万六千百二十五階へあがらなければならない。が、そこで仕事を片づければ、あとは自由なのだ。おまけにあすは休日と来ている。仕事が終ったら、もう一度この階に戻って上へ行くのだ。ここから二万五千階まではは特急で二時間半。その先にも何か乗りものはあるだろう。何とかして最頂部へたどりついて、〝旅人〟とめぐり合うのだ。ぼくが先になるか彼がすでに来ているか、そこまでは分らないが、とにかく会うことはできるだろう。会って、彼が企てた徒歩による最頂部到達ということが、彼にとってどんな意味を持っていたかをこの目で見るのだ。

いや、それは彼にとってだけの問題ではない。ぼくにとっても問題である。ぼくの常識でははかり切れなかった人間の、その行為に、はたして意味があったのかどうかを知ることもできるだろう。

行くのだ。


仕事を済ませたぼくが、一万六千階まで引返し、上りの特急エレベーターに乗ったときには、午後八時になっていた。この時間のこの特急がいつもどうなのか、ぼくには分らないが、乗客は結構多かった。二十人ちかくはいただろう。

二万階で停止すると、また十数名が乗り込んで来た。あたらしい客の三分の二は若い男女で、どういうわけか、かなり興奮しているように見えた。興奮するといっても、けんかをしたりわめき立てたりしているのではない。顔を火照《ほて》らせ、目を光らせて、熱っぽく何事かをささやき合っているのである。その話の断片が、ときどき、ぼくの耳にも飛び込んで来た。どうやらかれらはあるひとりの人物のことを噂しているらしい。その人物を指す〝冒険家〟という単語が、何度もぼくにも聴き取れた。

特急エレベーターは、午後十時半に二万五千階に到着した。

二十四時間活動しつづけている繁華街の一万六千階とことなり、ひどく淋しい階である。

エレベーターのあたりこそいろんな店があって、あかるく照らし出されているが、奥のほうは住人がすくないのか、がらんとした感じだった。そのことからも、ここがいわばさいはての階であるのは、あきらかだった。

ただ、奇妙なことには、その暗い通路をひとつの流れのようになって、男女がぞろぞろと進んでゆくのだ。そして、ぼくと一緒にエレベーターを降りた連中も、その群れに入って歩いて行くのだった。

かれらに何の用があるのか知らないが、ぼくには関係ない。ぼくは予定どおり最頂部への乗物を探さなければならないのだ。

でも、その乗物はどこにあるのだろう。

みんなと離れてぼくがたたずんでいると、エレ弁売りが近付いて来た。ぼくの嫌いな合成食品詰合せだが、しかたがない。ぼくはそれをひとつ買い、ここから上へあがるにはどうすればいいかとたずねた。

「じゃア、あの人たちと一緒に行きなさるがいい」

人のよさそうなエレ弁売りは、流れる男女をゆびさしていった。「あの通路の途中に自動エレベーターがあって、最頂部まで通じとるでな。——あんた、最頂部へ行きなさるんじゃろ？」

ぼくは、目をみはった。

「どうしてそんなことがわかる？」

「どうしてって、誰もかれもてっぺんへ行くからじゃ」

エレ弁売りは、声を立てて笑った。「きょうの昼すぎからずっとこの調子で……みんな、てっぺんてっぺんへと急いでゆく」

「へえ。最頂部で何かあるのかい？」

「あんた、知らずに行きなさるのか？」

エレ弁売りは妙な顔をした。「それじゃ、何のためにわざわざ最頂部まで行くんじゃ？」

「〝旅人〟に会うためさ」

「〝旅人〟？」

ぼくは、かいつまんで説明した。が、エレ弁売りは話の途中で手を振って制止し、断言した。

「それなら、あんたも、みんなと同じことじゃよ」

「同じ？」

「あんた、相当下のほうから来なすったんじゃな。〝旅人〟というようないいかたからもそれは分るが……わしが噂を聞いたときは、あの人は〝冒険家〟と呼ばれていた。それがついこの間この階を通りなさったときには、〝聖者〟といわれるようになっておった。いいかたは違っていても、いつも同じ人物なんじゃ」

「…………」

「行くんなら、急がれたほうがいい。最頂部への自動エレベーターは小さいから、乗る順番を待っているうちに、あの人がてっぺんに到着するかも知れんで」

「わかった」

ぼくは頷き、ふと相手を見た。「で……あんたは？　あんた、上へは行かないのか？」

エレ弁売りは、目をしょぼしょぼさせた。

「わし？　わしはいいんじゃや、あんなにたくさんの人の中に入ると、息がつまりそうになる。それに、わしはあの人がここを通りなさったときに、ちゃんと拝んだしな」

「拝んだ？　彼をかね？」

「そうじゃよ。みんなが〝聖者〟と呼ぶ人を拝んで、おかしいかな？　たしかにあの人は〝聖者〟じゃよ。歩いて最頂部へ行くなんて、ふつうの人間にはとてもできん。それとも何かね？　あんた、できるかね？」

「いいや。しかし、その気になれば誰だって最頂部へ登るぐらい――」

「無責任なことをいっちゃいけないよ。考えついたり真似ごとをしたりするのと、本当にやり通すのとは全然違う。あの人はそれをやったのじゃ。あんたはやっとらん。わしもしとらん。そこがだいじじゃ」

「…………」

ぼくは面くらった。そんな考えかたは今までにしたことがなかったのだ。

「行くんなら、急がれたほうがいい」

エレ弁売りは繰返し、ぼくはすでに歩きはじめていた。

最頂部へ至る自動エレベーターの前には、長い行列ができていた。小さいので、一度に多人数を運ぶことができないのだ。それにスピードも遅いので、一度上昇して最頂部に着き、客をおろして降下し、またドアが開くまで二十分もかかるのだった。

行列の一員として、じりじりと前へ進みながら、ぼくは乗る番を待った。ぼくの前後左右には雑多な男女、それも大部分若者たちがいて、やはり少しずつ前進していた。そうした連中の会話によれば彼はもうただの〝旅人〟などではなく、あこがれと崇拝の対象になっているようだった。ある者は〝冒険家〟といい、ある者は〝聖者〟また別の者は〝英雄〟という表現を使っていた。

どうして、こんなことになったのだろう――と、ぼくは考えた。

その経緯は、ほぼ想像できるような気がする。

はじめて四百何階かで彼を見たとき、ぼくは彼を脱落者だと信じた。それから九千五百階で出会ったさいには狂人ではないかと疑い、そこで別れるときには、常識でははかれない奇妙な人物と考えるようになっていた。彼が徒歩で階段をあがって来たということ、そして、その階数が多くなるにつれて、それだけの重味というものが、いつの間にか彼の背後に控えはじめたのである。この、ぼくにおこった心象の変化が、他の人間たちにもおきたのに違いない。そして、それは階があがるにつれて、どんどんエスカレートして行ったのだ。九千五百階では〝旅人〟だった彼は、一万六千階まで来たとき、口伝《くちづ》てに話を聞いた人々によって〝冒険家〟と呼ばれるようになったのだろう。それがさらに上の階の、あまり下や他のブロックへ行かない人々の多い辺境へと進むうちに、しだいに伝説的な存在となり、ついには神格化されるに至ったのに違いない。ぼくにはそうとしか解釈できなかった。

順番が来たので、ぼくはエレベーターに乗った。想像以上に貧相なエレベーターで、座席などはむろんなく、立ってやっと十五人ほどが乗れるだけなのだ。オペレーターさえおらず、客自身が行先ボタンを押すという構造なのである。

エレベーターは昇りはじめた。誰も無言だったが、その顔が期待に満ちているのを、ぼくは認めた。

「ね！」

突然、ぼくの横に立っていた少女が話しかけて来た。「どうかしら。間に合うかしら。あの方はもう最頂部にお着きになったと思う？」

ぼくは黙って小首をかしげた。そのほかにどういう応じかたがあったろう。ぼくにとっては、彼はまだ〝旅人〟だった。九千五百階で別れたままの彼だった。聖人などではなかった。が……その気持をあからさまに出すのは、やはりためらわれたのである。しかし少女のほうも別に返事を求めていたわけではないらしく、それ以上は何もいわなかった。

ドアが開き、ぼくの視野に最頂部――二万五千百三十階の光景が映った。

人だ。

人で一杯なのだ。

広いフロアには、何の間仕切りも調度もない。柱が何本か突っ立っているだけで、照明もかぞえる程しかないのだが……そこに群衆がいて、口々に叫んだりわめいたりしているのである。

こんなに多くの人間を一度に見たことは、かつてなかった。

ぼくは少し吐き気をおぼえ、人々をかきわけるようにして柱のひとつに寄り、そこにしゃがみ込んだ。あまりの多人数にエア・コンディションも機能を果し切れないらしく、空気は濁っている。ぼくはしばらくそこにすわったまま、気分の直るのを待った。

ものすごい人だ。

しかも、全員、興奮している。

かれらの押し殺したようなざわめきを耳にしながら、だが、ぼくは、だしぬけにあることに思い当った。

この群衆は……彼が集めたものなのだ！　彼自身が一歩一歩階段を登ることで呼び寄せたのだ！　これだけの人数を……こんなことのできる人間がいるものだろうか？　してみると、たしかに彼は何かをやりとげたことになりはしまいか？

どのくらい、ぼくはそこにすわっていただろう。はっと気がつくと、人々がどよめき、絶叫している。ぼくは立ちあがった。みんな、手を振り足を鳴らして、わあわあといっているのだ。

彼だ。

彼がついにこの階に到達したらしいのである。

ぼくは必死になって前へ出ようとした。誰もかれも同じことをしているのだから、ほとんど不可能に近い作業だったが、それでもやめなかった。ぼくの心の中の彼は、いつのまにか単なる〝旅人〟ではなくなっていた。はっきりはいえないが、とにかく〝何者〟かであった。その〝何者〟かに会いたい一心だった。そして、その〝何者〟か、みんなが歓呼しひれ伏す〝何者〟かの前へ行って、相手と旧知の間柄であることを見せたいという――そんな気になっていたのだ。

うまい具合に、彼が進むにつれて人々は道をあけ、そのおかげでぼくの前方が開けて、ぼくは彼のすぐ近くへ出ることができた。

彼の髭は胸のあたりまで伸び、髪もうしろへ長く垂れさがっていた。まったく疲れ切ったという表情で、しかし、目は以前よりももっと綺麗《きれい》だった。

人々は、もう叫んではいなかった。彼が通り過ぎるときはその前にひざまずき、彼が遠くなると、静かにあとを追うだけである。

彼は、列の前へ出たぼくを認めて低くいった。

「あんたか」

それは、おのれの信念に従って何かをなしとげた者だけが持つ、低い落着いた声であった。

その瞬間、ぼくの胸の中に変化がおこったのだ。それは本能的な直感であった。今までのぼくは本当の姿を見ることができなかったのだ……彼はもはやただの人間ではないのだ……そんな感覚が、どっとあふれて来たのである。

ぼくには何もいえなかった。ぼくは彼につづいて、ついて行った。彼に言葉をかけられたゆえにか、ぼくの行動を制止しようとする者はなかった。

彼はそのままフロアを横切って行った。壁ぎわまで来て、立ちどまった。

群衆も、いっせいに静止した。

「登り切ったんだ」

と、彼は呟いた。「とうとうぼくは登り切ったんだ」

群衆のあいだに、その言葉はゆっくりと浸透して行った。

「バンザイ！」

ひとりがわめくと、どっと人々もそれに和した。

彼の頬に微笑がともった。

群衆は、また静かになった。静かになって、じっと彼をみつめている。

「どうしたんだ」

彼はぼくにささやいた。「どうしてみんな立ち去らないんだ？」

「あなたは英雄なんだ。聖人なんだ。いや神様なんだ」

ぼくは声が興奮でふるえるのを抑えていった。

「そのあなたが、これからどうするか見守っているんだ」

「これから？」

彼はかすかに狼狽の色を見せた。

「そう。これから……あんたは、あんたにふさわしい振舞いをしなきゃならない」

「…………」

彼は、みんなを見まわした。

これからどうするのだろう――と、ぼくは思った。彼はただの人間ではないのだ。ただの人間でない彼は、どうするだろう。彼にふさわしい行動をするはずなのだ。

「あなたが、これから下へ降りるはずがない」

ぼくはいった。「そんな当り前の行為をするはずがない」

「…………」

彼の顔が、心もち青くなった。

「みんなもそう思っているよ」

ぼくはいい、彼の顔はいよいよ青くなった。

「ぼくはぼくだ」

彼は口走った。

「そうじゃない。あなたはもう、あなただけのものじゃないんだ」

ぼくは信じているとおりを告げた。

「窓だ！」

ひとりがどなった。

「そうだ！　窓だ！　窓を探してらっしゃるんだ！」

別の声がした。
二、三人の男女が人波をかき分けて走って来た。彼の立っている壁ぎわのあたりへやって来た。
そのときになって、ぼくはその壁がふつうのものと違っているのに気がついた。四角い大きな枠に囲まれた透明な板が嵌《は》められているのだ。

「窓だ！」

ひとりがその枠を動かそうとしたが、枠は動かなかった。他の人々が手伝って、押した。

枠の開かれたむこうには、何もなかった。ただ黒い闇があるばかりで、そこからおそろしくつめたい風が吹き込んで来る。

これは、窓というものなのか？

「窓だ！」

何人かが唱和した。「聖人は、窓から、別の世界へいらっしゃるんだ！」

「お飛びになるんだ！」

窓というものを知っているらしい人々は繰返しはじめた。「お飛びになるんだ！　お飛びになるんだ！」

「――馬鹿な」

彼のうめく声を、ぼくは聞いた。「馬鹿な……ぼくがなぜそんなことをしなきゃならない」

彼は階段のほうへ引返そうとした。

「ニセモノか？」

とたんに、鋭い声がどこからかひびき渡った。

「その人はニセモノなのか？」

「われわれを、たぶらかしたのか？」

どっと人々は、彼の行く手をさえぎった。どの顔も敵意に満ちていた。彼はそれ以上は進めなかった。進めば寄ってたかって、なぶり殺しにされそうだった。

「ああ聖人さま！」

ひとりの、さきほどぼくにエレベーターの中で声をかけた少女が、彼の前に身を投げ出し訴えた。「本当のことをおっしゃって下さい。あなた様はまことの聖人でいらっしゃいますね？　これはわたしたちを試していらっしゃるのですね？」

「…………」

彼は、だいぶ長い間、その場に突っ立っていた。

「これは、あんたが招いたことだよ」

ぼくは、低くいってやった。「あんたがどういうつもりでここ迄あがって来たのかは知らないけれど、もう戻れやしない。戻ろうとしたら、期待と信仰を裏切られたこの人たちにずたずたにされてしまうだろう。そうするか……聖者のまま、聖者の道をとるかのどちらかしかないんだ」

「お送りしよう！」

だしぬけに、誰かが叫び、それを合図のように、人々がわっと押し寄せて来た。

彼は青ざめ、きびすを返し、風の吹き込んでくる〝窓〟の前に戻った。一瞬、苦悶《くもん》が彼の顔にあらわれたみたいだった。それから彼は、人々の手でそうされる前に、黒い闇の中へ身体を乗り出し、足をかけてむこうへと――飛んだ。こちらからの光を浴びて身体が見えたが、たちまち彼は消え、あとには暗い空間しか残ってはいなかった。

人々は歓呼し、ついで、窓にぬかずいた。ぼくももちろん仲間にくわわった。彼がどこへ行ってどうなったのか、ぼくには分らない。分らないが、彼は自分のなすべきことを完成したのである。彼はまぎれもなく聖者なのだ。その彼とわずかながらでもかかわりを持ったことを思って、ぼくは幸福だった。

カメロイド文部省

YASUTAKA TSUTSUI
筒井康隆

1934（昭和9）年9月24日、大阪生まれ。父は動物学者の筒井嘉隆。同志社大学文学部卒。60年、家族でSF同人誌「NULL」を発行。これが江戸川乱歩の目に留まり、短篇「お助け」が「宝石」に転載されてデビュー。「東海道戦争」「ベトナム観光公社」「アフリカの爆弾」など、ブラックユーモアと風刺に満ちたドタバタものを得意とする一方、「お紺昇天」「我が良き狼」などロマンチックな短篇も手がけた。長篇『馬の首風雲録』『霊長類南へ』『脱走と追跡のサンバ』、連作『家族八景』、ジュブナイル『時をかける少女』などを次々と発表し、若者から圧倒的な支持を受ける人気作家となる。

恐怖小説集『異形の白昼』や『日本SFベスト集成』シリーズではアンソロジストとしても活躍、自作の漫画を発表するなど多彩な活動を続けていたが、80年代以降、実験的な傾向を強め、ページ数が作中の時間の進行と比例している『虚人たち』（第9回泉鏡花文学賞）、文房具たちの戦争を描いた『虚航船団』、作中から言葉が消えていく『残像に口紅を』、究極の叙述トリック・ミステリ『ロートレック荘事件』、読者のアイデアで展開が変化していく新聞小説『朝のガスパール』（第13回日本SF大賞）などを発表。夢と現実が交錯する幻想小説『夢の木坂分岐点』で第23回谷崎潤一郎賞、奇妙な味の短篇「ヨッパ谷への降下」では第16回川端康成文学賞を、それぞれ受賞している。

93年9月、安易な用語規制の風潮に異を唱えて断筆宣言を行ない話題となった。96年末に断筆を解除し、新作の発表を再開。『わたしのグランパ』で第51回読売文学賞を受賞。また、2002年にはSF作家としては初めて紫綬褒章を授与された。断筆宣言以後は俳優としても幅広く活動している。

初出=「SFマガジン」66年4月号
初刊=『ベトナム観光公社』（67年6月／ハヤカワ・SF・シリーズ）
底本=『ベトナム観光公社　改版』（97年12月／中公文庫）

著者のことば

「ＳＦマガジン」に作品が載るようになって五、六度目に掲載されたものである。ドタバタが面白いという仲間うちの評価によって強くドタバタを意識しはじめた頃で、ちゃんと書けばいいのに笑いの取れないお笑い芸人さながら笑いを取ろうとずいぶん無理をしている。今読むと直したいところだらけだが、手は一切入れなかった。編者の選択なので文句は言わないが小生自身の評価はずいぶん低く、初期の作品と限っても百点満点で六十点だ。

「発射します。準備はいいですか?」

私の席の前のスピーカーから、本船内にいる操作員の声が聞こえてきた。

「準備よろし」と、私はマイクにいった。

「奥さんは?」と、スピーカーがいった。

「どうぞ」私の隣席の妻は、投げやりに答えた。

「では、発射!」

私と妻が乗ったシリンダー状の二人乗り小型宇宙艇は、本船の発射管から宇宙空間へとび出した。宇宙艇はゆるい螺旋《らせん》コースを描いて、地球型惑星カメロイドへと急速に近づいた。

私は化学電池のスイッチを入れ、空気再生装置のボタンを押した。同時に、艇内が明るくなった。妻はさっそく食糧庫のドアをあけ、中をごそごそひっかきまわしている。

「何があるかしら。何もないわ。ジュースがあるわ。しめた、チョコレートがあったわ」

「あまり食うな」と、私はいった。「カメロイドは重力が大きいから、気分が悪くなるぞ」

「そう、気分が悪くなるの? たいへんね。じゃあ、今のうちにたくさん食べておかなきゃ」

「食べ過ぎると気分が悪くなるといったんだ」

「じゃあきっと、空腹だって気分が悪くなるわ」

彼女は、チョコレートをむさぼり食った。

地球だとテレビを見ながら食うのだが、ここにはテレビはないから、彼女はすごいスピードで、食うことに専念しはじめた。私の溜息も聞こえないらしい。宇宙で食うチョコレートは、すごく高価《たか》いのだ。まず、地球の値段の七～八倍はする。だけどそれを私がいうと、彼女はきっと、私の喫《た》煙に難癖をつけるにきまっている。宇宙で買う煙草の高価なことは、チョコレートの比ではないからだ。その宇宙船の浄気税が含まれているからだ。

妻とは、結婚して半年になるが、結婚後四日目から今までの間に、もう何度喧嘩したかわからない。たとえば、チョコレートを食うななどというと、たちまち眼尻を吊りあげて、自分だって煙草を喫ってる癖にと逆襲してくる。そのくらいならまだいいのだが、ドアや戸棚を乱暴に開け閉めするのがやかましくて気にさわるからやめろというと、自分だってちょいちょい、おかしな格好をして肩をゆすりあげる癖にという。ぜんぜん関係ないと思うから、関係ないじゃないかというと、彼女はたちまち論理の飛躍でもって、その二つをみごとに関係づけてしまう。こういうのを私は『相互関係の無条件歪曲』と呼んでいる。

　また、人のいったことを、自分に都合のいい部分だけ理解できたような顔をすることも得意だ。不思議にも、私のいった言葉の、そんな部分だけは、電子頭脳そこのけによく憶えていて、あとで喧嘩したとき、だってあなたはあのとき、ああもいったこうもいったと、証拠を山ほど提出するのだからたまらない。こちらは自分のいったことなど、とうに忘れてしまっているから、そんなことはいわなかったとはいえないわけである。私のいわゆる『無法律地帯の形而上的断片証拠提示』という奴だ。

　しかしなんといっても、口喧嘩で妻のいちばん得意なのは論理の飛躍だ。

「また私に黙って煙草を喫ったのね。私にかくれて煙草を喫うくらいだから、私にかくれて浮気だってするんでしょう。口惜しい」

　これが論理の飛躍である。もっとすごいのがある。『アクロバット式三段論法』という奴だ。

「そんなに私が邪魔なの？　この前あなたは邪魔だといって仔猫を庭へ埋めたわね。だから私も、殺して庭へ埋める気でしょう。さあ殺せ。なんだ殺せないの？　へえん、意気地なし」

　腹が立って、妻の欠点を並べ立てると妻はその何十倍、何百倍もの言葉で言い返してきて、たちまちこちらを圧倒してしまう。いやもう、その、口のよくまわること。マシンガンそこのけで、語彙の豊富な悪口雑言――それもこちらの劣等感をほじくり返すような言葉がぽんぽん出てくるのだ。女とは絶対に口喧嘩などするものじゃない。いちど、あまり口惜しいので殴りつけようとした。その時妻は、眼にもとまらぬ早業で、私の頬を引っ掻いたのだ。その痛いこと痛いこと。

　ああ、ああ。かつて誰が、男兄弟だけで育ったこの私に「女は引っ掻く」などということを教えてくれたであろうか。あの、マニキュア液ってものには、どうやら毒が含まれているらしい。そうにきまっている。その証拠に、私の頬はたちまちむらさき色に腫れあがった。

「痛いよう、痛いよう」私は二日間泣き続けた。女は怪物だ——私はその時、そう思った。

カメロイドへ赴任する前に、私は結婚しておく必要があった。

カメロイドには地球人はひとりもいないし、大使館なんてものもない。赴任してしまうと、いつ帰って来られるかわからなかったので、出発の六カ月前に結婚相談所へ行って、ちょうどそこに居あわせた女——つまり、今の妻と結婚したのだ。彼女はそれまで、結婚相談所の受付をやっていた。

私がカメロイドへ赴任するようになったいきさつを、簡単に話す。

カメロイドは僻地《へきち》である。独立した政治形態を整えてはいるものの、他の文明諸惑星に比べれば、程度はぐっと低い。地球とも交易をしていないから、行く者もいない。だから地球の外語大学でも、カメロイド語を学ぼうとする者はいない。ただ、他の学部へ入れてもらえなかった私のような劣等生だけが、大学に籍を置きたいためだけに専攻する。その年度、生徒は私ひとりだった。専任教師もいなくて、私はテープ・レコーダーとマイクロ・リーダーだけで勉強した。

そのくらいだから、卒業したっていい仕事などあるわけがない。卒業して、二、三カ月めのことだ。何もせずぶらぶらしていた私のところへある日、カメロイドの文部省から、地球語で書いた一通の手紙が来た。この文部省というのは、教育機関もないくせに地球の真似をして二、三年前に作ったものらしい。面白いから、その手紙の全文を原文のままお眼にかけよう。

「前略ヨいお天気はじめまして（前略というのは必ず手紙の最初に書く文句だと思っているらしい）貴様は（貴下とか貴兄とかいうのと同様、敬称だと思っている）今年ど地球外語大学をオめ出たく卒業したそうだあられるが、当カメロイドでおし仕事とをやるられるつもりはないかの由しウかがいたくもって一文奉て祭つります。また風のたよりは聞いた貴様が当カメロイド語をヒんぱんに在学中に修得をおメ出たくなられた由し、ますますもって帆たて貝（意味不明）当カメロイドでおし仕事とするするよい思うい如何！（？の間違いらしい）カメロイド語駆使の地球はしナいから貴様は地球にいては人材い結構ですがあまりや役に立たずにどうもナい。し仕事との内容は当カメロイドで生産の不能の小説の生産シてほしいよ。月謝（報酬の意）いくらクれてほしいか知らセ。地球人向キ空気調節完備ガス有電水道可歩三分（この辺は地球の新聞広告を、わけもわからず参考にしたらしい）ご返事を待ちき期待シます敬具云々。（早々のまちがいだ）カメロイド文部大臣ブクブク」

最初読んだ時は、頭がおかしくなったが、五、六回読み直しているうちに、次第に意味がわかってきたので、私はすぐ返事を出した。

「お手紙拝見しました。カメロイドには小説もなければ作家もいないということは、小生も大学在学中より存じておりました。もし、小生の非才が貴星の言語芸術発展のお役に立つならば、喜んで貴星に赴こうと存じます。報酬の件ですが、当地球における標準価格に、出張手当を多少加えていただき、宇宙グランに換算して一語百八十ピコグランでいかがでしょうか？　ご返事を待ちます。ヤッシャ・ツッチーニ。追伸。小生現在、相当待遇のよい職についております。準備の都合もありますので、採用は早いめにご通知ください。尚、勝手ながら、旅行のための支度金についても、ご一考ください」

二カ月ののち、三千グランの金を同封した返事が、速達でとどいた。

「お手紙拝見しました。カメロイドには小説もなければ作家もいないということは、貴様の非才が躍如としてめ面目ない。貴様の非才がきてクれたら、当カメロイドの言語芸術発展のお役に立つので赴いてクれたい。報酬の件は宇宙グランに換算して標準価格が地球の出張手当は多少の一語百八十ピコグランをしょ承知しました。旅行のための支度金についていっしょに入れた今見た思うよろしか。いつきてクれられるかのご返事を待ちます。非才ヤッシャ・ツッチーニ様。カメロイド文部大臣ブクブク。追伸。小説早く見たいのですぐ書いてほしいのでこっちへくるまでに書く小説さきに考えてください。来てからあとから考えるしないでください。小説は、あしびきのやまどりのをのしだりをのなが長し小説がヨい。追伸の追伸。できたら2個か3個さきに考えてください」

私はすぐに、カメロイド移住の申請をした。

許可がおりるまでに数カ月かかったので、その間に私は、結婚をし、仕事の準備をした。準備といっても、小説を読みあさっただけだ。学生時代は遊び暮らしたので、文学作品など読んだことはなかったし、小説もあまり好きじゃなかった。有名な小説ならたいてい立体テレビの連ドラでやるし、その方がずっと手軽に楽しめたからだ。

私は昔の有名な文学作品のダイジェスト版や、少年文庫になったのや、マンガにした奴をマイクロ・リーダーで数本読んで、この程度のものなら、まあ、誰にだって書けると思った。小説などを書く奴はたいてい劣等生で、人生の落伍者であるということを、以前誰かから聞いたことがあった。それなら私はうってつけではないか——そう思ったことも、私がカメロイドの小説家になろうと決心した理由のひとつである。

——と、いうところで、話をもとに戻そう。

私たち夫婦の乗った小型宇宙艇は、ほどなく、無事にカメロイドの首都カメロイド市の中央宇宙空港に着地した。

この星の大気には、ミルクのように濃い新鮮な酸素がたっぷり含まれているから、浅く静かに呼吸しないとすぐ酔っぱらう。重力も、さっき言ったように、地球より少し大きい程度である。

私たちは税関で地球製ロボットに調べられてから、いやに豪勢な正面のロビーに出た。この星を訪れる異星人は滅多にいないので、ロビーはがらんとしている。地球でも、二、三度見かけたことのある、スナギツネに似た顔つきのカメロイド人が二、三人、さもいそがしそうに廊下をうろうろしていた。だが、よく見ていると彼らは、空港の建物の中の、数多く区切られた事務室を出たり入ったりして動きまわっているだけで、仕事らしいことは何もしていないのだ。事実、客が少ないのだから、仕事もあまりない筈なのである。たまに本ものの書類を持たされた奴などは、嬉しさのあまりきいきい声をはりあげて、これはすなわち××星への貨物の引渡し証の控えなのであって、これから輸送課長のサインを貰って外務省へ送り返すのだとわめきちらしながら、すごい勢いでロビーを駈け抜けて行く。

　あきれて見ていると、玄関から、よく肥った一人のカメロイド人が入ってきた。彼は、他には誰もいないのに、ロビーをきょろきょろと見まわした末、やっと私たちに気がついたようなふりをしてやあと手をあげ、こちらへ近づいてきた。

「カメロイドへようこそ」と、彼は地球語でいった。「ヤッシャ・ツッチーニ先生ですね？　文部大臣のブクブクです」

　大臣がたったひとりで出迎えに来てくれるとは思わなかったので私はびっくりしたが、妻は平然としていた。

「これはこれは」と、私はいった。「わざわざ恐縮です。これは私の妻です」

「ようこそ」ブクブクは、にこにこして妻と挨拶を交わした。「お疲れでしょう。ホテルに部屋を用意してあります。それから、カメロイド一の料理店に食事の席を予約してあります。どうなさいます？　まず、食べますか？　寝ますか？」

「主人は食べたいと申しております」と、妻がいった。舌なめずりしそうな様子である。

「では、ご案内しましょう」

　私たちが空港の建物から一歩外へ出ると、流しのエア・カーがわっとばかりに私たちの周囲をとりまいてしまった。

「いや、乗らないんだ」と、ブクブクは大声でいった。「すぐそこだから、歩いていく」

「乗ってください」

「こちらへ乗ってください。こちらの方が安く行きます」

「二割引きです」

「乗ってください。半額にしましょう」

「ただです」

私はびっくりした。

「ただなら安いな。これに乗りましょう」と、ブクブクがいった。

私たちは、そのエア・カーに乗りこんだ。このエア・カーも地球製だった。

「私たちの住居は、決まっているのですか?」と、車が走り出してから私は訊ねた。

「それはまだですが」と、ブクブクが答えた。

「事務室はもうできています」

「事務室? 私の?」

「左様です。文部省の中に、小説局という部署を作りました。この局は小説部、印刷部、雑誌製本部、単行本製本部、その他部などに分かれていまして、あなたは小説部長ということになります。この部屋は四坪ほどの部屋です。場合によっては、その部屋を住居にされたらいかがですか? 家賃がいらないから、便利ですよ」彼は小声で、私にささやいた。

「じつは私も、文部大臣室をこっそり住居にしているのです。総理大臣も外務大臣も、みんな自分の部屋へ女房子供を住まわせているようですよ」

私は心配になってきて、小声で訊ねた。「給料が安いのですか?」

「いいえ、とんでもない。大臣は高給です」ブクブクはそういって、はげしく首を左右に振った。

「ただ、大臣にふさわしい家を建てるほどの給料じゃないのです」

窓から外を見ると、官庁らしい立派な建物が林立していた。この星の、いわば玄関だから、貧乏なこの星としてはよほど無理をしたのだろう。無駄な税金の使い方をするものだと思ったが、この星にはこの星の政府の考え方があるのだろうと思い直した。あるいは新興国の虚勢なのかもしれない。だが、通行人の姿は二、三人しか見かけなかった。走りまわっているエア・カーはたいていいタクシーで、どの車にも客は乗っていなかった。

料理店は空港から一ブロックはなれたところにあるので、一分足らずで到着した。ブクブクはエア・カーの運転手に、これは官製品だよと教えながら、チップ代わりにマジック・ペンを一本やった。運転手は狂喜していた。

料理店も豪勢だったが、装飾はすべて地球の模倣だ。ここにも、客はひとりもいなかった。玄関に勢ぞろいしたボーイ達が地球語で、いらっしゃいませと声をそろえ、頭をさげた。

部屋の中央のテーブルにつくと、ボーイ長らしいカメロイド人が、馬鹿でかいメニューを持ってやってきた。彼は何故か、心配そうな表情で、もじもじしていた。妻は餓えたように、料理の名前に眼を走らせ始めた。

「この都市の人口は、どれくらいですか？」と私はブクブクに訊ねた。

「約、六百万です」

「それにしては、あまり人間を見かけないようですが？」

「昼間はそれぞれの仕事場にいます」ブクブクは答えた。「いったん事務室に入れば、公用でない限り外出は禁じられています。また、失業者や物売りがこの辺をうろうろすることは滅多にありません。うろうろしても、何の役にも立たないからです。みんな、下町の一画の居住地区にいるのです。その辺の奴らは、すべて下層階級の奴らで、字も読めず数も算えられないものだから、未だに物々交換で生活しています。一坪の部屋に五、六人が住んでおるので、すごく不潔です」

「そこには、何人ぐらいいるのですか？」

「約五百九十九万……もっといるかもしれません」

「あなたは、地球語がお上手ですね」

「しばらく地球にいましたので、会話だけは……」彼はそういって、顔を赤らめた。一応まともに喋れるのだから、手紙だって喋るような調子で書けばいいものを、変に気取ろうとするものだから、あんなおかしな文章になるのだ——私はそう思ったが、もちろん口には出さなかった。

妻は料理を七、八種類注文した。ボーイ長の顔色は、ますます蒼ざめた。私はボーイ長がおずおずとさし出したメニューをのぞきこんだ。ありとあらゆる珍奇な料理の名前が全部地球語で書きこんであるのでびっくりした。『バーバリ・シープの舌とアメリカ野牛の腰肉のコニャック煮』というのがあった。こんなものは地球でも食べたことがない。絶滅した筈の地球の野牛の肉が、どうやって手に入るのかはしらないが、とにかく注文した。ボーイ長は、まるでもう、ぶっ倒れそうな恰好で、よろよろしながら去った。

「あなたは、食べないのですか?」

ブクブクが何も注文しないので、私は不審に思って訊ねてみた。

「さっき食べました」と、彼は答えた。

「でも、何か飲物でも……」

ブクブクは、ちょっともじもじしてから、小声でいった。

「政府の接待費では、私たちは飲み食いできないのです」

「それだと、不自由だなあ」

「ええ、まあ……」彼はあわてて、テーブルに身をのり出した。「早速で恐縮ですが、仕事の話を……。よう御座んすか?」

「どうぞ、どうぞ」

「とりあえず、月刊の雑誌を出したいと思うのです」ブクブクは話し始めた。「地球の雑誌同様、これには小説を七、八本載せるつもりです。そのうち連載が二、三本……」

「待ってください」私はびっくりした。「私の他にも、小説家がいるのですか?」

ブクブクはおかしな顔をして首を左右に振った。「いいえ、いません」

「冗談じゃない」私はおどろいた。「それじゃ、それをぜんぶ、私が書くわけですか?」

「もちろんです」

「あ、あのねえ、あなた……」私もあわてて、テーブルに身をのり出した。「雑誌というものは、バラエティを持たせるために、大勢の作家が、ひとつずつ、短い小説を書くのです。だから雑誌です」

「だから、地球の雑誌よりは統一のとれたものができます。個性的な雑誌ができるでしょう。雑誌という名が悪ければ、純誌としてもよろしい。一冊の雑誌にひとりの作家がいくつも書く——地球だって、そういうことはやってるんでしょう？」

「まあ、やってないこともないけど」私は困り果てた。「それにしたってそんなにたくさん書けるものじゃないです」

　ブクブクは、にっこり笑ってうなずいて見せた。「ご心配はご無用です。たくさん書いたからといって、値引きしろなんてことは、いいませんから」

「お書きなさいよ」と、妻が横から口を出した。「そのくらい、ちょっと頑張って五、六回徹夜すれば書けるじゃないの。だって、それだけ分のお金は下さるのよ。あなた。ちゃんとお金はくださるのよ」

「そうですとも、そうですとも」ブクブクも、浮き浮きして妻に調子をあわせた。

　私はげっそりしながら、さらに訊ねた。「それにしても、その雑誌には、小説以外のものは載せないんですか？　たとえば絵とか、書評とか……」

「絵を描く者はいません」と、ブクブクはいった。「必要なときはいつも地球の画家に頼んでいるのですが、来てもらうほどの需要はないのです。でも、書評はいいですね」彼はうなずいた。

「それは載せましょう」

「評論家はいるのですか？」

「そんなものは、いません。ひとり採用しますから、あなたが教育してやってください。なあに、月給は五百グランもやれば大喜びでしょう。あなたにとっちゃ、それほどの大金じゃないでしょう？」

「ま、ま、待ってください」私は頭がぐらぐらしてきた。「どうして評論家に、私が給料を払ってやらなきゃならんのですか？」

「だって評論家は、要するに作家の書いた小説を批評するだけでしょう？　自分の書いたものを批評してほしいというあなた個人の願望をかなえてくれる、いわばごますり屋でしょう？　要するにあなた個人の従属物でしょう？　そんな者に官費を支給することはできません。五百グランが無理なら、まあ、月給三百グランくらいやっておいて、そのかわりあなたの事務室の片隅で寝起きさせてやればどうですか？」

「あら、それがいいわ、そうなさいよ、あなた」と、また妻が口を出した。「あなたの仕事をほめてくれるんだもの、そのくらいのことはしてあげましょうよ。部屋がにぎやかになっていいじゃないの。わたしも話し相手ができるし、おいしいものを作ったり、お酒をあげたりして、その人を喜ばせてあげるわ。そうすれば、ますますほめてくれるでしょう？」

　この店のマネージャーらしい、きちんとタキシードを着たカメロイド人が、足音をしのばせ、びくびくものでブクブクの傍らへやってきた。顫《ふる》えていた。

「なんだ？」

「ちょっと、ご相談が……」

　ブクブクは席を立った。二人は店の隅まで行って立ち話を始めた。声をひそめたカメロイド語の会話が、とぎれとぎれに私の方へも聞こえてきた。

「……なんですが、どうしましょう？」

「なんだってまた、ありもしない料理の名前なんかメニューへ……」

「でもそれは大臣、あなたが……」

「……悪いんだ。とにかく、何かありあわせの材料を……」

「やってみますが、でも……」

「全部だと！」

「しっ！……それにしても、一種類……」

「一種類だと？」

「しっ！　ですから……」

「……」

「……色を変えて……」

「そうしろ」

　ブクブクは席に戻ってきた。「どうも失礼。あのマネージャーは、すごく料理に凝るもんですから、うるさくて……」

「ところで」私はまた身をのり出した。「私はその、雑誌の小説さえ書いていればいいんですね？」

「とんでもない」ブクブクは、はげしくかぶりを振った。「単行本製本部というのが、ちゃんとあるっていったでしょう？　雑誌とは別に、長いのを、単行本で月に一冊は書いていただかなければなりません」

私はあきれて、しばらくブクブクの尖った口もとをぼんやり眺め続けた。それからとびあがった。「か、書けません。とてもじゃないが書けません」

「どうしてですか？」ブクブクは不満そうな顔をして、テーブルを指さきでこつこつ叩いた。「地球の作家は、あちこちの雑誌へ月にいくつも短篇や連載を書き、同時に月に一冊、単行本を出していると聞きましたが」

「そりゃ、そういう人もいるでしょうが」私は弱って頭をかかえた。「それは特殊な人です。そんな人は、作家の間でも異常者扱いされている筈です」

「へえ。そうですかねえ」ブクブクはちょっと不機嫌になったが、すぐに笑顔を作り、どこで憶えてきたのか、言葉におかしな節をつけて、なだめすかし始めた。「ねえ、先生。そんなことといわずに、書いてくださいよ先生。ねえ」身をくねらせた。

私はぞっとした。

ブクブクは大袈裟に手をうった。「じゃあ、こうしましょう。単行本は二カ月に一冊でもいいです。二カ月に一冊！　ね。そうしましょうよ。ね。それならいいでしょう。ね。うん、それがいいそれがいい」

「あら、そうですわね。それならいいですわね」妻とブクブクは、勝手にそう決めてしまい、にこにこしてうなずきあった。私があわてて抗議しようとしたとき、料理が運ばれてきた。

前に置かれた皿を見て、私は眼をまるくした。

毒々しい紫色のどろりとしたスープの中に、やはりなまなましい明るい紫色の、肉ダンゴらしい丸い塊りが二つばかり浸っている。ボーイは皿を並べるなり、逃げるように店の隅へすっとんで行った。そこには何人かのボーイ達が、肩を寄せあい、心配そうに、まるで死刑の執行を見るような眼で、じっと私たちの方を凝視していた。

「どうぞ、召しあがってください」ブクブクがいった。

おそるおそるスプーンをとりあげ、スープをひと口すすったとたん、私はげっと吐きそうになった。

えぐい味だった。その他に言いようがない。要するにえぐい味なのだ。いくらどろりとしていたって、液体なのだから咽喉を通る筈なのに、あまりのえぐさに食道管の内壁がささくれ立ったか、なかなか胃袋へ落ち込まない。私は眼を白黒させた。

ブクブクがじっと見つめているので我慢して、次に肉ダンゴを齧った。ミンチらしいのだが肉の味はしなかった。細くて固くて、まるで毛束だ。予想はしていたものの、さすがにへきえきして、私は妻の方を眺めた。

私は一種類しか注文しなかったのだが、彼女は八種類も注文したらしい。彼女の前には八つの皿が置かれていた。どの皿の中にも私のと同様、やはりどろりとした液体に丸い塊が二つ浸っている。違うところといえば、色だけである。その八種類の色は、いずれも毒々しい原色の赤、青、黄、それにオレンジ、コバルト・ブルー、ライト・グリーン、ライト・ブラウン、そしてエンジ色だ。どうやら同じ料理を染料で染め分けたらしい。もうひとつおどろいたのは、それを妻がさも旨そうに食べていることだった。食べるというより、むさぼるといった方がいいかもしれない。舌鼓をうちながら無邪気に頬ばっている。しかも、同じ味であるにもかかわらず、こちらの皿のスープをひと口すすっては、あちらの皿の肉ダンゴをひと口という具合に食べ分けているのだ。つまり彼女は、料理の味で食べ分けているのではなく、料理の色で食べ分けているのだ。前から味覚の鈍感な女だとは思っていたが、これほどとは思わなかったので私はあきれた。ブクブクの手前、腹をこわすからほどほどにしろともいえず、私もしかたなく食べるふりをし続けた。

「地球では、雑誌も単行本もすべてマイクロ・リーダーになっているそうですが」と、ブクブクがいった。「こちらでは、投写機が普及していないので、コピヤーで印刷することにしました」

「なるほど。じゃあ原稿はきちんと書かなきゃいけないわけだ」

そういって皿から顔をあげ、ブクブクを見た私は、ぎょっとしてスプーンをテーブルの上に落としてしまった。

ブクブクは充血した眼球を眼窩《がんか》からとび出させて、がつがつと料理を食べ続ける妻の方を凝視していた。彼の口からは、泡の混った白い大量のよだれが、だらだらと胸の上に流れ落ちている。よほど腹を空かせているらしい。

私の視線に気がついた彼は、あわてて毛むくじゃらの手の甲でよだれを拭った。

私は気の毒になった。「何か、お食べになりませんか?」

「とんでもない」彼はかぶりを振った。「腹がいっぱいなんです」

「でも、何か……。失礼ですが、あなたの勘定は私が持たせていただきます」

「そうですか」彼はながい間もじもじした末にいった。「そんなにまで、おっしゃってくださるなら……」彼はボーイを呼び、私と同じものを注文した。

ボーイが去ると、彼は私に訊ねた。「ところで、小説の筋は考えていただけましたか?」

「ええ、考えました」と、私は答えた。

だが本当は、何も考えていなかった。私は、地球で読んだ名作小説をそのまま書くつもりだった。地球でそれをやれば盗作ということになるだろうが、カメロイド語で書けば地球の人間には読めないのだし、カメロイドで地球の小説を読んだ奴はひとりもいないのだから、何を盗み書きしようが平気だ。私は喋り出した。「貧乏なために、たったひときれのパンを盗んだ男が主人公です」

「悪人が主人公ですか？」

「悪人でもないのですが」

「でも、たったひときれにしても、パンを盗む奴は悪人です。それからどうなるのです？」

「捕まって監獄に入れられます」

「なるほど。それは当然でしょうね」

「ところが脱獄するのです」

「脱獄囚が主人公！」ブクブクは大袈裟に顔をしかめた。

「まあ、お聞きなさい。主人公はそれから、いろいろの善い行いをするんです。そして市長にまでなり、町のために尽します」

「それはいけません。そんな小説を読んだら、このカメロイド市の市長が、自分のことを悪く書いたといって怒ります」

「このカメロイド市の市長は脱獄囚なのですか？」

「馬鹿な。そんなことはありません。でも、このカメロイドには市長はひとりしかいない。だから市長と書いてあれば、誰だってカメロイドの市長を連想します。その小説は困ります。いけません」

「じゃあ、地球の話だと書けばいいでしょう？」

「それにしたって、そんな大それた悪人が市長になるなどという話は不謹慎です」

「この男は、最後にはまた警察に捕まるのですよ」

「でも、市長になってからでしょう？　そんな大悪人が市長に成り上るまで野放しにしておいたなんて話は、市民に、警察に対する不信感をあたえます。いけません。もっと善い小説にしてください」

「では、こんなのはどうですか。主人公は大学生です」

「なるほど、それならいいでしょう。大学生が主人公なら、読者も向学心に燃えます」

「この主人公は、自分を英雄だと思っています」

「いいですね。人間は自信を持たなければいけません」

「英雄というのは大きな仕事をなすべきであるから、多少の悪事はやってもかまわないんだと主人公は考えます。そこで、ちょうど金に困っていたので金貸しの老婆を絞め殺し、その金を奪います」

　思った通り、ブクブクは眼を丸くした。口をあけたまま蒼くなり、あまりのことに口もきけない様子である。私は少しばかりサディスティックな気分になって、かまわずに話を続けた。

「そのあとで主人公は罪の意識に苦しめられます。彼にそんな罪悪感を持たせたのは、ひとりの娼婦なのですが……」

「娼婦！」ブクブクはとびあがった。「娼婦というのは、つまり売春婦でしょう？」

「そうです」

　彼は、あきれて口もきけないという表情を見せた。だがそれは、いかにもわざとらしく見えたので、私は腹を立てて訊ね返した。

「不都合がありますか？」

「不都合も何も、その小説は無茶苦茶です。低俗です。主人公が殺人犯と娼婦！　そんな小説を文部省が発行できるもんですか！　そんな、青少年に悪影響を及ぼすようなものを！　もし青少年がその小説に感化されて、お婆さんの首を締めはじめたらどうなりますか。責任はこの私にかかってくるんですよ」

「ほんとうよ、あなた」と、妻がまた横からいった。「そんな愚劣なもの、書かないで。ぜんぜん教育的じゃないじゃないの。私たちに子供が生まれて、その子がそんな本を読んだら何ていうかしら。自分の子供に見せても恥かしくないようなものをお書きなさい」

「そう。まったくその通り」ブクブクがあいづちをうった。「あなた。奥さんのおっしゃる通りですぞ」

　私はむかっ腹の立つのをおさえ、下手に出て言った。「では、犯罪者の出てこない小説にしましょう」

「そうしてください」

「主人公は女です。貴族の妻です」

「いいですね。貴族はいい」

「ところが亭主は、子供を作れない体質だったのです。というより性的不具者だったのです」

ブクブクは、急にそわそわしはじめた。それから声をひそめ、そっと私に訊ねた。「それは誰がモデルなのですか？」

「誰のことでもありません。これはフィクションです」

「地球で、あなたの知りあいに性的不具者がいたのですか？」

「いません」

「では、どうしてそんな小説が書けるのですか？」

「フィクションだから、どうにでも書けます」

「ふん。まあ、いいでしょう。しかし」彼はそっとあたりを見まわし、また小声でいった。「その、なんとか不具者というのを、大声で言わないでください」

「性的不具者？」

「しっ！」

「どうしてですか？」

「私がそうだと思われてはたまりません」

ちょうどその時、ボーイが、ブクブクの料理を運んできたので、私はちょっと黙った。しかし考えてみると、ここで地球語の喋れるのはブクブクだけだ。だから、どうやらわたしが性的不具者という言葉を口にするたびに、ブクブク自身が劣等感に苛《さいな》まれるらしいということに気がつき、腹の中で笑った。私は面白くなってきて、ボーイがまだブクブクの横にいる間に、わざと大声でいってやった。

「だってあなたは、性的不具者じゃないんでしょう？」

とりあげたスプーンをガチャーンととり落とし、ブクブクは約二、三秒瘧《おこ》りのようにはげしく痙攣《けいれん》した。地球語のわからぬボーイは、知らん顔をして去った。

「ああ」ブクブクは女性的に呻いた。「やめてください」

「だって、他の人は地球語を知らないのでしょう？」

ブクブクは、少し気をとり直したらしかった。

「ま、いいでしょう。小説の筋を、どうぞ続けてください」彼はそういってふたたびスプーンをとりあげ、急にがつがつと料理を食べはじめた。

「女は――つまり女主人公は、欲求不満になやまされます。ある日、自宅の庭で庭番に出会います。そいつはすごく男性的魅力に富んだ奴で、馬鹿だけど肉体美です。女主人公はその男の小屋で、そいつと関係を結びます」

「不倫な！」またブクブクが、わざとらしく大袈裟にスプーンをとり落とした。彼は今にも卒倒しそうな様子で、言うもけがわらしいといった調子をせいいっぱいこめ、しゃがれ声で叫んだ。「つまり姦通ではありませんか！　情夫を作るんでしょう？　マオトコするんじゃありませんか！」

「そうですよ」私はやけくそになっていった。

「しかも女主人公は、最後まで後悔しないのです」

「ああ、ああ、堕落だ。腐敗の極致だ！」彼は、じろりと私を横眼で見た。「あなたには、マオトコの経験があるんですか？」

「残念ながらありません」

「残念ながらですと？」ブクブクは、あきれはてたといった表情で、椅子の凭《もた》れに背をのけぞらせた。「じゃあつまり、あなたは自分のやりたいことを小説に書くんですな？　そうですな？」

「そうかもしれません。それによって、よくない願望を発散させるのかもしれません」

「しかしですよ」ブクブクは声を低めていった。

「読者はそうは受けとらない。あなたが上手に書けば書くほど、あなたが自分の経験をそのまま書いたと思うでしょう」

「そうよあなた」と、妻もいった。「それから私は、姦通した女だと思われるわ。誰だって私が女主人公のモデルだと思うじゃないの。どうしてあなたって、そんなに厭らしいんでしょう。わざわざ人から、うしろ指を差されたがってるみたい。何故自分のいやらしいところだけむき出しにするの？　なぜ恥をさらすのよ。変態性だわ」彼女は軽蔑をたっぷりと眼に含め、恨めしそうにいった。

私はドンとテーブルを叩いて立ちあがり、大声で叫んだ。「芸術家は俗人の倫理感覚と対決しなきゃいけないんだ！」このあいだマイクロ・リーダーで読んだばかりの古くさい文学論を私は盗用した。「世間的には反倫理的な人間になろうとも、芸術家は人間を追求するんだ。通俗道徳の次元から芸術を云々されてたまるか！」こいつは私小説的思惟の底にひそむ、いやらしいエリート意識だな――怒鳴りながらも、私はそう思った。

「この星に、小説の生まれないわけが、やっと、わかりましたよ」私は息を弾ませながらふたたび腰をおろし、ブクブクにいった。「私は地球に帰る」

「そんな大きなことを言って、あなた地球で就職できるの？」冷笑を浮かべて、妻が横からいった。

私はカッとして、彼女に怒った。「女の出る幕じゃない！」

彼女はたちまち歯をむき出してわめきはじめた。「いいこと！　あんたは私と結婚してるんだから、私を飢え死にさせるわけにはいかないのよ！　ふん、何さ！　働きもないくせに、一文も儲けたことがないくせに、偉そうな理屈をちょっと知ってると思って、怒鳴りちらして。うぬぼれ屋！　ああ、わたし、あんたとなんか結婚するんじゃなかったわ。たとえ馬鹿でも、電子頭脳の整備員と結婚しときゃよかった。週給五千グランなのよ。五千グランよ！　どう？　あんたなんかそんなお金、見たこともないでしょ」

「まあまあ、お静かに、お静かに」ブクブクはおどろいて立ちあがった。「夫婦喧嘩はやめてください」

「私は地球に帰る。そして、このカメロイド星のことを小説にして書いてやる」それから妻の方を向いていった。「お前のことも書いてやる。その悪口雑言、全部書いてやる。評判になるにきまっている。金が手に入るんだから、書きまくってやる」

「書かせるもんか！　そんな原稿書いたら、片っ端から破いてやる！　破いてやる！」妻はまたわめき出した。

「ま、気を静めて。気を静めて」ブクブクは溜息をつき、どっかりと椅子に腰をおろした。「しかたがありませんな。帰りたいとおっしゃるものを、無理におひきとめするわけにもいかず……」彼は立ちあがった。「お待ちください。テレビ電話で首相にことの顚末を話して、了解を得てきます」

「了解を得ようと得られまいと、私は地球に帰る」

ブクブクは店の隅にあるテレビ電話室に入り、二、三分して出てきた。「せっかく来てくださったのだし」と、彼はまた私たちの前に腰をおろしながらいった。「いかがです。二、三日、このカメロイドの観光旅行でもなさいませんか？」

「いや、結構です」私はかたくなにかぶりを振った。「結構、つまりイヤということだ」

「ところで、さっきの不倫な小説のストーリィですが」ブクブクは、また周囲を見まわしてから、私に好色そうな眼を向け、舌なめずりした。「女主人公と庭番の密通のシーンを、内緒で、つまり私的な会話として、もう少し話していただけませんか？」

「そんなもの、話す必要はない」と、私はいった。

ブクブクは残念そうな顔をした。

「どうせここでは、小説は書かないんだからね。私は帰る」私は立ちあがり、隣席の妻をうながした。妻も、しぶしぶ立ちあがった。

「お待ちなさい」

ブクブクが少し強い調子でいったので、私は彼の方を見た。彼は地球製のミニ光線銃を内ポケットから出し、銃口を向けた。

「何のつもりだ」と、私はいった。

「あなたたちを地球へ帰らせるわけにはいきません」

「何故？」

「あなたはカメロイドのことを、地球へ帰ってから小説にするといいましたね。私のことだって小説にするんでしょう？　そんなこと、書かれちゃたまりません」

「悪く書くとは言わなかったよ」

「でも、さっきからのお話をうかがっていると、よく書いてくださるとは思えません。だって倫理と対立でしょう？　通俗道徳が嫌いでしょう？　わたしのことにしたって、どうせなんとか不具者呼ばわりするんでしょう？　そんなこと書かれては、私の名誉だけではなくカメロイド文部省、ひいてはカメロイド政府全体に傷がつきます。あなたを帰すことはできません。さっき首相とのテレビ電話で、警察の応援を依頼しましたから、逃げようとしても無駄です」

私は呻《うめ》いて立ちすくんだ。その時だしぬけに妻がわめきはじめた。何を思ったか、ありとあらゆる猥褻《わいせつ》な言葉を並べ立てはじめたのだ。気が違ったかと思って、ブクブクはもちろん、私までがびっくりした。その猥褻さは、とうてい文字で表現し難い。

最近地球では女性用マイクロ・テレ・ニュースというのが普及していて、そこには男が読んでも顔を赤らめるような記事がいっぱい出ている。妻の猥褻な知識は、恐らくそんなところから来ているに違いなかった。次から次へとぽんぽんとび出してくるその卑猥な言葉の洪水に、私の心臓さえでんぐり返りをうちそうだった。

ブクブクは、とっくの昔に椅子からころげ落ち、床にのびている。だが顔色から判断すると、どうやら本当に気絶しているのではなくて、当然気絶しなければいけないのだというカメロイド式通俗道徳にしたがってぶっ倒れているだけらしかった。

「うまいぞ！」私は、まだわめき続けている妻の手をとって叫んだ。「もういい。今のうちに逃げよう」

私と妻とは、地球より多少大きな重力のために足をもつれさせながら、手をとりあって店の外へ駈け出た。

「あっ、駄目だ！」私は悲鳴をあげた。

宇宙空港へ向かう舗装道路いっぱいに警官が立ち並び、光線銃や熱線銃、短針銃から小型水爆砲までをこちらに向けていたのである。

妻はふたたび猥褻な単語をわめきちらしはじめた。だが、今度は効きめはなかった。彼らは地球語を知らないのだ。銃砲を構えたまま、ぼんやりとこちらを見ているだけだった。

「ようし！」私はカメロイド語で、卑猥なことをわめいてやろうと大きく口を開いた。——だが——ああ、どうしたことだ、咄嗟には何も思いつかないではないか、言葉が何も出てこないではないか。駄目だ。私は、自分がいかに訥弁であったかを思い出した。口喧嘩では、とても妻の敵ではなかったことを思い出した。いざとなった時、男より女のほうがはるかにやすやすと道徳性の衣をかなぐり捨てることができるのだ。

私がそう思った時、妻は衣を脱ぎはじめた。言葉の通じないことを知った彼女は、道のまん中でだしぬけに、すばやく、しかも堂々とストリップをやったのだ。カメロイド人の精神構造への、恐るべき直観的洞察力で、妻は自分の肉体を白日の下にさらけ出した。

一糸まとわぬピンク色の全裸となった彼女を見て、警官隊の先頭にいた隊長らしい男がオーバーに眼を押さえてのけぞり、さも精神的ショックをうけたような声で絶叫するなり、もんどりうってひっくり返った。それを見た警官たちも、おおとかああとか呻きながら、真似をしてばたばた倒れた。

「今だ！」私は妻の手をつかみ、思いつくかぎりの猥語をカメロイド語で喋り散らしながら、倒れ続ける警官達の中を駈け抜けた。

走っていく妻の姿を、倒れたまま薄眼をあけてこっそり鑑賞している奴もいた。

私たちは空港に到着し、ロビーに駈けこんだ。空港の事務員たちも、妻の姿をひと眼見てぶっ倒れるために、全員事務室からロビーへ出て整列していた。

「おお！」「ひゃーっ！」「あれ！」

思い思いの悲鳴で卒倒するカメロイド人の身体を乗り越え、私たちは発着場へ出て、乗ってきた小型宇宙艇めざして駈けに駈けた。

「さあ、早く！」

宇宙艇尾部の小さな入口に到着するなり、私は裸の妻をかかえあげ、エア・ロックへ押しこんだ。これに乗ってオート・パイロットで大気圏外へ出て、ＳＯＳを発信し続けてさえいれば、どこかの宇宙船が助けてくれるだろう――私はそう思った。だが、続いて入ろうとした私の眼の前で、がらがらぴしゃんとエア・ロックのドアが閉まったのにはおどろいた。

あわててドアを力まかせに叩いた。だがドアは開かなかった。

それを妻がやったのだと気がつくまでに、だいぶ時間がかかった。妻に見捨てられたのだという結論に到達するまでには、さらに時間がかかった。だが、それ以外の結論はなかった。

――ああ！　ああ！　女は怪物だ！　私はそう思った。異星人よりは、よっぽど怪物だ！　女に比較すれば、カメロイド人なんて、怪物のうちにも入らない。女――これほどの怪物が他にあろうか！　またとあろうか！　ない！　絶対にない！

絶望にうちひしがれた私を尻目に、妻の乗った小型宇宙艇は飛び立った。砂をかぶり、みじめに地べたに叩きつけられながら、哀れ残されし者よと私は自分を嘆じた。これは弱いもののいじめだ――私は泣いた。

しばらくして立ちあがった時、私は、カメロイドの警官たちが武器を構え、私を遠まきにして立っているのに気がついた。もう、やけくそだった。私は服を脱ぎはじめた。彼らが私の裸を見て、はたしてぶっ倒れるかどうかわからなかった。しかし、やってみるにこしたことはない。私は生まれたままの姿になって突っ立った。いかにグロテスクな恰好であるか、自分でもわかっていた。

カメロイド人たちは、しばらくあきれて私を眺めていた。倒れようかどうしようかの判断に迫られて、彼らは躊躇していた。やがて隊長が、あまりのグロテスクさに気が遠くなってきたといった様子でうおうおと唸り、ゆっくりと倒れた。それを見て他の連中も、苦笑したり首を傾げたりしながら、ゆっくりとその場に寝そべった。

私は泣きわめきながら、ふたたび彼らの中へすっ裸で駈けこんでいった。

虎は目覚める

KAZUMASA HIRAI

平井和正

1938(昭和13)年5月13日、横須賀市生まれ。学生時代からハードボイルドを愛読し、自らも習作の筆を執る。中央大学法学部在学中の61年、「SFマガジン」の第1回コンテストに投じた短篇「殺人地帯」が奨励賞を受賞。翌年、SF同人誌「宇宙塵」に発表した「レオノーラ」が「SFマガジン」6月号に転載されてデビュー。

その後、「SFマガジン」などに作品を発表する一方、『8マン』『エリート』『デスハンター』(画・桑田次郎)、『幻魔大戦』(画・石森章太郎)、『ウルフガイ』(画・坂口尚)、『スパイダーマン』(画・池上遼一)とマンガ原作者としてヒットを連発。

70年代には『狼男だよ』以降の〈アダルト・ウルフガイ〉シリーズ、『狼の紋章』以降の〈ウルフガイ〉シリーズをはじめ、黒人サイボーグ捜査官の苦悩を描いた『サイボーグ・ブルース』、地球外生命体ゾンビーとの死闘を描いたSFアクション『死霊狩り《ゾンビー・ハンター》』など多彩な作品を発表。SFの手法を通じて人間の暗部を鋭く抉る作風と容赦のない暴力描写は、のちのSF作家らに多大な影響を与えた。

79年にスタートした小説版『幻魔大戦』以降は大河シリーズを中心に活動、『真幻魔大戦』『地球樹の女神』『ボヘミアンガラス・ストリート』など、作品多数。

初出=「SFマガジン」63年2月号
初刊=『虎は目覚める』(67年2月／ハヤカワ・SF・シリーズ)
底本=『悪夢のかたち』(73年12月／ハヤカワ文庫JA)

ロケット・マンが地球に嫌悪の念を抱くのは、ごく自然のなりゆきだ。降り立った瞬間から、落ち着かぬ不愉快な気分が育ちはじめ、そのうちに、この星のいっさいがっさいすべてが、いやでいやでたまらなくなる。柩のなかに閉じこめられ、生き埋めにされたような気持になるというのだ。ロケット・マンは地球をゴースト・スターと呼んでいる。荒涼とした星はいくらも知っているが、この星のぶきみな雰囲気だけは我慢できないという。数すくない地球生まれのロケット・マンにしても、それはおなじことだ。あるいは、この連中が、いちばん地球を嫌っているのかもしれない。とびだしたが最後、二度と足踏みしないほどである。

年に一度もどってくるぼくは、そのうちで例外といえるだろう。もちろん、気が滅入るのは、ぼくにしろおなじだ。

地球に着くたびに感じるのだが、その都度この星はみすぼらしさを増してゆく。ただむやみに宏大な宇宙港は淋しく砂塵をのせた風が巻き立つばかりだ。砂漠を巨大な機械力で切りひらいた百万エーカーの大宇宙港も、執拗な砂漠の反撃に押しもどされ、当初の二割にまで後退してしまった。やがては原初の姿に還ってしまうだろう。この二世紀、宇宙港はただの一度も修復を受けていないのだった。

ぼくの乗ってきた恒星間宇宙船は、灰のなかに光るまあたらしい銀貨のように見えた。跳躍能力を備えたこの宇宙船は、十パーセク単位でリープする。恒星間航行を可能にしたこの跳躍能力の完成に、地球がまるで関与していない事実は、本末転倒といってもいい。なんといっても、最初のロケット・マンを虚空に送りだしたのは、地球なのだ。感情論は抜きにして、ロケット・マンのだれもが、それだけは認めている。その光景を心にえがくことは、微妙な興奮をよびおこす。壮大な花火のように空を彩った、無数の宇宙開拓船のなかには、絶対真空と放射能と流星雨に闘いを挑む、父祖が乗りこんでいたのだ。そのときのなまなましい感動と闘争心のおすそわけにあずかることは、われわれが相続した遺産である。

　しかし、ロケット・マンは、地球の栄光を口が裂けても認めはしない。たとえ事実であっても、感情が容認しないのだ。みじめな老残の星、ゴースト・スターに、かつて自分たちの祖先が、けちな虫けらのように這いまわっていたと考えるだけで、たまらない腹立たしさと恥辱感におそわれる。

　われわれロケット・マンは地球を嫌っている。それは四世紀にわたる対立と反目の歴史が血にしみこんだ、ほとんど生理的な厭悪感なのだ。

　それにもかかわらず、ぼくは廃園のようなこの星にいままた舞いもどってきた。そこには、サチが住んでいたからだ。

　宇宙港管理局に、人気が絶えてすでにひさしいが、わずかな数のアンドロイドは、まだ二百年の歳月に耐えていた。宏大な埃だらけのロビーで、ぼくは中風病みたいなそのひとりに摑まった。猛烈な雑音混りの声で、そいつはぼくの検査を行なうといいはった。かつて地球がロケット・マンに対して行なった、血液反応から精神分析にいたる一日がかりの殺人的なテストのことである。もとより設備が廃棄されて二世紀もたつ。死文化した規定条項をアンドロイドだけが忠実に記憶していた。

　わかった、わかった、とぼくはいった。

「宇宙からおれに妙な病気を持ちこまれるとこまるというんだろう」

　これはやむをえない地球の防衛措置だ、とアンドロイドは説明しようとして、耳障りな音を立てた。

「いまさら手遅れさ。このあいだ、持ちこんだおたふくかぜで、連中は全滅したよ」

　アンドロイドは納得しなかった。頑固にぼくの腕をおさえこんで、規定違反だとわめいた。ぼくは、そいつをころばせて、管理局の出口にいそいだ。

　サチは、宇宙港前の閑散とした広場で、ぼくを迎えた。ぼくの腕のなかに身をうずめてささやいた。

「わたし、すこし痩せたでしょう?」

一年のあいだ、渇望しつづけた温みと柔らかさを味わっていると胸がつまってきた。ぼくはもどかしく黒く、ふかい瞳をのぞきこみ、唇に何度も接吻し、繊細な髪をまさぐり、頬のはりつめた皮膚を愛撫して、それらのすべてをいちどきに味わいつくそうと躍気になった。サチの舌にみちびかれ、ぼくはそのあたたかい底知れぬ深みへ沈んだ。身体がふるえ、膝が萎えて、息もつけなかった。サチの身体は耐えがたい熱気を放つ炎のかたまりで、ぼくにはもう抱いていられなくなる。胸ぐるしい興奮のなかで、ぼくはとつぜん横たわって安らぎたいと願う。神経が緊張に耐えられなくなるのだ。

ぼくたちは抱きあったまま歩いて、車のなかに坐る。ほっそりした背中から腰へゆるやかに手をすべらせつづけていると、たとえようもなくするどい欲望が芽生え、すさまじい速さでふくれあがってくる……そのあいだ、ぼくたちはばかげたろくに意味もないようなことを、たがいにつぶやきつづける。唇を押しつけあったままなので、ほとんど声は聞きとれない。

そのあげく、ぼくは乱暴になりはじめるのだった。いつのときも、そうなのだ。ほとんど苦痛にまで昂められた欲望をみたそうとして、ぼくはその場でがむしゃらに彼女を自分のものにするのだ。虚空にすごすあいだ、むなしく失った時を一挙に回復しようと焦るのだ……

一年のうち、ぼくらがともにすごすのはわずか数日間なのだった。絶望の涙をこぼすひまもなかった。虚空にとびあがれば、あっけなく千億マイルもはなれればなれになってしまうのだ。だから、ぼくたちは涙をこぼしたりして、時間を浪費することはしなかった。逢瀬がどんなに短いものであっても、与えられた機会は充分に活用するものだ。

だが、この場合は、そうはならなかった。ぼくの動作が熱っぽく、あらあらしさを加えたとき、とつぜん、サチは身をこわばらせて、ぼくからはなれようともがきだしたのだ。わけがわからず、ぼくは、腰をひき、身をシートのはしに遠のけるサチを唖然としてながめた。

「どうしたんだ？」ぼくは荒い呼吸をしながら訊いた。

「なんだって？」

「いまはいや」声はかたくするどかった。

「ここではいやなの！」

こんな拒否は信じられなかった。ぼくは、広場を見まわした。物音もなく、なんの動きもない。夜の平野のように荒涼として、ただ広かった。

「どうして？」

当惑は苛立ちになった。

「だれかが見てる……」

今度のサチの声は、圧し殺したようなささやきだった。

「ばかな……」

ぼくは彼女をとらえようとした。その身体は緊張しきってかすかにふるえていた。ついでぼくは、顔からまるで血の気が失せているのに気づいた。サチは、怯えきっているのだった。

「車を動かして、はやく！」

ぼくがぐずぐずしていると、彼女は身を起こし、自分でホイールにとびついた。エンジンが唸りをあげ、車は急激に跳びだして、ぼくをシートの背にひき倒した。車は狂気のようにスピードを上げ、乱暴なカーブを描いて広場をまたたくまに走破し、シティに向かう高架ウェイに突っこんだ。ぼくは肝をつぶした。ぼくでなくても、ロケット・マンなら、この内燃機関の地走車の不安定さには怖気をふるうだろう。ぼくは大声で喚きたくなった。高架障壁は輪郭を失った灰色の流れだった。わずかに接触しても、車は粉微塵に吹きとんでしまう。

「ばか、ばか、やめろ！　やめろったら！」

サチには聞こえなかった。仮面のようにいっさいの表情が失せた蒼白な顔を見て、ぼくはやっとさとった。これは炎に追われる獣の暴走だった。行手にどんな障害があろうと気にかけやしないのだ。高架ウェイには、廃棄された車の残骸が撤去もされず転がっていることがよくある。この高速では視界に障害物を認めた瞬間にすべてが終る。避けようもなく流星のように突っこんで――胸がむかつき、冷汗が流れた。ぼくは懸命に心を鎮め、危機を脱する途を考えようと頭をはたらかした。サチの身体の反対側に自動制御のシステムがある。もし、サチのバランスを崩さずに手を触れることができさえしたら……ぼくはその可能性とタイミングを死にものぐるいで計算した。やりそこなったら破滅だ。腕を突き出して、指をシステムのボタンにのばす。サチの肩を押しのけると同時に、ボタンが指にふれた。

障壁が閃き、眼前にのしかかった。その灰色の死の流れに吸いこまれて――失敗の知覚すらなかった。二度目の閃きは最初のそれとほとんど重なって起こったからだ。自動制御が車をひきもどしたとき、障壁のわずか数インチの傍らをすりぬけたのだった。そして、ぼくが成功を自覚するよりさきに、車は停まった。誘導管制がそこで途絶えていたのだ。

もし、ぼくの決断が一秒おくれていたら……寒けがした。身体が麻痺してしまっていた。首をまげることさえ容易ではなかった。

サチは、ホイールを握ったまま凍りついていた。長い年月に吹き曝された石像のようになっていた。顔はうつろに死んで、眼はみひらかれたままガラスの破片のように動かない。

「なんてことをするんだ」

ぼくはむしろおだやかにいった。だが、それが口火になってすぐどなり声に変ってしまった。反動の余波がいまになっておそってきたのだ。息が切れ、とどめようもなく全身がふるえだし、むしょうに腹が立った。ぼくは歯をガチガチ鳴らしながら、彼女の肩を摑んで力まかせにゆすぶった。肩は冷たくかたく、答えはなかった。

まるで痴呆状態だった。空虚な顔は、なにかぞっとさせるものがあった。なにも反応があらわれないので、ぼくは肩から手をはなし、平手で彼女の顔をひっぱたいた。一度では効かなかった。傷つけないように、だが、左右に揺れ動くほど殴りつづけなければならなかった。そのくりかえしに恐怖をおぼえだしたとき、やっと効果が表れた。眼が最初に生きかえってぼくを凝視し、ついでさっと息づまる恐怖の色が浮きあがった。あまりその変化が急激に起こったので、ぎょっとした。サチは、ぼくの膝に倒れこみ、うわずった声で泣きはじめた。怯えきった泣きかただった。絶望的にぼくの膝にしがみついていた。

「逃げるのよ、リュウ、逃げるのよ！」

「どうして？　わけをいえ」

サチははじかれたように身を起こし、ホイールに手をのばした。

「逃げなくちゃ！　車が動かない、どうしよう！　リュウ、動かないのよう！」

「だめだ、自動制御にセットしてあるから」

ぼくの声も耳に入らず、彼女はホイールを発作的に手でたたきはじめた。うろたえた泣き声で、車が動かないとヒステリックに叫びつづけた。ぼくは彼女をひきよせ、しっかりおさえつけた。はげしくもがいていた身体から、突然力がぬけ、ぐんにゃりと柔らかくなった。失神したのだ。

ぼくはしばらくのあいだ、当惑と驚きにさいなまれてなすところもなく、呆然と坐りこんでいた。それから心を決めて、サチのぐったりした身体をシートに横たえ、ホイールの前に移った。とにかくシティに行ってみることだ。ただ、自分で車を動かさなければならぬという思いは、ぼくをとほうに暮れさせた。このとんでもない気ちがいじみた代物はもううんざりだった。そのとき、ふと、ぼくはサチが、逃げなければ、と何度もくりかえしたのを思いだした。いったいなにに、あれほど怯え、騒ぎたてたのか？　ふいに疑惑に駆られ、ぼくは背後をふりかえった。

なにも見えない。いまは不動のプラスティックの障壁が視界をさえぎっているだけだ。墓場の沈黙と静止——地球に危険があるわけはないのだ。ぼくにとって危険とは宇宙の未知のなかにしかありえない。

ぼくは、車を走らせた。二、三マイル進むと、危惧した通り、車の残骸が道をふさいでいた。だれかが故障した車を置き去りにしたのだ。それをまただれもかたづけようとしない。こんなばかげたことが、地球では至極ありふれているのだ。

ぼくは注意ぶかく避けて通った。

シティに近づいたころ、ようやく誘導管制が回復して、緊張から開放された。

まったくひどいものだ。このぶんでは、高架ウェイの誘導管制が有効に作動する部分はいくらもなさそうだ。壊れたらそれなりで、修復する気配もない。シティの機能がどんなに低下しようと、だれひとり気にしないのだ。地球のやつらは文字通り、しんそこからのぐうたらだ。こんな星に生まれただけでも、とんでもない恥辱になる……口のにがい味は濃さを増し、嫌悪感は昂まる一方だった。

シティに接近するにつれ、路上に放置された廃車は数をまし、誘導管制はやたらに途切れて、ついに自動制御システムをあきらめなければならなかった。シティに入ったときは、もう高架ウェイは車の墓場になっていた。たぶん機械補修用のアンドロイドが先にくたばったのだろう。それで次々に保管車庫から新たにひっぱりだしては潰してしまう。製造年代が三百年も以前ときては、乗り潰すくらい造作もなかろう。こんなたわけた消費がいつまでも続くわけがないのだ。ぐうたら息子が、先祖の貯えを食いつぶすようにして、すべての在庫が底をついたら、どうする気なのか。これは明白だった。シティがゴースト・タウンと化せば、連中は他のシティに去るだけの話だ。やつらには、現状維持の能力さえ残っていない。そして、あげくの果ては……

ぼくは疲労をおぼえ、その考えを追いはらった。ぼくの知ったことじゃなかった。ロケット・マンは地球に関心を持たない。気分が滅いるだけなのだ。

シティは単なる巨大ながらくただった。強化耐久材が五世紀にわたる歳月をささえ、そのたたずまいを保っているにすぎず、物置の古道具とすこしも変わらなかった。すでにゴースト・タウンの雰囲気をそなえ、昼光のなかにあって、ひんやりとしめっぽい墓所のむなしさにみちているようだった。一年まえに見たときも、この通りだったのだ——しかし、そこには変化があった。ぼくはそれを読みとった。

高架ウェイにも眼下の街路にも、一台の車も動いていない。人影もなかった。ぼくは車を停めてなにかの動きをとらえようとした。まったき静寂。これは死に絶えた無人の街だった。

ぼくは坐りこみ、悪寒が背すじを這うのをおぼえた。なにかとんでもないことが起きかけているらしい。サチをゆするとうすく眼をひらいたので、ぼくはうれしかった。

「おい、どうしたんだ……」

ぼくがいいかけると、サチは弱々しくつぶやいた。

「バーンズの家よ……」

「なんだって?」

「バーンズ」と、彼女はくりかえしていった。

居住区に入っても、事態はいっこうに変わらなかった。家々のドアと窓はすべて閉めきられ、樹樹の枝葉をそよがせる風のほか、動きはなにひとつなかった。完全に街はからっぽだった。

結局、サチのいう通りにしたわけだが、ぼくは憤懣《ふんまん》をおさえる努力で、これ以上不機嫌になれないほどだった。なにを問いかけてもろくな返答を得られず、サチはバーンズのところへ行くとくりかえすのだ。ぼくはなにもかもいやになりはじめた。ぼくが地球くんだりまでやってきたのは、妻に逢うためで、バーンズという野郎に容喙《ようかい》されるためではないのだ。ぼくは、なにか手にふれるものをぶっこわしてやりたいような気分になった。車をバーンズの家のまえに停めたときには、ぼくは地球上でいちばん敵意にみちた存在になっていた。

しかし、バーンズがドアをあわただしく開け、あわただしくぼくたちを迎え入れると、ぼくはまず、彼が自動錠に重ねて、最近とりつけたらしい大げさな錠前の鍵をせっかちにまわす様子に、思わず奇異の眼をひきつけられた。彼は鍵をひきぬき、念入りにドアを試した。風が吹きこんでも、ドアが開いてしまうんじゃないかと疑っているみたいだった。自信のない神経質な態度で、彼はなにやら挨拶の言葉を口ごもった。

　バーンズの背後の連中を見て、ぼくは口をあんぐりあけた。シティの市民の半分が集まっているにちがいなかった。地球の連中の性格を知っているだけに、とても信じられない。

　連中は、道で出逢っても、おたがい同士なんの挨拶もしないのだ。相手の姿が眼に見えないように、そのまま行きすぎるか、視線が出逢ったところで、ぼんやりと顔をそむけて行ってしまう。蛙みたいに無感動なのだ。個人主義なのではない。彼らにはまもるべき個人の生活からしてありはしないのだから。さまよう幽霊という形容がもっともふさわしい。

　ぼくは、サチの顔をさぐるように見た。彼女は生気のない表情でぼんやり立っていた。どうせ、まともな返事はもらえそうもなかった。

　頭が混乱してまたぞろ腹が立ってきた。いったい、ぼくになんの用があるんだ。

　ぼくはまるで親しみを欠いた眼を連中に向け、じりじりしながら待った。説明をきかせる者がいないのなら、だれかの耳をひっ摑んでふりまわしてやろうか。

　連中はしんとして、ぼくの姿に眼を見張っていた。地球人の、ロケット・マンに対する反応の典型だ。どんなに無感動な地球人でも例外なくきまってこの反応をしめす。ふいに虎でも見たというような、ぎょっとした様子、不愉快な沈黙。ロケット・マンが地球をきらうのはあたりまえだ。ひとを血に餓えた野蛮人あつかいにしやがって……

　ぼくがにらみかえすと、にわかにさっと連中の眼はそむけられ、怯えた雰囲気が波のように押し寄せてきた。それは脈搏《みゃくはく》の増加と発汗とこきざみの呼吸が一体となった恐怖の放射みたいなものだった。猛獣は相手を追いつめたとき、それに呼応して襲いかかるのだ。ぼくは敵意をこめて、ひとりひとりをにらみつけてやった。

　連中はひとしく猫背で、貧弱な筋肉をまとった棒みたいな身体つきをしていた。冷えた灰のような無気力さが同一の色調に彼らを溶かしこみ、個々を他から区分するものを消してしまったのだ。地球人を好きになれないのは、彼らが個性を持っていないからである。形状のわずかな差異はともあれ、石ころは石に過ぎないし、うすよごれた羊の群れから個々を識別してみたってはじまらない。

バーンズはぼくを坐らせようとした。地球人たちがかたまっている場所から、テーブルひとつ隔離された席だった。虎を招いて同席しようというのなら、たぶんこういうことになるのだろう。ぼくの息が生臭いといったふうに連中は息をつめ、顔をそむけた。バーンズがせきばらいして、おずおずといいかけた。

「地球へ来られたのは、一年ぶりですね？」

「その通り」

「その……このシティになにか変ったことを気づかれましたか？」

「それは、こっちで訊こうと思ってた。なにが起きたんです？」

ぼくはとげを声に持たせていった。

「市民たちは怯えています。だからだれも家の外に出ないんです」

「なるほど。乱暴者の航宙士《アストロ》がやってくるというんでね？」ぼくは皮肉たっぷりだった。「それとも、人食い虎でも暴れてるのか？」

この嘲罵には、めざましい反応があった。連中はヒステリックに動揺した。

「そうです。いまシティには虎が……兇暴な虎がいるんです」

「なに？」

「いや、もちろんほんものの虎じゃない。でもそう呼ぶよりないんですよ。これまで十一人も殺されたんです——きちがいのやることです——むごたらしい殺しかたでした。ナイフで殺して……」

バーンズの声は恐怖にうわずった。「そのうえ、めちゃくちゃに引き裂いたんです、猛獣が爪でやるように」

これでやっとのみこめた。サチがなぜあれほど怯えていたかわかった。サチは恐怖とたたかいながら、だれひとり外に出る者のないシティを離れて、ぼくを迎えに来たのだ。ぼくは彼女を抱き締めてやりたいほどいじらしく思った。

「犯人はどうしたんです？」

「わかりません」

「十一人も殺されたのに？」ぼくは驚いていった。「どうして、ほうっといたんです？」

「どうしようもないんですよ」バーンズは訴えるようにいった。「この二世紀、殺人なんて一度だって起きなかったんです。粗暴な素質の人間は、ずっと以前に根絶されたはずなんですから。シティの警察はとっくの昔に解体しちまってるし、もうシティには、今度のようなおそろしい事件に対処する用意がないんです」

「それじゃ、どうするつもりなんです」

「わかりません」

ぼくはあきれかえった。こんなたわけた話ははじめてだ。地球の連中は、こっちの頭までおかしくさせる。彼らは去勢された羊の群れだ。骨のずいからふやけきっている。恐怖にすくみあがって腰がぬけてしまったのだ。とつぜん、ぼくは苛立ってきた。どうしてこんな連中の泣きごとを聞いていなければならないんだ。

「で、ぼくにどうしろというんです？」

「教えていただきたいんですよ、どうしたらいいのか……」

こうくることはわかっていた。この連中に恩恵をほどこすいわれはないのだが、はやくけりをつけたかった。

「いいでしょう。ことは簡単ですよ。自警組織をつくるんだ」ぼくはぶっきらぼうにいった。「男たちをみな集めて、武装させる。武器はどのくらいあるんです？」

「武器？」

「拳銃とか麻酔銃《パラライザー》、ガス銃でもいい。熱線銃がいちばんいいんだが……」

もちろん熱線銃があるわけはなかった。車のぼくの荷物のやつが、たぶん地球上唯一の熱線銃だ。この武器の破壊力は、他に類がない。未知の星の開拓には欠かせないものだ。

バーンズはぼくの要求をほとんど充たせなかった。武器についての知識が欠けているようだった。アンドロイドに命じて探させるといった。

「武器になるものならなんでもいい。男たちに持たせて、五人ずつ組んでシティの各区域を分担させる。パトロールするんですよ。虎を見つけたら殺すんだ」

なんの反応もなかった。意味がわからないようだった。

「どうするって……？」

バーンズが訊きかえした。

「相手は兇悪な殺人狂なんだ。つかまえて、殺すほかない」

「殺す？」

連中の顔にはまるきり理解の色が欠けていた。

「そんなことはできませんよ」バーンズがのろのろいった。おろかしい驚きがこもっていた。

「どうして？」

「そんなこと、わたしたちにはできません。殺すなんてとんでもない……」

「なぜ？　殺さなきゃ、あんたがたが殺されるんだ。わからないんですか？」

「無理ですよ。わたしたちには、殺すなんて野蛮なことはできません。人を殺せるのはきちがいだけですよ」

「しかし、やらなきゃならないんだ、殺されたくなかったら」

ぼくはするどくいった。苛立ちが、極限にまで昂まっていた。この腰ぬけの羊どもへの蔑みはぼくをいたたまれなくさせた。

「だめです、できません——そんな血なまぐさいおそろしいことは！」

バーンズの声はふるえた。顔が青くなっていた。連中の動揺もはげしくなっていた。ぼくが与えた暗示に耐えられないようだった。窮地に追いつめられたように、恐怖のうねりが彼らの頭をゆるがせた。

「いやだ。そんなことはいやだ！」

ひとりが弱々しく声をしぼった。わななく掌を顔にあてがい、泣き声を立てた。

「いやだ。アストロのいうことをきいちゃいけないよ、バーンズ。われわれはアストロじゃないんだ！　彼はわれわれにも人殺しをさせようとしているんだよ……」

「なにをいってるんだ！」

　ぼくはかっとして立ちあがり、どなった。こんなに激しい怒りをおぼえたことはなかった。

「おれを人殺しあつかいにする気か！」

「決してそういう意味ではないんです」バーンズはおどおどとつぶやいた。「わたしたちは、こんなおそろしいことに慣れていないので……」

「ふざけるな！　それじゃ、おれたちロケット・マンが地球の外で、いつも殺しあってるから、人殺しに慣れてるだろうというんだな！」

　おさえようもなく、怒声が喉を突きあげてくるのだ。

「リュウ、リュウったら！」サチがしがみついてきた。「やめて、どならないで、おねがい」

　ぼくはふかく息をすいこんで、胸の筋肉をぴくぴく脈うたせる憤激を鎮めようと努めた。

「わかった……おれはここから出て行く」

　こいつら虎に食われてしまえ。もう顔を見るのもまっぴらだった。ぼくたちが出て行くあいだ、連中は凍りついて身動きもしなかった。恐怖にうたれ、顔は灰色になり、眼がどんよりと死んで――

――ぼくが怒っただけで、このありさまなのだ。ロケット・マンのいう通りだ。地球人はみじめな虫ケラ以上のものではなかった。

　ロケット・マンと地球人との反目の根は深い。ロケット・マンは相手を、地上を這いまわる虫ケラどもと呼んで嫌っているし、地球人は地球人で、ロケット・マンを環境不適応の野蛮な精神異常者として、なかば怖れ、なかば蔑んでいる。

　ことの起こりは四世紀もむかしだ。

　二十一世紀から、最盛期を迎えた宇宙開拓ラッシュに並行して、優生保護省の精神矯正医の大群は、機械化された深層催眠技術をメスがわりに、人間精神改革の手術をすすめていた。理性と情緒の両面で完全にバランスを保つ、優良品種に人類を矯めなおすのがその狙いだった。民衆は、手もとに大量に抱えこみ、なお増加する一方の犯罪者に我慢できなくなっていたのである。兇悪な気質をそなえた人間を社会から除去しようという機運は熱狂的に盛りあがった。悪い種子を根絶しにしようと彼らは叫んだ。環境不適応のならずものは、残らずかたづけてしまえ、と。

その熱意にこたえて、精神矯正医たちは立派な成果をあげた。人間社会を掃除し、光り輝くような清潔な場所にしようとしゃにむに働きつづけ、倦《あぐ》むことを知らなかった。彼らはそれを虎狩りと呼んだ。虎を葬ると同時に遺伝形質を統制のふるいの目にかけて完璧を期した。人類がこれまで大がかりな自己改革の能力を発揮したためしはない。みごとな仕事だったのだ。

しかし、精神矯正医たち――二十一世紀の十字軍は行き過ぎを犯した。さらに仕事を完全に仕上げるために、彼らは、わずかな精神状態の不均衡をも容赦しなかった。ふるいの目はさらに狭められた。

そして宇宙開拓者たち――ロケット・マンとの間に衝突が起きたのだ。これは必然的な行きがかりだった。なぜなら、ロケット・マンの心に根ざす宇宙への欲望は、過度の精神の不安定を示すものとして、勝利に酔う医者たちが、矛先を向けるべき絶好の餌食だったからだ。居心地のいい地球の安楽から、危険の遍在する宇宙へ、みずから飛びこんでゆくことを好む人間は、とりもなおさず、環境不適応の典型にほかならなかった。

そして同様に、ロケット・マンにとっては、法律の強制で自分たちを地球にしばりつけるばかりか、強引に羽根をもぎとりにかかった連中は我慢ならない相手であった。当時、太陽系一円に進出していた宇宙開拓者は結束して自治政府を持ち、地球政府に対抗した。地球上の同志に加えられる迫害には一戦も辞さないいきごみだった。これは、地球に対する公然たる反逆だったにもかかわらず、地球はトラブルから顔をそむけ、手をポケットにしまった。数の上では圧倒的に優勢な戦闘要員も、裏をかえせば、人形にひとしかったのだ。地球がつくるのに意をそそいだ、穏和で健全な人間は、攻撃用の兵員とはまるで裏腹のものだったからである。それにひきかえ、荒っぽさの点で、ロケット・マンは、かつてのアメリカ西部開拓者に似ていた。

地球は次善をえらび、ロケット・マンと手を切ることに決めた。どっちみち、この厄介者はみずから退散すると見通したからでもあった。その狙いは正しかったといえるだろう。

ロケット・マンたちは、憤然と次々に虚空へ去っていった。宿なし犬と嘲られれば、故郷はおれたちの血のなかにあるとやりかえし、精神異常の野蛮人という悪口には、地べたにへばりついた、みじめなウジ虫どもと罵りかえした。

その後数世紀を通じて、反目は続いた。以来、宇宙開拓民がノバのように急速に外円宇宙へ拡がり、未曾有の繁栄をつくりだしたのにひきかえ、地球に適応しきった人間は、おそろしい沈滞に襲われていた。当初の人口百億から、半世紀後にはその半数という激減、生産力の著しい低下、文明進展度の急停止。すべてが急角度を描いて下降線をたどった。もはや地球上ではなにひとつ新しい発明発見を歴史に寄与しなかった。いいかえれば、これは創造能力の衰弱であり、文化の全面的後退であった。地球がおびただしく生みだしたのは、あらゆる意味での無能力者の群れにすぎなかったのだ。そして地上は鉱脈を掘りつくした鉱山町のようにさびれていった……。そしていま、ロケット・マンは、この星をゴースト・スターと呼んでいる。地球でなにが起ったかは知るところではない。ただひとつの明白な事実がある。地球人はもはや人間と呼ぶに価いしない。ゴースト・タウンをさまよう幽霊同然、人間のみじめな残骸なのだ。

ぼくは、眼があいたばかりの子犬にひとしい時分から、それを知り、自分が彼らと、異質の存在であることを、わきまえていた。それはたとえ子猫の群れのなかで育っても、虎が自らをさとるようなものだ。

このまま地球人が滅亡したところで、ぼくはいっこうに心配などしない。ぼくの知ったことじゃないのだ。地球はロケット・マンを追いだし、尻を蹴とばした。よろしい、地球は地球人のものだ。どうなりと好きなようにすればいいのだ。かつて、おそろしい困苦に耐えながら、地球外の開拓者は歯をくいしばって、そういった。地球人はその好むところを彼らの星にほどこしたが、いまぼくの吐く言葉も父祖とおなじだ。どうなろうと勝手にするがいい。

　ぼくは車にもどるとスーツケースから熱線銃をとりだし、ベルトを腰に巻きつけた。ほっそりと、優美な見かけと裏腹の、すさまじい威力を、ロケット・マンを襲った外敵はこれまで遺憾なく味わったものだ。〃虎〃がぼくたちに眼をつけたなら、まちがいなくそのときが、そいつの厄日になるのだった。

　こわがらなくてもいい、とぼくはサチにいってやった。ぼくの腕をかたく握ってはなさないのだ。ぼくのそばほど安全な場所はないというふうに。たしかに、ぼくは地球上のこの地区唯一の『乱暴者のアストロ』だったし、羊の群れにある牧羊犬程度にはタフで抜け目がなかった。たとえ〃虎〃がどんなに兇暴でも、ぼくを相手にしては勝ち目はない。

　しかし、帰途はなにごともなかった。ぼくは車を走らせ続け、ひっそりした居住区を抜けて行った。用心ぶかく構えるのに飽きたころ、家に着いた。

　そして、ぼくは玄関の前のポーチに動く人影を見たのだ。さすがにこればかりはいい気持がしなかった。ひやりとするものを背すじに感じながら、熱線銃を膝の上に置いた。

「気をつけろ、車から出るんじゃない」

　するどく注意をあたえて、人影に目を凝らし、見さだめようとした。いくぶんの好奇心が警戒心に混じっていた。〃虎〃なら、ここから狙撃してもよかったが、射角が思わしくなかった。火線をビームに拡げると、家ごと焼いてしまいそうだった。ぼくがためらっているあいだ、サチは身体をかたくしていたが、ふいに緊張を解いた。

「虎じゃないわ。だいじょうぶよ、リュウ」

車を、すばやくすべり降りる彼女をとめそこね、ぼくも熱線銃を片手にして後に続いた。

ポーチに立って、近づくぼくたちを見つめているのは見知らぬ少年だった。ほんの六、七歳に見えたが、サチよりも背が高かった。若い動物のように痩せぎすの少年は、暗い茶色の眼でぼくをいぶかしげに凝視していた。

「なぜ、家の外に出たの。鍵をかけておきなさいといったのに！」

サチは怒った声をだした。彼女が他人を非難する口ぶりなんて、いままで聞いたこともなかった。

少年は気にもとめなかった。一言もいわず、まじまじとぼくを見まわしていた。

「これはなんなの？」

だしぬけに少年はいい、ぼくの手にした熱線銃を指さした。ぼくは虚を突かれ、ぎごちなくそれをベルトのサックにおさめた。

「熱線銃さ」

「熱線銃？」少年はおうむがえしに問いかえし、なおも視線をぼくの腰に注ぎつづけた。それから、いきなりぼくの顔にもどし、しっかりした声でいった。「ぼくはダニー、おじさんはだれ？」

「リュウ。アストロだ」

「アストロ？」

この少年には、なにかぼくを当惑させるものがあった。説明をもとめて、サチをふりかえった。サチはだまって、ふたりのやりとりから身を退けていたのだ。

「これはどういうことなんだ？」

「ダニーはマーナの子どもなの」サチはゆっくりといった。「マーナ、ご存知でしょ、リュウ？」

「知ってる」

「マーナは、去年南半球に行ったわ。もう帰ってこないでしょ」

淡々とした口調だった。

「ぼくの知りたいのは、そんなことじゃない」

「ダニーをあずかったの。ダニーは施設が嫌いだし、ここでくらしたいというので」

「なるほど。そういうことか」

いともあっさりした説明だった。釈然としないまま、少年に眼をむけると、ぼくたちのやりとりに、関心があるのかないのか、おしはかりがたい謎めいた眼つきで、ぼくをながめている眼と逢った。

家に入るには少々手間がかかった。ドアにたいしたしかけがしてあったのだ。家中の動かせる家具がありったけドアの前に積んであって、わずかなすきまをすりぬけるのだった。

それがすむと、サチはまたひとしきり、少年に小言をいった。

「家にいるのは飽きちゃったんだ」ダニーの答えはむとんじゃくだった。「それに、ちっともこわくなんかないさ。ぼくはすごくつよいんだ」

ぼくを見たダニーの顔は意味ありげだった。

「おじさんもつよそうだね。ぼくとどっちがつよいかな?」

「どうかね、ダニー」

ぼくは、返事にとまどった。この子供には妙な迫力があった。いうことがことごとく意表を衝いてくる。

「アストロってはじめて見た」

少年は昆虫の標本でも見るようなぶしつけさで、ひとしきりぼくをながめまわした。

「アストロってよくけんかするそうだね?」

「たまに、さ」

「おじさんもやるの?」

「やったこともある」

「ぼくはよくやるよ。好きだな、けど、みんな弱くて相手になんない。殴るまえに気絶しちゃうんだ。だから施設のやつらがいやんなった。ぼくは大人とやっても勝つぜ」

「野蛮なんだな、ダニー」

ぼくは興味をひかれた。少年は鼻にしわを寄せて妙な笑顔を見せた。

「そうさ。みんなもそういうよ」

「アストロみたいだ。宇宙へ行きたいと思うかい、ダニー?」

この子どもは地球の連中とちがっていた。ぼくに自分の子ども時分を思いださせるところがあった。ぼく自身、施設のひよわい子どもたちに腹の底からうんざりし、ロケット・マンの父親が引きとりにくるのを必死に願ったものだ。それがかなえられるまで、ぼくも欲求不満のかたまりみたいな乱暴者だった。やはり風変りな子どもだったにちがいない。ちょうど、このダニーのように……

「まあね……」ダニーは言葉をえらびだすように時間をかけていった。「でもだめさ。ぼくはアストロじゃないもん」

「アストロの血はぜんぜん入ってないのかい?」

「知らない。きっと入ってないだろ」

返事はあいまいだった。ぼくの問いには、もう無関心だったのだ。彼は手をだして、遠慮なくぼくの腕や胸に触り、低く口笛を吹いた。

「かたい。筋肉がごりごりしてる。やっぱりアストロだな」

「たいしたことはないさ」ダニーの讃辞は、ロケット・マンとしてのぼくのプライドを快くくすぐった。「身体をきたえるんだ。きみだってすぐこうなるさ、ダニー」

「まあね……」

ぼくは彼の妙なこすっからい笑顔にふと不審を抱いた。次の瞬間、ダニーがいきなり殴ってきた。すばやい一撃で、かわしそこねた。胃の上にぶつかったこぶしを、ぼくは筋肉をふくらませて受けとめた。

「なにをする!」

ぼくはすばやく後退し、身がまえた。ダニーは腕をおろし、声を立てて笑った。

「ダニー、なんてことするの!」サチが仰天してさけんだ。

「試してみたんだ。やっぱりアストロはすごい。手がはずんじゃった。手首を痛めたかもしれないな」

少年は、他意のないことを証明するように、ぼくにも、自分の身体を試してみろとすすめた。ぼくもにやっと笑いかえして、形だけのスイングを肩に入れた。なめらかなひきしまった筋肉が手に触れた。

「よしよし、たいしたもんだ。これで気がすんだろ。もう不意うちはごめんだぜ」

　ぼくはロケット・マンのうちとけた口調でいった。これはダニーにとって挨拶のようなものだったらしい。ぼくは心が和んで、ずっと気持よくなった。ダニーはぼくを気に入ったように見えたし、ぼくも彼に対するわだかまりを解いた。一風変った、なかなかおもしろい子どもだったからだ。

「家政ロボットのマッシーがこわれてるので、お料理はわたしがつくるの。我慢してくださる？」と、サチがいった。

「ほう、おまえが？　お手並を拝見しようじゃないか」

　ぼくは面白がった。いまは料理をつくる能力のある女など皆無にひとしい。サチにはふしぎと古風なところがあった。ロケット・マンのぼくを夫にえらんだのがその最たるものだ。

　しかし、家政ロボット用に調整された調理器をあやつるのは、電子レンジひとつにしろたいへんな仕事である。

　サチが料理の仕度にかかるあいだ、ぼくはマッシーの様子を見に行った。おそらく耐久年限超過なのだろうが、いまどき、代りのロボットはたいへんな入手難である。なんとか修理してやりたいと思ったのだ。マッシーのエネルギー容量は充分残っていたが、頭部の青いプリズムはなんの反応も見せなかった。もし電子頭脳をやられていたら、修復の見込みはない。ともかく故障の原因を突きとめにかかった。

　元来、超高度の精密機械であるにもかかわらず、ロボットは至極頑丈につくられている。地球上に残存するアンドロイドをふくめて、作動を続けること二百年にもおよぶのだ。マッシーのような非アンドロイド型なら、それ以上である。総体的に丈夫な出来なのだが、電子頭脳の外部損傷はめったにない。特殊のコンテナーで封じられているからだ。苦心のあげく内部の電子頭脳を点検して、ぼくは首をひねった。部品はどれも良好な保存状態で、損壊のあとはなかった。長年のあいだよほど大切に取り扱われてきたものらしい。となれば、中枢部のサーキットだが、ここに故障があるのなら、もはや手のくだしようがなかった。お手あげである――

「そんなもん見てわかるの、リュウ」

と、ダニーがそばに寄って来て声をかけた。見あげると、眼をまるくしていた。

「アストロはいろんな仕事をおぼえるもんさ、ダニー。たとえばこのロボットだが、こういう型のはユニット交換でたいていは直せる。でも、こいつは駄目だ。ロボット法を犯したみたいに、滅茶苦茶に電子頭脳がいかれてる。見込みはないな」

「そいつはぼくがこわしたんだよ。殴ったらぶっ倒れた。ガタが来てたんだね」

少年は眼をロボットに動かして、つまらなそうにいった。

「うそつけ。きみにできっこない」

「ほんとさ。うるさい音を立てるから、ぶっ倒してやったんだ」

ぼくは笑った。ダニーも顔をしかめて笑った。

「なにかロボットが気にさわるようなことでもしたのか、ダニー？」

「ああ。ロボットなんか大きらいさ。あれするな、これするなって、サチよりうるさいもん。それよりむこうへ行ってレスリングやろうよ」

と、ダニーはいった。よしきた、とぼくはこたえた。六、七歳の子どもとは信じられない、なかなかのてごわさだった。幾度投げとばしても、へこたれずとびついてくるのだ。汗の匂いと荒い呼吸を生々しく感じるのは痛快だった。この少年はまったくロケット・マン以上にあらっぽい。眼が異様に輝き、くやしそうに白い歯をむきだすのだ。だんだん熱が入ってきて、耳を嚙みとられそうな危険を感じだしたとき、彼はとつぜん一方的に組打ちを休止して、するりとぼくの腰から熱線銃を抜きとった。

「これ、さっきなんていったっけ、リュウ？」

ダニーは息を切らせて質問した。この子どもの関心を他に移すやりかたはさながら電光石火だった。移り気なほど活気にみちているのだ。なにをやらかすかわからない。

「熱線銃。アストロの代名詞みたいなものだ。むかしから、アストロはそいつで敵と闘ってきたのさ。未知の星には思いもつかないようなおそろしい兇暴なやつがいるからね」

「これで殺っつけるの？」

「六十万度の熱線を放射するんだ。どんな物質でも突きぬけちまう。このパワーパイルは三十分連続使用に耐える」

「どうやって使うの？」

「パワーパイルのセーフティをはずして、パルスかビームのどっちかに決める、引金を引く、それだけさ」

　講義するのはいい気持だったが、ダニーが熱心にひねくりまわしはじめたので取りあげた。ダニーは残念そうだった。

「ねえ、リュウ……」少年はぼくの顔をうかがいながらいいだした。「それ、貸してくれないかな？」

「冗談じゃない。これはおもちゃじゃないんだよ、ダニー。物騒な代物なんだ」

「わかってるよ。でもどうしてもそれで、やっつけてやりたいやつがいるんだ」

　ダニーの言葉の意味はぴんときた。

「虎か……いまシティを荒してる殺人狂のことか？」

「そうなの！　ぼくまえから、殺っつけてやりたいと思ってた。でも、サチが外に出してくれなかったの。ぼくはちっともこわくなんかない。きっと闘えばぼくのほうがつよいと思う。だってやつが襲ったのは弱い人ばっかりだし、やつはナイフを持ってたんだ……」

　少年は熱心にいった。

「熱線銃を貸してくれたら、きっとやっつけてやるんだけどな」

「そいつは駄目だ、できない相談だよ」ぼくは驚きながらもきっぱりといった。「きみは若すぎる。それに熱線銃の操作はそれほど簡単じゃない。何十通りも使い分けがあって、相当慣れないと使いこなせないんだ」

「それじゃ、こうしない、リュウ?」ダニーは簡単に譲歩すると、にわかに声をひそめた。「おじさんが熱線銃を使えばいい。ぼくが虎を見つけるから。それならどう?」

「虎がいるところを知ってるのか!」

ぼくは声をあげた。ダニーはぼくを制止して、ゆっくりうなずいた。眼がみょうにうるみ、手をぴくつかせていた。

「声を立てないで……ぼくは知ってるんだ、やつがどこにかくれてるか……」

「なぜ知ってるんだ?」

「サチに気がつかれないように、何回も家を脱けだしたの」

「やつはどこにいる?」

「居住区じゃない。行政区にかくれてるんだ」

「どんなやつだった、見たのか?」

「遠くから見た。あんたぐらいある、すごく大きいやつだった。きちがいみたいに眼がすごく光ってた。でもあんたならきっと勝てるよ、リュウ」

「先祖がえりというやつだな」

四世紀まえに行われた虎狩りは、一匹の虎も逃さなかったはずだった。遺伝因子の検査はそれほど厳重を極めたのだが、やはり完全ではなかったのだ。ひっそりと数世紀を眠り続けて、いま虎の生き残りは目覚めた。狩人さえ死に絶えた時代に、いっそう兇暴に血に餓えて。これは地球人の犯した過誤へのだめ押しだった。彼らはその子孫を、品種改良の目的からほど遠い、去勢された羊の群れにつくりあげ、そのなかにいままた虎を放ってしまったのだ。

「ねえ、リュウ。ふたりで殺っつけようよ。その熱線銃で……」

「だめだ」

ぼくはベルトをはずし、スーツケースのなかにしまった。

「どうして? 虎が恐い?」

ダニーの顔は不信の思いにこわばった。

「ぼくはロケット・マンだ、ダニー。地球にはいっさいかかわりあわない。虎がぼくを襲ったら、そいつは殺す。それ以外には、ぼくは手を出さない。これがロケット・マンの掟なんだ。地球は地球人のものさ」

「うそだ、あんたは怖がってるんだ！」

ダニーはおさえた声に蔑みをこめて叫んだ。ぼくはその苛立った顔に笑いかけた。

「その手にはのらんよ、ダニー。きみはただぼくをけしかけてるんだ、お利口さん」

だが、これですっかり少年との親密感は台なしになった。友情は氷となって砕けてしまった。

「あんたはアストロじゃない。腰ぬけだ」少年は悪たれた。

「とんでもない、これがアストロってもんだ」

「あんたなんか嫌いだ。虎に食われちゃえ」

はっきりと敵意をこめてダニーはいった。この性格の激しさに驚かされた。欲求への執着はともかく、果たされずに荒れ狂う様子は異常なほどだった。彼はそれからは一言も口をきかなかった。好きでなければ嫌いという極端な主義らしい。しかし、あの移り気ではまた風向きが変るだろう。たいして気にもとめなかったが、彼は遠く席をはなして、嫌悪と敵意を熱風のようにぼくに送ってよこした。

食事の間じゅうそうだったが、食べ終るとぷいと立って、ものもいわず二階へ駈けあがって行った。

「なにかあったの、リュウ？」

サチが気づかわしげに訊いた。ぼくは食べ残しの料理皿をはなして、口をふいた。

「どうってこともないさ」

「ダニーをどう思う、リュウ？」

「なかなか変ってる。変りすぎてるくらいだね。なぜ、ここに置いたんだい？」

「あの子が好きだから」

「機嫌のいいときはともかく、つきあいにくい子じゃないのか？」

「それほどでもないのよ。あなたはどう、リュウ？」

「気性が荒いな。料理はうまかったよ、家政ロボット君」

　ぼくはサチのそばによって、頬に接吻した。彼女は黒いふかい眼でぼくをみつめ、腕をまわして、応えた。ほとんど息だけの声でサチはいった。

「なぜわたしを愛してくださるの？　地球のつまらない淋しい女なのに……」

「きみが、変り者だからさ。きみを宇宙へ連れて行きたい」

　ぼくは心からいった。しかし、それは不可能だった。地球人には虚空の深淵への恐怖がある。それはロケット・マンがそれに抱くあこがれと同様に、魂の奥底に根ざすものだ。常闇と絶対真空と厖大《ぼうだい》な空間への病的な怖れ――ぼくには理解できないのだが、サチを連れていけば、彼女の脆弱な小鳥のような心臓はあっけなく停まってしまう。これは適応性の問題で、どうにもならないことだった。

「明日、きみを他のシティに連れて行こう」と、ぼくはいった。

「虎がきみを見つけて食べちまわないようなところにかくすのさ」

　ぼくはサチを抱きあげて寝室へ運んだ。彼女はかたくぼくにしがみついていた。やがて、甘美な世界にぼくたちは入っていった。

　そのとき、テレビフォンが金切声をあげはじめたのだ。


　ぼくはかんかんになった。バーンズのちくしょうめにちがいない。

　だが、テレビフォンのゆがんだ顔は見覚えがなかった。傷口のようにひらいた眼には、この世のものとも思われない恐怖と苦痛があった。

「たすけてください、だれか家に入ろうとしている……ドアをこわして……」よだれがひきつった唇のはしから糸をひいた。声はごぼごぼと泡立った。「入ってくる、虎が入ってくる……」

「あんたはだれだ？」

「アシュトン……虎が来た」

　不気味な唐突さで、よだれの糸がぽつっととぎれるのを、ぼくは凝然とみまもった。いきなりスクリーンが波立ち、混迷のなかに悲惨な顔は消えていった。スクリーンはふたたび無表情な白い輝度にかえった。

死んだ、とぼくは思った。虎はついに家の中にまで侵入して、犠牲者を屠ったのだ。アシュトンという男は、おそらく必死にテレビフォンに這い寄り、救いをもとめたのだろう。そのあいだになぜ逃げようとしなかったのか。それとも逃げる気力すらなかったのか。

これはひどい、とぼくは思った。それは、ぼくの無関心さを強くゆすぶり、思いもかけぬ感情をめざめさせた。ぼくははじめて彼らに同情を感じたのだ。自分があまりにも無力であり、身をまもることはおろか、武器を手にすることもできず、ただ殺されるのを待つというのは、どんな気持だろう。ただひとり、自分たちを救いうる男は冷ややかに拒絶し、かえりみようともしない。そのみじめな無力さは、しかも彼らの責任ではないのだ。

これは保護本能だった。ロケット・マンにとって、うちかてぬ義務感なのだ。いま、それは彼らに対する生理的な厭悪感すらもねじ伏せてしまった。ぼくはバーンズを呼びだした。

「よく聞け、バーンズ。このシティから逃げだしたい者がいれば、明日の朝市庁舎の前に集合させろ。ほかのシティに連れて行く」

バーンズの死人じみた顔が生気を帯びた。

「行きますとも、みんな行きます！」

「これは、ぼくがきみらにやる一度だけの機会だ。明後日、ぼくは地球をはなれる。もし市庁舎までも行けず、家から出る勇気のない者にはチャンスをやれない、わかったな」

返事には確信がなかった。

「元気をだせ、バーンズ。使えそうな警察用アンドロイドがあったら、集めてくれ。ぼくだけじゃ、護送に手がまわらない」

ぼくは切れたテレビフォンの前に、落ち着かず立っていた。自分がよけいな手出しをしかけていると感じていた。しかし、いまさらどうしようもなかった。ふさいだ気分で、ぼくは坐りこみ、明日の計画を立てようとした。おそらく何百人、あるいは数千の市民が脱出に参加するだろう。作動可能の警察用アンドロイドに麻酔銃《パラライザー》を持たせて、警護させるにしてもどの程度役立つか見当もつかない。結局、指導者のぼくにすべての責任がかかるのだ。ひとりのアストロと熱線銃に――ぼくはうんざりしながら、スーツケースのファスナーをあけ、熱線銃をとりだそうとした。電撃のような驚愕につらぬかれ、息がとまった。熱線銃が失くなっていたのだ。

　ぼくのわめき声に、サチはとびおきて来た。

「ダニーだ！　あいつが持ちだしたんだ！」

　ぼくは二階へ駈けあがった。後悔に心を締めつけられていた。あの執着ぶりを見ておきながら、ぼくは少年のやすやすと手のとどくところに、熱線銃をほうりだしておいたのだった。

　思った通り、少年の部屋はからっぽで、窓が人をばかにするように夜の闇にむかって口をあけていた。ぼくは歯ぎしりした。なんというまぬけなことをしたのだろう。ぼくは少年に熱線銃の使用法まで得々と講釈してきかせたのだ。

「ダニーのやつ、どこへ行ったと思う？　虎狩りに出かけたんだ」

「ダ、ダニーが……」サチはあえぐような声をたてた。眼が異様に大きくなり、唇まで色褪せていた。「おねがい、リュウ、すぐダニーをつれもどして！」

　彼女の指が痛いほど力をこめて、ぼくの腕を握りしめた。

「もう遅すぎる。ダニーが脱けだしたのは二時間ぐらいまえだ」

　冷えきっているベッドに触って、ぼくはいった。

「おねがい、あの子はたった六つなのよ！」

「ダニーはしっかりしてるさ。それに抜け目がない。あいつはこれまでにも、きみの油断をみすまして、こんな真似をなん十度もやってたんだよ、サチ。自分でそういってた。虎の居場所まで知ってるって……たいしたやつだ」

「あなたが行かないのなら、わたしがつれもどすわ！」

　サチは身をひるがえして、階下に駆け降りて行った。ドアの前の障害物をどけようと、力をふりしぼっているサチを、ぼくはとりおさえなければならなかった。

「どうしたっていうんだ？」ぼくの腕のなかで、サチは息をはずませてもがいた。「どうして、ダニーをそんなに気にするんだ？」

　彼女の目から涙が流れた。

「おねがい、リュウ、あの子をたすけてやって……」

　サチの悲嘆をぼくは理解できなかった。所詮、ダニーはぼくにとって無縁だったからだ。

「わかった。ともかく探してみよう」

　どのみち、熱線銃をとりもどさなければならなかった。

　シティの夜の暗さは、真の闇に近かった。陰気な墓場の夜だ。人間の住むあかしの灯火ひとつ見えないのだ。宇宙の凍寒の闇でもこれほど暖かみに欠けてはいない。

　こんな暗さで、どだい人探しなど不可能だった。

　ぼくはナイフしか身につけていなかった。虎とぶつかったら、対等の条件で渡りあわなければならないのだ。幸い、虎が今夜居住区を襲っているので、ダニーが行政区に出かけたのなら、出会わなくてもすむわけだ。ダニーが、まちがえて、ぼくを射たないように祈るばかりだった。

　サチは隣りにひっそりと息の音もさせないで坐っていた。いっしょに行くといいはってきかなかったし、家に残してもおけなかったのだ。車に乗ってから、サチは一言も口をきかなかった。ダニーの身がそんなに心配なのか——ぼくは突然、嫉妬を感じた。

　ぼくは、墓石のように黙々と立ち並ぶ家々の間を抜け、行政区に向う高架ウェイに車をのせた。行政区は広い。おそらく、ダニーが翌朝もどってくるのを待たなければならないだろう。

さえぎるもののない高架ウェイの上に、夜空がひろがっていた。満天の星群をちりばめて……おれはなんで、こんなところにいなきゃならないんだ！　それはうずくような思いだった。嫌悪の味がにがく口にひろがった。なんてたわけた騒ぎに巻きこまれて――おれは地球が嫌いだ、嫌いだ……。

そのとき、前方の闇に輝点が生じた。サーチライトの光源のようだった。眼を凝らすまもなく、ぎらぎらする光は、突如まっしろな一すじの奔流のように伸びて、真正面からフロントに突きささってきた。耐えがたい熱気がまきおこり、ぼくは悲鳴をあげた。幾千の針を皮膚に吹きつけられるのに似た劇痛に眼がくらんだ。自衛本能の手がぼくをひっつかみ、はげしく床に押しつけた。だが、そのまえにぼくは光の正体を見とどけた。脈うつ白熱の光のパルスを見たのだ。

肉と髪のいぶる異様な臭気が鼻をつき、ぼくははね起きた。サチは微動もせずシートに坐っていた。神経をひき裂くようなショックが襲い、ぐうっと吐き気がつきあげてきた。端然と坐りつづけるサチには顔がなかった。ほんの一握りの焦げた肉塊に炭化した髪がまつわっているだけだった。

ぼくは獣が咆えるようにうめき、サチの名を呼びながら嘔吐した。

ダニー、きさまがやったんだな……きさまが……

ぼくはもがいた。なぜ、ダニーが射ったのか？　答えは明白だった。ぼくは熱線銃を、もっともおそろしい兇器を、虎の手にわたしてしまったのだ。

ダニーが虎だったのだ。

しばらくして、ぼくは市庁舎の一室にいた。機関部を射ぬかれずにすんだ車を動かして市庁舎に着くと、アンドロイドを探し、サチを運ばせた。テーブルに死体を安置するのもすべてまかせた。アンドロイドのかたい腕に抱かれて、サチの手はだらりとたれ、ぼくはその後を歩きながら、それだけをいっしんにみつめていた。かつてぼくの首に熱くまわされたその手は、まるでぼくに別れを告げるように揺れていた。ぼくは一種客観的な冷静さで、てきぱきとかたづけた。アンドロイドは実に機能的に、ぼくの命令に応え、従った。すべてが無意味に思えたのに、彼らのむだのない動作だけがなにかしら意義を持つように見えたのはみょうなことだった。この星の連中より、アンドロイドのほうがはるかにましだ、とぼくは思った。情緒の麻痺が生じていた。

ぼくは、警察用アンドロイドを集めさせ、作動良好な十数体を選んで、指示をあたえた。居住区をパトロールさせるには数が不足だったがやむを得なかった。それで目的を把握したら、報告させるだけにとどめた。同時に、集めさせた銃器のほとんどが麻酔銃とガス銃を占め、耐用年限の超過のため、それらのすべてが使用不能だったのだ。なんとか使えるのは数挺の拳銃だけだった。

サチの遺体の夜伽にアンドロイドをつけて、ぼくはデスクの前に坐りこんだ。ふるぼけた四五口径のオートマチックが手の中にあった。巨きくて重い頑丈な造りで、たのもしかった。もちろん熱線銃とは比較にならないが、役には立つ。

壁に向けて一発試し射ちしてみた。音だけはすさまじく大きかった。巨大な市庁舎のすみずみまでも響きわたった。こだましあいながら消えて行くのに耳を傾けた。夜伽のアンドロイドは身動きもしなかった。サチとおなじように……サチにはなにも聞こえない。銃声も愛の言葉も、いまとなってはおなじことだ。

ぼくは弾薬をデスクの上にずらりとならべ、ナイフを使って細工をはじめた。はじから取りあげて、親指ほどの弾の頭を平らにけずりとる。そのあいまにテレビフォンをバーンズにまわした。

バーンズはすぐ現われたが、しばらくぼくが無言で仕事を続ける手もとを、もの問いたげに見入っていた。ぼくは答えてやった。

「ダムダム弾さ。むかしながらの細工だ。どういうものか知ってるのは、アストロだけだろう」

これをぶちこんでやれば、サチが受けた以上のむごたらしい破壊力を発揮する。顔なぞは吹きとんでしまうだろう。

「予定がかわった」

ぼくはむとんじゃくに弾をけずり続けながらいった。

「もう連中を集めなくてもいい。引越しは取り止めだ、バーンズ」

「どうしてですか?」

「虎を見つけたからさ。これから狩りに出かける」

ぼくは最後の弾の細工を終えて、拳銃をとりあげ、一発ずつ順に詰めこんでいった。

「きみたちのためじゃない。サチが殺された。アストロはたしかに野蛮だよな、バーンズ。しかえしをしようというんだ」

「サチが……」

「六つのがきが殺ったんだ。ほんのあかんぼうが殺人狂だったんだぜ、バーンズ。きみたちを夜も眠れなくさせて——さっきはアシュトンという男を殺し、それからサチを殺した。いまごろ、またどれかを血祭りにあげてるかもしれん」

「ダニーが……」

「そうさ。あのがきだ、サチとくらしてたがきだよ。いままでは、羊のなかの虎みたいに、自由に人殺しを楽しんでた。だが、サチを殺したからには、そうはさせない」

「ダニーがサチを……」

「そうだ。もっと早く気づけばよかったんだ。サチの家政ロボットがなぜこわれたか、よく考えてみればよかったんだ……」

ぼくは自分にむかって話していた。

「どう見ても自然損壊じゃなかった。ロボット法にでも触れなきゃ、あんな徹底的な壊れかたはしない。あのロボットはダニーが人殺しだと知ったんだな。でも、それを止められなかった。それでロボットは死んだんだ」

なんてこすっからいがきだろう。狡猾で残忍な虎の資格を全部備えているじゃないか。

「ダニーはサチを殺した。だが、それでやつも終りだ。ぼくがやつを今度は殺す。安心しろ、バーンズ。ぼくが虎を狩りたててやるよ」ぼくは弾をこめ終った拳銃を握った。「こいつでね」

「信じられない。とても信じられない」

バーンズは首をふっていた。

「まちがいはないんだ。サチは死んだよ」

「でも、ダニーは、サチとあなたの子どもなんですよ」

バーンズの上唇には汗がにじんでいた。唇のはしにも……ぼくは異様な明確さで、それを見とどけた。戦慄が背を走った。

「なんだって！」ぼくはわめいた。

「ダニーはあなたの子ですよ、リュウ」

「ばかな。サチは、マーナの子だといったぞ」

「それはちがいます。サチは、ダニーを六年まえに生んだのです。すぐ施設に入れて、サチがひきとったのは半年まえです」

「しかし、サチはひとことだっていわなかった……」

「ダニーに、父親がアストロだと教えたくなかったんでしょう。ダニーをアストロにしたくなかった。だから秘密にしたんです。サチはアストロのあなたを愛して、ずいぶん苦しんだんですよ。あなたは何年も帰ってこず、帰ってくればあっけなく飛び去ってしまう。サチは息子まで失いたくなかったんでしょう」

「もう、いい、やめてくれ」

震えがとまらなかった。ぼくはわななく手をあげて、バーンズを追いはらった。だが、執拗に彼の声は耳もとで鳴りひびいていた。ダニーはあなたの子ですよ……あなたの子ですよ……あなたの……ダニーはぼくとサチのあいだの子どもだった！

心が激動して、はっきり考えることができなかった。ぼくはこぶしでデスクのスチール板を殴りだした。皮膚は裂け、指の関節から血がにじみだした。息がつまり、とどめようもなく全身がふるえた。

なぜだ、なぜこんなことになったんだ！　憤怒なのか悲しみなのかわからない。歯がぎりぎり鳴った。それは喉をかたく締めつけ、制御できぬくるおしさに、ぼくを駆りたてるのだった。

ぼくはとびあがり、救けをもとめて、サチの遺体へ駈けよった。が、すぐまた強烈な吐き気におそわれて、顔をそむけ、微動もせず立っているアンドロイドの胸につかまって身をささえた。サチは救けてくれなかった。死んでしまったのだ。ダニーが殺したのだ。

ダニーを許すことはできない。ぼくはダニーを殺すのだ。

居住区に放ったアンドロイドから連絡を受けると、ぼくはすぐ行動に移った。身体が熱っぽく、ふるえもおさまっていなかったが、心は冷たくさめていた。自分の冷静さにおどろきを感じた。まるで他人事のようなのだ。怨恨と憎悪は心のなかに据えつけた鋼鉄製のモーターのように冷たい精気にみちた毒液を送りこんでいた。

居住区は燃えていた。白々と明けかかった空を染めて、火煙が高く噴きあげていた。熱気の波が押し寄せてきた。ダニーの仕事にちがいない。新しい兇器の効力に酔っているのだろう。樹木が炎の樹となり、家々は巨きなたき火だった。

アンドロイドは間断なく報告をよこした。ダニーの動きは手に取るようにわかった。車を捨てると、ぼくは迷わず、少年の背後に接近して行った。

少年は声を立てて笑っていた。周囲は光にみちあふれ、その顔をかがやかせていた。火炎の熱気と、破壊のよろこびの熱で上気し、彼はみずからも燃えているようだった。その姿は生気にみちあふれて美しかった。まるで生きている炎のように。

これはどうしたことか、とぼくは疑った。いったい彼になにが起きたのだろう。さながら少年は破壊の権化だ。地球人の一かけらも持たぬ活力をすさまじく多量に持ち、それをすべて破壊の歓楽に傾けている。その活力はまさしくロケット・マンのものだ。彼はアストロに生まれあわせ、自分がなんであるかを知らされなかった。その盲目的な欲求不満を、他のすべてを破壊することでみたそうとしたのか。アストロの本質とは兇暴な殺人狂のそれと近しいものなのか。結局、地球人は正しかったのだろうか。アストロは潜在性の精神異常者であり、根絶すべき虎だという彼らの言葉は。

耐えがたい苦渋がこみあげてきて、ちがう、とはげしくぼくは思った。アストロは断じて殺人狂ではない。われわれは破壊は好まない。われわれは常に開拓者であり建設者だった。

だが、ダニーはぼくの息子だった。あきらかに地球人とは異なっていた。老衰した無気力な地球人とは……。この三者の差異とはなんなのか、ぼくは必死に探しもとめた。そして、ぼくは閃き出た答えにしがみついた。ぼくがまともなのだ。ぼくは殺人狂でもなければ廃人でもない。どちらにも傾かずバランスを保っている。ダニーはかつて地球が犯した間違いの反動的な産物だ。彼は呪われた土地に蒔かれた正常な種子の一粒だったのだ。目的をあたえてやれば、アストロとして育ちえたはずだ……チャンスを与えてやりさえすれば。

「ダニー」ぼくはゆっくり少年の背に声をかけた。少年は驚くべき早さでふりむいた。眼が炎となってきらめいた。

「ダニー、聞いてくれ。話したいことがあるんだ。おまえはアストロだ。ぼくの子なんだ。おまえはここにいるべきじゃない。宇宙へ行けばよかったんだ」

少年は黙っていた。

「おまえはアストロなんだ」ぼくはくりかえしていった。

少年は石のようだった。

「おまえはサチを殺した。おまえの母親を。でも、それは許そう。熱線銃を渡しなさい」

「いやだ」少年は歯をみせてずるそうに笑った。

「とれるもんならとってみな。お節介はたくさんだ。ぼくはこうするのが好きなんだ。宇宙なんかに行きたかない。ぼくはあんたが嫌いだ、そういったろ？　殺してやるよ」

心で、最後にのこっていたなにかが微塵にくだけ散った。あとには途方もない真空が開いた。それはたとえようもない苦痛と驚愕にみちた闇でもあった。激烈な憎悪が噴きあがってきた。

少年の顔には狂気の微笑があった。ぼくはそれと重ねて、サチの無惨な残骸をまざまざと見た。兇暴な憤怒がにえたぎった。

「人殺しめ」ぼくは憎悪のしたたる己れの声を聞いた。「人殺しめ」

少年が熱線銃の銃口をぼくに向けると同時に、ぼくの手も拳銃にとんだ。一瞬、世界があらゆる色に輝いた。その中で、ぼくは輝く虎となっていた。

両面宿儺

ARITSUNE TOYOTA

豊田有恒

1938（昭和13）年5月25日、前橋市生まれ。慶應義塾大学医学部中退、武蔵大学経済学部卒。同大在学中の62年、「SFマガジン」の第2回コンテストに投じた短篇「火星で最後の…」が佳作に入選、翌年、同誌4月号に掲載されてデビュー。

大学卒業後、手塚治虫の誘いを受け、虫プロダクションにて「鉄腕アトム」「ジャングル大帝」などの脚本を手がける。さらに「エイトマン」「宇宙少年ソラン」にも参加し、黎明期のSFアニメを支えた。75年に放映されて国産SFアニメのエポックとなった「宇宙戦艦ヤマト」も、豊田有恒の原案・フォーマットによるものである。

SF作家としても、風刺的なショート・ショートからタイム・パトロールが活躍する歴史SF、ユーモアSF、ミステリ・タッチの宇宙SFまで多彩なジャンルの作品を発表。71年にスタートした〈ヤマトタケル〉シリーズは、和製ヒロイック・ファンタジーの先駆的な試みとして注目される。

比較文化論を導入したSFから古代史へとテーマを広げ、71年の歴史ロマン『倭王の末裔』がベストセラーとなる。以後、『崇峻天皇暗殺事件』などの古代史ミステリから日韓問題を扱ったノンフィクションまで、幅広い活動を続けている。2000年から2009年まで島根県立大学の教授も務めた。

初出=「SFマガジン」73年2月号
初刊=『両面宿儺』（74年1月／早川書房）
底本=『両面宿儺』（75年8月／ハヤカワ文庫JA）

著者のことば

この「両面宿儺」は、思い出の多い作品です。うちの家内の妹が、飛騨の旧家の出身のヘアデザイナーと結婚することになり、その実家を訪れたのが、この作品を書いた動機でした。義妹の結婚相手の柿本栄一氏は、今では多くの店舗を経営する美容業界の雄ですが、いかにも旧家の御曹司らしい品の良い若者という印象でした。お父上が、高山市会議長だった縁で、本文中にも登場する「田の字つくり」の客間に泊めていただき、あちこち取材した結果、この作品が出来上がりました。また、この作品で用いたモチーフは、東アジア的な視野の開眼にもつながった、作者の一里塚になったものであります。

助手席の美雪は、眠っていた。これから、彼女の故郷にむかうところだったが、昨夜の舞台稽古の疲れのためだろう、おれの指示したとおりに三点支持ベルトをしめ、リクラインさせたシートに埋もれていた。

おれは、金森茂。週刊誌のリライターをやっている。そして、この山城美雪は、新劇の女優で、これから行くところの飛驒高山の生まれだった。

おれたちが知りあったのは、つまらないことがきっかけだった。構成をたのまれた座談会で、各界の若手のホープということで、そのなかの一人として、彼女を紹介された。そのとき、彼女のほうから、おれに興味をもったらしい。それも、容貌とか態度とかのためではなく、おれの苗字のためだった。金森姓というのは、天領になるまえまで高山を治めていた領主と同じだという。もちろん、おれは、そんな名家とは関係ないだろう。いちおう旧家にはちがいないが、高山とはなんの関係もない、北関東の地方都市の生まれだった。

そのときから、おれは、美雪とつきあうようになった。彼女は、飛驒六十六家の旦那衆と呼ばれる旧家の生まれだった。みょうにおっとりしたところがあるが、芯はつよいらしく劇団のなかでも、根性の持主でとおっていた。よくいえば国際的、わるくいえば個性のない女の子たちとくらべて、どこかしら違っているように思ったのは、あながち、おれの買いかぶりのせいばかりではないだろう。

そして、おれは、故郷の高山祭りにあわせて帰郷する彼女を送り、飛驒へ行くところだった。そこは、おれとは縁もゆかりもない土地のはずだが、ある一点でおれとつながっていた。そこへいけば、おれが幼時から恐怖していたものの正体が判るかもしれない。それは、おれが美雪に同行した、いまひとつの理由にもなっていた。

両面宿儺《りょうめんすくな》という名を、おれが耳にしたのは、いつのころだったろうか？　今となってははっきり想いだせないが、小学校の四、五年のころではなかったかと思う。

父の書斎のなかに入りこんだとき、偶然めにとまった本のなかに、その名があったのが、みょうに心に焼きついて残っている。たしか妖怪だか伝説だかの本で、今でいうイラスト入りの本だったから、あまり上等な類ではなかったのだろう。その名のとおり、二つの顔があり、四本の手に弓をもち、天皇にそむいた賊といったような説明がしてあり、とびきりグロテスクにデフォルメされた大時代な挿し絵がついていた。

おそらく、それは、戦前に刊行されたものなのだろう。したがって逆賊であるはずの宿儺《すくな》が、デフォルメして描かれるのも、当然というべきだったろう。しかし、おれの心に焼きつけられたのは、そうした皇国史観めいたシチュエーションからくる印象ではなく、もっと、直接的な、絵そのものからくる恐怖だった。ふたつの顔をもつ男が、四つの腕に武器をもって戦っている。その絵の構図そのものは、今おもえば稚拙としか見えないのだろうが、それだけにかえって迫力があり、説明できない恐ろしさを備えていた。

尋常でないものを恐怖する本能とでも呼べばよいのだろうか。宿儺《すくな》の絵には、この世に存在するはずのないデザインの人間が、あたかも生けるがごとく描かれている——いわば、もっとも原始的な恐怖が潜んでいるようにみえた。

おれは、恐いもの見たさの心理も手伝って、父の書斎にしのびこんでは、今となっては書名すら覚えていない本をひっぱりだし、宿儺の絵を見つめた。そのうち、はじめに受けた鮮明な恐怖は、しだいに影をひそめ、やがていくつかの疑問が浮かんでくるようにすらなった。宿儺の像には、二つの顔があるといっても、頭部はひとつしかなく、したがって、前からみても後ろからみても、身体の前面だけがあるという形になっている。そうなると、膝の関節は、どちら側に曲がるのか？尻の穴は、ついていないのか？　などといったような、いかにも子供らしい他愛のない疑問が浮かんできたのだった。

おれは、宿儺の絵の恐怖には免疫になったものの、今度はその怪奇な形に興味をおぼえるようになった。もとより子供のことだから、文献の信憑性を疑ってかかる知恵はない。いつのまにか、おれは、宿儺の存在を信じるようになった。

それから一年ばかりのうちに、西遊記を読んだりして、三頭六臂《さんとうろっぴ》に変身した悟空の挿し絵に接したりしたが、それが宿儺の像には結びつかなかった。西遊記の絵が、誇張が多くカリカチュアライズされているのと比べ、宿儺の絵は、妙に生々しくリアルだったからである。

おれは、とうとう、宿儺のことを、誰かに話さずにはいられなくなり、とうとう同級の弘子に喋ってしまった。そんな途方もないことを話して判ってもらえるのは、弘子のほかにいなかったからだ。弘子は、同学年のうちではいつもおれと成績の一、二を競いあっていた。いわばライバルだが、妙に気のあうところがあった。おれたちは、二人とも大人の本を読んでいたから、おたがい子供じみた同級生とつきあう気がしなかった。

弘子は医学部教授の娘だったから、おれの話をきいて参考資料を持ってきてくれた。それは産科の専門書で、多重畸型の胎児の写真ばかりのっている、小学生には少なからず刺激の強すぎるしろものだった。

ホルマリン漬けの胎児たちは、本来なら双生児になるはずの二体が重合してしまい、グロテスクな畸型になったものだった。腰のあたりで結《つな》がっているものが多かったが、なかには両面宿儺と同じように背面でつながり、その結果、前後に顔がある形になっている畸型も混じっていた。

しかし、それらの畸型児には、生気がなかった。それも当然のことで、すべての胎児が手足をすくめ、縮んだようなポーズで目を閉じ——つまりはじめから死んでいたのだ。

そのことについて、弘子は、いま大人になった現在でも通用するような、立派な説明を与えてくれた。つまり、多重畸型というのは、いわば致死因子で——というところを、神さまが死んでしまうように、はじめから仕掛けをしておくのだと、弘子は子供らしく説明してくれた。

両面宿儺の実在を信じていたおれは、弘子の説明には賛成できなかったが、それにかわる有効な解釈をひねりだすこともできなかった。しかし、その時点から、おれにおける両面宿儺のイメージは、すこしずつ変りはじめた。

おそれおおくも、天皇に刃向かう極悪人——といったような元の本にあった皇国史観のヴァリエーションは影をひそめ、ホルマリン漬けの哀れな胎児のイメージが付けくわえられた。その結果、おれにおける両面宿儺は、かなり勝手に解釈され、いわば被害者に等しい存在に転落してしまった。

あの兇悪そのものとしか思えなかった二つの顔は、哀れな少数者だけがもつ虚勢にすぎなかった。実際の宿儺は、飛騨の山奥に生まれた不幸な畸型児であり、不吉な存在として大和朝廷から抹殺されるはずの被害者にすぎなかった。

おれは、新しく見つけた解釈を、弘子には話さないまま、中学生になった。なぜなら、おれの育った世代においては、伝説に現われる顔などにしがみついていては、その人間の品性までも疑われかねない——そんな風潮すらあったからだ。

世はまさに、アメリカ時代だった。アメション——アメリカでションベンをしてきただけ——という悪口には、たとえションベンをするだけでもいいから、一度アメリカへ行ってみたいという、羨望がこめられていた。日本的なもの、アジア的なものが、大量に抹殺されている時代だった。戦前の皇国史観への反省が、やや過熱しすぎたきらいがあった。戦前に右の端までいった振子が、戻りはじめたは良いが、中庸のところでは止まらず、今度は左の端まで行ってしまった。その結果、こと歴史に関しても、マス・ヒステリアみたいな文献批判ブームがおこり、古事記・日本書紀に史実が含まれていると言っただけで、永久に学者的生命を断たれた人もあったという。

おれは、そうした時代に、両面宿儺という妙なものに、興味を持ってしまった。それは、時代からみれば、きわめてアブノーマルなことであり、仕方なくおれは、この性癖を隠さねばならなかった。

世はあげてデモクラシー万能の時代だった。しかし、デモクラシーといったような社会思想は、こと科学技術などと異なり、これまでの数々の試行錯誤を抜きにして、結果だけを取りいれるということは、いかに器用な日本人の手をもってしても、所詮不可能でしかなかった。デモクラシーが定着するまでには、古代ギリシアの民衆支配《デモス・クラティア》の時代はおくとしても、キリスト教世界の伝統的な契約観念があり、王権神授説のような御都合主義から、ホッブス、ロックなどの社会契約説が現われ、デモクラシーの下地ができあがったのである。それを、占領軍のＧＨＱの命じるままに、デモクラシーを金科玉条として、いわゆる平和憲法なるものを作りあげ、日本人の根底にある日本的なやりかた《ジャパニーズ・ウエイ・オブ・リビング》みたいなものを、大量破壊しようとしたのだ。

早い話が、デモクラシーというのは、ひとつの手段にすぎない。その根底には、カトリシズムとピューリタニズムの相克を経験しながら、しかも本源においては変っていないクリスチャニティというものがある。つまり、日本人にデモクラシーを強制するつもりなら、日本人すべてをクリスチャンに改宗《コンバート》しなければならなかったわけだ。ところが、そのところをはきちがえて、根底になる日本的な生き方を否定し、そのブランクに、単なる手段にすぎないデモクラシーを、モザイクしようとした。そこに大変な無理があった。

おれたちが育ったのは、そんな時代だった。昔の本にあった両面宿儺なる存在にしがみつくより、すこしでも良い成績を英語においてあげなければならない。幸い、おれは、英語の成績がよかった。小学校の頃から、自分からすすんで塾にかよっていたのがよかったのだろう。中学一年のときには、高一の英語力があった。そして、おれは、そのとき、自分の能力に溺れた。教生としてやってくる英語専攻の学生と、英会話をかわしていても、すこしもひけをとらなかった。そして、おれは、すこしずつ、大人を侮るような傾向を示しはじめた。戦後の混乱期のなかで、長幼の序という日本的な価値基準が、おれ自身の内部でも崩壊しはじめていたのかもしれない。

おれとか弘子のような存在は、そのときの大人からみれば、きわめて腹立たしいものだったろう。子供らしい無邪気さがなく、大人を大人とも思わない、傲岸《ごうがん》な不遜な態度がでてしまう。およそ可愛気のない大人子供に見えたにちがいない。

しかし、エスカレーター式に、小学校、中学、高校とつながる地方大学の付属校では、成績がよいということは、なんにもまさる免罪符だった。おれと弘子は、級友たちから遊離した存在でありながら、教師からは一目おかれていた。

急速なアメリカナイゼーションが進み、日本的なものが次々に崩壊していく変革のなかで、おれたちは、脱日本人をめざして勉強した。戦争にまけたのは、デモクラシーにほど遠い日本の封建制のためだった、といった類の単細胞的な反省がおこなわれ、日本人としての旧時代の殻から抜けだすことによって、アメリカ人とも対等に交際してもらえるという、人種偏見などひとかけらも考慮していない、おめでたい展望がひろく行われていた。つまり、デモクラシーというパスポートさえ手にいれれば、アメリカ人なみになるという、奇妙な未来を考える人が多かったわけだ。

そのころのおれには、そうした風潮に対する反省など、すこしもなかった。せっせと英語の勉強に精をだす、模範的な中学生だったにちがいない。

そして、幼いころ恐怖した両面宿儺の記憶は、しだいにおれの心から遠のいていった。しかし、識閾下《しきいきか》のどこかに生残っていたのだろう。その無残な畸型の姿は、ときおり夢に現われることがあった。そんなときの宿儺は、ホルマリン標本の胎児のイメージを付加されているため、腐った魚のような眼をしているくせに、四本の手に武器を持っているという、奇怪な形になってしまっていた。

高校に入ったとき、奇怪な宿儺の姿は、おれの夢のなかからも消えた。幼ないころ、あれほど、恐ろしかったイメージは、おれの心のなかの傷跡《トラウマ》として残っていたが、十年ばかりの歳月には勝てなかったらしい。もはや、夢にも現われなくなった。

それは、同時に、おれのなかにあった日本的なもの、東アジアのモンスーン米作地帯に共通する価値観との訣別でもあった。はるかな古代、飛騨の山奥で謀叛をおこした畸型児――そんなものにかかわりあっていることが、そもそも奇矯なことだった。そんな古めかしいものは捨ててしまい、近代的な合理精神を身につけていかないと、時代から置きさられてしまう。そうした恐怖のほうが先だった。

高校時代には、日本史の授業には、すこしも興味を持たなかった。日本の歴史というものは、天皇を中心とした皇国史観でつらぬかれ、ひいては狂気じみた侵略戦争に帰結してしまう。いかにも颯爽《さっそう》としない、魅力のないものに思えたからだ。

それにひきかえ、世界史や、人文地理――そのうちでも世界地理の授業は、無限の可能性を秘めているように思えた。フランス革命のときの理性《ロゴス》の信仰には、憧れに似た感情をいだいた。抹香くさい日本の神道などとくらべると、神そのものの存在すら否定し、かわりに理性を信仰するという新しい宗教には、限りない発展性があるかのようにすら思えた。そのころのおれは、理性の信仰が、キリスト教へのアンチテーゼとして生まれたものであることすら判らず、ただ単純にあこがれていた。

おれは、ヨーロッパの歴史や地理に、たいへん興味を持った。十字軍の遠征記や、プルタークの英雄伝や、H・G・ウェルズの「世界史」などを読みまくり、いっぱしの西洋史マニアのような顔をしてみせ、そのポーズが級友に受けいれられると知ると、さらにいっそう西洋史の本をあさりまわった。

国立大の受験科目である社会二課目には、世界史と人文地理を選択した。そのあいだ、日本史の成績は零点にちかい、ひどい点数になっていた。西欧文明にかぶれすぎた弊害は、国語の成績の低下となって現われた。

日本的なもの、アジア的なものを、封建的、反動的ときめつけて排除してしまうのは、おれの所属する世代に共通しているところだが、おれの場合はとくにひどく、ほとんど拒否反応にちかいものだった。

おれは、大学の理科系の学部に入った。西欧から起こってきた科学技術文明の未来をになう、技術官僚《テクノクラート》になろうというような、勇み足にちかい期待をいだいていた。地方から上京している学生にありがちなことだが、おれの大学への期待は大きすぎ、しかも、アメリカ的な出世物語にかぶれていたせいか、たえず両肩をいからせた姿勢で、勉学にいそしむという無理をかさねたため、おれは、息切れがしてきた。まわりにいる、楽しみながら学ぶという類の学生に、ついていけなくなった。

はじめての夏休みで帰郷したおれは、くたくたに参ってしまっていた。大学の授業は、おれの求めているものを与えてはくれない。受験勉強の反動のせいだろうか、合格という目標を手にいれたとたんに、つぎなる目標が見失われた。

おれは、夏のある日、父の書斎に入りこんだ。地方名士だった父は、その前年に死んで、書斎は埃《ほこり》をかぶっていた。おれは、久しく手にふれたことのなかった、あの本を手にとってみた。きわめて大衆むきに書かれた史談——歴史読物の類で、父の書斎においても、それほどの待遇を与えられていたわけではないのだろう、あまり目立たない一隅におかれ、雑然とした反古《ほご》に埋もれていた。おれは、幼ない日に、恐いもの見たさで開いたページを、ゆっくり繰っていた。

両面宿儺は、ふたたび、おれのまえに現われた。妙に生々しい絵がらのくせに、実在するはずのない妖怪じみた恰好で、なかば反古にちかいページを飾っていた。

おれは、もはや、恐怖は感じなかった。だからといって、ホルマリン漬けの畸型の胎児とのダブルイメージを、忘れさっていたわけではない。幼ないころ、クラスメートの弘子が持ってきてくれた資料をみたときのショックは、今でもはっきり想いだせる。そのときは、ただひたすら理屈ぬきに恐ろしかった。そうした多重畸型の多くは、天の配剤の妙とでもいうべきか、たいてい死産になってしまい、そのまま成人することはないという。そうきかされても、まだ震えがとまらなかった。

両面宿儺を畸型児と解釈するようになると、おれは、もうすこし都合のいい形に昇華させて理解した。土気色になった畸型胎児を想いだすたびに身震いするほどで、その解釈にたえきれなくなっていたから、両面宿儺というのは、双生児の叛乱のリーダーがいて、たいへんチームワークがととのっていたため、両面をそなえた一人の人物として、後世に語りつがれたのではないか。そんなふうに想像を飛躍させてみると、陰湿なホルマリンの臭いは消しとび、古代ロマンといってもいいような香りのする筋立《すじだて》ができあがる。

大学時代に、おれが開いたページからは、そうしたロマンとしての歴史物語だけが、そのまま抜けだしてくるだけで、幼な心に耐えきれない傷跡《トラウマ》となったグロテスクな印象は、もはや掻きけされていた。

このとき開いたページの片隅に、以前には見落としていた注があった。イラストレーションの地《じ》の部分に印刷してあるので、いかにも判りにくかったが、この伝承の出典が記してあった。そのときになってはじめて、おれは、両面宿儺という畸型の怪物が、いわば日本教のバイブルとでも言うべき「日本書紀」にでてくることを知った。

おれは、さっそく、そこに記されたとおりに、日本書紀の仁徳天皇六十五年の条を開いてみた。いろいろな書物を集めていた父が、書紀の刊行本をそろえていたからで、もしそうでなかったら図書館へ行ってみるほどの熱意はなかったであろう。

その全文の口語訳は、だいたい、こんなふうになるのだろう。

六十五年、飛騨の国に、一人の男がいて、宿儺《すくな》といった。その人となりは、体ひとつに二つの顔があり、それぞれの顔が反対を向いていた。頭の頂上で合わさっているから項《うなじ》がなく、それぞれに手足がついていた。そこに膝はあるが膕踵《よぼろくぼ》（膝の裏側の肉）はついていない。力がつよく脚がはやかった。左右の腰には剣をはき、四つの手で弓矢をつかった。このため、天皇の命令にしたがわず、人民を掠奪して楽しんだ。そこで、（仁徳天皇は）和爾《わに》氏の祖にあたる難波根子《なにわねこ》武振熊《たけふるくま》という人を遣《つか》わして、宿儺を誅殺させた。

結局、宿儺に関する記事は、書紀の原文にして九十字たらず、口語訳にしても二百字くらいの、ごく短いものでしかなかった。

ながいあいだ、おれにとりついていた宿儺という怪物は、この書紀の伝承にもとづいて造りだされたものにすぎなかった。

おれは、ある程度、失望した。もちろん、幼ないころのように、活字になっているものは全て信用するほど、純情ではなくなっていた。したがって、宿儺の伝承を、かならずしも真実の歴史と受けとめていたわけではない。しかし、もうすこし、もっともらしい、伝承の元になる背景があるにちがいないと思っていたが、宿儺に関する記録は、どうやら書紀の仁徳六十五年の条以外には、どこにも見当たらないらしいのだ。

そんなわけで、せっかく久しぶりに出会った宿儺の絵は、おれの心に新しい失望をもたらすだけに終わった。せいぜい収穫があったとすれば、膕踵《よぼろくぼ》と原文であらわされている、宿儺の膝の構造が判ったことくらいだった。膝の裏側がないということは、つまり、宿儺の膝がどちらの側にも屈折できることを意味している。それだけ判ってみても、幼ないころ、いかにも子供らしく疑問におもった、尻の穴とか男性性器の位置とか、そういった他愛ない疑問は、依然として解決されないままだった。

おれは、ふたたび、宿儺と遠ざかった。大学そのものに手酷く裏切られ、失望のどん底におちこんだおれは、そんなことにかかわりあってはいられなくなった。入学してから一年半あまりたち、成績不良——主として出席点の不足による理由から、おれは大学を放校になり、今すぐにも食べていく心配をしなければならなかったからだ。

おれは、アメリカナイゼーション世代の一人として、いわば唯一の特技として身についた英語をいかして、もぐりのガイドをやって食いつなぎ、ルポライターをやっているという男と知り合い、その手伝いなどしながら、マスコミの渦中で生活するようになった。

いろいろな仕事で、いろいろな土地をまわるうちに、取材の仕事をおえて歓楽街にくりだし、手軽な一夜の慰安を手にいれるという、放埒《ほうらつ》をくりかえしながらも、否応《いやおう》なしに各地の空気のなかに滲みついた土地柄といったものを、感じないわけにはいかなくなった。ラスヴェガスを想わせるネオンの街も、朝の光のなかでみるときは、根太のゆるんだドブ板や、コールタールを塗った電信柱や、新聞配達の自転車など、日本にしかない情景をもつ世界にかえる。

それは、おれみたいに、日本的なもの、アジア的なものを排除するよう、意識的に教育された世代にとっては、なんとなく異様な、だが逞しい風景だった。

おれは、いつのまにか、仕事で行くさきざきの土地で、神社仏閣などを訪れるようになった。べつだん、抹香くさい動機からでたことでもないし、いわんや、天皇を頂点とする国家神道に奉仕する気などさらさらない。しかし、由緒ある神社の境内に立ち、自然と調和してたつ白木の社殿などを眺めていると、古代人の素朴な感情が生んだ神《かん》ながらの道といった発想も、なんとなく理解できるような気になった。

おれは、アメリカナイゼーション世代のいわば順当な出世コースからはずれたとき、はじめて日本的なものの存在に気づいた。それは、いわば落伍者《ドロップ・アウト》としての心情的な共感であったかもしれない。戦後の四半世紀、日本人の手から落ちこぼれ《ドロップ・アウト》ていたものを、ふたたび拾いあげる喜びであった。

かつて、征服者日本人は、東アジア世界の人々にむかって、神社の礼拝を強要し、日本の文物を強制する、悪名たかい皇民化教育をほどこそうとした。その日本人が、今度は同じ同胞にむかって、左右のイデオロギーを問わず、一致協力して一つの価値体系を強制し、四半世紀にわたる偏向教育を遂行してきた。

そこでは、日本人は、朝鮮人や中国人の仲間ではなく、コーカソイド（白色人種）の一員であるかのように教えられる。コロンブスのアメリカ到着は、アメリカ発見と言いかえられ、ゲルマン民族の大退却は、コーカソイドの立場から、大移動というきれいごとに言いなおされる。

金属活字は、グーテンベルクによって、発明されたと説かれる。グーテンベルクより、はるかにはやく、朝鮮において実用化されていた史実は、意識的に無視される。

マルコポーロやヴァスコ・ダ・ガマには、多くのページをさいても、漢の張騫《ちょうけん》や明の鄭和《ていわ》については、ほとんど何も触れない。

こうした偏向教育は、小学校からはじまり、自然科学、社会科学など、ありとあらゆる分野にわたる。右も左もなく、イデオロギーとは無関係に、日本の社会の上層部にいる人々は、日本人の全てを徹底的に洗脳するため、一致協力してことにあたっている。

長髪、ジーパン、ロックといったような外面的なことではない。そうした表面的なものはどうでもいい。というよりはむしろ、長髪やジーパンに対して、新しく入ってきたという理由だけで、ジェネレーション的な拒否反応を示す人ほど、心の奥深く根ざす対コーカソイド劣等感をいだいている。そして、内面から日本人を改造しようとする動きに、すすんで奉仕するようになる。

おれは、体制の枠組から放りだされ、一匹狼としてしか生きられなくなってはじめて、数々の矛盾に気づきはじめた。

今この国では、たいへん急激《ドラスティック》に、日本人のコーカソイド化教育が、押しすすめられている。全ての日本人が、コーカソイドの立場からものをいい、コーカソイドの行動様式でうごくことを、すこしも疑問に思っていない。かつて、この国の人の行動を律していた習俗《フォークウェイズ》や掟《モーレス》は、今では影をひそめてしまっている。

それほどまでにコーカソイドに奉仕した結果、日本人はかれらのあいだで市民権を獲得できるのだろうか？　かつて、明治の日本人は、欧米諸国とおなじような文明開化がなったあかつきに、日本人も西欧社会に仲間入りできると考え、それが裏切られたとき絶望的な戦争へと突入した。そして、戦後には、その目標が、アメリカ的なデモクラシーの習得と、経済社会の建設というところに置きかわっただけで、またしても人間みな同じ、ヒューマニズム万歳といった類の幻想にとりつかれた。

この類のはかない幻想が、やがては手酷く裏切られることは、これまでの歴史の示すごとく、はじめから判りきっている。人種平等という理想を掲げるのはけっこうだが、相手がそれを納得してくれないかぎり、どうすることもできない。第一次大戦直後、日本人はアジア人としての立場から、人種平等宣言を提案し、欧米諸国からかるく一蹴されている。日本人にしてみれば、西欧テクノロジーに習熟し、いっぱしの文明国になったのだから、仲間に入れてくれてもいいじゃないか、というくらいの気持だったのだろう。しかし、そこで問題にされたのは、そうした高級な分析からくる判断ではなく、おたがいに向きあったときの容貌からくる印象——きわめて直感的な好悪の感情だけにすぎなかった。人種差別というのは、きわめて原始的な感情から発生している。はじめて目にしたとき、自分と異なるものを排除《エリミネート》しようとする生物的な本能のためといってもよいだろう。

きれいごとのヒューマニズムをならべたてるのは簡単だが、そこに差別感情が作用していないとは断言できない実情なのだ。誰しも論理で動いているときは説得のしようもあるが、感情で動いているときはどうすることもできない。

時代は変り第一次大戦のころのような露骨な差別が表面化することはなくなったが、そのかわりにはるかに巧妙な形の差別が、コーカソイドの絶対的な優位を維持するため、用いられるようになった。形をかえた差別感情は、この国の四つの島嶼《とうしょ》に土着する文化の根底を、じわじわと蚕食《さんしょく》しはじめた。

　その一方で、この国を訪れるコーカソイドは、口あたりのいい美辞麗句をならべたて、いかにもこの国の伝統や文化を尊敬しているかのようなことを口にする。それは、万事に自己主張が乏しく、控えめであることが美徳とされる国民には、とうてい太刀打《たちうち》できない鴉片《あへん》のような魅力をそなえた言辞であり、この国のなかから多くの裏切者を生みだした。みずからもコーカソイドの一員であるかのように振舞い、一段たかい位置から同胞であるはずの日本人のもつ欠点を、ことさらにあげつらい糾弾してみせる外交官。みずからコスモポリタンをもって任じ、欧米のエチケットに通《つう》暁《ぎょう》していない同胞を嘲笑する実業家。四半世紀におよぶコーカソイド化教育の成果は着々とあがりはじめ、コーカソイドに奉仕する黄色い顔をした走狗を生みだした。かれらは、おなじような外観をもっている東アジア世界の人々には、まったく帰属感《アイデンティティ》のひとかけらも感じない、畸型的に改造された人々である。さしあたり、コーカソイドのほうが、差別感情を表面化させず、内攻させてしまっているため、こうした人々は、人種平等のバラ色の未来を信じていられる。その意味では幸福なかぎりであるが、いったん緩急あるときは、コーカソイドの尖兵として利用され、捨石にされる運命にあるのだが、本人たちは、一般日本人を軽蔑し、つかのまの満足にひたっている。

　おれは、あちこちを旅するうちに、この国のもつさまざまな文物が、いまやコーカソイドの文物の大攻勢のまえに、崩壊しかけていく姿を目撃した。明治よりこのかた、日本人の多くは、外来の西欧テクノロジーを吸収するにあたって、かなり用心していたような形跡がある。明治にはいるなり、キリスト教の禁教がおこなわれたのも、ひとつの証拠である。それから数十年、自暴自棄のような戦争へと追いつめられるのだが、すくなくともこと西欧文明の摂取採択には、きわめて慎重に取捨選択のフィルターをかけていたことが判る。それは、遣唐使によって漢土の文明が紹介されたときも、まったく同様であった。あれほど唐文化にかぶれながら、纏足《てんそく》、宦官《かんがん》などは採用していない。その意味で、取捨選択の能力は、この国民にそなわった天賦の才というべきだが、戦後は、その歯どめが消えた。なぜなら、この国民のなかから、コーカソイドに奉仕する裏切者がでて、教育という重大事までも、かれらコーカソイドの意向をむかえる方針へと、売渡してしまったからである。

おれは、ようやくにして、戦後世代の構造的な欠陥に気づいたのだった。

そして、おれは、いま、日本人の心の故郷ともいうべき飛驒へむかっていた。この山奥の地方が、最近にわかに脚光を浴びるようになったが、あながちディスカバー・ジャパンの目玉商品に仕立てられたためばかりではない。この地方には、コーカソイド化の波がおよんでいない一面があり、それがまだ魂を売渡していない日本人に、多くの共感を呼ぶからだろう。

名神高速道路の小牧インターチェンジをおりて、国道四十一号線をおよそ一時間ばかり走ったときになって、よやく美雪は眼をさました。

「もう、こんなところまできたのね。いつ名神高速からおりたのか、ちっとも知らなかったわ」

美雪は、リクラインさせたシートを戻し、大きくのびをしてから言った。眼をさましたばかりでも、道に沿ってながれる飛驒川の河筋をみただけで、どのあたりまで来たか判るらしい。

「高山祭りで混雑するんだろう？　いいのかな、関係ないおれなんかが泊っても」

「かまわないわ、古い家だけど広いから。高山祭りには、いろんな人がやってくるわ。あたしが子供のころは、知らない人がたくさん泊ったわ。一泊して帰っていったあとも、結局どこの誰とも判らなかったなんてこともあった」

「ところで、きみのお父さんには、迷惑をかけるな。おれのために、両面宿儺の会の人たちを集めてくれるなんて」

おれは言った。

美雪の父親が、両面宿儺の会というものを主催しているときいたとき、おれは、とびあがらんばかりに驚いたものだった。

宿儺《すくな》の本拠であった飛驒へ行くからには、おれ自身なんらかの収穫を期待していたわけだが、そのことを美雪に話してみると、意外にも彼女の父親が宿儺の会というものをやっているというのだ。会員は、十人たらずの小じんまりした会で、飛驒に多くのこっている円空仏の観賞会から派生したもので、郷土史家やら教師やらを会員にしているという。そういえば、いまはやりの山頭火の先輩として、放浪の彫刻家であった円空は、ながく飛驒に滞在し、両面宿儺の像も刻んでいる。

「そのことを言ってやったら、父も喜んでいたわ。もちろん、会員の人たちも、あなたがくるのを待ちかまえている。飛驒人のほかに、宿儺のファンがいるのが嬉しいんじゃないかしら。なにしろ、宿儺というのは、逆賊として、戦前の皇国史観の時代に、ずっと冷飯をくわされていたわけでしょ」

「日本書紀の紀年をそのまま信用し、宿儺が実在したものと仮定すれば、謀叛をおこした仁徳天皇六十五年は、西暦三七七年にあたる。戦後になって、坂口安吾あたりが、〈飛驒の顔〉をあらわしてから、宿儺も名誉回復したといえる。しかし、安吾の時代には、騎馬民族征服説は採用されていなかったから、大和王朝に対する飛驒王朝を想定し、宿儺を飛驒王統の最後の一人に仮定するにとどまっていたのだろう。しかし、騎馬民族説に立ってみると、もっとはっきりする。応神・仁徳というのは、韓半島からやってきた征服者だ。かれら外来の征服者によって大和を追われた人々は、征服者の追及のおよばない土地に逃れて抗戦したとも考えられる。もともと、美濃の地は、まえの崇神朝――三輪《みわ》王朝のとき、八坂入彦によって経略されたと伝えられているから、海からきた征服者の力が、なかなか及んでこない辺地と考えられていた」

「たしかに、そのとおりだわ。いまでも、高山というのは、はっきり孤立しているわ。濃尾平野の美濃加茂へも、北陸の富山へも、ともかく隣りあう市と、六十キロもはなれている。それでも、中部山地の人たちからみると、諸物資の集散地として重要な位置をしめている。中部の人たちは、鰤《ぶり》をたべるたびに、飛驒を思いだす。日本海で獲れる鰤が高山へはこばれ、そこで中継され中部山地へ運びだされる。つまり、山地の人々は、飛驒鰤《ひだぶり》と呼んでいるくらいで、鰤という魚は飛驒でとれるくらいの認識しかなかったわけなのよ」

　美雪は、そういいながら、きゅうに窓の外へ眼をむけた。

「そう、このあたりよ、ほら、あそこに記念碑が立っているわ。バスが飛驒川に転落した惨事があったでしょ。それが、ここなのよ」

　おれは、美雪のほうを見た。そこにパーキング・エリアが設けてあり、記念碑が建っていた。

　マスコミを騒がせた惨事をもたらした集中豪雨のとき、飛驒盆地は陸の孤島と化し、完全に孤立してしまった。

　人口はわずかに六万という高山市だが、東京近郊の人口六万のベッドタウンとは、まったく異なっている。高山市は飛驒盆地の中心であり、南北の隣りの市までいずれも六十キロ離れているという地理的な環境のためであろう、たいへん自己完結的な自給自足《オータルキイ》にちかい性格をもっている。これまでの歴史のうえで、何百回となく孤立させられたことがあるのだろうが、麻痺状態におちいったことはなかったのだ。

　おれと美雪をのせた車は、飛驒川の分水嶺をこえ、黒煙をふきだし喘《あえ》いでいるキャリアーカーを追いこしたところで、飛驒盆地へおりていった。高山市に入る手前に、水無神社がある。伝承によれば、両面宿儺と官軍との古戦場だという。この地方に蟠踞《ばんきょ》した土着勢力が、征服者との一戦に敗れてから、大規模な文化破壊がおこなわれたのだろう。この神社の祭神は、神武天皇、応神天皇ともいわれ、すっかり混乱している。どうやら、このあたりに土着勢力の聖域《サンクチュアリー》があり、その痕跡を消しさるため、征服者の信仰を強制的に移植したのだろう。

　それは、第二次大戦後に、戦勝国であるコーカソイド諸国が、この国に課した文化破戒と軌《き》を一にしているというべきだろう。

しかし、中央である大和からは遠く、その桎梏《しっこく》からいちはやく離脱した飛騨は、いわゆる飛騨の工匠《たくみ》という技術者をだし、新都造営や仏殿建立などに協力することによって、この国のなかで新しい地位を築いたにちがいない。

おれは、高山市内を通りぬけながら、この落着いた雰囲気をもつ地方都市を、ゆっくり観察していた。小京都と呼ばれる街のたたずまいには、この国の大部分の地方から失われた、古き良き日本の美俗が保存されているようにみえた。

もちろん、市内に入るあたりには、他の地方とも共通するけばけばしいモテルもあった。ディスカバー・ジャパンの見地からすれば、たしかに目触りにはちがいないが、この都市のもつ自己完結的な性格からみれば、他所者の身でいちがいに非難もしきれない。この都市のうちにも、市民の生活があり、その限りにおいて、通常の世界が営まれている。それを、他所者のひいきの引きたおしみたいなおせっかいで、古き良き過去へと凍結させることはできない。

モテルの類をのぞけば、この都市には、これまでおれが廻りあるいた他の地方都市より、日本固有の醇風《じゅんぷう》美俗が保存されているといえよう。いかに情報伝達の早い現代でも、ここばかりは、国をあげてのコーカソイド化の風潮に、汚染されていなかったのだ。

牽強附会にわたるかもしれないが、高山で生まれ育った美雪が、ザリガニというものを見たことも聞いたこともないのが、飛騨の国の独自性のひとつの証拠といえよう。幼いころ、沢ガニをとった記憶は持っているが、このグロテスクな甲殻類については、なにも知らない。つまり、ここには、関東一円ではきわめてポピュラーなザリガニが、まったく棲息していないのだ。アメリカを原産地とするアメリカ・ザリガニは、またたくまに日本全土に拡まっていった。これに対する、日本原産のニホン・ザリガニは、もともと北海道から東北にかけてしか棲息しなかったが、このアメリカ・ザリガニという、貪欲な生活力をもつ帰化動物には抗すべくもなく、しだいに棲息する場所から駆逐されていった。ところが、この飛騨盆地は、地理的に隔絶しているためだろう、ほかのコーカソイド文化の汚染をまぬかれているのと同様に、アメリカ・ザリガニの脅威からも守られている。そして、ここには、高山祭りの屋台が保存されているのと同様に、沢ガニの領域《テリトリー》となっている清流が残されている。市内を流れる宮川には、鯉、金魚、鱒などが、元気に泳いでいるほどである。

おれたちは、高山市内を通りぬけ、市街地を出ぬけたあたりで、宮川の流れをわたり、美雪の生家である山城家にむかった。

市の中心から北にはずれたところで、おれは美雪の命ずるままにハンドルを切り、山城家のまえに車を乗りよせた。

もともと車の生活をするように作られていなかったのであろう。べつだん車寄せのようなものはなく、屋敷の入口は狭くなっているが、塀と土蔵のあいだのやっと車が通れるくらいの露地をぬけると、そこに間口十間以上もあるかと思われる大邸宅が建っていた。板張りの二階建に、檜皮葺《ひわだぶき》の屋根がのっている、豪壮といえる造りになっていた。

「着いたわ」

美雪は、二間もある玄関の土間へ、おれを導いた。

黒光りのする垂木《たるき》は、幅三十センチ以上もあり、立派な柱としっかり組みあわされている。美雪からきいた話だが、この屋敷ができたのは、明治のはじめころ、梅村騒動のときだったという。中央から派遣された梅村某という県令が、若さのあまり急激な改革をやりすぎ、とうとう一揆をまねいたという。その時代に建ったものとすれば、もう百年からたっている古い屋敷ということになるが、根太《ねだ》のゆるんだところなどはなかった。玄関のところは、六畳くらいに相当する三和土《たたき》があり、敷台からあがったところは四畳敷に屏風《びょうぶ》がおいており、建物を左右に分断する形で、幅一間の廊下が、まっすぐ奥へつづいていた。

廊下の天井があまり高いので、白熱電球の明かりだけでは、うすぐらい影ができてしまうくらいだった。

「陰気な感じでしょう? きっと明治以来の因習がしみこんでいるのよ」

美雪は、弁解するように言った。こうした旧家に生まれたことで、自分まで旧式な時代遅れな人間と思われかねないと、警戒しているようだった。

「いや、そんなことはない。とても立派だ。いちがいに因習とか封建的とか片づけるが、封建的であっていけないとか、家族制度がわるいとかいった証明は、まだ一度もなされていないんだ」

「そうかしら。あたし、あなたが、こんな陰気なところで育った女は嫌いだなんて、言いだすかと思ったのよ。でも、あたし、好きよ。この家で育ったことを、むしろ誇りに思っているくらい」

美雪は、安心したらしい。おれを廊下の奥へ案内した。板敷の廊下の右手は、障子《しょうじ》や襖《ふすま》になっているのに、左側には壁がつづいて、ノブのついたドアがある。それについて、おれは、美雪から予備知識を与えられていた。この家屋敷の右半分は、明治からのものである、左半分は元は土間になっていて、台所《みんちゃ》とか、馬屋《まや》とか、便所《へんちゃ》とかに使われていた。そして、その土間のあたりで、小作人たちが食事したり、屋内作業をしたりしたのだという。いまの当主の山城氏は、この土間のところをつぶして、家の外観だけはそのままにして、内側に応接間やらダイニング・キッチンやらを造築したのだ。外観はもとのままだが、屋内の左半分はセントラル・ヒーティングもついているという。

美雪は、左側のドアノブをまわし、ひとつの部屋へおれを導きいれた。そのなかは、派手ではないが、センスよくデザインされた、和洋折衷のインテリアで、四、五人の先客が待ちうけていた。

「こんにちは、皆さん、金森さんをお連れしたわ」

美雪は、テーブルをかこんでいる人たちのあいだに、おれを案内した。

「ま、かけてくれや。このとおり広い屋敷だで、誰《だり》かござっても、わからんでな、出迎えにもでとらんが」

年輩の人が、おれにむかって、すわるべきところを示してから、はじめて山城平太夫と名のった。古めかしいパーソナル・ネームのほうは、山城家の代々の当主が名のる掟になっている名だということだった。

「金森です。お世話になります」

「なんでも、あんた、宿儺さまに興味を持っとるということですな。この土地のもんでもないのに、珍しいことだ」

そこにいた中年の男が話しかけてきた。この土地で歴史の教師をしているという中川と紹介された。そのほか、おなじ宿儺の会の人が二、三人で、おれをふくめても何人にもならない、こじんまりしたパーティができあがった。

それから、おれは、両面宿儺というものだけを共通の話題として、はじめて紹介された人々との会話に入りこんでいった。

べつだん隠す必要もないので、おれは、問われるままに、これまでの人生における宿儺とのつながりを、なるべく押さえた語り口で話しつづけた。ここでは、おれは、単に他所者であるばかりでなく、一座のうちでは明らかに最年少である。あまり図々しくみえないように振舞わなければならない、という計画も働いていたからだ。

「ま、宿儺さまのことは、日本書紀にでているだけで、ほかには何《なん》もないわけだから、あんたは、宿儺の会に入る資格じゅうぶんちゅうわけじゃ」

ききおわったとき、中川氏がいった。

たしかに、この人のいうとおりである。宿儺のことは、百科辞典にもでていないし、ふつうの歴史書にのっているわけでもない。きわめて地方的な特殊な伝承だから、おれ程度のことでも、じゅうぶん両面宿儺の権威になれる。

「ま、せっかく、飛騨へござったんじゃ。あとは、実地にみていただくとええ。ここにゃ、宿儺さまの遺物が、残っとるでな」

山城氏が言ったところで、さきほど台所のほうへ引っこんだ美雪が、酒肴をととのえて入ってきた。

それからは、酒盛になった。広い屋敷うちでは、酒盛になっているのは、この部屋だけではないらしい。むこうのほうからも陽気な唄声がきこえ、山城氏が席をたっていった。トイレにたったとき、台所のところをとおると、数人の女たちが、酒の燗《かん》つけやら、煮物の盛りつけなどに、忙しく立働いていた。なにか人の出入りがあると、近所の女たちが手伝いにくると、美雪からきいたことがある。いまだに、飛驒の旦那衆の威令は、いきとどいているらしい。そのなかで、女たちを指図している中年の婦人は、美雪によく似ていた。おそらく美雪の母親にちがいないが、さきほどから一度も宴席にでてこようとはしなかった。

おれは、応接間にもどり、すすめられるままに酒盃をかさねた。口あたりはよくないが、嚙みしめるように口にふくむと、うま味のでてくる辛口の地酒だった。

おれは、宿儺のことを語りあえる仲間を見つけ、おおいに喋りまくった。もちろん、宿儺のことを記録した原典は、あの日本書紀の記述しかない。後世にあらわれた宿儺についての説明は、たいてい書紀の記述を潤色したものにすぎない。

おれたちが話しあったのは、そうした表面に現われない歴史の背景だった。宿儺を、飛驒王統をつぐ最後の王と考え、応神・仁徳とつづく河内王朝によって亡ぼされた人とすることに、誰ひとり異論はなかった。そう仮定してみると、なぜ両面として描かなければならなかったかを、説明しなければならない。そこから先は、それぞれの人がもつイマジネーションしだいだから、話がおもしろくなってくる。仁徳の側の正統性を主張するため、宿儺をことさらに妖怪じみた姿に描いたとも考えられる。また、古代ローマで出入口を守護するといわれた双面の神ヤーヌスにも、よく似ている。おれは、子供のころから考えていた双児の怪盗のイメージを話してみた。

もちろん、おれの説は、すぐさま反対にあった。といっても、それぞれに根拠のあることを喋っているわけではなく、それぞれのイマジネーションを披瀝《ひれき》しているだけだから、相手の話しているることに反対しても、それを翻えさせるための説得をくわえることはできない。

議論ははてしなく空転し、酒盃だけが空になっていった。しかし、そこで話されたことは、かならずしも無意味ではなく、土地の生まれでないおれには、ずいぶん参考になることもあった。

高山市の東の山頂に、袈裟山千光寺という寺がある。そこに宿儺堂があり、円空が刻んだ両面宿儺の像が安置してある。そこからさらに乗鞍にむかったところに、出羽平があり、宿儺がたてこもったという両面窟がある。もとは鍾乳洞だといいうが、いまでは石柱も石筍もなく、溶蝕はつづいていないという。

そして、この両面窟の下に、飛驒鍾乳洞があり、高山近郊の観光ルートにも入り、おおいに賑わっているという。

そんなことをきかせてもらっているうちに、誰からともなく横になり、そのまま眠りについてしまった。

その夜、おれは、酒の酔のためだろうか、久しぶりに宿儺の夢をみた。夢のなかの宿儺は、おなじみの忿怒《ふんぬ》の形相をしていなかった。恐ろしげな形相にはちがいないのだが、それは亡国の王のふだんの表情にすぎないのだろう。そして、その表情には、笑いとまでは言いきれないが、どことなくさわやかな笑みが浮んでいるようにみえた。

翌朝、おれは、美雪の声で目をさまし、おおいにあわてた。なにしろ、はじめて訪れたガールフレンドの家で、酔っぱらって眠りこんでしまったのだ。ずいぶんと、エチケットはずれなことをしたものだと思った。

昨夜のメンバーは、すでに見あたらなく、おれ一人だけソファに横になり、毛布をかけてもらっていた。そこへ、美雪につれられて母親がきて、挨拶にかかったから、おれのほうもとりみだした。

「娘が、お世話になっとるそうで、よくござっとのう」

「いや、こちらこそ、昨夜は、とんでもない醜態を演じまして……」

おれは、ただひたすら頭をさげるほかはなかった。

それから朝食がはこばれてくる。時計をみると、まだ七時まえだった。女たちは、ほかの部屋へも朝食を運んでいるようだった。昨夜いっしょだった宿儺の会の人たちは、あれから帰ったのだろう。地元のことで近くに住んでいるのだろうが、北国の人は酒がつよいものだと感心させられた。

朝食をすませたあと、美雪の態度はかわっていなかった。どうやら、昨夜の失態を気にしてはいないようだった。はたして良いことか悪いことかしらないが、酒のうえのことはとがめだてしないという、きわめて日本的な伝統が生きつづけている土地のようだった。

「ゆうべは、いきなり宿儺の話になってしまったでしょ、それで案内できなかったんだけど、もとからの家のほうをお見せするわ」

美雪は、廊下の右手のほうへ、おれを案内した。

そこには、天井の高い十畳間が、四つあった。田の字造りというのだそうで、富農としての格式にのっとって造られているらしい。四つの十畳が田の字のように配置してあるが、それが全部客間になっている。

昨夜ここにとまった人たちは、遠くから高山祭りを見物にきた縁者だそうで、朝寝坊のおれが寝ているうちに出かけたのだという。早くいけばいくほど、屋台の見やすい場所に陣どることができるからだ。

四つの客間には、それぞれ格式があり、玄関に近いほうが、いちばん軽々しい客で、奥へ行くほど格式が高くなり、田の字の右肩のところにある一間は、山城家と対等あるいはそれ以上の客にだけ供される。その一間には、二間幅の床の間があり、みごとな柘榴《ざくろ》の木の床板がわたしてあり、白黒の濃淡だけで仙境をあらわした山水画がかかっていた。

ふだんは使われない原則になっているが、美雪の時代には、家庭が多いせいもあって、二人の姉といっしょに入口の部屋に寝ていたという。

「なかなか眠らないと、宿儺《すくな》さまがやってきて掠《さら》っていくって、よくおどかされたものだわ」

美雪は、おもいだすのも恐ろしそうに、わざと身をすくめてみせた。

長い星霜にわたって、この屋敷を支えてきた梁《はり》や垂木《たるき》は、すっかりくすんだ色にかわり、それなりに落着いた雰囲気をかもしだしているが、それは大人の感想というべきだろう。

明治以来、手をくわえたのは、電灯を引いたことだけで、障子の外は雨戸だけという造りのままになっているから、ここで寝ている子供にとっては、ちょっとした脅しでも、じゅうぶん役にたったにちがいない。

「しかし、宿儺が人掠いだというイメージは、大和朝廷中心の日本書紀史観のままだな。本拠の飛騨ですら、そう思われているのは、宿儺にとっては心外だろうよ」

「でも、そこまで言ってしまうと、うがち過ぎじゃないかしら。たしかに宿儺は飛騨のものだけど、やはり住民すべてから恐れられていた存在にちがいないわ」

美雪は、無邪気にいった。

たしかに、ここには、大都会から追放された影の世界がある。この朝の光りのなかでみても、奥まった十畳の座敷では、欄間や長押《なげし》のところには闇がのこっている。近代文明がもたらした光の洪水は、ここではまだ一般的ではない。

大都会のあらゆる権威——神や仏をはじめとして、政府《おかみ》や大学や、軍人や警官など、かつて庶民のうえに君臨していた全ての存在は、今では力のない虚像になりさがり、もはや恐れの対象とすらされなくなった。その一方、ここでは、宿儺は畏怖すべきものとしての属性をそなえたまま、人の心に生きつづけているのだった。

おれは、まもなく、美雪といっしょに、山城家をでた。ここから市街の中心まで、歩いてもいくらもないが、宿儺の遺跡をまわってみる予定があるので、車にすることにした。

市の中心の小学校の校庭に駐車場があり、県会議員をしているという山城氏の名をだすと、すぐさま一台分のスペースの都合がついた。

おれと美雪は、まず、古き良き飛騨の街並が保存されている、上三之町のあたりへ行ってみた。

この通りには、千本格子の家並が、よく残されていた。それらの家々が、かうじ屋であったり、民芸品店であったり、酒屋であったりする。なかには、ウィスキーのＣＭで有名になった旅人宿というのもある。

「ディスカバー・ジャパンが成功したわけかしら、最近は高山にも、たくさん人がくるようになったわ。なんだか信じられないくらいなのよ」

美雪は、祭り目当の人の波をかきわけながら、土地に生まれ育った者には判らないというように、首をひねってみせた。

異変がおこったのは、まさにそのときだった。

おれは、一瞬のあいだ、自分の眼がどうかしたのかと思った。周囲の街並が、ぼんやりと霞《かすみ》がかかったようになり、眼の焦点が合わないような感じになった。しかし、行手の通りに眼をおとすと、べつだん揺れているわけでもないし、自分の靴先までしっかりと見とどけることができた。

混雑した見物人のなかにも混乱がひろがりはじめていた。悲鳴をあげる女もいるし、他人をつきとばして走りだす男もあった。

ここにいる人たちは、みんな、おれと同じものを見ているのだ。朦朧《もうろう》とした輪郭だけになってしまった町家のなかから、外の騒ぎにおどろいた家人たちがでてくるが、べつだん異変には気づいていないらしく、通りにでてはじめて我が家をふりかえり、びっくりして大声をたてる。

異変は、この上三之町の通りのむこうまで拡がっているようだった。あのかうじ屋と書かれた達筆の看板や、一刀彫りや春慶塗の店などは、輪郭さえもわからなくなっていた。

異変は、さらに進行した。今度は道ゆく人の服装までが、水に写った影のようにゆらゆらと溶けくずれ、はっきりと判らなくなった。それでいて、人々の容貌だけは、はっきり見えている。まるで、霧のなかに顔や手足だけが浮かびあがり、服装や家々の輪郭だけぼんやり霞んでいるという感じだった。

なにかの気候異変なのだろうかと思ったが、音もなく風もなく、あたり全体が霧の底に沈んでいるかのように見えた。

とつぜん、おれの心に、ひとつの単語が浮かんできた。宿儺《すくな》という単語――そう、おれが幼ないときから祟られていた、その怪人の名前だった。

「宿儺さまの祟りじゃ」

宿儺という名を想いだしたのは、おればかりではなかったらしい。土地の人らしい男が大声をだした。それをきいて、みんな申しあわせたように、うなずきあった。おそらく、誰もが、その名を想いうかべたのだろう。

「宿儺ってなんなの、どうしたの、教えて、何が起こったの？」

ジーパンにリュックサック姿の女の子が、ヒステリックな声をあげた。それと同時に、ふたたび各人それぞれに喚きだしたため、もはや正常の会話は、おこなわれなくなった。しばらくは、手のつけられないような叫び声がいりみだれ、やがて騒々しさは頂点に達した。

不意に騒ぎが静まり、もやのなかから、街の家々の輪郭が見えてきた。また、誰かが叫んだ。

「見えてくるぞ」

おれたちは、化石したように動きをとめ、眼をこらして見つめた。

もやのなかから浮かびあがってきたのは、なにか白い四角い形をしたものだった。暖かみのない白いものが、通りをはさんで立ちならんでいる。そして、しだいに輪郭がはっきりしてくると、それらが、日本人には馴染《なじみ》のない白亜の建物であることが判ってきた。地中海沿岸などによく見られる石灰岩の家々にかこまれ、祭りを見物にきたはずの大群衆は立ちすくんでいた。

あきらかに、おれたちは、幻覚をみているのだ。群集催眠《マスヒステリア》という。ここにあるはずのない虚像を見せられ、恐慌状態《パニック》におちいりかけているのだった。

ふたたび周囲の街並が、ゆらゆらと歪んでみえはじめた。それから、さっきと同じように霧のなかに消え、輪郭を失い、溶けくずれていった。しばらくして、ようやく街の様子は、あの落着いた千本格子の家々のならぶ、上三之町の風景に戻った。

幻覚から解放された人々が、またぞろぞろと歩きはじめ、祭りの屋台の通るはずの河筋へむかって移動しはじめた。あまりにも信じられないことが起こったので、きゅうには対応できないらしく、急激な反応は起こっていなかった。

おれと美雪も、放心した人たちといっしょに、屋台のほうへ歩いていった。

「あたし、まちがっていたわ。日本にもこんないいところがあるなんて、知らなかったわ」

さっきのジーパン姿の女の子が、くず籠のところに立ちどまって、誰にいうともなく呟きながら、リュックからなにやらひっぱりだして捨てていった。通りすがりにのぞいてみると、安手のポップアートの表紙のついたスケッチブックや、横文字のペーパーバックなどだった。

おれは、くず籠のそばをとおりすぎるとき、ポケットからダンヒルのライターをだして捨てた。おれの心のなかでなにかがおこり、そうしないではいられなくなったからだ。おれのそばで、美雪もハンドバッグの中味を、くず籠にいれていた。

たしかに、さきほどみた幻は、なにかの意味を持っていたにちがいない。あのとき、宿儺という名が、みんなの心にひらめいた。そして、みんなの心にある変化が起こりはじめた。

おれと美雪は、宮川のほとりの桜の木の下にとまり、屋台が通るはずの橋のほうを見つめた。川の流れは美しく、薄いオレンジ色の魚群がみえた。それは、ニジマスの脱色種《アルビノ》だった。川上のほうを見やると、遠くの寺院がおちついたたたずまいを見せ、すぐ近くにある造り酒屋の白壁の土蔵と遠近一体になり、古い錦絵のような構図を形づくっていた。

ここには、確かに日本がある。日本といっても、アーリア純血主義の亜流のような天孫思想の日本ではなく、東アジアのモンスーン米作地帯に共通する日本というものが、コーカソイド化の風潮に浸蝕されずに残されている。今日、われわれが日本的と感じていることの多くは、本来は中国大陸や朝鮮半島に起源を発している。それらをひとまとめにして、東アジア世界の文明を想定することは、ごく自然な分析にちがいないのだが、近代の日本人の採用するところとならなかった。コーカソイド化に奉仕する裏切者となるか、あるいは、日本人だけを一段たかくみて他の東アジア人を蔑視するか、二つのうちのどちらかのタイプに属する日本人しか存在しなかった。

戦前の理論右翼と呼ばれる人たちのうちには、東アジア世界の一国として日本を位置づけようとする、広い視野をもつ人も少くなかった。しかし、そうした人たちですら、日本を兄とし、中国を弟とするといった発想から抜けだすことができず、結局は東アジアの人々を、かれらにとって縁もゆかりもない天皇なる人物のまえに、力ずくでひざまずかせようとするばかりだった。天皇制の存在は、東アジア世界の連帯をうながすうえで、大きな壁として作用した。

まもなく、太鼓と囃子《はやし》の音がきこえ、行列にひかれながら、屋台が練りだしてきた。それは、たいへん緩慢な動きで、「動く陽明門」と呼ばれる華麗な姿をすすめた。

ふたたび異変がおこったのは、そのときだった。さきほどと同じように、あたりの景色がゆらゆらと揺れはじめ、焦点の定まらない映像のように溶けくずれた。そのくせ、橋の輪郭や川の流れは、元のままはっきり見えていた。

焦点が定まりはじめると、そこに極彩色のものが写しだされ、はるか遠くからしだいに楽の音がきこえてきた。

橋のうえを渡りかけていたのは、巨大なミッキーマウスの人形をのせたフロートだった。その姿が、しだいに明瞭になってくるのとあわせて、遠くからきこえてくるディクシーランド・ジャズの音が、すこしずつ大きくなった。

やがて、おれたちの眼のまえに、フロートがはっきり現われた。身長五メートルばかりのミッキーマウスは、ブラスバンドに合わせて口唇《くちびる》を動かし、目玉をまわす仕掛けになっていた。おなじフロートの後部には、ビキニ姿の美人が、わざとらしい笑顔を浮かべながら、投キッスの雨をふらしていた。

これは、ニューオーリンズのマルディグラの祭りなのだ。そう思ってあたりを見まわすと、宮川の流れに沿って見物する人々の服装も、すっかりかわっていた。カウボーイハットを振りながら、口笛をふきならす男もあれば、桜の枝に腰かけ、片手にアイスクリームを、もう片手にクラッカーをもって、ディクシーにあわせて、両脚をぶらつかせる女もあった。そして、ミッキーのフロートのあとには、鼻から煙をはきだす作り物の竜のフロートがつづく。かれらの眼には、リアルに写るのだろうが、日本人の眼には、妙にケバケバしくグロテスクなものにみえる。

ただひとつ、それが、本場のマルディグラのフロートでない証拠は、これらのフロートに乗っている人たちの容貌だった。フロートのうえから投キッスをふりまいている美女たちの髪は、陽の光にはえて金盞花《きんせんか》色に輝いているが、その容貌は、コーカソイドのそれではなく、日本人あるいはモンゴロイドのそれだった。

マルディグラのフロートは、かなり騒々しく橋をわたっていく。そのとき、ふたたび、眼のまえの光景がぼんやりとぼやけはじめ、ディクシーランドの響きが遠のき、高山祭りの屋台の輪郭が重なりあって見えはじめ、お囃子《はやし》の音《ね》がきこえてきた。いったん遠のいたディクシーランドが、巻きかえしをはかるかのように再び音量をあげ、しばらくのあいだ笛、太鼓、鉦《かね》の音などを圧倒した。それと同時に消えかけたマルディグラのフロートが現われ、高山祭りの屋台と二重写しになった。太鼓の音が、ひときわ高くなり、ディクシーを押しのけると、金色《こんじき》の屋台屋根に錦の緞帳《どんちょう》をかかげた車が、フロートの映像を背後に押しやる。ふたたび、マルディグラの祭りが優位をしめると、屋台と囃子が消えかけるが、しばらくすると勢いを盛りかえす。

　おれたちの眼のまえで繰りひろげられる二つの祭りの葛藤は、なおも一進一退をつづけていた。ディクシーランドとお囃子が交錯し、フロートと屋台のダブル・イメージができあがった。

　それは、東と西、静と動、陰と陽、精緻《せいち》と華美の相剋だった。それぞれの長い歴史と、生まれ育った風土と、そしてそこで培《つちか》われた文化的伝統をバックに、鎬《しのぎ》をけずって争っているのだ。

　おれの心に、ふたたび宿儺の名が、滲《し》みこんできた。

「聞いたか？　宿儺と名のった」

「ええ、確かに聞こえたわ」

　おれと美雪は、うなずきあった。

　橋のうえでおこなわれている幻覚の争いは、すでに勝負がつきかけていた。黒い漆をぬった木製の台座に金色の象嵌《ぞうがん》や蒔絵《まきえ》をほどこした車は、それ自体ひとつの完成した工芸品である。屋台の車の立ちはだかるなかに、かすかに二重写しになって、マルディグラのフロートが見えているが、もはや巻きかえしにでる力はない。時折、かんだかいトランペットを先頭にトロンボーンやクラリネットが攻撃にでるが、太鼓や笛の反撃にあって、しだいに遠のいていく。

　そして、まもなく、マルディグラのフロートは、ディクシーランドのＢＧＭもろとも、おれたちの視野から駆逐された。そして、あとには、高山祭りの屋台の列が、なにごともなかったかのように続いていた。

　十一台の屋台のあいだには、手甲脚絆《てっこうきゃはん》やら衣冠束帯やら、古めかしい衣装に着がえた人々がつづく。それは、まさしく日本の祭りだった。その土地にしみついた土の香のする芸術であり、コーカソイド世界からなんらの影響もこうむっていない、数少ない文物のひとつだった。

　ここにいる人たちは、二度目に異変を経験したにもかかわらず、誰一人としてとりみだしてはいなかった。おれをふくめた全員が、あの異変の影響をうけて、なにかの暗示を心にうえつけられたにちがいない。そのせいで、おれたちは、なにごともなかったかのように、屋台見物に戻っていられるのだろう。

「あっ、金森さん、ここでしたか?」

おれたちは、不意に話しかけられた。昨夜の呑み仲間になった、宿儺の会の中川氏が立っていた。

「いまのを、ごらんになりましたか?」

「ええ、確かに見ました。そして、その影響がもう現われはじめ、一部では暴力沙汰もおこっていますが、ともかく、むこうで、山城氏が報道陣につかまっています」

「わかりました、行ってみましょう」

おれと美雪は、中川氏に導かれ、山城氏がいるという陣屋跡にむかった。このたびの異変のとき、誰もが宿儺という名を聞いている――というより自然に思いだしているが、そんな形で宿儺の会が注目されることになるとは、思ってもいなかったと、中川氏は話してくれた。


あの異変の渦中にいた人たちは、心のなかで、何かに目ざめた。それは、日本人あるいは東アジア・モンスーン米作地帯の住民としての、一種の自覚のようなものであり、その反応のあらわれかたは、各人の性格や教養によっても少しずつ違っていた。

おれは、ライターを捨てた。なぜ、そうしたかは判らない。しかし、タバコをつける専用の道具があるという事実に、我慢できなくなったのかもしれない。それは少くともおれにとって、畸型的なコーカソイドの技術文明のシンボルのひとつだったのだろう。

なかには、洋画ポルノの上映館を襲った者もあった。また、レコード店を襲った若者たちは、外国の二流、三流のアーチストの手になるディスクを放りすて、めちゃめちゃに踏みつぶした。ベッドを放棄する家庭もあったし、ミシンやテレビを壊す家もあった。

それぞれの人の内的世界において、行き過ぎたコーカソイド化のシンボルとみなされたものは、すべて破壊されずにはすまされなかったのだ。

おれたちが駈けつけたとき、山城氏は、テレビのインタビューを受けているところだった。

「もともと、両面宿儺というのは、飛騨土着の神人で、いわば外来のものに亡ぼされる、非運の英雄というところでしょうな」

山城氏は、この異変のもつ意味を、まだはっきり呑みこんではいないようだった。ごくふつうの解説書にもでているようなことを喋っていた。

今ここで起こったのは、そんな生易しいものではない。異変をおこした主は、おれたちの心に語りかけ、はっきり宿儺と名のった。

それは、かつて外来の力に押しひしがれ、あえなく抹殺されたものの怨念が、ひとつに凝集したものにちがいない。おれが幼ないころ、あれほど恐怖した忿怒の形相には、外来の征服文化の陰に埋もれてしまった、飛騨の苦悩が象徴されているのだった。宿儺という一人に托された怨念の数々は、歴史の陰に沈んでいった数千数万の人の怨霊として、ひとつに具象化された。

怨霊は、飛騨盆地に近い出羽平に封じこめられた。そして、その忿怒の形相を鎮めるため、官選の日本書紀では怪奇な姿をもつ謀叛人として扱いながら、その一方では、その怨念を懐柔する策もとられた。ある伝承によれば、宿儺は最初の天皇を船山へ運び、そこで即位させるようはからったという。つまり、はじめは外来の征服者にも好意的だったのだろう。宿儺が討伐を受けるのは、騎馬民族征服王朝の最初の天皇（応神）の時代ではなく、二代目の仁徳の時代になってからである。征服の基礎がかたまり、もはや宿儺の利用価値がなくなり、飛騨に独立した宗主権を許しておく必要がなくなったからであろう。

それから千数百年、出羽平の山塊のなかに封じこめられた宿儺は、移ろいゆく時の流れを見まもっていた。その歴史のなかでは、かつての征服者と、日本列島土着の人の別は消え、ひとつにまとまった民族、国家が成立していった。

宿儺は、この長い年月に、ひそかな満足をおぼえたにちがいない。はじめ、征服者の大和は、宿儺の忿怒をやわらげるため、今では祭神すら判らなくなりかけている水無神社などをたて、宿儺を監視させようとした。しかし、実際はその必要もないくらいで、宿儺は半醒半睡の状態で、出羽平の山塊のなかに眠っていた。

そして、ただ一度だけ、宿儺は目ざめかけた。元禄のころだった。宿儺は、地下水脈の流れる開口から、外の世界をうかがいしることができた。そして、ひとつの変動の芽生えに気づいた。

この日本列島のうちに、たいへん均質な国家ができあがっている。そのことについて、宿儺は昔の怨みをもちだすつもりはなかった。しかし、その均質な国民――土着の農耕民と外来の騎馬民がうまく攪拌《かくはん》された国民は、そのためにかえって、かつての騎馬民の故郷である東アジア世界と切りはなされ、これらの地域に対して一人よがりの肥大した優越感を育ててしまった。女真族の立てた清《シン》や、十四世紀から続く李王朝や、越南《ベトナム》の阮《グエン》王朝などと、日本が没交渉でいるあいだに、新しい外来の力が、東アジア世界までも跳梁跋扈《ちょうりょうばっこ》しはじめた。

それは、唯一の神を信じる偏狭な宗教体系をもち、かれらの価値体系と矛盾する存在は、情容赦なく排除《エリミネート》することのできる――東アジア世界の淳朴な人々には、とうてい対抗できそうもないコーカソイドの一群だった。

外来の力の脅威に敏感な宿儺は、この新しい外敵にむかって、久しぶりに闘志を湧きたたせた。しかしながら、宿儺は、ある力によって止《とど》められ、行動にうつることができなかった。

出羽平のすぐ近くにある袈裟《けさ》山に、一人の遊行僧が逗留しはじめたのである。この僧は、山塊のなかに封じこめられたまま蠢動《しゅんどう》しはじめた、宿儺に気づくだけの法力をそなえていた。そして、僧は、ここしばらくのあいだにおこる天変地異をしずめるため、ノミと槌《つち》をふるいはじめた。

袈裟山千光寺の住職俊乗が、旅の僧のするがままにまかせておくと、やがてひとつの像ができあがった。円空と名のる僧は、やがて寺宝とされる両面宿儺の像を彫りあげて去っていった。

いったん動きだしかけた宿儺は、ふたたび希有《けう》の天才円空の彫った像の法力によって、山塊のなかに封じこめられた。

おれと中川氏は、そうした事情に気づきはじめていた。そこで、山城氏のインタビューに割りこみ、これまで判ったことを知らせた。もちろん、非礼は判りきっているが、すでに異変がおこってしまったいま、私情をさしはさんでいる余地はなかった。

「ともかく、急いで出羽平へ行ってみるしかありません」

おれたちは、宿儺の会のメンバーとして、そう結論するしかなかった。

元禄の時代に宿儺が目覚めかけたときは、円空のふるうノミの力が、その活動を封じることができた。しかし、いま、この時代――奇しくも昭和元禄と言いならわされる時代に、宿儺の力をとどめることのできる有徳の人がいるだろうか？

かつて外来の征服者に手酷く痛めつけられた飛騨の魂は、外来の力に対する拒否反応を具像化することができる。

さきほどからの一連の異変は、いまや宿儺の仕業と決まった。出羽平の山塊のなかで眠りについていた宿儺は、いま甦りつつあるのだ。

おれたちは、車を連ねて、高山市内をあとにした。あのときとおなじ幻覚は、後続の屋台にも起こっていたが、もはや、おれたちの興味をひかなくなった。おれたちは、宿儺の本拠のほうへ向かうのが先決だった。

宿儺は、現代の日本人にむかって、かつて自分が抹殺されたときの経験を生かし、ひとつの警告を発しているのだった。

この国の人々は、コーカソイド諸国との対決に敗れさったとき、その固有のものをことごとく捨てさろうとした。家族制度のどこが悪いのか、いっこうに証明されないまま、塵芥のように捨てられた。侵略戦争と結びつく国家神道は、たかだかここ四十年ばかりのあいだに人工的に造りあげられたもので、それ以前の神道は、きわめて素朴に地域社会のコミュニケーションに役立っていたにもかかわらず、忌わしい想い出につながるものとして退けられた。征服者大和の政治色を加味されているものの、本来の伝承の原型をとどめている部分も少くないこの国の神話は、それがかつて侵略戦争の思想的背景に利用されたという汚名をきせられ、二度とかえりみられなくなった。すべての日本的なものが、大東亜共栄圏という侵略戦争の元兇として、前科の烙印を押され追放された。しかし、それら日本的なものというのは、大部分は東アジア世界に起源をもつものであり、つきつめていくと、偏狭なナショナリストが主張するような日本精神は、皆目なくなってしまう。例えば、ファナティックな皇道論者が、大和民族の優秀性を立証する根拠としている天孫降臨の伝説などは、朝鮮半島にいくらでも見うけられる。

こうして、戦後、教育、文化一般に、厖大《ぼうだい》なブランクができた。すべての日本的なもの——つまり、東アジア世界から日本が借用してきたものを、体《てい》のいい贖罪羊《スケープゴート》に仕立てあげ、敗戦のすべての責任をかぶせ追放してしまったため、途方もない空白ができてしまった。時の為政者は、この空白を埋めた。日本神話のかわりにギリシア・ローマ神話を供給し、崩壊した神道のかわりにアメリカ本国からの伝道団を呼びこみ、日本文化の根底からくつがえす改革をやってのけた。

それが、戦後四半世紀にわたるコーカソイド化教育だった。日本人は、コーカソイドの一亜種であるかのように定義づけられる。日本人のうちには、東アジア世界の国々に帰属感《アイデンティティ》をもつ人間は、ほとんどいない。すぐ隣りにあたる国々の言葉——朝鮮語、北京官語、福建語、ベトナム語などを習おうとする日本人は、すこしも見当たらない。それでいて、日本人の大半は、この異常きわまりない状態を、すこしも異常と感じていないらしいのだ。

外来のものに痛めつけられた宿儺の魂は、ついに立ち上がったのだ。この異常ともいえる急速なコーカソイド化のなかで、日本的なものが、この国の土着のものが、崩れさっていく。それは、宿儺にとっては黙視することのできない情勢だったにちがいない。

おれたちは、出羽平の麓にたどりついた。そこには、観光コースに入っている飛騨鍾乳洞がある。それは、最近になって発見され、一躍有名になり、発見者が巨万の富を得たことでも知られているが、かつては閉ざされたまま、誰にも知られずに存在していた。

もしかすると、宿儺の千歳の眠りをさましたのは、この鍾乳洞の開発のためかもしれない。

おれと美雪は、鍾乳洞からはるか上方へと登っていった。しばらく遅れたところから、山城氏やマスコミ関係者がついてくる。おれは、行手のバリケードをとりのけ、ここ数年封鎖されていたという、両面窟への通路へ入りこんだ。

両面窟の入口は、苔むした岩屋になっていて、かなりじめじめして、たえず水滴がしたたっている。しかし、案内書にあったように、もはや石灰岩の溶蝕はつづいていないらしく、なかへ入ると乾いた感じにかわった。

岩窟のなかに一歩ふみこんだとたんに、おれも美雪も立ちどまった。

そこに、それは立っていた。千数百年の呪縛から解きはなたれ、一丈八尺（五・五メートル）の巨体を直立させ、宿儺の姿が立ちはだかっていた。それは、あの忿怒の形相もすさまじく、二つの顔のついた首をふりたて、四本の腕に剣と弓矢をにぎり、いまにも動きだしそうだった。

この列島のうちを席捲したコーカソイド化の風潮と対決すべく、両面宿儺は、ゆっくりとこちらへむかって歩を踏みだした。

過去をして過去を——

MASAMI FUKUSHIMA

福島正実

1929（昭和4）年2月18日、樺太生まれ。明治大学仏文部中退。早川書房に入社して翻訳ミステリの出版に携わる。57年12月に〈ハヤカワ・ファンタジィ〉（後に〈ハヤカワ・SF・シリーズ〉と改称）を発刊。59年12月に「SFマガジン」を創刊して、退社する69年まで編集長を務める。編集、翻訳、創作の各分野で新興ジャンルであるSFの定着に尽力し、「ミスターSF」の異名をとった。

編集者としては、日本人作家による初の長篇SF叢書〈日本SFシリーズ〉（64〜69年／全15巻、別巻1）、世界各国の主な作家を網羅する〈世界SF全集〉（68〜71年／全34巻）等を企画。翻訳家としてもR・A・ハインライン、I・アシモフ、ジャック・フィニイなど多くの作家を日本に紹介した。また東宝特撮映画の名作として知られる「マタンゴ」（63年）に原案を提供し、小説版も執筆した。

一般向けの長篇作品は眉村卓との合作による『飢餓列島』のみ。短編集に『SFハイライト』『SFの夜』『ロマンチスト』『虚妄の島』、編著に『SFエロチックス』『SFエロチックミステリー』『SF入門』、ノンフィクションに『未踏の時代』などがある。ことに児童文学の世界では少年向けSFの執筆、アンソロジーの編纂、「少年文芸作家クラブ」の設立と多大な業績を残し、福島正実記念SF童話賞が制定されている。69年に早川書房を退社してフルタイム・ライターとなったが、76年4月9日、細網肉腫のため死去。

初出=不明
初刊=『SFの夜』（66年9月／ハヤカワ・SF・シリーズ）
底本=同上

加藤まさしさん（福島正実氏の次男）のことば

「彼は生前、宗教に触れるべきだった」父が亡くなった日、そう呟いた人は敬虔なクリスチャンで、東京の碑文谷に住んでいた。聖書から着想を得た本作の主人公がヒモンヤであることから、父の宗教への関心は浅くなかったと感じる。と同時に「現在が未来の名のもとに過去を抹殺する」というテーマが、福島自身が今、曲解されていることと一致する事実に、私は戦慄すら覚える。四七歳で逝った福島が、命を削り育んだＳＦが本作の中で宗教と融合し、予言の性格をより色濃くしたのだろうか…。

海底火山爆発のためと思われる、その巨大な水圧波は、とつぜん、まったくなんの前触れもなしに、ヒモンヤの潜水看視艇を襲ってきた。

北緯三〇度、東経七〇度三分、深度四〇〇〇メートル、サルガッソ海西端ちかくの海底牧場をパトロールしていたときのことだった。

まきこまれたら、命はなかった。すさまじい水圧波は、看視艇を、造作もなく嚙みくだき、みじめな金属の屑にしてしまうだろう。

陽電子頭脳も、赤い緊急警報を発していた。

一瞬のためらいが生死を決するのだ。かれは、反射的にテレポーターのスイッチをいれていた。

瞬間、視野が奇妙にゆがみ、赤っぽくなった。ブラック・アウト寸前になった。いっさいの音が消え去った。ヒモンヤは、きっちりと身をつつむ操縦席のなかで、身をちぢめた。悪寒が、胃のあたりから、全身のすみずみへ放射線状にはしった。

だが、それはほんの一瞬だった。

つぎの瞬間、悪寒は去り、視力も聴力も、つづいて思考力も回復した。水中テレビを見ると、そこには、青く暗い、しかし穏やかな海が走っていた。発光する魚群がちらちらと見えた。

計器類も正常に行動していた。水深計は三五〇メートル、航速度一〇〇ノット、速度計は経済巡航速度一〇〇ノット、水深計は三五〇メートル、
自動位置測定儀は——北緯二度一分、東経六六度ジャスト——北アメリカ地区ボストン沖約八〇〇キロの地点だった。

あの一瞬に、約一〇〇〇キロ瞬間移動《テレポート》していたのだ。

もう安全だった。

「またテレポーターのおかげで助かった」

ヒモンヤは、額にじっとふきだした汗を手の中でぬぐいながら呟いた。

まったく、テレポーターが救いの神だったのだ。まだ開発されて何年かしかたたないが、今ではほとんどの航空機、船舶、地上車がこれを装備している。それほど、この装置の発明は劃期的《かっきてき》で、その普及は爆発的だった。テレポーターの正確な運動理論は電子頭脳解析学者か理論物理学

者でなければ理解できない難解なものだった——が、とにかくこの装置が、それを装備した物体をふくむ空間を、超次元的にゆがめて、距離と時間に関係なくある地点からある地点へ移動させることだけは、確かだった。しかもそれが、陽電子頭脳と連動させることによって、より完璧な精度を持つようになって以来、突発的な事故から人間をまもる最新の——そしておそらく最後の発明となったことも、たしかだった……。

瞬間移動をした場合には、その座標を、直ちに航海管制本部に連絡する義務があった。

ヒモンヤは、通信機についたフレキシブル・アンテナを射出した。アンテナが海面に達するためには数秒かかる……。

そして、ふと、水中レーダーのスクリーンを見やった、そのときだった——巨鯨ににた、だが明らかにクジラではない一個の巨大な物体が、影のように、もうろうとスクリーンに現われたのは——。

定期船でないことは一目でわかった。

手が半自動的に、レーダー・システムを調節していた。その物体は、一キロほど先の海中を、ひどくのろのろ動いていた。フォーカスが絞られると、物体の姿は、はっきりしてきた。潜水船だ。だが、見たこともない妙な形だ……彼は目をすばやく陽電子頭脳がうち出してきたパンチカードに走らせた——全鋼鉄製潜水船——全長九〇メートル——推定排水量三七五〇トン——原子力タービンによるスクリュウ推進機を使用——船内に核分裂型ミサイル兵器を搭載——。

「なんだ、これは!」

ヒモンヤは、思わず、ひとりごとを呟いていた。

原子力タービンといいスクリュウ推進といい、鋼鉄の船体といい、これはみな百年も昔のものだ。まして、核ミサイルなどを持っているとは!

そのあいだにも、物体の形状はますます明瞭になってきた。それは、まちがいなく百年前の軍用潜水船——潜水艦にちがいなかった。そのぶざまにはりだしたバルジといい、船体やや前部にこぶのように盛りあがった潜望鏡つきの司令塔といい、魚の胸ひれのような昇降舵といい、全体のずんぐりした、なんとも醜怪な、深海魚ににたかたちといい……ヒモンヤは、いつか、本部のマイクロ・フィルム図書館で見た、ジェーン海軍年鑑の写真を思いだした。——たしかそれは、一九六〇年代に、まだ世界がそれぞれ別個の国家を形成していた頃、アメリカが開発したごく初期の原子力潜水艦のようだった。

（その百年前の博物館入りの潜水艦が、なんでいまごろ……）

ヒモンヤは、訝《いぶか》った。そのとき、妙なことに気がついた。その旧式潜水艦は、明らかに、行動の自由を失っているのだ。いや……そればかりではない。その胴体の一部がゆがみ、ねじれて、船体のあちこちから洩れる空気が無数のこまかな水泡となってふきだしている。そしてまるでクジラの死骸のように、みるみる海底の闇へ降下していく……。

遭難だ——沈没してるんだ。

（おれが遭難させたんだ！）

ヒモンヤは息をのんだ。

それが、彼の艇の瞬間移動のせいであることは、まちがいなかった。超次元の場をつくる瞬間移動は、必然的にその周辺の空間にひずみを起こさせる——そして、この巨大な鋼鉄艦をあれだけゆがませてしまう力は、そうしたひずみ以外には考えられなかった。

（だが、だからこそそんな事故をふせぐために、陽電子頭脳の指令システムがあるのじゃないか。なぜ陽電子頭脳の計算に狂いが生じたのだろう？）

彼は頭の片隅でせわしなく考えていた。

（いや、それよりも、なぜ……なぜ今ごろ、こんな旧式な、博物館入りのような潜水艦が航行していたのだ？）

彼は、闇の海底へ、音もなくずり落ちていくその潜水艦のわきを、すり抜けるようにして緊急浮上していきながら、通信機のスイッチを入れた。

「潜水看視艇ＪＩＳ一九六六号より北大西洋航路

管制本部へ、緊急連絡、本部どうぞ！」

　ヒモンヤは応答を待ちながら、あの潜水艦がロボット操縦であることを切に願った。

　だが、答えがなかった。変だ、緊急連絡は航路管制法によって第一優先を与えられているのだから……。

　だが、通信機は、ぶうんというひくい音をたてるだけだ。かすかに、どこか、かなり波長のちがう周波帯の雑音がまじってきこえる……。

　管制本部が沈黙している？

（こんなばかなことが！）

　ヒモンヤの頭は混乱してきた。おそろしい孤独感が、いきなり彼を襲ってきた。彼は水中テレビを水面上に切りかえた。

　スクリーンに、青く白く波浪をたてる大西洋の海面と、そのぎざぎざの水平線の上の、コバルト色の空がうつった。

　そして……彼は見た。そのコバルト色の空を、ひどく原始的な後退翼をもった数個の飛行体が、尾部からどす黒いアフターバーナーの煙をふき出しながら、通過していくのを。それは、どう見ても、百年前の素朴な航空機――ジェット機とよばれる飛行機にちがいなかった！

（すると、おれはいま？）

　ヒモンヤは自問した。答えは明らかだった。あの潜水艦といい、このジェット機といい、管制本部のぶきみな沈黙といい――ここが百年前の世界であることを示しているのだ。ということは、さっきテレポーターが作動したとき、何かが狂って、かれと、艇とを、百年前の時間と空間の中へほうりだしてしまったのだ！

　過去――死んだ過去へだ！

　パニックが、ヒモンヤを捕えた。どうしていいのか、判らなかった。ただもう、すさまじい恐怖と、虚無感とが彼を内側から抉《えぐ》り、切り裂こうとした。彼は本能的にまたテレポーターのボタンにつかみかかっていた。

　一瞬の強烈な不快感が永遠にも思えた。われに還ったとき、彼は、通信機から、くりかえしくりかえし彼に呼びかけるなめらかな声に、ぼんやり聞きいっている自分を発見した。

「JIS一九六六号応答せよ——一九六六号カムイン！」

ヒモンヤは、また全身に汗をかいていた。

その声は、航路局管制本部からの呼びかけにちがいなかった。そして、それは、ふたたび彼が二〇六七年の北大西洋にいることを意味していた。「助かった」と彼は思った。ぶじ現在にもどることができたのだ……。

ヒモンヤは、のろのろと応答のサインを送ると、帰投航路の算出を陽電子頭脳に命じた。


「いや、一時は、てっきり、遭難したかと思ったね」

ニューファンドランド支局のターミナル・ビルの快適なサロンで、ヒモンヤは、同僚のマックスとくつろぎながら、話していた。

「あの海底火山爆発は、あまり突発的だったし、きみは、いくら呼んでも応答しないしね。あわれわれらが海の男ヒモンヤも、海底開発の人柱となって果てたかと思った」

マックスは、さっきから、お得意の大時代な二十世紀語の表現を連発しながら、浮かない顔のヒモンヤの気をひきたてようとしていた。ヒモンヤは、飲物をぐいとあおると、首をふった。

「いっそ、そのほうが気が楽だったかもしれん——」

「ばかいっちゃいけない」

「しかし、もしおれが、あのときテレポーターを使っていなかったら、あのアメリカの原子力潜水艦——スレッシャー号もぶじで、なかに乗っていた百人もの男たちも、死なずにすんだんだ。おれは今日、図書館のマイクロ・フィルムで調べてきた——当時の記録には原因不明の事故でと書いてあったがそうじゃない。あれはおれが百年前にもどって沈めてきたも同然なんだ」

暗然たる口調になった。だが、マックスはそんなヒモンヤに同調はしなかった。

「しかし、それは純然たる事故だ。しかも、その種の事故は、何もきみが初めてじゃない」

「ほんとか?」

ヒモンヤは、驚いてマックスの顔を見た。

「そうとも。これはまだ学者連中が研究中だから、公表はされてないが、今年にはいってから、もうテレポーターで時間を逆流して過去にとびだし、過去に損害をあたえた例はきみのを除いて四件もあるんだ。一回はやっぱり海難事故で、一九〇九年に南アフリカのケープ・タウン近海で沈んだイギリス汽船ワラター号。一六八〇〇トンで二百人の船客と乗員がのっていた。これも原因不明となっているが、じつは海底工作船GEN六六二二号がテレポートしたときの空間のひずみで転覆沈没したんだ。人間は一人も助からなかった……」

ヒモンヤはかすかに唸り声をあげた。マックスは続けた。

「あと三件は、全部航空関係の事故だ。そのうち二回は一九六六年におきてる。一回はスペイン上空で空中給油中のB52爆撃機とKC135給油機。一回はアルプスのモンブラン附近で、インド航空のダグラス七〇七旅客機。このときは四十人が死んだ。もう一回は一九六四年日本近海で、ダグラスDC六B貨物輸送機——その当時はもちろん原因不明とされたが、みんな突発的な異常気流から、緊急避難するためにテレポートしたイオノクラフト機が、空間のひずみをつくりだしたのが事故原因だ——だから、学者連がさわぎだして、秘密に事故調査委員会をつくったんだよ——だから、何も、きみだけがもたもた気にやむことはない。もし悪いとすればそれはテレポーターそのものの欠陥なんだ」

そういって、マックスは、口もとに、薄笑いを浮かべた。

「もっとも、おれ自身としては、現在が未来にむかって進むために、死んだ過去にすこしぐらいの犠牲を強いることは、たいして気にもならんがね。死んだ過去は要するに死んだ過去だ。二十世紀人の諺《ことわざ》に、『死者をして死者を葬らしめよ』というのがあるが……『未来をして過去を葬らしめ』たっていいんじゃないのかね。どうせ過去の連中には判りゃしないんだ。そして大切なのは、現在と未来なんだ」

ヒモンヤは答えずに、タンブラーの中の、美しい七色の酒を、ぼんやり見つめていた。

彼にはマックスのように割り切ることはできなかった。現在は、はたして、未来の名のもとに過去を抹殺する権利を持っているのだろうか……？そうした行動が、何者かから復讐を受けることはないのだろうか……？

ヒモンヤは、ふと、あることに気がついた。

（この頃頻発する海底火山の爆発や大気圏内の異常気流の発生は、テレポーターの乱用による空間のひずみが、過去のみならず現在にも影響をあたえはじめたからではないのか……？）

背筋を、つめたいものがはしった。

さまよえる騎士団の伝説

TETSU YANO

矢野 徹

1923(大正12)年10月5日、松山市生まれ。中央大学法学部卒。戦後、アメリカ兵の読み捨てたペイパーバックを読んでSFファンとなる。53年、世界SF大会に出席するため単身渡米し、江戸川乱歩に「科学小説の鬼」と評された。

54年、日本最初のSF専門誌「星雲」の創刊に尽力。57年には探偵作家クラブ内でSFに興味のある作家を集めて「おめがクラブ」を結成、会誌「科学小説」を発行している。同年に発足した日本最初のSF同人グループ「科学創作クラブ」にも筆頭同人として招かれ、会誌「宇宙塵」創刊号からコラム「SFアトランダム」を連載する。また、少年雑誌を中心に夥しい数の創作と翻訳を発表、日本にSFを根付かせた最大の功労者の一人である。

ロバート・A・ハインライン、フランク・ハーバートなどのSF作品のみならず、アリステア・マクリーン、デズモンド・バグリイらの冒険小説の翻訳も数多く手がけ、訳書は百数十冊におよぶ。作家としても、国産冒険小説の先駆的名作『カムイの剣』をはじめ、SF長篇『地球0年』『折紙宇宙船の伝説』、戦記小説『海鷲』など、著書多数。

パソコン通信黎明期からのネットワーカーとしても知られ、斯界の長老でありながら若いファンとも気さくに交流する人柄で親しまれた。2004年10月13日、大腸がんのため没。同年、その功績に対して第25回日本SF大賞特別賞が贈られた。

初出=「SFマガジン」74年2月号
初刊=『昇天する箱舟の伝説』(74年11月/ハヤカワ文庫JA)
底本=『さまよえる騎士団の伝説』(80年6月/角川文庫)

矢野照子さん（矢野徹夫人）のことば

この小説は今から三〇年くらい前に書いたものだと思いますが、この頃は本人は創作に力を注いでいたようでした。その中でも彼の気に入っていた作品だったと思います。

この度、日下三蔵氏をはじめスタッフの方々の御尽力で改めて出版していただき、又皆様に読んでいただければ夫もさぞ喜んでくれていることと存じます。今はすでに旅立ってしまってますので主人に代りまして厚く御礼申し上げます。

初めにお断りしておくが、ぼくの体験したこの異常な出来事は数年前に日本のジャーナリズムによって報道されたことがあるから、ご存知のかたがあるかもしれない。しかし、これほど詳しくはなかったはずだ。不信は人の常、ともあれ現在をその時点にもどして話をすすめてみよう……

ワルツで名高い〈青きドナウ〉をさかのぼるとオーストリアの国境。そこをこえるとドイツはバイエルン州東端の町パッサウに入る。

ふたつの川がドナウ川に合流するところ、そこからたちこめる霧と大寺院の円屋根、そして古城の見える丘。それらがかもしだす夢か幻のような気分は、観光客の心をニーベルンゲンの歌の昔に引きもどしてくれるかのようだ。

そこから東北へ三〇キロほど離れて、フランケンの丘陵地帯。同じく国境近くにノルマンズドルフという淋しい山村がある。ドルフとは村という意味だから、ノルマン人の集まっている部落ということだろうか。いまから考えてみると〈人消え村〉のほうが適訳かもしれないが。とにかく、そこに不思議な伝説があるのだ。

四年前のある日、ぼくはボンの大学でドイツ中世史を学びかけていたんだが、その話をしてくれたHに目を丸くして尋ねた。

「騎士団の幽霊が霧の中を……集団の幽霊がねえ……信じているのかい、それを？」

と、まあ翻訳するとそうなるのだが、正確に訳すれば、あなたそのこと信じてありますか、ぐらいのドイツ語で尋ねたんだ。

金髪のHは首をふり、青い目でぼくをじっと見た。

「もちろん信じてなどいないわ……でもチアキ、あなたは日本人、わたしはバイエルン生まれ。おばあさんに教えられた故郷の伝説は大切にしたいと思っているだけよ」

「なんといいましたか、その村の名前？」

「ノルマンズドルフよ」

「H、行ってみないですか？　日本では物は試しといいます。その村で、二月二十九日の夜を、すごしてみること、どうでしょう?」

そういうぼくの声は、きっとぶざまにうわずっていたと思う。打ち明けたところ、金髪の美女、十九歳のHにぼくは参っていた。しかしそのときまでぼくは完全な片想いと思いこんでいた。二十三歳の留学生でドイツ語もまだあやふやなぼくは、どうもドイツ娘から見ると、いくら体は大きくても精神的な面から子供のように思えるらしく、からかわれてばかりだったのだ。ヘルメットとゲバ棒にかこまれて育ったぼくの世代は、西欧社会における社交上の規則や礼儀などまったく知らない。それがぼくを必要以上に内気な男にしていたってわけだ。

ボンからオーストリア国境の淋しい山村まで日本人のぼくと出かけ、そこで一夜をおくるなど、いくら日本人好きであけっぴろげな性格のHでも、一大決心を必要とすることだったに違いない。ほかの友達も一緒ならといわれるだろうと思ったのに、Hの答は意外なものだった。

「ええチアキ、行きましょう。でも、郷士伝説研究のためよ……誤解しないで」

そういって彼女はいたずらっぽく笑った。もちろん彼女にしても、その怪奇伝説を信じていたはずはない。ドイツ人らしく、調査研究が好きだということだったのだろう。

歴史上の事実から始めよう。

その昔、オーストリア・ドイツ・イタリーの国境を放浪する大きな騎士団があった。人々はそれを〈領土なき漂泊国家〉とも呼んだそうだ。本当のところは君主から君主へと流れ歩く傭兵隊だったのかもしれない。ところでその大部隊の中に珍しいほど上品な一団があった。正義を守るためにだけ戦おうとする騎士たちだけで成り立っており、みずからを〈聖霊の騎士団〉と称していたという。

さて、ノルマンズドルフの山村にいまもなお残る伝説とは——四年に一度、閏年《うるうどし》二月二十九日の夜。それも濃い霧がかかる真夜中に角笛が鳴るとき、その騎士団が甲冑《かっちゅう》姿のまま霧の中に現われ、村の大通りを進んでゆき消えてゆく。どこから来てどこへ行こうとするのか、エンドレス・テープのように、いまもかれら騎士団の亡霊は行進をつづけているというのだ。

Hはこうもいった。

「まったく奇妙としかいえない話だわ。だからその晩になると、おおぜいの見物人がおしかけると思うでしょう。ここらあたりなら、土産物屋《みやげものや》が軒をならべるわね。でもそこの人たちは違うの。その夜になると、扉を閉じて絶対に外を見ないようにするんですって。なぜかっていうと、その幻の隊列を見たばかりに、騎士団に連れ去られて永久に帰ってこない娘が何人もあるからって話よ。それも伝説らしいけど」

ところで、Hのことだが——本名はもっとあとで明かすさ、それも話のうちなんだからね——彼女にはイタリー人の血がすこし混じっているらしい。というのは、ご承知のことと思うが、イタリー人の少女には実に美しい連中が多いし、日本人とそっくりな肌をしている。しっとりと、ほのかに汗ばんでいるような肌なんだ。Hはドイツ娘とイタリー娘のいいところだけを持ちあわせ、ぼくより首ひとつ低い、小柄な美女だった。その目の青さは、矢車草の青さとでもいうか、十一月の空とでもいうか、男の心を引きずりこんでしまいそうに深く澄んだ青だった。ほっそりとした小さな体はぼくにとって理想的なスタイル、それに日本が大好きときている。

とにかくその彼女とぼくは、二十九日の午後、山村ノルマンズドルフにただ一軒あるホテルに着いた。ホテルといっても、日本ならまあ「はたご」とでもいったところだ。しかし、見るからにドイツ南東部の田舎にぴったりの雰囲気だった。軒からぶらさがっている大きな木の板には、馬に乗った騎士が彫られていた。その名も〈白騎士亭〉というんだから嬉しくなる。

夕方ちかくなるとそのあたりはいつものことかもしれないが、もう一面に霧がかかりはじめていた。

扉をおして中に入ると、そこはいつもなら村人たちがおおぜい集まるらしい酒場になっていた。ところがその夕方はがらんとしていた。そういえば表の通りにも人の姿はなく、まるで〈人なき村《ノーマンズドルフ》〉といった感じだった。

「お泊りはふたりで十マルク……あんたがた恋人どうしだね」

と、ホテルの女主人、といっても七十をすぎたように思える婆さん主人は、東洋人のぼくを見ても別に不思議そうな顔は見せず、お世辞のつもりか、なまりの強い言葉でそう話しかけてきた。

「はい、それはです……」

ぼくが、どう答えたものかと、どぎまぎしていると、Hはちょっと頬を染めただけで平然と答えたものだ。

「ええ、おばあさん。わたしたちの幸せを祈ってくださる?」

ぼくは茫然とHの横顔を見つめた。これは愛の告白ということになったのだろうか、と。みなさんも白人娘を一泊旅行にさそってOKといわれたら、OKといわれたと思われるがいい。横面をひっぱたかれても知らないが。とにかくぼくはそれほど純情だったというわけだ。婆さんのほうはまた調子よく答えた。

「祈りますともさ。お嬢さん。聖女エリザベートさまの御名にかけてな……そのほうが今夜はいいんじゃや。相手のあるほうが」

「でも、寝室は別々にしてね。まだ結婚してないんですもの、わたしたち」

Hがそういうと、婆さんは大きく首をふって老キューピッドよろしく答えた。

「いいや。もちろんそうしてあげたいが、今夜はだめ……」

「なぜなの、お部屋がないの、おばあさん?」

「部屋はあるだが、この村では昔から、そういう決まりになっとるでね。さあ、ついてきなされ……お若いかた、いわんでもそうしなさることじゃろうが、今夜はこの娘さんをただのいっときも離しちゃあなりませんぞい。ひと晩じゅう、いいかね……ひと晩じゅう……お手洗に行かれるときもじゃぞ……朝日が窓にさしてくるまで、しっかり抱いていなけりゃいかんぞな。この娘さんが厭《いや》じゃちゅうても、大声をだそうが、泣こうがわめこうがじゃ……」

Hはまっ赤になっており、ぼくはちょっと厭らしい婆さんだなと思ったものの、心の中を見すかされたような気がして、どぎまぎと尋ねかえした。

「いったい、それは、なぜ？」

婆さんは客室のドアをあけながら答えた。

「二月二十九日の夜はそうするしきたりなんじゃ。精霊騎士のルードリッヒさまに若い娘がさらわれんようにだよ。本当にしろ嘘にしろ、昔からのいいつたえは守るもの……いいかな、おふたりとも、絶対に外へ出てはなりませんぞ。角笛の音がひびいてきたとき、霧の中に出たら最後、それでおしまいなんじゃからな」

婆さんが出てゆくと、ぼくとHは顔を見あわせて笑いだした。でも、彼女の目はすこしうるんでいた。そしてぼくの目は、居間につづく隣りの部屋におかれている大きなベッドを見た。まるで新婚旅行用みたいなベッドを。

Hの目はぼくの視線を追い、顔をそむけてささやいた。

「いやね、あのおばあさん……」

ぼくは婆さんの言葉を思いだし、目がくらみそうになっていた。ひと晩じゅう離してはいけないんだ――ぼくがHの顔に視線をもどし、手をのばすと、彼女は倒れかかるようにぼくによりそってきた。その美しい唇が、あえぐように吐息をもらし、胸は大きく起伏していた。

「大声をあげても離さないです……」

と、ぼくはかすれるような声をだした。口の中がとつぜんからからになっていたんだ。

「ええ……チアキ」

と、Hはぼくの胸にすがりついてきた。着やせするたちなのだろうか、大きな胸のふくらみが感じられる。ぼくは彼女の顔を見つめた。ぼくを見あげているHは目を閉じ、唇をなかばあけていた。美しくそろった小さな歯が見える。そんなに体をよせあったのは初めてのことだった。本当に彼女はぼくを愛してくれていたのか。ぼくはふるえた。なんの抵抗もみせず、Hはぼくを受け入れてくれるつもりらしい。

「H……」

ぼくが両手を彼女の背中にまわそうとしたとき、Hの全身がぎくりとした。その青い目がひらき、キラリと光った。

「どうしました?」

「チアキ……聞こえない、あの音?」

ぼくは耳を澄ました。何も聞こえない。

「聞こえる、何が?」

「あの音……」

と、Hはささやいた。その声は怯《おび》えていた。

そしてぼくは聞いた、その音を。どこからか、かすかにアルパイン・ホルンの音がしている。ずっと遠くの山からひびいてくるようだった。

「角笛の音が鳴るとき、霧の中から現れる、そういってましたね?」

ぼくはHの胴に右手をまわし、バルコニーにむかって歩きだした。

「やめて、チアキ……外に出るのは」

彼女の体はこきざみにふるえていた。

「H……伝説だといったのは、きみです。迷信にすぎない、けれど、おもしろい話だって。お婆さんにはからかわれたのです」

ぼくは大きな木の扉の前に立った。いつのまにかアルパイン・ホルンの音は消えていた。ぼくはHに男の強いところを見せたかったのかもしれない。あるいは霧に引きよせられたのかもしれない。とにかくぼくは扉の掛金をはずし、Hの背中をおしてバルコニーに出た。

ホテルの前につづいている村の大通りをのぞいてみたが、濃い霧が渦巻いているだけで何も見えない。どこかに立っている街灯に照らされているのか、ひどく白い。

「寒いわ……」

ぼくのそばでHはささやいた。

その声がさそいだしたかのように、また角笛の音がひびいてきた。なぜかぼくはその音を聞いたとき、ぞーっとした。部屋の中で聞いたときは何でもなかったのに、外で聞こえてきたそれは、いうなれば地獄からでもひびいてくるような低くこもった音だったのだ。

「こわいわ、チアキ……抱いて」

ふるえる声で彼女はささやいた。ぼくは左手を肩にまわして抱きよせた。Ｈは通りに立ちこめている霧のほうを見つめた姿勢のままぼくに抱かれた。ぼくがその夜の霧の持つ魔力に引きずりこまれず、すべてをはっきり見られたのは、Ｈの豊かな肉体のせいだったのだろうか。とにかく、ぼくが心の中で描いていたよりも豊かな体つき、高くつき出ている乳房だった。ぼくは一瞬、霧を忘れた、この村の怪奇伝説を忘れ、掌にあまる胸の感触におぼれかけた。二十三歳の健康な男の肉体がすべてを忘れかけた。

「あ、あ……」

Ｈはまた、ふるえるような声をあげた。ぼくはその声を聞いて誤解した。だが彼女は、ぼくのことなど考えていなかった。

「霧が……」

ぼくは彼女の横顔から視線を村の通りにひろがる霧にうつした。

そう、霧が——山なみからひびいてくる角笛の音に動かされるかのように、濃く白いスープのように立ちこめていた一面の霧が、すーっと動きはじめた。そして、奇蹟のように割れ、霧のあいだに谷を作ってゆく。その両側では、その谷を埋めようと、霧が渦巻き流れている。

霧の谷間のはるか遠く東のほうから、音とはいえない音が聞こえてきた。心の耳が、馬のいななきを感じたといったらいいだろうか？

「あ……」

ぼくは息をのんだ。奇蹟の中で本当の奇蹟がいまこそおこり、現実が夢幻の世界と変わった。霧の谷間のかなたから、白馬にまたがった中世の鎧姿の騎士を先頭に、騎馬の列がやってくるのがぼんやりと見えてきたのだ。

Ｈは、熱病にでもかかったようにぶるぶるとふるえていた。ぼくは茫然とし、ついで恐怖と驚きをおぼえ、いつのまにか彼女の胸にまわしていた手を落とした。

四年に一度、閏《うるう》二月二十九日の夜、霧と角笛の中から現れるという幻の騎士団が本当に現れたのだ。ノルマンズドルフの大通りを、現実に騎士と馬の隊列が粛々《しゆくしゆく》と一言も口をきかずに近づいてくる。だが、騎士も馬もその体がかすかに透けて見えるのは、それが亡霊の集団であることを示している。

ぼくとHは、なおもひびいてくる角笛の声にさそわれ、バルコニーの階段をおり、騎士団のやってくる大通りに進み出た。

霧がかすかに流れる中を銀色の鎧に身をかため長い槍をにぎった騎士たちは、何ごとか低く呟いていた。その声は、

「墓をくれ、墓をくれ……」

と呟いているようにも聞こえる。戦野に死んでいった亡霊たちが、埋葬されなかったため、いまだに現世をさまよいつづけているのだろうか。

目の前を通りすぎてゆく何十人もの騎士団を凍りついたように見つめていたぼくは、そのうちかれらとならんで若い娘たちが素足で歩いてくることに気づいた。その娘たちの中には現代風な服装をした娘もいる。足を血だらけにして歩いているのもいる。中世風のローブの胸に槍をつきたてられ、額を割られた娘が引きずられてゆく。ぼくは声をあげようとした。だが、咽喉は凍りついて動かなかった。

ぼくは両手をのばしてHを抱きしめようとした。だが、その手も動かなかった。彼女がふらふらとぼくのそばから離れ、かれらのあとについて歩きはじめたというのにだ！　Hは、隊列の最後からやってきた白馬の騎士に手招きされ、かれはその手をつかんで歩きつづけたのだ。

「墓をくれ、墓をくれ……」

亡霊たちの呟く声は、かすかな読経のように遠くなり、それとともに霧の谷間を進んでゆく隊列は、両側からおしよせてくる霧に閉ざされ、しだいに消えていった。

「H！」

ぼくはやっと大きく声をあげた。だが彼女の姿

はどこにもなかった。見えるのは鎧ばかり、あたりは白い霧につつまれていたんだ。

そのとき三月一日午前零時。Ｈはそのまま帰ってこなかった。あくる朝も、そのあくる日も、そして一週間たち、ひと月がすぎていっても……


もちろん警察はすぐに捜査を始めた。外国人がからむ誘拐もしくは殺人事件と見られたのだ。バイエルン警察は土地の老人と違って、伝説など頭から信じてくれなかった。警察に限らず、現代人はみな、必要以上に現実的であり、理性的であり、証拠を求めるのだ。しかし、恋人が行方不明になった原因が自分でないという証拠など、どうやって見つけられるのだ。

この事件は〈霧の夜に消えた美女〉の事件として全ドイツの新聞に紹介された。ぼくが日本人記者に話したことにもとづいて、日本では有名な劇画家がこれを別の国における出来事に変えて紹介したと聞いている。たぶん本当の話とは信じてもらえなかったのだろう。


とにかくぼくは、亡霊の行列のことを警察で何度も話した。だが、村の人間でその夜、〈さまよえる騎士団〉の姿を見たものはひとりもいなかったのだ。

村にある伝説と迷信を利用して日本人留学生が美しいドイツ娘をどうにかしようとし、あげくのはてに殺したと考えられても仕方がない。しかし、そうかといってその証拠はまったくないので、結局のところ事件は迷宮入りとなり、ぼくは釈放され、国外追放にもならず、また大学にもどって勉強すればいいことになった。

しばらくはまわりから白い目で見られることになったが、ぼくは主任教授の了解を得て、それから四年間近くを謎の解決に注いだ。〈さまよえる騎士団伝説の研究〉が、ぼくの研究テーマとなったわけだ。

Ｈが行方不明になった謎を解くためのアプローチはふたつ。

ひとつは、霧につつまれた状況でのぼくが夢遊病的状態にあり、Ｈの消失は、現実の世界に生きているだれかの手によって誘拐されたのではないかということだ。例えば、南ドイツの山々を越えてイタリーや北アフリカへ白人奴隷を送りこむ人身売買団は、現在もさかんに活動している。男に限らずその値段は驚くほど安く、日本で中年増《ちゅうどしま》の白人女を有難がるのが馬鹿らしいほどだ。新聞に出る人身売買記事など総数の一パーセントもないだろうが、先日パリで売られかかったフランスでも珍しいほどの美人で十五歳という若さのビビアン某が、セルジュ・ボークザン、ベルナール・メナジェという悪党ふたりに売られかかった値段は驚くなかれ四千五百フラン（当時で三万千五百円）、五千フランの値がつけば売られてしまうところだったのだ。売られてしまったら最後、死ぬまで酷使される。奴隷は人間ではない家畜なみだと考えるのが普通だから、牛や羊なみに大事にされ、健康を保たれるとして最低三十年。一万日使用できるとして、ひと晩にならせば原価は三円！

しかし、Hの場合を考えてみると、あんな山の中で奴隷売買団に誘拐されるとはちょっと考えられない。かれらが網を張るのは大都会なのだ。かりに田舎専門の連中がいるにしても、そういった面での追求は警察のやるべきことだし、経験もなく組織も持たぬぼくが探しまわってみたところで、警察以上の調査ができるはずはない。

もちろんバイエルン警察は痴情のもつれという線に重きをおいていた。少なくとも最初のあいだはぼくを最大の容疑者として、一年ものあいだ尾行をつづけていたのだ。東洋人が白人の美女に恋し、そしてふられたとき、恋に狂って兇行を犯すことはままあることだ。だが、ホテルの女主人はHがぼくに好意を持っていたこと、そしてあの夜、悲鳴も叫び声も聞こえてこなかったことを証言したし、ぼくが釈放された最大の理由は、かれらが発見したHの日記らしかった。ぼく自身驚いたのだが、Hはかつてひとりの恋人も持ったことがなく、初めて恋をおぼえた相手が日本人のぼくであり、あの夜ぼくに清らかな体を与えようと決心していたことが、その日記にはっきりと書かれていたんだ。

「どこへ行ってしまったんだ、H」

何度ぼくは狂おしく叫んだことか。死にたくもなった。だが、あの霧のたちこめた夜の光景が、ぼくに自殺を思いとどまらせた。現実と夢幻のあいだに別世界が存在し、Hはそこに落ちこんでいったのだとしたら、また同じ情況の中で、ひょっこりとぼくの前にもどってくるような気がしたからだ。

そのため、ぼくにとって当然、次のアプローチは「伝説そのものの研究と調査」ということになった。この地球上に、人間の理解できない超自然的な領域があることを信じ、人は笑わば笑え、その伝説のよって来たる不思議な幻の世界から、霧の中へと消えていった恋人を奪還するのだ。

伝説の謎を解いたとき、Hは戻ってきてくれるのではないだろうか？　どうしてぼくはあのとき、〈さまよえる騎士団〉のあとを追っていかなかったのだろう？　なぜかれらはぼくも連れてゆかなかったのか？　それがひとつの鍵になるのではないか？


白騎士亭の婆さん主人はいった。

「幽霊騎士のルードリッヒさまに若い娘がさらわれないように……」と。

伝説によると、これまでにさらわれたのはみな若い娘、それも未婚の処女に限る。そして、二度と帰ってきた者はないという。なぜだ？

ぼくはバイエルンの各地方をまわって、伝説を調べ歩いた。その結果わかったのは、〈さまよえる騎士団の伝説〉が、その形と名前を変えて、実に多くの村々に残っていることだった。

例えば、騎士隊長ルードリッヒが、ルドイッヒ、あるいはフリードリッヒ、十字軍の騎士ルードリヒ、ドイツ皇帝にしてバルバロッサ〈赤髭《あかひげ》王〉と呼ばれたフリードリヒ一世に。あるいは三十年戦争の傭兵隊長。あるいは農民戦争にあっていじめぬかれた農民を助けるために立ちあがった正義の銀仮面にと。

ぼくは、ドナウに注ぐイサール川流域のランツフート、イン川のミュールドルフ、ドナウ川のシュトラウビングと、村々を歩いて、埋もれ忘れられかけていた伝説を掘りおこしてみた。すると聖霊騎士団伝説に共通している事実は、〝四年に一度、二月二十九日に、幻の隊列が通ること。そこには少女がなんらかの形で登場している。その夜は常に霧につつまれており、隊列につれさられたと伝説にいわれている少女は、みな十九歳で金髪〟ということだった。

　ぼくの恋人Hは輝くような金髪で、あのとき十九歳だった！　そしてもし、まだ生きているなら二十三歳になっているはずだ。

　事件の夜から四年目を迎えることになり、留学期間も終りに近づいたが、依然として謎は解決できなかった。去るものは日々にうとく、Hの面影はしだいに遠のいてゆき、ぼくはただ謎解きだけに興味をむけ、二月初めのその夜も、それまで集めていたバイエルン各地の伝説を整理していた。

　何時ごろだったろう、夜はふけ、ほかの下宿人がみな寝静まってしまったころ、かすかに遠く角笛の音がひびいてきた。あ、角笛と思ったとき、それにだぶって低い声が聞こえてきた。

「墓をくれ、墓を……」

　ぼくはあたりを見まわし、ついでぞーっとして耳をおさえた。幻聴か？　なおもひびいてくる声に首をふったぼくは、ふと目の前の壁に気づいた。信じてほしい。壁の一部が青白くぼんやりと輝きはじめたんだ。それは渦巻く霧のようにゆれ、やがてその中に〈さまよえる騎士団〉の小さな隊列が浮かびあがってきた。凍りついたようになって見つめるぼくの前で、その隊列は壁の右上隅から左下へと進んでゆき、やがてまた青白い霧がそのすべてをおおい、その霧もいつしか消えていった。

　幻視、幻聴が去ったあと、壁にはもとからはってあったバイエルン地方の大きな地図だけが残っていた。

　何かがぼくの頭にひらめいた。

　〝神のお告げ……聖霊のお告げ……かれらは、何かをぼくに告げようとしていたのではないか……いま、かれらが進んでいった方向を地図にあてはめてみると、北東から南西にあたる……〟

ぼくは、Hが消えていった方角が南西だったことを思いだした。あの大通りは北東から南西に走っていた。ぼくは地図の上に線を引いた。ノルマンズドルフから南西にむかっていた。

〃ここに、何かがあるとは考えられないか……たとえ、夢を見たのであろうと……あの謎を解く鍵が……〃

　南ドイツ各地に残る伝説を調べる人々は多いが、そのだれもが気づかなかった点に異国人のぼくが気づいたのだ。

　それぞれの村に残る〈さまよえる騎士団伝説〉の隊列、その進んでゆく方向から、何かのヒントは出てこないものか？

　ぼくはすべての資料を調べなおしてみた。その進行方向だけをだ。ノルマンズドルフでは南西へ。シュトラウビングでは南東へ。ランツフートでほぼ真東へ。ぼくは進行方向を地図に書きこみながら、予想に胸をおどらせた。そしてミュールドルフでは、考えたとおり北北東にむかっていた！

　隊列のむかう方角はみな違っている。だが、目指している地点は同じところではないのか？

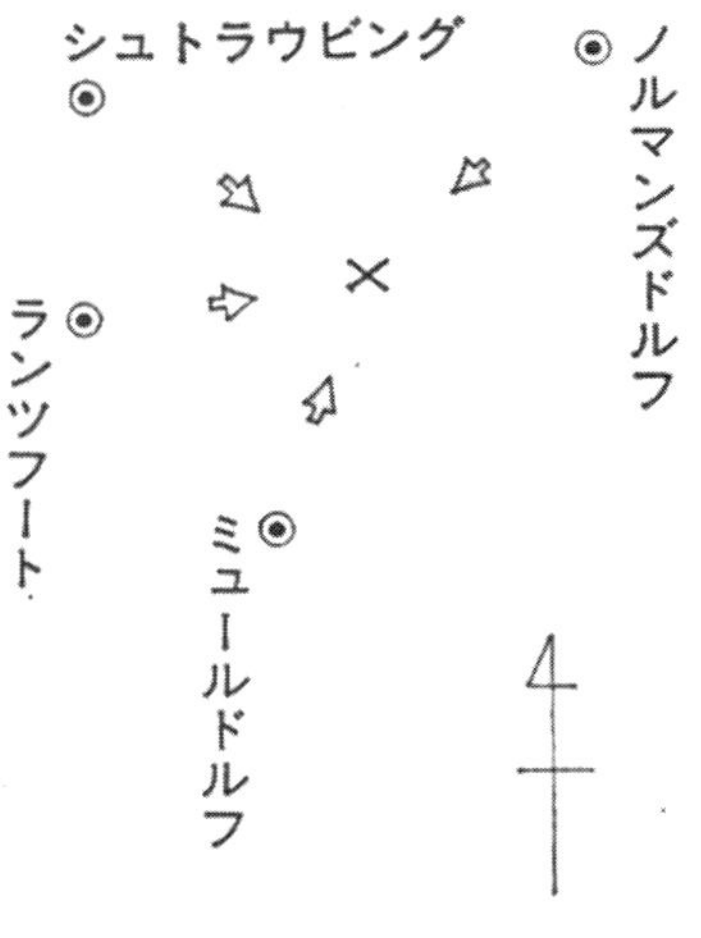

　ぼくの書きこんだ線が交叉するあたりにある村は、〈死の笛《トーデス・フレーテ》〉珍しい村だ。なぜそんな不吉な名前を？
　死の笛！
　ぼくはその村に急行した。
　その村にも迷信が残っていた。四年目毎に訪れる二月二十九日の夜、十九歳になる娘、特に金髪娘は外に出るな。三十年戦争の亡霊にとり殺されるぞというのだ。

十七世紀の中ごろ、三十年戦争のさなか、スエーデン、ドイツ、オーストリア、スペイン、フランスの軍隊、特に各国傭兵隊の掠奪と暴行によって、ドイツ全土の住民は地獄のような日々を送っていた。

傭兵隊は、かれらの食糧、兵器、軍資金を何もかも現地調達しなければいけないのだから、犠牲となるのは罪もない住民大衆だ。

逃げ隠れしていた住民は、傭兵隊の連中に見つかるとすぐ拷問にかけられ、食糧や金のありかを白状させられ、女はみな凌辱された。農民たちの中には、最初からパン焼かまどに入れられる者も多かったという。このためドイツ国民の人口は、実に千六百万人から六百万人にと減り、村々の六分の五は廃墟と化してしまったそうだ。

ぼくが死の笛村で会ったヘフナー神父は説明してくれた。

「そのころ、この村を根拠地にしていた騎士団の伝説が残っていますよ。オーストリア・リンツの城主が見るにみかねて農民を助けようと立ちあがり、悪事はいっさい犯さず、正義の騎士団と呼ばれたそうです。ところがどうしたことか、あの霧の夜、かれらはこの村の娘をひとり、何の罪もなく殺したといわれています。その罪のため、かれらはいまだに天国へも地獄へも行かず、この世をさまよいつづけているというのです」

「かれらは、なぜその少女を殺したのでしょう？」

神父は首をふった。

「魔女と間違えて惨殺し、村はずれの古井戸に捨てたというのですが、これもみな伝説ですからね。あてになることではありませんよ」

「魔女と？」

「ええ。いい伝えによればですよ」

ぼくは中世史の勉強で知った魔女と魔女裁判のことを、すぐに思い浮かべた。

猫や三本足の兎などに変身し、人を殺し、家畜を殺し、天災を招く魔女。妙齢の美女に化ける魔女。ブロッケンの山に集まる魔女たちの酒宴。

裁判所が拷問を用いてもいいという魔女裁判。証拠は自白だけを有効とするから、凄惨なまでの拷問をおこなうことになる。女を縛って水中に投げこみ、沈んでしまえば無罪。浮かんでくれば魔女として死刑。死刑は火あぶりと決まっており、最も狂信的な魔女狩がおこなわれたのは十七世紀だ。

　とにかく十七世紀だけで十万人をこえる女が魔女として殺されたというのだから、すさまじい話だ。

「神父さま、もしその少女が魔女として殺されたのなら、裁判所に記録があるはずですね」

　ぼくの質問にヘフナー神父は、ゆっくりとうなずいた。

「あるかもしれませんね、もしそれが事実だったのなら……でも日本のおかた、これは伝説なのですよ。伝説を利用して若い娘の夜遊びを禁止しているだけのことです。娘たちのほうは、それに反発してせめて四年に一度ならと妥協したのかもしれませんね」

　冗談をいった神父に、ぼくはHのことと、この四年間に調べたこと、そしてなぜここへやってくることになったのかを話した。聞き終ったとき、神父の顔には感動の色が浮かんでいた。

「そう……愛はすべてを解放します。そうならないところに救いはありません。裁判所におともしましょう。いまごろ魔女裁判の記録をというと、お役人も驚くでしょうな」

　われわれは各地の裁判所に頼んで昔の記録を求め、ついにパッサウの図書館で目的の記録を発見した。

　ただしそれは、魔女裁判の記録ではなく、

「一六三三年二月某日、レーベンスフレーテ村における少女ヘレーネ・ルードリッヒ殺害に関する記録」だったのである。

　ヘレーネ！

　ぼくの恋人と同じ名前だ！

　その村〈死の笛《トーデス・フレーテ》〉は、一六三三年ごろまで〈生命の笛《レーベンス・フレーテ》〉村と呼ばれていたらしい。

　ドイツ人の几帳面さは、ガリレイが宗教裁判を受けていたころにおこった殺人事件の内容を詳しく残してくれていたのだ。その内容を現代文に直して紹介してみよう。

——その前夜、聖霊騎士団の隊長でリンツの騎士、ヴィルヘルム・ルードリッヒが居城リンツにもどる途中、生命の笛村からはせつけてきた村人が、「あくる日の夜、村はずれの森に、角笛の音にさそわれて少女に化けた魔女が現われる」という神のお告げを聞いた旨を知らせた。

ついで到着した村の司祭もまた、まったく同じお告げを受けたことを聞いた隊長ルードリッヒは、騎士団をひきいてあくる日の夜、その森にむかい、魔女を殺すことを誓った。

正義の騎士たちがその夜、村はずれの森に近づいてゆくと、角笛の音がひびき、白い霧の中から髪をふりみだして走ってくる魔女の姿が見えた。まっ白な衣の足もとに霧が渦巻き、両手をのばし、口もきかずにつっ立った女を見るなり、最初の騎士が槍でその胸を突きさし、次の騎士が刀でその額を叩き割った。そしてその屍体を近くの古井戸に投げこみ、二度と出てこられないように石を放りこみ、油を流しこんで火をつけた。

ところが意外にもその魔女は、隊長の従弟にあたり、その村から出て騎士団に加わっていたノイマン・ルードリッヒのひとり娘ヘレーネだったことがわかった。

ヘレーネは、父親たちが村に近づきつつあることを村人のひとりから教えられ、寝巻き姿のままわが家を飛び出し、村はずれまで走ってきたのだ。それが霧の夜でもあり、髪は乱れ、息せき切っていたため、声をあげられなかったので、騎士たちはお告げどおりの魔女だと信じてしまったのだ。

騎士団長フリードリッヒは、ヘレーネがいなくなっていることから不審をおぼえて村人たちを調べ、ついに恐ろしい真相を知った。それは村の有力者クラウス・ライヒマンの陰謀だったのだ。ライヒマンの娘が恋した男がヘレーネを愛していること。それに同じ村から騎士団に加わっているノイマンの信望が増すことへのねたましさ。それで嘘の神話を作りあげ、村人を使って騎士団に知らせた。司祭もかれが傭った男であり、ヘレーネはその直前に父帰るの報を受け、喜びのあまり彼女はわれを忘れて飛び出していったのだ。

騎士団長はライヒマンを死刑にし、以後村の名前を死の笛と変えることを命じた。そして井戸から屍体を引き揚げて埋葬することにしたが、その虚をつかれてどこかの傭兵隊に襲われ、騎士団全員は村人の大半とともに殺されてしまった。

ぼくはいった。

「ヘレーネ……神父さま、ぼくの恋人の名前もヘレーネ、同じ十九歳でした。ルードリッヒたちの亡霊は、自分たちの殺した娘と間違えたのでしょうか？」

神父は首をふった。

「わからない……何ともわたしにはわかりません。主はときに、われわれ人間の理解できぬ試練を与えられるものですが……」

「墓をくれと騎士たちは呟いていました。少なくとも、ぼくにはそう聞こえ、騎士たち自身の墓を、昇天を求めているのだと思いました。でも、この事実がわかってみると、それは騎士たちが少女ヘレーネを埋葬してやってくれ、彼女の墓を作ってくれと願っているのだと考えられないでしょうか？」

神父はうなずいた。

「殺された少女ヘレーネのために祈れば、騎士たちの霊は浮かばれるでしょうね……しかし、日本のおかた、あなたのお友達はどうなるのでしょう……わたしには何ともわからないことです」

あくる日、村はずれにあった古井戸の跡といいつたえられているところに村人たちが集まった。ヘフナー神父は、少女ヘレーネと聖霊騎士団全員の霊を慰めるための祈りを捧げ、葬いの式をおこない、古井戸のあとに大きな十字架を立てた。

そのあくる日が、あの日から四年目の二月二十九日。ぼくはノルマンズドルフに着いた。

白騎士亭の婆さんはぼくの顔を見てさけんだ。

「まあ、今夜も！　違う女の人をつれていたら、ぶったたいてやるところだがね！」

ぼくは答えた。

「おばあさん、ぼくはこの四年間、あの騎士たちのことを調べ、なぜいまだにこの世をさまよっているのかを調べたんだ。ヘレーネがもどってくる可能性はないにしてもね……ぼくはあの亡霊たちに会って尋ねたい、ぼくのヘレーネはどこなんだ、帰してくれと……」

話を聞き終った女主人は目に涙をため、夕食のテーブルを用意してくれながらいった。

「さっきは乱暴なことをいって許してくだせえよ。優しいお人じゃなあ……でも、わしらは厭だよ、今夜、表の通りに出るのはな」

時間はたってゆき、ぼくは四年前の部屋に立っていた。そしてあのときとちょうど同じころ、角笛の音が聞こえてきた。外はまた濃い霧。その霧の中にどこからともなくひびいてくる角笛の音。

ぼくはバルコニーに出た。村をおおう白い霧は、いつしか大通りにそって谷間を作るように晴れはじめた。

四年前、さまよえる騎士団がやってきた方向をぼくはじっと見つめていた。だが、かれらはそちらから現われはしなかった。

角笛の音が終るころ、霧のかなたから、あの読経のように不気味だったつぶやき声のかわりに、明るい讃美歌の声がわきおこりはじめたのだ。その声は、ぼくが見つめていた方向とは正反対のほうからだった。

四年前のあのときとは正反対の方向から〈さまよえる騎士団〉が進んでくる！　前と同じように透きとおって見える不思議な姿だが、違っているのは全員が、うれしそうな顔をしていることだった。

ぼくはバルコニーをおりて道ばたへと走った。霧の谷間を進んでくる騎士たちはぼくの前を通りかかった。そして白馬に乗った先頭の騎士、伝説の英雄フリードリッヒに違いない男は、ぼくのほうを見て、呼びかけるような仕草をした。

「友よ……」

ぼくははっきりとそう聞いた。だが声はなく、そのまま騎士団の一行は北東にむかって進んでいった。その方向はオーストリア国境。故郷へもどる亡霊戦士たちの隊列だ。讃美歌につつまれて進んでゆく騎士団の両側から、霧がおしよせはじめた。

そして、騎士団の最後尾につづいて歩いてきたひとりの娘が、だれもいなくなった道のまん中に立ち、霧のかなたに消えてゆく騎士たちを見おくり、やがてその視線をぼくにむけた。

「ヘレーネ！」

ぼくは大声で叫んだ。そこに立っていたのは四年前にわかれたときのままの彼女だったのだ。

「チアキ……わたし、どうしたのかしら？」

彼女は両手をひろげたぼくの胸に飛びこんできた。

「四年間……四年間もだよ、ヘレーネ！」

ヘレーネはぼくを見つめ、不思議そうに尋ねた。

「それ、どういうことなの？」

彼女のほうは、四年前にわかれたときからまだほんの数分しかたっていないことだったのだ。どちらが本当の時間を生きていたのか？　ヘレーネは、あの〈さまよえる騎士団〉とともに時間を超越した世界へ消え、そしてまたぼくのいる現実の世界にもどってきたのだろうか？　タイム・スリップ現象が本当におこったというのか？

何はともあれ、

「チアキ！」

ぼくと彼女の唇は、たちこめてくる白い霧の中でおたがいを激しく求めあい、もつれあいながら階段をあがり、もとの部屋へもどっていった。ぼくにとってはあの夜から四年後の部屋へ。ヘレーネにとっては、あれから数分後の部屋へ！

一夜があけ、ぼくらは一分一秒も離れないまま、おたがいの腕に抱かれたまま朝を迎えた。

つけ加えておくと、その朝、ぼくと手を組んで現れたヘレーネを見たホテルの婆さん主人は気絶した。あとの騒ぎはいうまでもない。

もうひとつ、こんなことをいうとヘレーネは怒るだろうが、ぼくはその夜、初めてはっきりと知った。愛する彼女の左の胸に、赤い小さなあざがあり、額の上にかすかなしみがあることを。

彼女は、あの生命の笛村で殺されたヘレーネの生まれ代わりなのだろうか？

ぼくの妻に、そのおぼえはないそうだが。

カシオペヤの女

写真提供：早川書房

ARAN KYODOMARI

今日泊亜蘭

1910年（明治43年）7月28日、東京生まれ。本名・水島行衛。父は画家、作家、漫画家として知られる水島爾保布。幼い頃から出版関係者に囲まれて育った。上智大学外国語学部、アテネ・フランセなどで諸外国語を学ぶ。

戦後、米軍通訳を経て、「文芸日本」「文芸首都」「歴程」などの同人となり、文筆活動を開始。「文芸日本」に発表した「河太郎帰化」は第39回直木賞候補作となった。探偵作家クラブのSF同人グループ「おめがクラブ」に参加。会誌「科学小説」に発表した「完全なる侵略」は江戸川乱歩の編集する「宝石」に転載された。同人誌・宇宙塵にも客員待遇で参加。同誌に連載された「刈得ざる種」は、62年に大幅加筆で『光の塔』として刊行される。日本人作家による初めての本格的なSF長篇であった。

欧米SFの科学的アイデアを日本の風土に溶け込ませた作風に本領を発揮し、和風伝奇ファンタジー『縹渺譚』、宇宙を舞台にした連作『宇宙兵物語』、月を舞台にした冒険活劇『我が月は緑』（『光の塔』の続編）、少年SF『アンドロボット'99』『怪獣大陸』『氷河0年』、短篇集『最終戦争』『海王星市から来た男』『まぼろし綺譚』などの作品がある。長く日本SF界の最長老として親しまれたが、2008年5月12日、肺ガンのため97歳で没。

初出=「別冊宝石」64年3月号（「遥かなりカシオペヤの女」改題）
初刊=『最終戦争』（74年10月／ハヤカワ文庫JA）
底本=同上

参列者もすくない形ばかりの埋葬式ははやく済んで、人々はみな散っていった。

私はひとり、降りだした小雨のなかに傘をさし、ま新しい墓標のまえを去りかねて立尽していた。

「永井麻知子之墓」──

白い木に、目に浸みるほどあざやかな墨の痕が、まだ乾ききらぬうちの雨でところどころ滲んだ七つの文字はそう告げている。

永井麻知子の墓──と私は自分につぶやいた。永井麻知子ッて誰なんだ──? 一たい何者だというんだ。この「永井麻知子」という女は──?

もちろん、その人柄なり、顔付き、住居や勤め先というようなことなら、知りすぎるほどよく知っているのだ。会社の同僚を介して知りあった、まず親しいと言っていい間柄の、女友達のひとりである──こうして会葬に加わっているのもむろんその為だ。

ただ、分らないのは、彼女、この「永井麻知子」が私にとって何だったかという事なのだ。彼女は山で罹った急性肺炎のために、アッというまにまだ卅《さんじゅう》まえの若さで世を去ってしまったのだが、それが私には只の友達が死んだくらいとは思えない、まるで恋人に先立たれたようなショックに感じられたという事が不思議なのだ。

そんなら、実は内心愛していたのさ、簡単な事じゃないか、とは誰でも思いつく説明だろう──だがそうではなかった。むしろ反対だった。彼女自身はひどく私に好意をもってくれたが、私にはそれはせいぜい有難迷惑でしかなかったのだ。だのに、病院で彼女が息をひきとった瞬間、六キロ離れた市《まち》の此方がわのアパートの二階で寝ていた私は、ハッと何かに揺すぶられたように目を覚ましたのである。

「永井くんが死んだ!」

と、そう私は叫んで起上った──と同時に何か取返しのつかぬ失敗か紛《なく》し物をしたような落胆と悔恨がわきあがってきた。それはまもなく、覚めた夢のように消えてしまったが、あとで彼女の病室に居合せたべつの女友達から聞いたところでは、私がこの不思議なショックを感じたのは、まさにピッタリ彼女の臨終の時間と一致していたのである。まるで親類のだれかが死んだときの、お通夜の晩にきッと出る「虫の報せ」の話みたいであるが、本当なのだ。

——これは一体、どういう事なのだろう。何がいつの間にこの、冗談に手をにぎりあったこともない只の「女友達《ガールフレンド》」を私の内部に、私じしんが驚くほど深く植えつけていたのか？——私にはそれが分らないのだった。

——いつかあたりの人影はなくなっていた。

「旦那も早くなさらねえと、ドシャ降りになりますぜ」

あと片付けを済ました人夫が鶴嘴《つるはし》と円匙《えんぴ》をかつぎあげ、立去ろうとしながら私を促すように振返った。

「このへんじゃ、春さきの雨でも油断できねえんでサ——夕立の本場だからネ」

「イヤ、傘があるから——」

私はかれの面白い表現に笑いながら答えかけたが、中央山地に接している地勢上、雷雨のおおい土地であることを思い出した。

「そうだったネ——有難う、もう行きます」

はじめて麻知子と識りあったのが、やはりここから遠くない、T高原のキャンプだった。当地の出身である同僚のHがたてたヴァカンス計画でやってきたわれわれのグループは、東京の勤め先はたがいに違うが、彼とおなじ町の学校で同窓だった麻知子の組とK線の駅で偶然出あい、合流してY岳へのぼり始めたのだった。

さいしょの晩は、まだ両組ともそれぞれの天幕だったから何ということもなかったが、つぎの晩は山小屋だった。そして双方とも人数が三人ずつだったことが、どうもそういう成行きになる50％の必然を孕んでいたといえる。つまり、内訳4人が麻雀に夢中になり、それの出来ない、ないしは気のない二人が、仲間はずれめいてハミ出した次第なので、それが私と麻知子だったのである。

われわれはボソボソと不器用にたがいの職場のことなどを語り、手持不沙汰に露台へ出て空をながめた。

「きれいな星――」

と彼女は言った。

「東京とはまるきり違いますわネ。郷里《くに》へ帰るたびにそう思うんですけど、ここではもっとですわ」

「ご郷里がKだそうですネ」と私も、自然に浸りに来たことなどはそッちのけでいるH達のさまを振返って苦笑しながらこたえた。「それじゃまだ一千メートル以上もこっちが高いですよ。碓井で九五六メートルだから。明澄度二〇％増しってところですかな」

「ほんとに、手がとどきそうですわ」

女の子が花か星のことを言いだせば、話は何とでもなる。それに私は宇宙が大好きなのだ。

「あれがカシオペヤです」

と私は得意になって指さした。

「いまが一ばん端のほうへ行ってしまう時期ですけどネ。あれからも北極星がたぐれるんですヨ――ホラ大きいのが五ツ六ツ、歪《いび》つなWみたいになってるでしょう？　あの端の二つをつなげた線を七、八倍に延長してくると、ソラ、北極星にぶつかります」

「アア、ほんと――」

「このほうがよく謂われる大熊座の北斗七星から見付ける遣り方より分りやすいという人が多いですよ。というのは熊座の斗形《ます》は似たものが方々にあって、大熊と小熊の対照なんかをよく識っていないと判別しにくいからなんです。ところが肝心の北極星はその小熊座の尻《し》ッポなんだから、北斗がすぐ見付かるくらいなら何もそのうえ苦労することはないんです」

と私は一つ覚えの笑い話を披露したが、永井麻知子はジッとひとつ星座を見つめているきりだった。そして、

「カシオペヤのお話をもっとして下さいませんこと？」

と言った。「胸に浸み入るような響きをもった名前ですわ。この名もやはり西洋の神話から来ていますの？」

「そうですネ、たしかケフェウスという王様のお妃《きさき》で、竜神の犠牲《いけにえ》になって岩に縛られてるのをペルセウスに助けられるアンドロメダのお母さんでしょう。だからこの四人の名を取った星座がみな隣りあっています――」と私は一つ一つ教えた。「ソレ、あの四角い凧のようなお隣りがケフェウスで、その二つにまたがるように延びているのが……」

だが彼女は、せっかくそうしてやっても、見ても聴いてもいないようで、

「カシオペヤのことがもっと聞きたいわ」

と、せがむようにすり寄って来ながら言うのだった。

「そうですネ」と私はソロソロ怪しくなってくる天文知識をふりしぼった。「あれはたしか、れいのHⅣ・三十という有名な群星雲のある星座ですヨネ。お隣りのアンドロメダにも有名な島星雲があるでしょう？――そうだ、この空ならどっちも肉眼で見えるはずです」

私はさがし、指さした。

「ソラ、W字型の右かどが一ばん大きいでしょう？　あれがα《アルファ》です。そこからちょっと外側にまた一つ小さいのがある。その脇です。霞んだ星のような小さなものが光っているでしょう？　あれです――それからその下で地平線に平行にのびているのがアンドロメダで……」

「ア、ほんと！」

彼女は熱心にながめて叫んだ。

「でもあの二つに、べつな呼び方なさいましたわネ。それぞれ、なにか違いますの？」

「よくは知りませんが、島宇宙といって、ある星雲はわれわれの銀河世界みたいな、ひとつの宇宙なんですとさ。アンドロメダにある方は、そのうち一ばん近い、吾々のお隣りのやつなんです。といったって何十万光年という距離だそうですがネ」

「マア、お隣りの宇宙ですッて――」と麻知子はため息をついて言った。「なんて神秘なんでしょう！　カシオペヤのもそうなんですか？」

「イヤあれは正式には星団とか群星雲とかいっ

て、宇宙星雲とはちがうんです。たいていは遠くの星がかさなって見えたりするんじゃないですか。でもカシオペヤのは実さいにたくさんの星が群集している区域だといぅんで有名なんですネ。何千という、互いに近い距離の小さい星の群れが、なにか親近関係のために違いない同一の運動にしたがっているそうです」

「マア。どんな運動なのかしら。なぜなの？　そしてそれ、やっぱりカシオペヤの神話に関係ありますの」

「イヤァ——そいつは一向……」

遺憾ながら私のギリシャならびに天文に関する知識はこれで種切れだったので、それ以上この古代王妃についての情報を提供することができず、私はいささか男を下げたが、彼女はなお一心にカシオペヤを見上げていた。

いま考えてみると、すでにこの事からして彼女は、すこし異常というより、だいぶ変っていたといえよう。どうしてカシオペヤが「胸に泌入る」ような名なんだ。星座は全天に九十と九ある。たとえ一度にみんな見られないにしても、なにも山の上で空をながめるのにカシオペヤに限らなくてもいいではないか。だが私はそれをこのときばかりか、ずっと後まで認識しないで、彼女の本質を悟ることに失敗したのだ——たぶんこれも、後で話すが私のおなじ鈍さからだろう。

麻知子はしかし私の気持ちなんぞに関わりなくおなじ空に見入っていた。

「星雲——」

と彼女は私の言葉をくりかえすように呟いた。

「あの小さな星のような点が、何千万という星々の宇宙なんですのネ」

「何億ですよ」と私は訂正した。「たいがいの宇宙の恒星数の十億ないし百億といわれています。群星雲のほうはまちまちですが」

「マア、そんなにたくさん？」

そうやって見上げている麻知子の横顔は、しかし本当に何かに心をうちこんでいる者の一種の美しさを漂わしていた。そしてそれは、屋内の灯火をうけているという以上に輝いているように私には思えた。

「貴女のあごと首すじにかけて、黒子《ほくろ》が六ツありますネ」

と私は何となく目についたままを口にした。

「そして、それがカシオペヤみたいな形をしていますヨ」

彼女は「アラ！」と、あわててそこを隠すように抑えながら笑った。そして、

「いやな方、へんなものご覧になって――」

と言ったが、フト何かに思い当ったというふうに、

「そうね、そう言えばつなげると開いたWになるわネ」

と独り言をいって、ソッとそれを撫でた。

「そう。そうだわ。それでやっと判ったわ。どうしてあんなにあのカシオペヤ星座が、なにか自分に深い関係があるような気がして仕方なかったのか――」

そして可笑しそうに低く笑った。「こんな事だったのネ！」

「そういう事も有るかも知れませんネ」

と私も笑い、ふたりは中へはいった。

――話はそれきりである。それから私は冗談に彼女を「カシオペヤさん」とよび、彼女はそれを欣《よろこ》んでいるふうだった。東京へかえってからも双方のグループは交流をたもち、共同で日曜サイクリングを計画したり、だれかの誕生日に招きあったりする状態がしばらく続いた。そのうち何となく、特定のふたり同志が仕事の帰りに食事や映画見物をともにする組合せが一つずつ出来あがっていったが、私と永井麻知子は最後までそれにたちおくれ、その結果ふたりだけが残って自然とこれも形だけはそうしたひと組みになった。

これはそう不愉快なことでもなく、吾々はけっこうそうやって、何か他の連中にまけない恋人同士であるようにわざと振舞うことに互いにある慰めと喜びを感じていたものだ。

いま、そのころを振返ってよく考えてみると、彼女が私を愛していてくれたことは疑う余地がないようである。そういう証拠がたくさん有るし、

じじつ当時でも彼女の言動の端々にそれとなくその気持ちを訴えるものがあった。そしてまた、いくら鈍感な私でも、そうではないかと思うようなときが無いではなかったのだが、その私はこれから述べる理由で、恋愛ばかりか人生万事に引込み思案だったし麻知子は麻知子で、『愛しちゃった！　結婚して！』などと、女のほうからずけずけ憶面なしに押してくる今日タイプではなかったのである。

「おれの己惚れだろう——思いすごしさ」と、よくそのころ私は独りになるとそのことを考えては自分に言ったものだ。「へたに好い気になって反応して、恥掻いちゃつまらん」

何だ！　引込み思案どころか、とほうもない恥かしがりだ、おまけに廿《にじゅう》世紀の人間とは思えない不器っちょさ加減、そんな事はどうにでも確かめられるじゃないかと、貴方がたは言うだろう。おっしゃる通りだ。私だって、ハテナ？　と思えば、何かにかこつけてそれとなく相手の意中をたたくぐらいの智恵はもちあわせている——だが、私にはそうできない、というより、何に対しても自分が積極的に出るのを自分で妨げる、ある内部的な理由があったのだ。

というのは私は……私には——過去がないのである。

私の本籍はS市の孤児院にあり、記録は同院が収容した戦災孤児となっているが、異常な早期に記憶喪失をおこしているのか、なんらそれ以前の経歴・素姓をたぐるに足りる記憶がないのである。私は孤児院につけてもらった名で施設の小学校を了え、おなじ市の小会社の給仕になったころからこの・自分の体系だけしかない・ひとりきりの人間形成をはじめた。自分でいうのもおかしいが智能は人並み以上だったので、夜学だけで二つの国家試験をパスし、現在は首都の一流商社で年のわりにはかなり高い位置と収入に恵まれて暮らしている。その点不足はすこしもないが、どうしても芯から幸福だといいきれない、ある淋しいものがつき纏うのだ。

貴方がたはおそらくこうした純粋の無系類という孤独をご存じあるまい。それは説明しがたい周囲との違和感、断絶感を醸成するものである。私は反動的に世間にたいして内気になり、一人旅や山や夜空の星が好きになっていった。

独り住まいのアパートで、所在ないときは書物をひらいて古人に聴き、空をながめて星と語りあう——そんな私だったから麻知子の気持は、自分はどうとしても、涙が出るほど嬉しかった。それでいて私はそれに酬《むく》いることをしなかったのだ。親族、家系というもののない、云うなれば文字どおり世にいう「素性の知れない」自分の戸籍の秘密が、どうしても現在以上に彼女に接近することを躊躇させたからである。親しくなれば必ずいつかは互いの家族や生い立ちを語らねばならぬ時がくる。それが怖くて私は、ずっと何にも気付かぬふりをして通した。そしてそれが私と麻知子を、ついに永久に隔離したきりにしてしまったのだ。

——私は卑怯だった。

彼女はどんなに私を愛していてくれたことか？

いまさら何を言い紛らし、何を隠して真実から逃げよう——それは、まったく明白といってよい事だったのだ。

彼女は私に手袋やタバコ入れを編んでくれ、六月と十二月にはきっと流行のシャツやネクタイ等の進物をくれた。学生時代以後はろくに坐りもしない机が、それでも鹿爪らしく置いてある私の部屋へ来ていったあとでは、座ぶとんと肘つきを縫ってくれたし、私がそよ風にも消える安ライターを呪うと、つぎのXマスには安くないガスの防風型を、それも燃料《フユエル》を二本添えて贈ってくれた。そうかと思うと、月の下旬にフト明るい笑いを含んだ声で、

「ポケットがお涼しいんじゃない？　こんばん私が奢りましょうか？」

などと電話をかけてきたりした——つまり何かにつけてこの私を思ってくれていたのだ。ばかりじゃない・・私が女のタバコを吸うのは嫌いだと知るなり、ピタリと罷《や》めたじゃないか！

「どうして止めたの？」

ときくと、笑って・答えなかった。

ああ、あのとき、なぜいきなり抱きかかえてつよく接吻してやらなかったのだ――もう遅い！そう。いくら悔んでももう遅いのだ――

傘にあたる雨あしがにわかに強くなったと思うと、サッと荒い風が吹きすぎて、山に遠《とお》かみなりの音がした。

「ソウラ来た！　言わねえこっちゃねえ」

近所に道具をおいて帰るのか、自転車にのって向うの野道を通りかかったさきほどの人夫が、大声をだして呼びかけた。

「旦那ア、はやく引揚げねえと傘もさせなくなりますぜ！　仏さまはどんな大事な方だったたか知らねえが――」

自分の身が大切だよ、というような事を言ってかれは走り去った。

大事な方――たしかにそうだったに違いないが、「自分の身」とは何のことだ。小さな不審を感じてフトそのあとを見送りかけた私の目の前が、いきなりピカッと紫いろに光るなりバリ、バリ、ピシッとつん裂けるような物凄い響きにつつまれた――夏をさきがける山雷である。

ああ「傘がさせぬ」と云ったのはこの事だったのだな――

〈あぶない――〉

私は反対がわの林に目をつけ、そこで雨を凌ごうと思った。

私は傘をつぼめようと右手を柄にもち添えたとたん、ふたたび今度は音もなく目の前じゅうが銀青緑《あお》に光った！

そして焦げるような酸っぱい臭いが、ツーンと頭のなか一ぱいに拡がった――


……………


「GZ五三七一号」

「ハイ！」

「きみの任区はクルル十番星だ。暑い星だから、体質転換に遺漏のないように注意したまえ」

「ハイ」

「RM二七四九号！」

「ハイ！」

「きみは同班三一四五、および六と三人でヴァスム五の文明を看視するのだ。きみが隊長として指揮をとる」

「ハイ」

「この文明はいま火器を発明した危険な段階にある。くれぐれも注意を怠らずに、定期報告をつづけること」

「ハイ」

「つぎは……EK六一八三号！」

私だ。――私は一歩すすみ出た。

「ハイ」

広間じゅうの目が私に集中する――晴れがましい。上気しているのが自分で判る。

「きみの任務ははなはだ特殊かつ重要だ」

派遣司令官は元老たちの居並んだ壇上からジッと私を見おろして優しさと酷《きび》しさの中和した声調で言った。

「もちろんこれは君のすぐれた成績によって当てられたもので、光輝あるわが億世界連邦でも前例のない遠大な計劃なのだから、きみは任に耐えないと思えば辞退することができる。なぜならきみの行先はわれわれの星雲間ではない。あの美しい銀青藍《あお》の靄の向うの世界、すなわち隣りの宇宙だからだ」

音のないどよめきがホールじゅうを揺るがす――私は、目をとじた。隣りの宇宙。六十万光年のむこう――気まで遠くなりそうな距離だ。

「われわれがきみを調査兼偵察・監視員としてさし向けるのは、そこの銀河系で太陽と呼ばれている、比較的そとがわに扁在する小さな星系の、第三惑星だ」

と司令官はつゞけた。

「もっともわれわれの宇宙ウューヴルは、先方からは彼等がカシオペヤと呼ぶ星座の群星雲のかげになっているために、むこうでは知られていない。それだけに赴任とその使命遂行には、一そうの不便と困難をともなうのだが――どうだ、行くかネ？」

なみ居る長老たちも、ホールにみちあふれた若者らも、いまや全員が固唾をのんで私ひとりを見守っている――私は胸の高鳴りをおし静めながら、上体をキッとまっすぐにした。

「参ります！」

「そう答えると思っていた」

司令官は莞爾《かんじ》としてうち頷いた。

「この銀河系はよそとくらべて発達がやや遅れていて、単一の宇宙政府はもちろん、われわれが呼びかけるのに適《ふさ》わしい代表的な恒星連邦もまだない。わずかに中心部のようやく光速段階にたっした文明世界たちのあいだに、重力機関の円盤機で交通する二三の星間連合があるばかりだが、この連合体のある者の最近の動きがわれわれの注意をひいたのだ。かれら自身から見ても、辺境の四等星にすぎないだろう〝太陽〟の周囲を、もっともそれに近い一つがしきりにパトロールしているのだ。観測データを分析したところ、それは吾々がおこなうのとまったく同じ理由に基づく監視行動であることが判った‥つまりこの太陽星系内のある有生命惑星が、われわれの時間でほぼ百年前から文明段階にはいっていたのだが、きゅうにその危険指数が増大したためらしいのだ。後進惑星の文明危険期ほどわれわれ進歩世界の注意を要するものはない。われわれは隣りの宇宙だからと無関心ではいられぬために、とくにこれを詳細に観測した結果、右はかれらが原子操作の段階にたっしたからだという事が明らかになった」

　ある種のざわめきが人々のあいだを流れる。

「言うまでもなく」と司令は重々しくつづけた。

「原子力は人間が本当の科学文明をもつ最初の段階であるが、歎かわしいことにこの遊星ではほんらい文明というものが当然具えているはずの他の部分‥すなわち精神の面がまったくこれに伴っていないのだ。彼等はおなじ宇宙の星間連合の星々はもちろん、他の大部分の天体たちがもっている自身世界の総合政府さえ持っていない。その世界はいくつかの小さな単位にわかれて・とるに足らぬ理由で反目しあい、『戦争』という未開形態の集団闘争をくりかえしている。核操作の進歩も要するにそれで爆弾を造るためだったばかりか、実さいにこれを人口　卅《さんじゅう》　万近い都市二つに投下してその過半数‥つまり卅万ちかい人間を焼殺した形跡さえあるのだ」

　嫌悪と呪詛弾劾の声が場内にみちわたったが、司令官はかるく手でこれを制してさきへ進んだ。

「諸君とおなじようにその野蛮さにおぞ毛をふるった隣接の世界たちが、これを制裁したものかどうか決定しかねて偵察をつづけている有様はまことに苦々しいかぎりだ」

　そう言ってかれはやや口調をあらためると、私のほうへ向直った。

「この状態はわれわれ進んだ宇宙文明の目には憂うべきものであり、かつまたいつ何どき吾々の世界にもおなじ劣悪因子が発生するか知れたものではない、という事がわれわれに、不断に怠らぬ警戒はもちろん、さらに一歩すすんだ視察と研究を要求するのだ。そしてそのために調査員として派遣されるのが、ＥＫ六一八三号、きみだ」

「ハイ」

「そこで実さい問題にはいろう。宇宙の支配者たるわが億世界連邦の科学をもってしても、まだ二三の探険隊しか見届けていない隣り銀河という世界は、おなじ宇宙内とは比較を絶した距離であるがゆえに人間時間を以てそこへ到達する旅行には、具体的に空間の歪《ひず》みをすべる滑走法も、それを人為反転する転位法も実用にはならない。数十万光年の距離をひとりが往復するためには代生法‥すなわち君の精神だけがゆき、先方の生活形態のなかで再生復活される方法がとられるしかないのだ」

　私は頷いた。生態代置方式——最新のシステムであるが、すでに試験段階は通りこしている。いささかも不安はない。

「かんたんにその航法を説明しておこう」

　と司令官は、ひろい式場を埋めた派員養成所修了生たちを見わたした。

「今回叙任してゆく者も残るものも参考のため聴くがよい。

「航者が発進装置にはいると、その肉体は精神出発当時の状態のままを復帰時までたもつために、ただちに凍結されて受理装置に移行し、保存函《ばこ》のなかで何どきでも精神の帰投がうけられる態勢にはいる。一方射ち出されたかれの精神波は空間エテレルギーの媒介によって二カ年のうちにわが銀河の周辺にたっし、ここの中継局から先方銀河のこちら岸に設けられたわれわれの出張局装置に約一年で感応する。感応した精神構造はふたたびエテレルギーの反射力により二年半で所期天体・ここでは太陽の三番星「地球」の衛星ツキに、あらかじめ吾々の準備班が設置した管制装置に再生される。そしてそこからφ線走査によって検出された地球目的地の・できるだけ系累の少ない女性の宿している胎児に送りこまれて、この躰に寄留するわけだ。断っておくが、この間本人の意識はない。完全な精神の振働型《オシロモーデル》の再生は、寄留が確実に完了して宿ぬしが地球人の幼児となって出生したのち、ツキの管制装置から自動的におくり出されるある特殊な電磁振動波がその脳波を一定の型にみちびくことによって・送られた本人の意識がしだいにそこに再生され、本来の精神活動がはじまるという、迂遠な方法がとられる。なぜかというと、もし短急に・すでに形成された精神意識をもつ大人を宿ぬしにえらべば、われわれがそこへ寄留するにはその先住者をおしのけなくてはならないからだ。どんな意味でも地球人に迷惑をおよぼすことは吾々じしんの文明に反く。このためには吾々の派遣員も即時の活動にうつれず、稚ない宿ぬしが一定年齢にたっするまで待たなくてはならないが、それは仕方がない。仮りに、今次計画の要項にはもとるが、なにか特殊な事故によって宿ぬしの生存中に派遣者が中途退去するような場合でも宿ぬしには吾々がはたらかした高度な精神の余波と振動傾向《テンデンシー》を残してゆくので、かれの空白は急速に充塡されるばかりか、以後も周囲に卓越した知力をもつことになるのだ——われわれは借りた住居の家賃はなるべく払う方針なのだからネ」

　笑声がわき、司令官はそれで訓辞がおわったように口をつぐんだ。きょうの叙任式にあつまった

若者たちはみなこの重い任務を羨やむように私を見たが、私は反対にあわてた‥

ちょっと待ってくれ。『先方の生存中に、特殊な事故で中途退去』だと？　それが今次の計画にもとるとなると、もとらなければ一体いつ帰って来られるんだ？？？

「司令官どの、一寸伺いますが、任期はどのくらいなのですか？」

「それをまだ言わなかったネ——きみの場合は任地のはなはだしい遠さのため、特別な長期駐在ということになっている。それに往復が十年もかかる赴任では、夏ごとの休暇なぞは土台むりだ。つまり君は、一おう行ったきりになって、ある地球人の肉体の一生を借りるのだ」

「地球人の一生ですって？」

私はあきれて叫んだ。

「一体むこうの生命時間はどれほどなんです？」

「かれらは吾々とおなじ代謝型の生命だ」

と司令官は当り前のことのように答えた。

「平均寿命はわれわれの約二分ノ一だ」

「何ですって？　じゃ私が帰ってくる頃にはこちらの仲間たちは、みんな年取っているか、悪くすれば居なくなっているじゃありませんか！」

「そういう事にもなるネ」

——冗談ではない！　私はクワッとのぼせあがり、反射的にふり返って、会堂にみちた数百の顔のなかから、ただひとつの顔をさがした。

「司令官どの、ちょっと待ってください」

私はもとへ向き直ると、躍気になって言った。

「じぶんは喜んで行くと申しましたが、これは話が違います。これは——無茶です！　イヤ司令官どのだけじゃない」

私は居ならぶ年寄たちを睨みつけた。

「貴方がた長老組にしたって、一たい何のために白い髯を生やして分別くさい顔をよせ集めてるんです？　私がやッと先月結婚したばかりの事ぐらい、考慮してくれたっていいじゃありませんか！——私は嫌です！　任期が長すぎます！」

「マアまて、六一八三号。何をそう家鴨のようにやかましく喚いとるんだ」

司令官は意味ありげな薄笑いを浮かべて、壇上から私を揶揄した。

「もちろん元老会議はあらゆる人間的問題にたいする人間的考慮と解答のために存在しているのだ。でなければ政治の運営など、電算機のほかに何が要る！――きみの・他より重く長い任務にたいしては、当然それだけの特典が付与されているさ」

私はやや気を静めた――

「遠隔の異天にただひとり長期滞在することの苦痛にかんがみ、きみの場合はとくに自由に同伴者をえらぶことが認容されている――が、ここに、それについて吾々からちょっと注意しておきたい事項があるというのは：つまりきみの任地太陽第三惑星の生命は、いまも言ったとおり吾々とおなじ新陳代謝をもち、そのうえ、あるいは随ってかも知れんが、吾々とおなじ両性生殖だという事なんだが……」

私は思わず両手を打ちあわした。

「わかりました！　それなら結構です。よろこんで行きます！――雑言を吐いてすみませんでした」

そしてあたりへ盲滅法《めくらめっぽう》に呼びかけた。

「五九九四！　五九九四！　どこにいるんだ。一緒にゆけることになったぞ！　一ばん気懸りだった籤《くじ》が一ばん好い番号にあたっていたんだ！」

艶《あで》やかで、しかも優雅な姿がひとつ、群集のなかからもの静かに現れて、すんなりと私のそばに立った。

「伺いましたわ」

とその姿は言った。「ほんとうに好うございましたこと！」

「いっしょに来てくれるネ？　ただしもの凄い遠方だが」

「参りますわ。貴方のいらっしゃる所ならどこへでも」

私は彼女をだいて接吻した。

「よろしいヨ、六一八三、もうそれで宜しい」

壇上壇下が笑いにどよめくなかで、司令官は私たちを制した。

「家庭的祝賀はそのくらいにしておいて、最後の注意を、そういう事なら二人してきなさい‥

「まず、再生時期とその完了工作だが、太陽三番星はまだ政治や諍いにまで殺人がおこなわれるような野蛮かつ危険な段階にあるからそうした環境で周囲の不審をまねかぬため、きみらは初めまったくの地球人として出発し、大たい十歳から廿《にじゅう》歳までの十年間にしだいに本来の自意識を形成するよう、諸装置の自動管制が編成してある。一時的だがそれまでは君らの精神意識はともに空白だから、地球人として生まれた双方はそのままでは互いに相手を認めることは出来ない。が出生前からきみ・即ち六一八三の内部に付与してある＋《プラス》の特殊生体磁気に、おなじく一《マイナス》を植えられた同伴者五九九四が自然と惹きつけられてゆくから、両者はかならず出会うようになっている。再生の仕上げはきみ・六一八三が行なう。きみがまずツキ電波による自己の再生を確認したら、やがて近づく或いはすでに近づいている同伴者を再生して、協力して任務にしたがうのだ。さいわい地球も両性地区だからして、きみはそのまま男子として、同行の奥さんは女として生まれるがよい。そう手配しておく。きみが男として五九九四に性接触すれば、ただちに女の精神意識も新しい再生に目覚めるだろう。きみらは地球人になりきって生涯を送り、その宿った肉体が生存を了えたならば、生体の恒常回路が切れると同時にツキ装置が自動的にはたらいて回収をはじめ、前とは逆の順序で帰国することになる。もちろん、なにか不測の事故があって中途その宿ぬしが死んでも同じことが行なわれるから、きみらはどっちみち無事に帰任するのだ。われわれの装置には間違いなんぞ有りっこない——分ったネ？」

「ハイ、分りました」

「では行きなさい」

　と司令官は、祝福してくれるように手を上げて微笑みながら言った。

「奥さんの再生はきみの接触だということを忘れぬように。たぶん今のようなお熱い接吻がいいだろう」

私はふたたび涌いた笑いの渦のなかで、長い訓練期をつうじ「腺型が同じだから」という医政部の不認可とたたかいながら、ホンのときたまの逢瀬に甘んじて、やっと卒業成績が考慮されたために一緒になれた愛妻をふり返った。

「行くかい？」

「行きますわ。貴方のいらっしゃる所ならどこへでも！」

ニッコリ笑ってもう一度そう答える彼女の顔を、私は思いあらたに眺め入った。その顔は、その顔は……オオ！


…………………


「気がついた――大丈夫らしいぞ」

若いのと、年取ったのと、ふたつの顔がのぞきこんでいた。

――私は半身おき直って、幻をはらいのけるように首をふった。私が声をたてたのは、このふたつの男の顔の為ではなかったからだ。

「殺《や》られちゃってるかと思ったよ」

と年とったほうが、農夫らしい日にやけた顔に白い歯をだして笑いながら言った。

「ピカッと光るといっしょにあんたが倒れたもんな」

「傘へ来たんだナ」

若い方がそれを取上げて見調べながら、感にたえぬように言った。

「見なヨ、布《き》れが焼けちまってるだ！　わしらはハア、丘のうえから見ていて慌てて飛んで来たんだが、テッキリ駄目だと思ってたヨ！」

「イヤ、もう大丈夫です」

私は起上った。「ありがとう」

かれらは危ぶむように私をながめた。

「ほんとに大丈夫かネ？　家はどこだか、送って進ぜてもええだヨ。車がむこうにあるで――」

「イヤ大丈夫です。ほんとにもう何ともありません」

私は歩き出してみせた。

「ひとりで帰れます。ご心配くだすってありがとう」

「そうかネ？　じゃ気をつけて――まったく良かったなア！　運の強えひとだ」

「運ばかりじゃねえ。躰もよくよく強えお人だア！　あの落雷じゃァ並みのもんだらとても助かっちゃいねえだヨ」

「特異体質だんべ」

われわれは笑って別れ、私は家路をたどるように歩きだした。

家路――？

ひとりで「帰」れます？

――どこへ。

私には家も帰るところもありはしない。

家族や幼時の記憶をもたないのも道理、じぶんは遠い他の世界からやってきたのだった。

時ならぬ雷雨は去り、両がわの田畑をつづれ縫う雑木林で気早な小鳥がなきはじめた。

天はすがすがしく晴れわたって、西で夕陽が沈もうとしている。

「麻知子――」

と私は、暮れなずむ空を見あげ、ソッと心のなかで囁いた。

「麻知子。――お前だったのだネ――」

過去を反復した夢のなかで、きゅうに妻の顔にWった彼女の面ざしを、私はあらためて思い浮かべた。

お前がなぜ、自分でも知らずに私とカシオペヤ星座にひきつけられていたのか。そしてまた私も、なぜお前の首すじの六ツぼくろを見るたびに不思議な心の咎《とが》めに胸が疚《うず》いたのか――やっといま分ったよ、麻知子。

あの群星雲にかくれた向うが、私とお前の故郷だったんだものな。

どうしてこんな事になったのか。まことに互いの不幸というほかはない。とにかく、私の再生がうまく行かなかったのだ。

どこかに故障がおこり、月装置が働かなかったのか――そんな筈はない！　ウューヴル天界の仕組に齟齬《そご》はないのだ。

それはむしろ、雷撃に私を再生させた奇妙な物理的偶然のゆえであろう。

　諸機構はすべて、寸分の狂いもなく活動した。が機械の機能ではどうにもならぬ偶然の要素がそこにまぎれ込んだ――私の宿ぬしが、いみじくも今の農夫が言ったとおり、特異体質だったのだ。

　この地球生命は、〇・〇〇一%：十万人にひとりという非電解性体質、つまり生得的に電気抵抗のつよい躰で、月からの再生電磁波を受付けなかったのだ。そのために私の振動型はそれに反応することが出来ず、今になって圧倒的に電位の高い、ふつうの人間なら死ぬほどの雷の衝撃で私が昏倒し、そのあいだに雷雨のため起った荷電イオンの振動が月電波にかわる作用をしたおかげで、私の精神波が再生されたのである。

「麻知子よ、恕《ゆる》してくれ！」

　私は声には出さず、ソッと空に呼びかけた。

「麻知子、イヤ、ＢＳ五九九四――妻よ！」

　已むなき障害からと云え、私自身の愚鈍さがそれにうち克って進み得なかったために、せっかく傍まで来てくれたお前を認めることが出来なかった――啓示はあんなに幾重にも目前に繰りひろげられていたのに――

　九世かけて、天涯を越えて随《つ》いてきてくれたお前を――

　人間と人間が、利害や体裁の価値判断でなく、各自の真実と本質だけで結びつきあう吾々の世界では、われわれは本当に一心同体だった。われわれは共に、いい時もわるい時もともに泣き、ともに笑って生きてきたネ。この世界の時間に直せば十なん年もを。

　そのお前にいま別れてしまって、私はあと何十年ここにひとりで居なければならないのか――

　もちろんここで私が、みずからこの命を絶って死ねば、宿ぬしの急性肺炎で去ったお前とおなじに、自動的に月装置に回収され、すぐ各中継点を通じて帰還するだろう。

　しかし、自然死は事故だが、自殺は任務の放擲《ほうてき》を意味する。同伴者はもともと特典で許されたのだから、それが居ようが居まいが私は任務を遂行しなくてはならない。
――私は生きなくてはならないのだ。このまま
この地球人の命をなん十年も。もう一度、しかし
今度こそは本当のひとりぼっちで――
だが、さらにしかし――
私は思う‥よその世界からの訪問者は、じつ
は私達のほかにもこの地球上にいくたりも来てい
るのではなかろうか。宇宙に充ちたわれら生命と
いうものは、由来そうしたものなのだ。
私は思う‥なぜ地球人たちの宗教と哲学が、
どれも符節を合したように、この世を一時の仮の
宿と見、自分たちやその祖先の神とは空からやっ
てきたと考え、天上をいつか帰る故郷と云うか。
それも彼等が漠然とこれを知覚しているからだろ
う。
不仕合せな事故のために、お前があの遠い天涯
の彼方に先立ってしまい、残された私は死なな
ければお前に再生することが出来ないという事も、
考えてみれば吾々にかぎらず、この世界として、
当り前のことかも知れない――
日はいつか暮れ、私は町の入り口にちかい丘の
うえに立った。
銀青緑《あお》の星々がまたたく群青《ぐんじょう》ねずみの夜空の
北には、かわらぬ大きなWを描いてカシオペヤが
懸っていた。
あのWの右端に仄《ほの》めいている、小さな光の向う
に私の妻はいるのだ。二百五十四万光年の道のり
をはるばる越えて旅して来て、そして真に相会う
ことなくいってしまった「同伴者」お前が――
待っていておくれ。私がここでの生涯という務
めを果たして帰るまで。
妻よ――
――ＢＳ五九九四号の麻知子よ。

イリュージョン惑星

FUJIO ISHIHARA

石原藤夫

1933（昭和8）年4月1日、東京生まれ。早稲田大学理工学部卒。日本電信電話公社（現・NTT）で研究所に勤務する傍ら、SFを書き始める。65年、SF同人誌「宇宙塵」に発表した「高速道路」が「ハイウェイ惑星」と改題のうえ「SFマガジン」8月号に転載されてデビュー。

その後、デビュー作に登場した惑星開発コンサルタント社の調査員ヒノとシオダのコンビがさまざまな星に赴く〈惑星〉シリーズを中心に作品を発表。正確な科学知識に基づいたハードSFの数少ない書き手として注目を集める。

72年という早い時期にコンピュータ社会の問題点を予見した長篇『コンピュータが死んだ日』をはじめ、『光世紀パトロール』『宇宙船オロモルフ号の冒険』など作品多数。『SF相対論入門』『銀河旅行』など科学解説書の著作も多い。

若手作家、科学者が数多く参加するハードSF研究所を主宰。また、自らのSFコレクションを基にデータを分類・整理した書誌的研究を早くから手がけ、「『SFマガジン』インデックス」「SF図書解説総目録」などの基礎的な資料をまとめている。

初出=「SFマガジン」68年2月号
初刊=『画像文明』（68年12月／ハヤカワ・SF・シリーズ）
底本=『ハイウェイ惑星』（75年4月／ハヤカワ文庫JA）

著者のことば

とても懐かしい作品です。

ＳＦを書き始めてから、ＳＦ的なシチュエイションでの相対論を調べたいと思い、勉強した結果、一般の常識とはかなり違うことが分かり、その一部をネタにして書いた惑星シリーズの一点です。

ここに記されているＳＦ的な相対論は、のちに講談社から出した『ＳＦ相対論入門』や『銀河旅行と特殊相対論』に記しまして、好評でした。

今ではよく知られた現象なので、謎が読者にすぐに分かってしまうでしょうが……。

1

眼のまえにおかれた一枚の写真を、しげしげとみつめるヒノの表情は、いかにもふしぎそうだった。

「じつにクラシックな二次元写真ですねえ。これがなにか、こんどの調査に関係しているのですか？」

「大いにあり――というよりも、これ以外に手がかりがないというべきだろうな」

調査課長は、するどい細い眼をさらにほそめてこたえた。ヒノはなおわけがわからない、といった調子で、

「それはまた、たよりない話ですな。この写真にはどう見ても、宇宙船の一部と、ごく平凡な惑星のぼやけた姿と、二つか三つの星くずがうつっているだけでしょう？　これだけを手がかりに調査をはじめるんじゃ、シャーロック・ホームズばりの推理力が必要になりますよ！」

調査課長はこれをきいて、にやりとした。

「それなんだよ、ヒノ」

「……？」

「つまり、今回の調査は、いつもと少しばかり目的がちがって、ある犯罪事件についてなんだ」

「そいつは愉快だ！」ヒノはいすをゆすって、大声をだした。「われわれの実力が認められて、宇宙特捜隊から協力依頼でもありましたか？」

「おいおい、そう調子にのってくれるな」課長は苦笑した。「きみたちは、『惑星開発コンサルタント社』の調査員だ。そして、コンサルタント社の仕事は、新しい惑星の開発設計にあり、その売りこみにある。特捜隊の援助に社員を派遣するほどの余裕はないよ」

課長にかるくでばなをくじかれて、首をすくめるヒノにかわって、隣でメモを拡げていたシオダが、ゆっくりとくちをひらいた。

「課長がいわれる犯罪事件とは、われわれの職務の範囲内のこと――つまり異星人と社員との間におこったトラブルみたいなもの――なのですね？」

「そのとおりだ」課長は、きびしい顔つきになっていった。「そして、そのとおりであるとともに、なかなかの難事件であるかもしれない。手がかりが少なく、コンタクトのむずかしい異星人が二種族もからんでいるからだ。しかし、きみたちならやってくれるだろう。期待している——」

　このことばにふたりは神妙にうなずいた。とにかく課長の命令を実行する以外に、若いふたりの行く道はないのである。

　課長は説明をはじめた。

「ふたりともよく知っていると思うが、現在わが社では〝ペルセウス恒星区〟に属する球状星団クシイ21の開発工事の総元締めをひきうけており、そのため、カシオペア支社から、定期的に、かなりの数の運搬船《カーゴ》がクシイ21の工事現場に送りこまれている。とくべつな貴重品は別ルートで運ぶし、輸送にあまり費用をかけるわけにはいかないから、それらの運搬船《カーゴ》はいずれも、旧式で簡単な自動操縦装置をもった無人船ばかりだ。そしてこれまで、なんの事故もおこさずにやってきた。

　ところが、ごく最近、そのうちの一隻が、積んでいた精密測定機械類一式を、すっかり抜きとられた状態で、クシイ21に到着したのだ。むろん、工事現場や輸送もとのカシオペア支社でも、調査したのだが、積荷はどこからも発見されないし、原因もまったくわからないらしい。そこで、きみたちに期待があつまっている——というわけなのだ」

「わかりました、課長、がんばりますよ！」気のいいヒノは、きおいたった表情で腕をさすり、そしてきいた。「ところで、唯一の手がかりだというこの写真について、もう少しくわしく教えていただけませんか？」

「それと……」と、こんどは、課長の話の間じゅう、メモをとりつづけていたシオダが、小首をかしげながらたずねた。「……なぜこの平凡な写真が重要になったのか、その周囲条件を、ひととおり知りたいのですが……？」

「順に質問してくれたまえ」

　課長はデスクに両肘をつくと、ふたりの部下を試験でもするような口調でいった。

ヒノが質問をはじめた。

「まず知りたいのは、その運搬船《カーゴ》がカシオペア支社を出発したときには、異常がなかったのかどうか、それが確認されているかどうかということですが……？」

「むろん、異常はなかった。検査ルートは簡略化されているが、とびだす直前のチェックはきちんとされていたようだ」

「第二は、ワープ中の事故である可能性についてです。位相ひずみでも生じて、超空間に流れでてしまっていた、なんてことはありませんか？　そうだとしたら、まったく別の時空を捜索する必要がでてきますが……？」

「機体にはなんの損傷もなかったのだ。超空間への流出は、理論的にはありえないわけではないが、バリヤーの破損が原因だから、必ず機体にその影響がのこるはずだ。それに第一、中の積荷だけが、すーッと流れだすなんてことは、ちょっと考えられないんじゃないかね？」

「たしかにそうですな」ヒノは頭をかいて苦笑し、さらにもうひとつ質問した。「ワープを終わって実体化してから、クシイ21の宇宙港につくまでの間はどうだったのでしょう？」

「その点も調べはついている」課長は顔をあかくしているヒノを一べつして、答えた。「新規の開発工事現場なので、周辺の空間の様子にはかなり気をつかって、常時監視しているが、実体化地点から宇宙港まで、事件に関係のありそうなものはまったく発見されていないということなのだ」

「ふーむ」

ヒノはしばらく首をひねっていたが、やがて、なっとくしたくちぶりでいった。

「結局、事件は、船がカシオペア支社を出てから、ワープ航法に入るまでの間におこったというわけですな。それなら、調査の焦点はかなりしぼることができて楽ですよ」

課長はうなずいたが、表情はきびしいままだった。そして、これから先が問題なのだ――といいたげに、ふたりをにらんだ。

ヒノのあとをうけて、こんどはシオダが質問した。一語一語かみしめるような調子である。

「調査すべき地点については、よくわかりました。つぎはその部分を拡大してみる段階になると思います。カシオペア支社の宇宙港から、スペース・ワープに入るまでの区間に、事件のおこりそうな場所があるでしょうか？」

「常識的に考えて、どうかね？　きみのほうでいってみたまえ」

ためすような課長のことばに、シオダはゆっくりとこたえた。

「カシオペア支社には、充分な燃料がないので、少しはなれた惑星まで光子エンジンでとび、そこで中性子塊を補給してから、ワープに入ることになっていたと思います。つまり、その補給基地惑星が犯罪の行なわれた可能性のもっとも大きな場所だと考えられますが、いかがでしょうか？」

「そのとおりだ」

「しかし、話がそれだけであるとすれば、事件は簡単で、支社のほうで充分解決がつくはずです。それが、手がかりがこの写真一枚というのはふしぎなことです。補給基地惑星に、なにか複雑な問題がからんでいるのですか？」

「いや、支社の管理部をお手上げにさせたのは基地の扱いにくさだけではなく、その基地がふたつの惑星からなりたっている――という事実なのだ」

「わかってきましたよ！」

事件の核心になかなか触れようとしない課長の、面接試験官のような態度に、いらいらしはじめていたヒノが、ノートをばたんとふせて、どら声をはりあげた。

「つまり、ふたつの惑星のどちらかが犯罪現場であり、それを示す証拠が、この二次元写真だというわけなんですね。写真から判断はついたんですか？　教えていただければ、いますぐに、すっとんでいきますよ！」

「ヒノ、そう簡単なことだったら、写真をこうもれいれいしくひろげてみせる必要はないとは思わないかね？」

「そういわれれば、たしかに……」

課長の皮肉なことばに、ヒノはあげかけた腰をおとして、うなった。

シオダはマイペースで質問をつづけた。

「この写真にうつっている惑星は、一面雲におおわれているように見うけられます。そのため、どちらの星か区別ができないのでしょうか？ また、どういう状態で撮影された写真なのでしょうか？」

「問題はそこなんだよ」課長の声は、やっと満足そうな調子をおびてきた。「しかし、写真から惑星がきめられないというわけではない。そうではなくて、どちらの惑星で事件がおこったかという判断が、この写真と他の資料とで微妙にくいちがっている点に問題があるのだ。補給基地惑星はピーコック人の住む〃ピーコック惑星〃とクリスタル人をかかえた〃クリスタル惑星〃のふたつで、その間隔はわずか〇・三光年しか離れていない。だから、運搬船《カーゴ》は、そのときの先行船の状態によってピーコックで補給したり、クリスタルで補給したりする。そして、そのどちらに停泊したかは、ざんねんながら、どこにも記録されていないのだ。明らかに管理上の手落ちだが、いまそれをせめてみてもしかたがない。そこで、他の物的証拠を探すということになり、発見されたのが、運搬船《カーゴ》のカメラが捕えたこの写真なのだ。

シオダが指摘したように、ここにうつっている惑星は、全面が雲におおわれており、五分の一ほどが明るくかがやき、のこりは暗くかげっている。これではいかにも見分けがつきにくいように考えられるが、さいわいなことに、〃ピーコック惑星〃のほうは、惑星全体が雲におおわれることはほとんどないことが、知られているのだ。一方、〃クリスタル惑星〃は、雲の晴れる間隙がほとんどないことで有名なのだ」

「……？」

シオダはメモの手をやすめて、首をかしげた。

「それでは結論が出てしまっているようなものですが……そこでその、くいちがいというのがでてくるんですな？」

ヒノもけげんそうにいった。

「それが頭の痛いところなんだよ。そこを、きみたちに調査してもらいたいのだ」課長は語気をつよめた。「写真から判断するかぎり、事件は〝クリスタル惑星〟でおこったとしか思えない。ところが、もうひとつの惑星ピーコックに住む、ピーコック人が、すでに犯罪を自白してしまっているのだよ。そこで話がすっかりこんがらかってしまったというわけだ。とにかく異星人というのは、とんでもないときに、とんでもないことを話すことが多い。問題の解決は、だから、異星人ずれのしているきみたちふたりの双肩にかかっているといっていいだろう」

「了解しましたよ、課長！」

「ちょっと待ってくれ、もうひとつふたつ、疑問の点があるんだ」

慎重派のシオダが、ヒノを制した。そして、いぜんとして同じペースで課長にたずねた。

「まだわからないことがあるんです。写真はたしかに〝クリスタル惑星〟のものであるとしても、カメラが事件の生じた時点で動作したという確証はあるのでしょうか？　それからもうひとつ、ピーコック人が〝クリスタル惑星〟に出向いてわるさをしていた可能性については、どうなのでしょう？」

「後者については、はっきりしている。ピーコック人がそのような科学技術を有していないことは、何度かの学術調査で明らかにされているからだ。彼らが〇・三光年を往復できるとは、とうてい考えられない。また、その手助けをした人間や宇宙人がいた形跡も、いまのところは発見されていない。

つぎに、前者の問題だが、これは少し複雑で確証とまではいかないのだが、これまでの情報でほぼ周囲条件はかためられている。そのひとつは、機械の状態からおして、ふたつの惑星のどちらかで、シャッターが切られたのにまちがいはないということだ。あたりまえのようだが、これは重要なことだ。じつは第三の惑星だった――などということになっては大変だからな。ただ、そのカメラは機体に異常のあったときに働くようにセットされていたのだが、その装置が故障していて、犯罪の生じた時の写真であるかどうかについては、ざんねんながら不明なのだ」

「……？」

シオダはだまったまま、また小首をかしげた。

課長はうなずいた。「きみの疑問はわかるよ。事件と無関係にシャッターが切られたとしたら、この写真はなんの証拠にもならないはずだからな。しかし事実はそうではない。実体化後の運搬船《カーゴ》のエンジンの状態や、積算加速計の指示からも、また自動操縦装置による正規コースからいっても、船はどちらか一方の惑星にしか立ち寄らなかったことは確かなのだ」

「わかりました」シオダはやっとなっとくした表情になって、メモをしまいながらいった。「相対性理論によって、この写真が手がかりとなることがいえるのですね！」

「そのとおりだ。ではがんばってきてくれたまえ」

調査課長はにっこりした。命令を伝えおわったときは、いつもうれしそうな顔をするのが、この課長のくせなのである。

「ではいってまいります」

シオダはゆっくりとあいさつした。しかし、ヒノはあわてた様子で、シオダの腕をつかみ、そして課長にむかって首をつきだした。

「ちょ、ちょっとまってください。相対性理論が手がかりっていうのは……？」

しかし、課長の右手は、このときすでに、デスクの脇にあるボタンを押していた。とたんに、ふたりの坐っていたいすが、すーッと沈みだした。そしてふたりの姿がいすごと消えると、かわりに、誰も坐っていない、まったく同形同色のいすがせり出してきた。

これは、調査課がほこる、緊急秘密調査用の施設だった。ヒノとシオダは、課長室を出ることなく、そのままの形で調査艇のパイロット席まで運ばれていった。

――すなわち、サンダーバード・スタイルの出発である。

2

「さっきおれが質問しかけた件なんだが……」とヒノが、地下数百メートルに待機していた調査艇のパイロット席に腰をおちつけながら、シオダに話しかけた。「……あの……相対性理論によってなんとかかってやつ、説明してくれないか？　わかりやすく――」

「あれはきみ、簡単な話さ」操縦はれいによってヒノにまかせたシオダは、課長から手渡された資料を調べながら、いった。「……ええと、ポータブル・リーダーでいま読みつつあるんだが、カシオペア支社から出発する運搬船《カーゴ》のワープに入るまでの平均速度は、支社を基準にして、約〇・八二Cすなわち光速の八十二パーセントということになっている。だから、もしあれが、このスピードで惑星のそばを飛んでいるときの写真だったとしたら、当然あのおなじみの公式によって……」

「なんだ、ローレンツ短縮のことだったのか！」

ヒノは安心した様子で、手をうった。この調査艇はかなりの高級品で、社の秘密宇宙港を飛びたつまで、パイロットはほとんど手も頭も使う必要はなかったので、ヒノも気楽に話をしていられるのだった。

「それなら常識だな」彼は計器にちらりと眼をやり、艇が動きだしたことだけを確認すると、右手を大きく動かして、空中に式をかいた。「高速で移動する物体は$\sqrt{1-(v/c)^2}$という関係で短縮する。vが〇・八二Cとすると、長さは……つまり〇・八二を自乗してそいつを1から引いてと……まあ概算でかんべんしてもらうとして、そう、だいたい六十二パーセントになるはずだ。そして、問題は相対的だから、惑星から運搬船《カーゴ》を見ても、運搬船《カーゴ》から惑星を観測しても、短縮率にかわりはない。――これでなっとくできたよ。惑星の写真はぼんやりはしていたが、四割もちぢんでいるようにはとても見えなかった。ほとんど円形だ。だから、あの写真がうつっていた以上、運搬船《カーゴ》は

〝クリスタル惑星〟付近で静止していた――あるいはそれに近い状態にあった――ことは確実である。とまあこういうわけなんだな？」

「そうだ、そして、両惑星に停泊することがありえないとすると、答はきわめて簡単で、船は〝クリスタル惑星〟にしか停らなかったことになる」

「――ところが、関係ないはずの惑星の住人ピーコックが、ごていねいにも、罪の告白をしちまってるってわけだ」

「そこでぼくらの仕事がはじまるのさ」

悟ったようなシオダのことばに、しばらく指をならしてうなっていたヒノはやがて、あまりおもしろくなさそうな声でいった。

「おれは、課長の話をききはじめたときから、感じていたんだが、今度の調査は理屈ばかり多くて、どうやら活劇には縁がなさそうだなあ。ということはつまり、不吉な予感がしているってことさ！」

「さて、それはどうかわからないよ……」シオダはポータブル・リーダーをもてあそびながら、おっとりした口調でいった。「クリスタル人にしてもピーコック人にしても、なかなかひとすじなわではいきそうにない種族のようだ。いまリーダーをつかって、頭に入れたところだが、とくにクリスタル人というのは、準光速で飛べるミサイル生物だそうだ。もしかすると、この調査艇といい勝負になるかもしれない」

「ミサイル生物？」ヒノの声は元気をとりもどした。「相手がミサイルときちゃ、こうしてはいられない。さっそく勉強するぜ……」

彼は勢いよくリーダーを頭にセットしたが、スイッチを入れるまえにパネルに並んだ計器に眼をやると、おどろいたようにいった。

「おい、この艇はさすがに優秀だな。もうそろそろワープに入れる態勢にあるよ。目的地をきめなきゃならんが、どうする？　クリスタルというのが、おもしろそうだ。そっちを先にしてみないか？」

「とくに異論はないね」

「よしきた！　そうときまれば、はやいとこいこうじゃないか」

ヒノはデータ・シートから〝クリスタル惑星〟の座標を手ぎわよくひきだすと、調査艇のワープ装置のインプットに加えた。一定の時間、装置のウォーム・アップを示すランプが点り、つぎに、準備完了をつげるベルがやわらかなひびきを伝えた。

ふたりは一瞬緊張したが、艇はなんの動揺もなく、ワープに入った。スクリーンの星空や近くの太陽、惑星たちの姿はとつぜんかき消え、そのあとに亜空間特有の灰色がひろがって、少々不気味な感じを与えたが、それ以外にはなんの変化もなかった。亜空間通過時間は、艇内時計で三十分以内のはずだった。ふたりは、すべてを装置にまかせ、くつろいだ気分で、データを頭に入れはじめた。

『惑星開発コンサルタント社』の若手調査員二名の行く手にまちかまえる、クリスタル人とは、いささか説明を要する、風変わりな種族だった。

まず第一に、彼らの居住圏は地表や水中ではなく、また地中でもなかった。さらに、大気中ですらなかった。じつに彼らは、大気圏外の衛星軌道を安住の地とする、文字どおりのミサイル生物だったのだ。ただ、彼らが〝クリスタル惑星〟の住人とされるのは、その惑星の衛星軌道——重力圏を離れることがほとんどないからであった。

彼らの体形は細長い楕円形であり、数学における いわゆる長回転楕円《プロウレイト・スフェロイド》に酷似していた。長さは数メートルから数十メートルで、表面の微細な形状は絶えず変化しているようだった。

外面的にも、このように変わった種族だったが、その奇妙な生活をささえる体内組織は、さらに驚異的だった。

すなわち、全組織が純集積回路状で、その各部分が、機能に応じて、それぞれ金属、半導体、誘電体などの様々な結晶質からなっている、結晶生命だったのである。この結晶よりなるという事実が、真空に近い空間で進化できた原因であったが、その結果として、彼らはおどろくべき超高速の生体反応をみせることができた。

それはコロイド質の有機的生命と異なり、身体内部の情報伝送がすべてエレクトロンによって行なわれているためだった。新陳代謝も電子エネルギーの交換という形ですすめられているようだった。反応が超高速であるということはまた、惑星に対する相対速度を、瞬間的に増大させうることを意味していたが、そのスピードは最大時においては、相対論的な大きさに達することが確認されていた。動力は加速電子ビームによるものと推定されていた。

そして彼らは、運動においても、通信においても、相対論的なセンスを自然に身につけてしまっているらしいのだった。

むろん、このような結晶生命は、クリスタル人だけではなかった。同様な種族はかなり昔から発見されており、とくにウラジーミル・サフチェンコの調査研究は有名だった。サフチェンコの大胆なアプローチによって、このような結晶物体が人工のミサイルではなく、人間と異質ではあるが、知能を持つ生命であることが、はじめて明らかにされたのである。

3

「ぼつぼつワープがおわる時間だな」

ヒノがポータブル・リーダーをはずし、計器をにらみながら、シオダに話しかけた。

「亜空間《サブ・スペース》を出ると、眼のまえがクリスタルの星系のはずだ。準備はいいかね？」

シオダが、うなずきながらきいた。ヒノはパイロット席で所在なさそうに、身じろぎしながら口をとがらせた。

「準備といったって、行く先を決めてやれば、艇がひとりで飛んでくれるんだ。おれにできることなんて、やっぱりなさそうだぜ」

「その行く先をきめるってことが、大変だと思うよ」

「……？」

「なにしろ相手は相対論的な空飛ぶ生物だ。どこかに着陸すればいいってわけにはいかない。話し合いだって、ちっとやそっとのことではできないだろうよ」

「それはたしかにそうなんだが、自動装置相手の仕事ってのは、どうも苦手なんだ……」

ヒノが、まだなにかぶつぶついいつづけようとしたとき、周囲のスクリーンが急に明るくなった。正常空間にもどったのである。

「やれやれのびのびとするな。やっぱり星屑のひろがる世界のほうがいいよ。さて、とにかく近づくか」

ヒノの表情は、スクリーンとともに、生気をとりもどした。八方を映しだすスクリーンの中央には、壮大な星空を背景に、〝クリスタル惑星〟の母星が燦然として輝いていた。

「たのむよ」

「よしきた」

「ヴァン・アレン帯の外側の軌道に入ってくれ」

「O・K」

ヒノは、艇の自動操縦装置に、とりあえずの目的地をセットした。艇はたちまち、その指示にしたがって、最適のコースとスピードを選択した。簡単すぎるパイロット役に、苦笑するヒノを横眼でみて、シオダがいった。

「クリスタル人がスクリーンにうつりだしたら注意してくれないか。ぼくは、彼らとの信号のやりとりに力をそそいでみるよ」

「承知した」

〝クリスタル人〟との接触に神経をそそぎだしたふたりを乗せて、調査艇はぐんぐん目的地に接近していった。

「見えたぜ！」

五分もたたないうちに、ヒノがどなった。発見したのだ。

「ようし、相手と平行して飛んでみたい。たのむよ」

感度いっぱいに拡大されたスクリーンにうつる、にぶく光る一個の楕円体をにらんで、シオダがいった。

「簡単なこった」

ヒノはただちに、装置に指令を発した。調査艇は、自動追跡機能をフルに発揮して、そのミサイル生物に接近した。そして、わずか十数キロメートルの地点にまで達すると、相手と速度ベクトルをあわせ、平行飛行にうつった。そのクリスタル人は、身長約十メートルの典型的な長回転楕円体《プロウレイト・スフェロイド》型のもちぬしだった。そして、逃げる様子もなければ、追いかけてくる気配もなく、悠々と軌道をすべっていた。

「交信のほうはどうかね？」

ヒノが、むずかしい顔で通信機と格闘しているシオダのほうを、のぞいた。

「無害にして、理解しにくい宇宙人ということになっているからな……いろいろ周波数をかえて信号を送ってみているんだが……まだ返事がない……」

シオダは、走査方式可変型のＴＶスクリーンに眼をすえたまま、こたえた。その様子をみながら、ヒノはおもしろそうな声できいた。

「彼らのことばが、電波信号で運ばれるってことは、まあわかるよ。真空中を飛びまわる生物だから、音波をつかうわけにはいかないからな。しかしそのことばが、〝絵〟からなっているというのは、ふしぎだなあ。よくそんな機能が発達したもんだ」

「結晶生命がすべてそうだとはかぎらないが、画像形式の言語が多いらしい。電子の運動をフルに利用できる生体のもちぬしだからこそ、そういう言語構造がとれるんだね」

「画像を送る方式が、そのときの気分によって変わるらしいな。おれたちにとっては、話しにくい相手だよ」

「しかし記号の羅列だけで話しかけてこられるよりは……おや……？」

シオダは急に話をやめた。

「話が通じたか？」

ヒノがＴＶスクリーンをのぞきこんだ。そこになにかぼんやりとしたパターンが現われかけていた。

「どうやらね」

シオダは慎重に走査方式を調整した。変調・走査方式が不明な到来電波の受信は、もっとも高度の技術を要するのである。

「はっきりしてきたぜ！」

ヒノがうれしそうにいった。スクリーンの影は、しだいにその輪郭を鮮明にみせはじめた。シオダの技巧が、クリスタル人のむら気と調子を合わせることに成功したのだ。

「なんの絵かね？　楕円体がぐるぐる廻っているようだ。自分たちの姿をみせて、歓迎の意を表しているってとこかな？」

ますます首をつきだしてくるヒノに、シオダは、ちょっと首をかしげてから、いった。

「尾部の形状から判断して、ぼくらの調査艇じゃないかな。おそらく、こちらを認めていることの知らせなんだろう。ぼくも相手の姿を送像してやったからね」

「だとすれば、接触《コンタクト》の第一段階は、まことに友好的におわったというわけだ。さて、いよいよ本番だ」

「そうあわてると、かえって失敗する。公式どおり、順序をふんで教えてもらうことにするよ」

「とにかく楽しみだ」

ふたりはむだぐちをききながらも、調査員らしく、巧みに交信をつづけた。クリスタル人と調査艇の間隔はいぜんとして一定値を保っており、調査の第一歩は、まず成功といえた。他のクリスタル人も、いくつか近づきかけたが、特別な行動をみせることもなく、それぞれの軌道に、またもどっていった。

実際問題としては、これから先が大変な仕事であるといえた。事故にあった運搬船《カーゴ》の写真を見せ、それがこの惑星にたちよったかどうかをたずねる。それも、相手が嘘をつく可能性もあれば、多数の中のひとりかふたりしか目撃しなかった可能性もある状態でききだすのである。

しかし、とにかく、たずねてみるほかはなかった。何らかの反応があれば、大成功といわねばならず、その反応から真相を推理するのが、調査員の役目なのだ。

シオダは汗をふきださせながら、がんばった。一時間たった。だがそのクリスタル人から情報をひきだすことはできなかった。

シオダも、ついにあきらめて、べつのクリスタル人に近づくことにした。新しい友人も挨拶をかわすところまでは同じようにすすんだが、そのあとは、やはりうまくいかなかった。

こうして、電波でしゃべる長回転楕円《プロウレイト・スフェロイド》の宇宙生物との、眼にみえない格闘が、延々とつづけられた。三十時間が経過した。

「異星人との会話が、最初からうまくいったためしなんかないが、やっぱりうんざりしてくるな」

ヒノは、ため息をつきながら、下界をうつしだしている大型のスクリーンをぼんやりと眺めた。そこには、問題の写真よりははるかに鮮明だが、一面密雲に包まれている点は、写真そのままである、〝クリスタル惑星〟の全景がひろがっていた。

「こんなもやもやした惑星に、補給基地をつくったカシオペア支社の連中も、ご苦労さまなことだったよ」

「平均温度からいえば、これでも地球型だ。ほかの星よりはましなんだろうな」

放心ぎみのヒノのことばに、シオダがこうこたえたとき、強烈なショックが、パイロット席をみまった。

ふたりは夢中で、保護座席にかじりついた。からだが斜め後方に押しつぶされそうになったが、必死にこらえているうちに、もとにもどった。

「舌をかまなかったろうな、シオダ!」

「だいじょうぶだよ。それより、このショックの原因はなんだ?」

「艇がこわれやしなかったろうな。――こんな完全な自動操縦でなけりゃ、おれがうまくかわしてやるのに……」

「原因を追及しよう、ヒノ!」

「いま調べているところだよ……計器をみた範囲では、異常事態が生じたわけではないらしいな……結局こいつが……」

ヒノが自動操縦装置のモニターをなでまわし、

なにかいいかけたとき、ふたたびショックがおそった。こんどは、ふたりとも用心していたので、落ちついて、からだをかばった。

ふたたび艇が平静にもどると、ヒノがことばをつづけた。

「……こいつがうまく作動したってことらしいぜ。ほら、相手のクリスタル人があいかわらず並んでとんでいる。つまり、向こうが急に向きをかえたんで、艇もあわててそれに追従したんだ。瞬間的に相対論的な速度になったらしいから、艇もあわてたらしいが、とにかくプログラミングに忠実すぎる」

「よしわかった」

シオダはうなずくと、真剣な表情で、また通信機にとりくみだした。その成果はじきにあがった。横から首をつきだしていたヒノが歓声をあげた。

「ついにわかってくれたんだな！」

「一応話が通じたといっていいな」

シオダも嬉しそうだった。ＴＶスクリーンには、まぎれもない、あの運搬船《カーゴ》の尾部を向けた姿《すがた》がうつっていたのだ。

「さらにつっこんだ質問をしてみる」

シオダは、その運搬船《カーゴ》が飛来したときの様子、事件がどこかでおこらなかったかどうか……などをききだすための画像を、相手の電波に調子をあわせながら、けんめいに送った。

それに対する返事は、三度めのショックだった。画面には、ほかになにも現われなかった。

「どうなっちまったんだい！」

保護座席の中で、ヒノがくちをとがらせた。

「いや、少しわかってきたような気がするよ」

重圧に耐えながら、シオダが、おっとりした口調でいった。ヒノは上半身をもちあげて、

「なにがわかったんだ？」

「つまり相手は、画像だけでは意思疎通はむりだと判断して、行動でなにごとかを訴えようとしているんだ」

「急に加速度をかえることでかい？」

「そうだ。これは、きっと運搬船《カーゴ》のそのときの運

動を表わそうとしているのにちがいない」

「しかし、そうだとしても、このショッキングな加速で、いったい何を意味しようとしているんだろう？」

「それはまだわからない。非常に速く飛んでいましたともとれるとの意味にもなれば、あわてて逃げだしたという表示でもありうる」

「なんだい、それじゃ、なにもわからないのと同じことじゃないか」

「いや、とにかく、クリスタル人が運搬船《カーゴ》の後姿を観測し、それがある特別な運動をしていたということだけはわかるよ。そして、それだけわかれば、上できだ。後姿を見せた特別な運動といえば、まずまちがいなく離着陸に際するものだろうからだ」

ヒノは同感の意を示しながらも、首をひねって、

「たしかにそうはいえるな。しかし、とすると謎はいよいよ深まったというわけだ。ピーコック人の自白と矛盾する情報がクリスタル人からもたらされたことになるんだからな」

「容疑者は二個所にいるんだ。この惑星に着陸しても支社以上の探索はできないし、こんどはピーコック人にあたってみようじゃないか。それからまた考えよう」

シオダのこの提案に、ヒノが異論をもつはずはなかった。

「おれもそれがいいと思っていたんだ」

彼はいそいそと、自動操縦装置に別の命令を与えた。

4

ヒノの指令をうけて、調査艇はふたたび、あの灰色の亜空間《サブ・スペース》に突入した。ワープ航法は今度も順調だった。〇・三光年はなれた、おとなりの補給基地〝ピーコック惑星〟をまぢかに望む地点に、わずか五分ほどで到着した。

「こちらの宇宙人は平凡だな。とにかく地表にく

らしているコロイド質の有機生命なんだから」

雲の切れめに海洋と陸塊がのぞく、ありふれた光景をみせているその惑星を見おろして、ヒノがいった。しかし、シオダはかぶりをふった。

「平凡とはいえ、油断はきんもつだ。自白しているということ自体、彼らの習性の奇妙さの現われかもしれない」

「それはたしかだ。まあ、とにかく降りてみようぜ」

ヒノは指令を発し、調査艇はそれをうけてたちまち〝ピーコック惑星〟の地表へ近づいた。

この惑星の補給基地は、ピーコック人の素朴な集落の中央にあった。というのは、一種の異星人対策として、基地の名目上の管理を彼らにまかせ、その主体性を認める方式を、コンサルタント社がとっていたからである。

艇が基地に着陸すると、すでにものものしい装備に身をかためたピーコック人たちが集まってきていた。

「さてどういう具合にいくかね？」

ヒノが、ピーコック人の大げさな姿に眼をまるくしながらいった。

「とにかく艇を出て、話をしてみよう。頼むよ」

「O・K」

ヒノはポータブル自動翻訳機——ポマット——を片手に、ハッチからとびだした。シオダもそれにつづいた。

ピーコック人は、十数人ほどだったが、ふたりの姿を見てびっくりしたように、いっせいにあとずさりした。

ピーコック人というのは、泣いてもおこってでも地球人にとってはユーモラスにうつってしまう——そういった種族だった。

人間なみの大きさの哺乳動物なのだが、外形は地球の鳥類に似ていた。細長い骨ばかりのような二本の脚と、羽毛状の両腕、それに孔雀状の美しい尾が扇形にひろがっていた。顔も鳥に似ていて、くちびるがつきだしており、その上にあるかなしかの鼻がみえ、そして、巨大な眼球が顔面の二分の一近くを占めていた。

その孔雀の玩具状の姿態と、ぎくしゃくとした動き、それに、中性子塊を補給するための大げさな装備を眺めて、おもわずふきだしそうになるのをこらえ、ヒノはポマットを通して話しかけた。

「みなさん、この艇は無人の運搬船ではありませんが、乗っているわれわれは決してあやしいものではなく、『惑星開発コンサルタント社』の調査員なのです。最近発生したちょっとした事故について、調査にきただけです。むろんみなさんにごめいわくをおかけするようなことは、決してありません。ご安心ください」

　このことばをきいて、あとずさりしたピーコック人たちはおずおずと二、三歩前進した。そして、彼らどうし、しばらく、かん高い声でなにか話しあっていたが、やがてその中のひとりが、ゼンマイじかけのような歩きかたで、ふたりの前にのりだしてきた。そして、そのどんぐりまなこをヒノにむけると、いった。

〈それはそれは、ようこそ、おいでくださいました。むさくるしいところですが、どうぞごゆっくりなさってください〉

　ヒノはシオダのまじめな顔をチラとみやり、そして、せいいっぱい親善の意を示す動作をくりかえしながら、いった。

「いや、そういっていただけるとありがたいですな。――さて、さっそくですが、われわれの調査の参考に、きかせていただきたいことがあるんです」

〈どうぞ、どうぞ、なんなりとお聞きください〉

「ではぼつぼつと」ヒノはシオダに眼くばせをすると、問題の運搬船《カーゴ》のはっきりした写真を、さしだした。「――こういう船が、みなさんのごやっかいになったことが、ごく最近ありましたでしょうか……？」

ピーコック人は、どんぐりまなこをその写真にすりよせ、それから、首をガクガクッと前後にゆすった。

〈ありました、ありました。よくおぼえていますよ〉

「じつは、その船が……」ヒノはごくりと生つばをのみこんで、「積んでいた荷物を抜きとられていたことが、わかったのです。わたしたちは、その原因を調べるためにきたんですが、なにか、その……お心あたりはありませんか？」

〈あります、あります〉

「えっ？　ありますか？——で、どういうお心あたりです？」

ヒノの問いに、そのピーコック人は陽気にこたえた。

〈燃料を補給したついでに、わたしたちが運びだしたんですよ〉

「あなたがたがですか？　それはまた、どういう理由で……？」

〈ちょうどああいった機械の軽金属類が不足していたんです。そして、あの船のハッチはあけやすかったものですから、よろこんでいただいたんですよ〉

「つまりその……」ヒノは毒気をぬかれた表情で、「……なんともうしますか……使いみちですな、その軽金属の……それを教えていただけませんか？」

〈もちろん、たべたんです。なにしろ、最近不足がちなものですから〉

「たべた、ですって？　まさか……」

ヒノは絶句して、シオダに助けをあおいだ。シオダも少々あきれた様子で、ポマットにむかった。

「おいしかったですか？」

〈ご冗談を！〉ピーコック人は、びっくりしたように、もともとまるい眼をさらにまるくした。

〈あんなもの、おいしいわけがありませんよ〉

「それでは、どういうわけで、あんなものをたべたんです？　とても複雑な機械ですから、たべにくかったでしょう？」

〈地球の機械はたべにくいですねえ〉

「そのたべにくい機械を、またどうしてたべてしまったんですか？」

〈たべたかったからなんですよ〉

ここで、ヒノがまた話をひきとって、

「めしあがりかたを、教えていただけませんか？

つまり料理法ですよ」

と、たずねたとき、ふたりの背後で、とつぜん、笑いを含んだ地球人の声が聞えた。

「それ以上、ピーコック人に説明させようとなさっても、ごむりですわ」

ふたりはとびあがってふりむいた。そこには、うら若い女性がただひとり、ぴったりと身についた探検服に、はずむようなからだの線を浮き出させたスタイルで、にこやかに立っていたのだ。

「昔のアメリカＳＦみたいなことになってきたぞ！」

ヒノがうなった。シオダは一礼してたずねた。

「いったいあなたどなたですか？　われわれは『惑星開発コンサルタント社』の……」

「存じておりますわ」みなまでいわせずに、その女性はおかしそうにいった。「調査員のかたでしょう？」

「どうしてそれを？」

首をつきだすヒノに、彼女はまた笑って、

「カシオペア支社のかたからお聞きしておりました。運搬船盗難事件の調査にいらしたんでしょう？」

「たしかにそうです。で、あなたは？」

顔を近づけるヒノを、明るい澄んだ眸でみつめながら、彼女はこたえた。

「わたくし、マリ・キュリーと申します。宇宙生物学者なんです。ピーコック人の生態を調べるために、この惑星に滞在しているんです」

「そうだったんですか！」ヒノはなっとくしたように、どら声をはりあげ、いきおいこんでたずねた。「それでは、事件について、いろいろご存じなんですね。どうか、教えてください」

「現場をみたわけではありませんが、とにかく、このピーコック人たちのしわざにはまちがいありませんわね。ご本人たちがいってるんですから」

「彼らは、盗んでたべた――といっています。そんなことがありえますか？」

「地球の動物だって、ずいぶんいろんなものをたべますわ。岩だのなんだの」彼女の口調には、からかっているようなひびきがあった。「だから、ピーコック人たちが、軽金属をたべたからといって、何のふしぎもありません。彼らにとっては、それが自然なんです。単純な彼らに、たべる理由だの、料理法だのをきいても、それはむだなことです。たべやすいようにハンマーでくだき、やすりでけずり、ノコギリで切断し、そして、たべたいからたべるんです。生物学的な立場からは、たいへんな悪食家である彼らが、消化をよくするために軽い固体を消化器内に貯える性質をもっていること、そして、ごく一部を化学反応によって養分としていること、などがいえます。宇宙生物の習性の中で、それほどかわったほうには入りませんわ、この程度のことは……」

「なるほど――」

ヒノはしばらく唸ってから、きいた。

「しかし、キュリーさん、彼らが自分で白状しているからといって、真犯人ときめるわけにはいかないでしょう？　なにか証拠はないんですか？」

「白状とか犯人とかいうことばは、ピーコック人に対しては、使うべきでないでしょうね。盗んでたべた――というのもまちがっています。彼らには罪の意識はありません。最近この星では、補給基地をつくるようになったため、軽金属が不足がちになり、それで、探しただけのことなのです。彼らの文明は、自他の所有物を区別するほどわるずれはしていないんです」

「しかし証拠が……」

「証拠はこなごなにしてたべてしまっていますから、発見しようとしてもごむりでしょうね。体外へ排泄されるのを待っていると、一か月近くかかりますよ」

「なるほど、わかりました。事件の真相は、そういうことだったのですね」

ヒノは、すっかり得心してしまったくちぶりで、大きくうなずいた。

ふたりの問答を小首をかしげてきいていたシオダは、しかし、たしなめるように、ヒノの肩をたたいた。

「おいおいヒノ、そう簡単に感心してしまわないでくれ。クリスタル人のほうだって、ああいう画像を見せてくれているんだぜ」

「しかしおまえ」ヒノは頬をふくらませて、「彼女は学者だぜ。信用できそうだよ」

「学者だから信用できるとはかぎらない。いまのところ唯一の物的証拠である、運搬船《カーゴ》のカメラが捕えた写真は、クリスタル人のほうが黒だと語っているんだ」

シオダはこういってから、生物学者のほうにむきなおった。

「キュリーさん、あなたのお話はよくわかりました。しかし、それがほんとうであるかどうかは、まだわかりません」

彼女の眸は、もう笑いをふくんでいなかった。異星人を相手にしているときのようなふたりの態度にむっとしたらしい。彼女はかん高い声でいいかえした。

「べつに、信用していただかなくってもけっこうですわ。でも、わたしには自信があります。賭けたってかまいませんことよ。わたしがまちがっていたら、もうじきこの星に到着するはずの地質学者のピエル・デローチ――彼はフィアンセですの――がもってきてくれるクシイ21特産の宝石をさしあげますわ。そのかわり、わたくしが正しかったら、どうしていただけますかしら？」

「新婚旅行にぼくらの艇をつかわせてあげますよ」フィアンセがいるときいて、すっかり気分をかえたらしいヒノが、応じた。「――パイロットつきでね」

しかしシオダはこのやりとりは無関係なペースで、話をもとにもどした。

「いや、問題は信用するしないではなくて、真理の探求です。われわれは、運搬船《カーゴ》が〝クリスタル惑星〟でスピードをおとして撮った写真をもっています。そして、あの運搬船には、二個所で停泊する余裕はなかったはずなのです」

「写真なんて、通りすがりに、いつでも撮れますわ」

「ところが、通りすがりに撮った写真だったとすれば当然みえるはずの、ローレンツ短縮がみえていないんです。つまり、相対性理論的な証拠というわけです」

「相対性理論なんて知らないわ。だけど、ピーコック人は正直よ」

「問題は空間の性質です。船は〇・八二Cのスピードで飛んでいたはずですから、アインシュタインの特殊相対論の式によって、〇・八二を自乗して、一からひいて、その平方根を……」

「わたくし、相対性理論って、大きらい！」

「それがつまり……短縮率で……なんだ行ってしまったのか」

女流生物学者は、顔をあかく染め、くちびるをきっと結ぶと、あしばやに建造物のかげに消えていってしまった。その姿を見送りながら、まだなにか説明のくちを動かしているシオダに、ヒノがため息をつきながらいった。「いいかげんにしろよ、シオダ。とうとうおこっちまったぜ。まあ、恋人がいるんじゃ、おころうと泣こうと、どうでもいいがね」

「あれは、相対性理論を基礎にした議論をするときに女性がみせる、典型的な反応なんだ。ぼくは慣れているよ」

「おれは、多少同情するね。物が伸びたりちぢんだりするのは、やっかいでいけない」

「さて、それにしても、弱ったことになった。このままでは迷宮入りだ。なんとか解決策を見出さなければ……」

「もういちどクリスタル人と逢ってみるかい？しかし、彼らがどこかに精密機械をかくしているとは、とても思えないなあ」

「それこそ、生物学的に不可能に近いことだ。しかし、証拠写真はクリスタル人のほうに不利なんだから、もういちど行ってみようか」

「よしきた」

ふたりをかこんでいたピーコック人は、生物学者とよほど仲が良いらしく、一緒に姿を消してしまっていた。その閑散とした宇宙港を、ふたりはふたたび離れた。

5

艇にもどってからのシオダは、すっかり考えこんでしまった。ヒノも、計器をにらみながら、うなりつづけた。このまま迷宮入りしてしまったら、帰って調査課長にあわせる顔がない。ふたりは、ワープをおわり、亜空間《サブ・スペース》から〝クリスタル惑星〟をのぞむ正常空間にでるまで、ただ黙って、首をひねりつづけた。

やがて、ヒノが、ぐちっぽい声をだした。

「だいたい、運搬船《カーゴ》が旧式すぎるんだ。ピーコック人ごときに、簡単にハッチをあけられてしまうようなやわな構造だし、備えてあるカメラは、妙なときに、無修正の写真をうつす。高級カメラやこのスクリーンのように、サンプリングしてスピードをおとした修正像でも写していれば、なんの証拠にもならないから、おれたちが事件にまきこまれることもなかったかもしれない」

シオダは、はじめはヒノのこの話を聞きながしていたが、〝修正〟ということばを耳にすると、急にキッと顔をあげた。

「ヒノ、いまきみは、修正っていったな!」

「ああ、いったよ。それがどうかしたかね?」

「ふーむ、修正か……」

「なにか思いついたのか?」

シオダは腕をくんで宙をにらみはじめ、ヒノのことばにも返事をしなくなった。そして、艇が〝クリスタル惑星〟を周回しはじめるようになった頃、やっとくちをひらいた。思いつめたような口調だった。

「ヒノ、本社に緊急連絡してくれないか?」

「おやすいご用だ。だが、なにを――?」

「特殊相対論に関する論文をひととおり集めたいんだ。アインシュタイン自身のものたのむよ」

「えらいまた、古典的な勉強をはじめるんだな。まあとにかく、図書部に依頼しよう。そうは待たせないはずだ」

ヒノは首をひねりながらも、ただちに、サブ・エーテル波を発信した。宇宙のどこからでも、本社の資料を即時伝送で利用できる――これは調査員の特権だった。

待つまでもなく、受信装置はクラシックな特殊相対論の原著論文《プライマリー・ペーパー》をはきだした。シオダはそのフィルムをわしづかみにすると、ポータブル・リーダーにかけた。

「いまどきそんなことを勉強して、どうするつもりなんだ――？」

パイロット席でぶつぶついうヒノには目もくれず、シオダは真剣な表情で論文をかたっぱしから頭に入れ、メモをうめていった。彼の頬はしだいに赤味をまし、やがて、喜びの色がさしはじめた。その有様をみて、ヒノがまたなにかたずねようと首をのばしたとき、シオダはリーダーをはずしてにっこりした。そして、ヒノのほうをむいて、明るい声でいった。

「わかったよ」

「わかったって？　そんなクラシックを読んで、犯人がどっちの連中だったかが、わかったのか？」

「犯人はまだ確定できないが、問題の写真をまちがって、解釈していたことが、わかったんだ」

「まちがった解釈？」

「そうだ――」シオダは、ヒノのどら声にうなずきかえし、そして、例の調子で説明をはじめた。

「ぼくたちは、いつも修正された像をスクリーンで眺めている。つまり、相対論効果が現われるような高速度ですれちがう物体を見る場合にも、なるべく静止した像とちがわない形――むろんまったく同様にはならないが――にそれを直したうえで、スクリーンに結像させているのだ。ところで、もし修正しないで直接それを眺めたら――むろん見える眼をもっていたとしてだが――実際問題としてどんなふうに見えるだろう？」

「どんなふうにって？　ローレンツ変換の式によって、変形された形に見えるにきまっているじゃないか」

「ぼくも、そう考えていた。しかし、実はそれが大まちがいだったんだ。きみの〝修正〟ということばをきいて、それに気がついた。そして、昔の文献を調べてみて、それを確認したんだ。われわれの眼やカメラは、ふつうの状態では、決してローレンツ短縮を見たり写したりすることはできないんだよ」

「それはまたどうしてだい？　特殊相対論がまちがっているわけでは、まさか、あるまい」

「むろん、そんなことはない。ローレンツ変換の式は、われわれのこの世界の基本的な性質を表わしている。$L'=L\sqrt{1-(v/c)^2}$ という有名な短縮の式は、ふたつの、たがいに等速直線運動をする座標系の変換に関しては、まったく正しい。しかしヒノ、ぼくたちがカメラで写したり、眼で見たりするという実際の行動は、数学的な座標変換とは、決して等価ではないんだよ」

「ふーむ、なにかわかりかけてきたような気もするが……」

「正確に表現すると、ローレンツ変換によって関係づけられた世界を、光学系を介して認識している——ということなんだ。だから、幾何光学的な方程式とローレンツ変換の式とを結びつけなければ、何がどのように見えるか——という問題に対する正しい答は得られないんだ」

「なるほど、そういうことがあったんだな！」ヒノは手をうった。「いわれてみれば、たしかにそうだ。おれも昔、勉強したことがあるような気がするよ」

「ぼくもすっかり忘れていたが、たしか物理の習いはじめに、そんなことを聞いたような気がするね」

「それを、いまおさらいしたわけだな。簡単に教えてくれ」

「光学とローレンツ変換をはじめて結びつけたのは、R・ペンローズだそうだ。彼は一九五九年に、特別な場合についてだが、高速ではしる球体が楕円のようにつぶされて見えることはなく、球のままに見えることを証明した。また同じ年に、ジェイムズ・ターレルという人が、これをさらにくわしく調べた。翌年にはV・F・ワイスコップが、立方体が縮むのではなく回転してみえることを述べ、準光速ですれちがう物体がどのように見えるかを調べた。またジュリアス・ラニンガーは棒の変形について研究し、ロイ・ワインスタインは一次元的な棒の見える長さについて報告した。一九六一年には、M・L・ボースが、球体はどんな位置をどんなスピードで走っていても決してつぶれて見えはしないこと、そして、棒は曲って見えることを明らかにした。それ以外にも、H・A・アトウォーター、C・W・シャーウィン、G・D・スコット、M・R・バイナー……等が、同様な研究を発表し、この問題を一段落させた。

　結局わかったのは、こういうことだった。すなわち、準光速で相対運動をする物体を見たり写したりすると、特殊相対論におけるローレンツ変換と光学の方程式とが組み合わさる結果として、棒は時と場合によって伸びたり縮んだり曲がったりするし、立方体は回転するし、球は球のままで回転する——つまり輪郭はあくまでも円形を保つ——というのだ。これは当時の人々にとって、驚くべきことだった」

「おれたちにだってそうだよ」ヒノがくちをとがらせていった。「——みごとにだまされたんだからな！」

「ざんねんながら、そのとおりだ。ぼくたちは、ふだん修正された像や写真を眺め、ローレンツ短縮を自明の理として受けとっていたため、$\sqrt{1-(v/c)^2}$ が見えるという錯覚をおかしてしまっていたんだ」

「これ以上の錯覚はないな……ところでヒノ、それらの研究はアインシュタインが相対性理論を発表してから、ずいぶんあとになって発表されたようだが、それまでは、誰も気づかなかったのだろうか？　アインシュタイン自身はどうだったんだ？」

「それにはぼくも興味をもった。まずローレンツ変換の式を、アインシュタインよりもまえに導いたローレンツだが、彼は〈理論物理学講義〉という著書の中で、〝この短縮は写真に撮ることができる〟と述べている。つまり完全に錯覚していたわけだ。つぎにアインシュタインだが、〈運動物体の電気力学について〉というきわめてひかえめな表題のついた歴史的大論文——つまり相対性理論をはじめて発表した論文——の第四章に、つぎのようなことばがでてくる。読みあげてみよう。

『静止した状態で測ったとき球形をしている剛体は、運動している状態では——静止系から眺める(betrachtet)と——$R\sqrt{1-(v/c)^2}, R, R$のような回転楕円体をしている。すなわち、球のY方向とZ方向の寸法は運動によって変形して見えないが(nicht erscheinen)X方向の寸法は$1:\sqrt{1-v^2/c^2}$の比で短縮して見える(erscheint)、つまりvが大になるほど短縮するのである。$v=c$の場合には、すべての運動物体は——静止系から眺めて(betrachtet)——平板状にちぢまってしまうのである』

——こういうことなんだが、この文章で判断するかぎり、さすがのアインシュタインも光学との結びつきには思いいたらなかったらしい」

「アインシュタインですら、錯覚していたというわけか」

「さてそれはどうかな。元来、ローレンツやアインシュタインをこんなことで責めるのはまちがっている。彼らは時空の性質を追求したのであって、高速飛翔体の撮影技術を研究したわけではないからだ。むしろ、それから五十年以上もそのことに気づかなかった、アインシュタイン以後の連中のほうがだらしない——ぼくらと同様にね」

「考えてもみなかったんだな」

「ローレンツ短縮はなかなか信じられなかった。だが、ひとたび信じられるようになると、こんどは、それが見えるということまで信じられてしまったんだ。こんなエピソードがある。G・ガモフという二十世紀の有名な物理学者が、科学を普及するために、〈不思議の国のトムキンス〉なる題名のおもしろい本を書いた。この本の中で彼は、光が一時間に二十キロメートルの速度しかもっていないという、不思議な国について述べ、そこで自動車や街や自転車が、短縮してぺっちゃんこになって見える絵をかき、そのように説明した。むろんこれはまちがいだったわけだが、誰もそれに気づかないまま、この本はロングセラーとなった。のちにガモフは、この誤りを指摘されて、物理雑誌に論文を投稿し、フラッシュをたいて写したり、レーダー式の装置でみれば、ローレンツ短縮の式のように見えるはずだと弁解した。たしかにそのとおりだが、一般的には、見えないというほうがやはり正解だろうね……」

「やれやれ、固定観念ってのは、まったくおそろしいもんだなあ……」

事件の迷宮入りは、結局錯覚によるものとわかって、ヒノは、こういいながら、くやしさと安堵とがいりまじったため息をついた。

「まったくだよ……」

シオダもうなずいた。

こうして、運搬船《カーゴ》の盗難事件は、急転直下解決をみた。

写真に写った惑星の姿は、船が高速で飛んでいてもいなくても円形の輪郭をもつのだから、なんの証拠にもならなかったし、また、クリスタル人がみせた尾部のみえる運搬船《カーゴ》の映像も、離着陸の姿ともとれるし高速飛翔中の姿が回転して映ったともとれるので、やはり証拠にはならなかった。

そこで結局、生物学がことを決定することになった。ふたりがふたたび〝ピーコック惑星〟にもどり、しばらくしんぼうしているうちに、ピーコック人がキョトンとした顔つきで証拠物件を排泄してくれたのである。

ヒノとシオダは、調査課長に面目をほどこすこととなった。しかし、そのあと数か月して、ふたりはまことにおもしろくない宇宙旅行に出なければならなかった。

マリ・キュリーがその恋人の地質学者であるピエル・デローチと結婚し、研究調査をかねた新婚旅行に出かけることになったので、約束どおり、パイロットとしておともしなければならなくなったのである。

課長に内緒でもちだした調査艇のパイロット席で、ヒノが頬をふくらませた。

「おれは最初、マリ・キュリーのことばを信じかけたんだ。それをシオダ、おまえが理屈をこねて、だいなしにしちまった。あのまま信じていれば、こんなことにはならなかったんだぜ」

「あやまるよ」シオダは無念そうにいった。「理論的にやろうとして、かえってまちがってしまった」

「うむ――」

ヒノも、自分が真相を見破ったわけではないので、それ以上は文句をつけることもできず、しばらく黙然として、つまらなそうに計器をにらんでいたが、やがて、しんみりした調子で話しかけた。

「なあシオダ、われわれ人間にとっては、ローレンツ短縮は、特殊な実験と天才科学者の独創的な理論によって導かれた、神秘的な現象だといえる。だが、日ごろ、相対論的に運動し、準光速物体を眺めているクリスタル人にとっては、それはどうだろう……?」

「やっぱり、神秘的なんじゃないかね」シオダは小首をかしげた。「彼らは生まれたときから、ローレンツ変換と光学の法則が組み合わさった図形――いわばイリュージョン――ばかりをみている。だから、運動物体と静止物体の形が異なるのは、あたりまえのこととしてうけとっているだろうが、その変形の奥にあるローレンツ変換式を見出すことは、かえって大変なのではないだろうか」

「そうかもしれん。手近かなところがよく見えすぎて、かえって大局を見失うってことは、よくあることだからな……」

ヒノはうなずき、しばらく殊勝げに操縦装置をひねくりまわしていたが、自動化されすぎた機構にいやけがさしたように、パイロット席にふんぞりかえると、シオダにむかってぐちをこぼした。

「新婚さんのおのろけを聞かされるばかりでほかにすることのないパイロット役なんてのは、今回かぎりにしたいもんだなあ」

「それには同感だよ」

シオダも、いつもに似ず、せつなそうな声で、ため息まじりにこたえた。

ドアの向こう側でぴったりとからだをよせあっている新婚夫婦の姿を想像し、そして、乗船まえに新婦が新郎に抱かれながら聞こえよがしにいっていたことばを思いだすたびに、ふたりの若い調査員の胸はうずいてしかたがなかったのである。

「わたくし、相対性理論って、だい好き！」

赤い酒場を訪れたまえ

RYO HANMURA

半村 良

1933（昭和8）年10月27日、東京生まれ。本名・清野平太郎。都立第三中学（現・両国高校）卒。幼い頃から大衆小説を耽読する文学青年だった。高校卒業後は、紙問屋の店員、プラスチック成型工、バーテン、連れ込み宿の番頭、板前見習い、クラブ支配人、割烹経営など、20以上もの職を転々とした。

広告代理店に勤務していた61年、「SFマガジン」が行なった第2回コンテストに投じた短篇「収穫」が小松左京と並んで第3席に入選。63年からは日本SF作家クラブの初代事務局長を務めているが、60年代には作品の発表はほとんどなかった。

71年に刊行した書下し長篇『石の血脈』で読書界の注目を集め、伝奇ロマンというSF内の新ジャンルの開拓に成功。続く『産霊山秘録』では第1回泉鏡花文学賞を受賞した。以後、『黄金伝説』『英雄伝説』『楽園伝説』『平家伝説』などタイトルに伝説を冠した一連の作品を中心に、奇想を盛った伝奇SFを次々と発表、たちまちのうちに第一線の人気作家となる。

一方、豊富な社会経験を元に酒場での人情の機微を描いたノンSF短篇でも異彩を放ち、75年には作品集『雨やどり』でSF作家としては初めての直木賞を受賞。『おんな舞台』『新宿馬鹿物語』『忘れ傘』など多くの作品を発表した。

何度も映像化されている国産タイムスリップSFの嚆矢『戦国自衛隊』、時代伝奇SFの金字塔『妖星伝』（全7巻）、奇抜な構成の時代ミステリ『どぶどろ』、全80巻という構想でムー大陸の歴史を描いた大河小説『太陽の世界』（18巻まで刊行）など、SF、時代小説、人情ものに腕を振るい、88年の『岬一郎の抵抗』で第9回日本SF大賞、92年の『かかし長屋』で第6回柴田錬三郎賞を、それぞれ受賞した。2002（平成14）年3月4日、没。

初出=「SFマガジン」70年2月号
初刊=『およね平吉時穴道行』（71年6月／ハヤカワ・SF・シリーズ）
底本=『半村良コレクション』（95年9月／ハヤカワ文庫JA）

清野佳子さん（半村良氏の義妹）のことば

エッセイ「私は前座」の文中で半村良は、こんなことを書いています。

『面白いオハナシっていうのは、いい嘘をついてるってことなんで、いろんな小説の中でも特に私がＳＦを面白いと思うのはその嘘がいちばん大きな種類の小説だからなのです。』中略『そのためにはできるだけよくホントを知っておかないといけないようです。』

半村はいい嘘のため、大量の資料を読んでおりました。

「赤い酒場を訪れたまえ」は、後に長編伝奇ロマン「石の血脈」へ。半村をご存知ない若い方も、映画「戦国自衛隊」の原作者と申し上げればおわかりいただけるでしょうか。

本当に早いもので二〇〇八年には半村良の七回忌をむかえました。

十年ぶりでAとめぐり逢った時、私は自転車に乗っていた。その中古自転車は奈良市内で買ったもので、逢った場所は山ノ辺の道だった。

〈大和志料〉に、古へ奈良ヨリ布留ヲ過ギ長谷ニ達スル道路ヲ上津道ト言フ。即チ山辺道ナリ、とあるその山ノ辺の道は、私が一度徹底的に歩き回りたいと思っていた憧れの道だった。奈良、天理、桜井の三市に基地となる安宿を見つけ、沿道に顔馴染みができるほどほっつき回ったが、一番気に入ったのは金屋《かなや》だった。飛鳥から来る山田の道と磐余《いわれ》の道、東から来る初瀬の道、そして私が訪ね回る山ノ辺の道という、上古の主要道路が集り、卑弥呼ではないかといわれる倭迹々日百襲《やまととひももそ》姫の墓や、神武帝の后である伊須気余理比売《いすけよりひめ》の実家である三輪一族の三輪山や、その大神《おおみわ》神社、そして磯城瑞籬宮《しきしまのみかつきのみや》などが指呼の間に点在するこの金屋の村は、私を明日の命などどうでもよい、遠い遠い歴史の奥へ誘い込んでくれる何かがあった。

葦原の　しけしき小屋《をや》に菅畳《すがたたみ》
いや清《さや》敷きて　我が二人寝し

新婚の神武帝がそう詠んだという茅原まで足をのばして、私は大物主命の磐座《いわくら》がある三輪山を飽かずに眺めたりした。この神浅茅原《かむあさじはら》で崇神帝のために卜問《うらと》を行った巫女の倭迹々日百襲姫は、夜にしか姿を見せぬ大物主命の秘密を知り、箸で陰《ほと》を突いて自殺したことになっている。その箸墓もほど近い。

奈良から南下して、最後の基地である桜井市の安宿には、私と同じ山ノ辺の道ファンが数多く泊ったと見えて、床の間に達筆な色紙が飾ってあったりした。

紫は灰指すものそ海石榴市《つばいち》の
八十《やそ》のちまたに逢える児や誰

宿の老女中も心得ていて、海石榴市《つばいち》とは椿市、つまり今の金屋《かなや》のことだなどと、親切顔で教えてくれたりする。重要文化財になっている金屋の石仏は、二体の等身大石像だというが、この辺りに住んでいても近くで拝める機会は一度もないなどと、世辞半分の愚痴を聞かせ、毎日気楽に好きな事をしているお客さんの身分が羨ましいと、これはかなり本気の愚痴をこぼす。だが、私は人に羨まれる覚えなど一向にない。正直言って、一日も早くこの身がどうかなってくれと願っていたし、人知れず野垂れ死にできたらそれが一番よいと思っていたのだ。

十代の終りから二十代《はたち》の半ばまで、私は新宿や銀座や神田や、そうした繁華街で夜の生活をしていた。酒場《バー》、クラブ、割烹……いろんな事をやった。水商売の足を洗ってから十年ばかりは広告屋をしていた。どちらも不規則な生活で、上ッ調《うわ》子のその日暮しを続けているうちに、長年の不摂生と呑み過ぎが祟り、この数年は胃が重い、肝臓がおかしいなどと言い続け、気がついたらあまり癒る見込みのない病いにとりつかれていた。闘病生活に入って運よく全快しても四十を過ぎてしまい、やり直すのも大変だ。第一それまでどう食いつなぐ。ただでさえ金のかかる病いだ。あれこれ思い悩んでいるうちに、絶望というよりはむしろ何もかも面倒臭くなって、イチニノサンで勤めもやめてしまい、女房とも別れてうしろ指さされながらのひとりぼっちになった。有り難いことに十年の間に広告屋仲間に顔も売れ、どうやら食えるカツカツの仕事をして、金のある間は長年憧れていた山ノ辺の道あるきというわけなのだ。体のことは誰にも言わないから、女房は女ができたと思っているし、家族の者は気でも違ったと思っているだろう。そんな身にとって、山ノ辺の道は全く心の安まる道だった。今さら新しい発見をしようなどという気はないし、長い間に好きで詰め込んだこのあたりの資料を思い出し思い出し、自転車をころがしていたのだ。

その山ノ辺でAに逢った。残念ながら場所をはっきりとは言えないが、Aのほうから声をかけてきた。彼は十年以上前、私が芝でナイトクラブをやっていた頃勤めていたバーテンダーだった。十年の間にずいぶん肥ったが、病気してからめっきり痩せ、Aが識っている昔の貌に戻っていたからすぐ判ったらしい。

小さな川が流れていて、山ノ辺の道はひどく折れ曲っていた。北へ向って右手が山、左には奈良盆地南域が見はらせた。椿のどす黒いまでに濃い緑と、絵に描いたような竹藪が道に蔽いかぶさっていて、蜻蛉の他に生き物の姿は何もない静かな昼さがりだった。相手の姿が見えはじめてすぐ、お互いにオヤという具合だった。そのまま通り過ぎてしまえば遅くも二、三年後には痩せ細り、どこかの山中で首でも縊《くく》っていただろうに、世の中なんて判らないものだ。社長……Aはそう言って私を呼びとめた。私は今まで一度も社長になったことはない。マスターと呼ばれるのを嫌がったら、店の者達がいつの間にかそう私を呼ぶようになったので、社長と声を掛けるからには、以前の水商売仲間にきまっている。

あとで考えると、なぜAが知らぬ顔で通り過ぎなかったか、不思議で仕様がない。酒と女の番をして、派手な生活をしていた当時のAと、まさかこんな所で逢おうとは思ってもいなかったし、似てるとは思っても白ばっくれればそれで済んだのだ。咄嗟のことだから私がどんな状態にいるか見極めることもできなかったろうに。

さやさやと葉擦れの音絶えぬ竹藪の下で、私たちは二時間余りも話し込んだ。一別以来どうしたこうした、山ノ辺の道を訪ね歩いている、そんな趣味が社長にあろうとは、あそこを見たかここへ行ったか……驚いたことに、Aはかなり詰めこんだと自信を持っていた山ノ辺の道に関する私の知識など、とうてい及ばぬほど、大和の古代に詳しかった。話しているうちにAが奥行きの深い人間であるのを感じた。クラブ当時は気づきもしなかったが、十年の歳月は幾らか私に人を観察する眼を与えたようだ。Aは私より幾つかとし下だが、とてもとても、私のような軽薄者は恥かしいくらいだ。その時点で互いに何の関り合いもなかったので、私は問われるままに山ノ辺の道あるきの理由……つまり病いのことを喋った。

するとAは非常に同情してくれて、急がぬなら自分の家へ泊って行けと言い出した。その時の妙に寛大で、それでいて何となく悪魔的な微笑のしかたを、私は今でもはっきり思い浮かべることができる。そしてくどいほど私が生への執着を絶ってしまった過程を訊ねた時の、まるで警官か何かのような鋭い口調も。

連れて行かれたAの生家というのがまた、大変な場所だった。おそらく附近の住人にも余り知られていないのだろう。そう思わせるに充分なほど複雑な道を行き、山襞《やまひだ》に隠れるように濃い緑に囲まれて、着く寸前までそこに家があろうとは思わなかった。ずっしりと土から生えたようにあたりの風物に溶け込んだ建物で、古くそして大きかった。平屋《ひらや》で重そうな草葺き屋根を冠った姿を、私は最初に神社かと思った。いや、どう見ても神社そっくりだった。現に、玄関とおぼしきあたりに雨風に丸くなった石像があり、お稲荷さんの狐かと思ったが、近寄って見ると尾が細く犬の像だった。

住人は祖父だという老爺に甥夫婦とその子供たち。こんな家なら訪れる人も稀だろうに、学齢前の子供たちまで変に動じない様子で、私は大した挨拶もなしに奥の一室に通された。泊ることがはじめから決っていたせいか、茶と灰皿がひとつ出たきりで、森閑とした谷あいの家の暗い奥座敷に、私はいつまでも放って置かれた。家族の声も聞えない。……普通なら薄気味悪くもなろうが、何もかもどうでもよくなっている私には、その扱いも静けさもこころよく、

倭《やまと》は国のまほろば　たたなづく　青垣《あおかき》　山隠《こも》れる　倭《やまと》しうるはし……

などと、ひたすら外の景色を楽しんでいた。生きる望みを絶ったつもりで、専ら清浄な神域に近づいて欲を越えた心境を保ちたいと考えていたが、明日への希いをねじ伏せると、そこは凡夫で異常、正常の見わけさえつかないような、偏った心理状態だったのだろう。食事時になって、Aが三宝のような膳に私の分だけを運んで来た時も、私はそういうものだと何も考えず御馳走になった。Aは私が酒が呑めなくなったので可哀そうだと、からかうように言い、傍らで給仕をしてくれながら

味酒《うまさけ》を　三輪の祝《はふり》がいはふ杉
　手触れし罪か　君に逢ひかたき

と万葉を口ずさみ、古代大和の最高神である大物主命の土地である三輪の枕詞が味酒《うまさけ》だと説明した。神前に奉納する神酒《みき》は、古くは神酒《みわ》と読み、大神《おおみわ》神社の主は酒の神である一面を持っているから、ギリシャのバッカスと共通点があるなどと言った。

その頃はめっきり食欲もなくなり、殊に脂っこい物を欲しなかったから、質素な山菜料理を結構有難く頂戴し終えると、頃合いを見計らったように老爺が現われた。Ａは日本人ばなれのした彫りの深い美男子だが、その老爺も見ようによってはサンタクロースのような、白髯をたくわえた外人めいた貌の持主だった。老爺はずしりと持ち重りする湯呑みを私に渡し、熱いうちに無理をしても呑んでしまえと言い、暫く私を見つめてからＡにむかい、お前の言う通りこれは死にたがっている顔だと、ひどく低い声で言いすてて戻って行った。湯呑みの中はとろりとした液体で、野生の植物の芳香が強く鼻をうつ。Ａの説明によれば、ある種の百合の球根と花汁を混ぜたもので、強壮の役と同時に睡気を散じ精神集中の力も与えてくれるのだという。今夜は長い話になるから、是非それを呑んで置け、決して為にならない話ではないし、古代に興味を持つほどの人間なら必ず乗ってくるはずだからと、何やら思わせぶりを云う。

やがてＡは、さて、と言って立ち上り、私を促してその部屋を出た。東北や北陸によく見かける仏教的陰湿さのある旧家と異り、恐ろしく古いこの家は、何となく開放的ですがすがしい感じが漂っていた。私はそれを道場のようだと思った。家は山側から谷間へ向けて建て増しされたようで、二、三段の階段を昇るたびにいっそう古くなり、いっそう神社めいてくる。そして遂に明らかに拝殿の形式を見せる一番奥の建物に辿りついた。板敷きの広間の突き当りに一段と高くなった高座のようなものがあり、注連縄《しめなわ》が下っていた。Ａはためらいもせずにそこへ昇って行く。私は神棚の大きめのものの中へ乗り込んで行くような気がした。

驚いたことに、神棚の扉の奥からゆらゆらと灯りが現われた。暮れきった夏の夜の、どこからともなくひいやりと肌につめたい風が流れ、やがて手燭をかざしたさっきの老爺が私たちとすれ違った。黙礼を送るとほんの微かな表情の変化でそれに答え、静かに去って行く。それはまるで能の動きだった。扉から奥は、老爺が手燭の火を移して行ったのだろう、そこ此処に細い灯火が揺れていて、私たちを導いてくれる。そしてその奥で私が見たものは黒々としたひと塊の岩だった。近づいてよく見ると、その岩は幅一メートル弱、高さ二メートル強で、上下二つの部分から成っていた。基部は一メートル半ほどの黒灰色の岩で、その上に厚さほぼ五十センチ、横一メートル半くらいの赤褐色の平たい岩がのっていた。T字状だ。Aが足許を見ろと言ったので気づくと、私はいつの間にか板敷の上ではなく、石畳の上に立っていた。

少くとも千六、七百年前から此処にたてられており、大昔はこの屋根もなかったはずだとAが語った時、私の背筋に戦慄に似た感動が走った。少し口ごもりながら、イースター島の石人像も赤岩の帽子を冠っていたはずだというと、Aは深くうなずき、T字は十字と同じく宗教に関係があるとつけ加えた。そして、私に言うというよりは、遠く古代に想いを馳せる様子で、巨石遺構《メガリス》こそ人類の最も大きな秘密を解く鍵であるのに……と、惜しむような誇るような口吻で言うのだった。

巨石遺構《メガリス》については、私も三輪山神域の磐座《いわくら》などの関連で少しばかりかじっていた。北欧に特に多く分布する巨石構築物で、原始的な祭祠と関係があるとされるが、詳細は今なお諸説があって定まっていない。恐ろしく広範囲に分布しており、メンヒル（立石）アリニュマン（列石）ストーンサークル（環状列石）ドルメン（机石）羨道墳《せんどうふん》、石甕からイースター島の石人像まで世界各地に点在し、著名なのは南イングランドの〈エーヴベリーの寺院〉と呼ばれるストーンサークルや、ブルターニュのカルナックにある二千基をこすメンヒル群だ。日本にも秋田県大湯の万座と中野堂や、忍路《おしょろ》、音江、神居古潭《かむいこたん》など北海道のものが知られている。

私がそう言うと、Aは軽く笑った。失笑した様子だった。笑いながら神武帝の名を知っているかと問うので、始馭天下之天皇《はつくにしらすすめらのみこと》だといういっそう声高く笑い、それは帝王になってからの尊称、以前は神倭伊波礼毘古命《かんやまといわれひこのみこと》だと言った。伊波礼毘古は磐余彦《いわれびこ》とも書き、山ノ辺の道を南に下る磐余道《いわれのみち》の磐余と同じだ。笑いが納まるとAは呟くように、古代は世界中が岩だらけなのだと言い、T字形の岩のうしろに揃えてあった履物を履いた。それは茅で編んだ一種の靴で、私はなんと言う理由もなく、つい靴下を脱ぎポケットへ突っ込んでから裸足になってその茅の靴に足を入れた。今思えば、靴下という現代が神道の清浄さを害するように感じられたのだろう。

T字形の神石の奥は両開きの扉になっていて、夜風はそこから吹き込んでいた。石畳が少し下り勾配で続き、その両側はこの地方に多い山百合が密生して揺れていた。山百合と言っても関東で言うのとは違う種類の、少し小型のものだ。頭の上には山がのしかかるように黒々と夜空を区切っていて、大した風も吹いていないのに、時折り腹に響くようなドウーという音をたて、そのたびに百合がざわざわと揺れた。暗くて確かではないが、柏や櫟《くぬぎ》のびっくりするような巨木がつらなっているらしい。

この先きに横穴がある、とAは言った。私はそう不思議に思わなかった。近くの竜王山には横穴古墳群がある。三輪山の磐座が巨石遺構《メガリス》の一種だとすれば、その隣りの竜王山に横穴古墳があるのだから、T字形の神石と横穴が石畳でつながっていてもおかしくない。

その横穴は衝立てのような一枚岩が入口にあって、私とAはそれを左へ回り込んで中へ入った。竜王山の古墳が庶民の物だとしたら、これは明らかに王族の物である。側壁と床の中央部は平らな岩でしかれ、所々に厚さ三十センチほどの石積みがあって、部屋の区分をされている。私は奇妙なことに気づいた。その石積みで区切られた部屋は、大小さまざまだが、どれも不思議な親しみの持てる広さだ。これは六帖間、これは十帖間……

などと言いながら歩くと、Aは振り返り、そうだ、大基《おおもと》のことは昔から何ひとつ変ってはいないのだと、私を褒めるように言った。横穴古墳と団地の3DKが、大して変らない寸法で作られていると思うと、私はひどく愉快になった。そこ此処に点《とも》るか細い光が揺れ、二人の影が不気味に岩壁に映って太古の舞いを舞っているが、私はこのまま夜が明けなくても一向に構わないと思った。

かさかさと、ほどよく乾燥した土の上に立った時、私の古代への旅は終点に来ていた。突き当りに再びT字状の神石があり、その背後は岩の壁になっていたのだ。イースター島の巨人を連想させた上部の横岩は、Aの家のよりいっそう赫く、四つほどの灯火の中で朱色に輝いて見えた。その神石の両側から、最終室の四面にずらりと緋色の布で掩《おお》った何かが並んでいた。

日本列島は巨石文明の終着駅だった……Aは低い声でそう言った。その喋り方は四壁に反響するこの岩室の中では、実に適切な喋り方だった。湯呑みを運んで来た時の老爺の喋り方を思い出した。私はなるほどと思った。Aは語り続ける。

……君はソロモンの神殿についてどれほど知っているか。私は物好きに聖書考古学などに興味を持っていたので、うろ覚えながら答えた。神殿の内部は三ツの部屋に分れていたと思う……そうだ。最初は入口の間ウラム、次いで聖所であるヘカル。列王紀略にそう書いてある。ヘカルには多くの窓があり糸杉の床に香柏の線条が入っていた。屋根は陸屋根、壁や戸は棕櫚の木で花や鎖の他にケルビムの彫刻がしてあった。第三の部屋は至聖所と呼ばれ、窓はなく、二つのケルビムが安置されていた。しかし、それがどんなものか誰にも言えない、とヨセフが言っている。ケルビムについては以来人々が想像をめぐらせ、翼あるスフィンクスなどと考えられたりし、サムエル書やエゼキエル書にもそのように記されているが、実の所は全く判らない。そのケルビムとは、おそらくこれのことだろうと、Aは緋の布で掩われた十数個の物体を見回した。私は堪りかね、バイブルと日本の古代がそれほど密接につながっているとは思えないと言うと、Ａは憤ったように私を睨み、すべての宗教はこれから発達したのだ、と緋の布のひとつを指さした。

現在残っている宗教は、その発生期に原始宗教をすべて邪道外道《アージーヴィカ》としてしまい、その本質を闇の彼方へ押しやってしまった。ミトラ神はローマ支配下におけるキリスト教最大の仇だった。そのミトラ神の礼拝はこのような洞窟内で行なわれている。しかし、特にアーリア系の宗教は闇と光の二元論をその祖に持っている。また生命の再生も同じだ。古代フリギアの女神を崇拝したコリュバントは暗夜松明を持って山々を駆けめぐり、手足を傷つけ合って別の人格を得ようとした。バイブルにあるカナン地方の邪教バールも、ギリシャのマルスを崇めるサリアンも同じだ。瑜伽《ヨガ》も同根だし、キリストの復活もその要約にほかならない。ヒンズー、ジャイナ、仏教などの涅槃《ニルヴァーナ》もその再生への願いの昇華したものだ。エジプトのミイラも再生を期して行なわれた秘儀のひとつだ。いったい古代人達はどうして生命は再生されることを信じたのか。

私はＡに反論した。それは農耕社会の大地信仰が……と。するとＡは強く首を振り、物事を抽象化して考え過ぎると私を叱った。生命の再生、死者の蘇りを事実として知っていたと考えないのか。古代人が我々より抽象化作業に優れていたとは思えない。死者崇祀《マニズム》は世界の至る所にあるじゃないか。Ａは確信ありげに言った。

私はたじろいで、ではそれと巨石遺構《メガリス》に何の関りがあるのだと方向を転じた。Ａはほとんど北叟《ほくそ》笑んで答えた。世界中に死者崇祀《マニズム》がある。世界中に巨石遺構《メガリス》かその類縁がある。ほとんどの宗教が生命の再生を含んでいる。この三つをありのまつき合わすと、ソロモンの神殿にあったケルビムになるのだ。死者を祖霊として崇めるだけでなく、安置し祀《まつ》ったのは死者が再生することのあるのを知っていたからだ。そして石を崇めたのは、石に崇めるだけの秘密があったからだ。つまりこれだ。

Ａは右手の一番端にある緋の布に掩われた物体

に近寄り、それだけが他の物と違って真新らしい緋の布を、一気にパッとめくり落した。私は息をのみ、声も出なかった。

世にも精緻を極めた一体の男性像がそこにあった。顔の小皺、毛髪、四肢、陰茎から恥毛の一本一本までが、恐ろしいほどリアルに仕上っていた。Ａは私に手で触れて見るよう促した。そっと触れると、それはまぎれもない石の感触であった。

顔をよく見ろ。Ａにそう注意され、しげしげと石の男性像の顔を眺めた私は、数瞬後自分でも異様だったと判る悲鳴をあげてしまった。「スーさん……」

私が怯えたのは、この半ば形而上学的やりとりの中に、突然なまなましい自分の人生の一断片がとび込んで来たからだった。スーさんは私が芝でクラブを経営していた頃の客の一人だったのだ。Ａは私の驚愕を確認できてさも嬉しいというふうに、何度も何度もうなずいた。

これは一番新しくできた神だ。遙かな未来に不死の生命をもって蘇る石化した人間なのだ……Ａは私に諭すように言った。他の緋色の布の下には、それ以前の神々が蘇生を待って長い眠りを貪るっている。中央左側が大国主命、別名大物主命。右側は磐余彦、その隣りは影媛《かげひめ》……。Ａは十幾つの名をそらんじた。知る名もあるし知らぬ名もあった。私の顔見知りの客、スーさんは隅田賢也と呼ばれた。隅田賢也の名に、私は何度か集金に行ったことのある赤坂溜池の大会社、夏木建設の本社ビルを思い起した。私が逃げ出した、あの人間の溢れる大都会のド真ン中に暮していた人物が、三輪山の主や神武帝とこうして並んでいる。そのどうしても嚙み合わぬ歯車《ギヤ》の軋みに、私の体は全身から悲鳴を発していた。か細い灯火の揺れに従って、石化したスーさんが動き出し、ひどくゆっくりと耳鳴りに似た轟きを伴って私にのしかかってきた。悲恋に沈む影媛の裸身がそのうしろを横切り、大物主命と磐余彦が緋の布をはいでとび掛って来た時、私の精神は古代と現代にまたがる二千年の時間に引き裂かれ、昏《くら》い奈落へ引きずり込まれてしまった。

気づいた時、私は元の座敷に寝かされていた。最初に見えたのは、視野いっぱいに私をのぞき込んでいる、サンタクロースのような老爺の顔だった。

熱もあるようだ……すぐ耳もとで、それでいてひどく遠くから老爺の声が聞えた。かなり病気が進行しているようだ、とAの声がそれに答えた。こんな体では行かせてやれそうもない、とAは冷たく言ったようだった。老爺はそれに、いやそうでない、自分たちの条件をこの男は充分満たしているし、病気は行けば癒ってしまう、と反論していた。私は油の尽きかけた灯火のように、ジリジリッと音をたてている自分の内部を意識すると、うわごとのように、行かせてくれ、と二人に言った。見栄も気取りもなく、生きることへの願いが体の底の方から湧き出してきて、それは幾粒もの涙となって滴り流れた。

行かせてくれ。俺を未来に送り届けてくれ。不死の来世を与えてくれ……。


再び失神から覚めた時、私はすぐ近くにAの笑顔があるのを認めた。Aは私の胸の上に優しく手を置いて、大丈夫行かせてあげる、と言った。そして三日後私が再び自転車に乗れるようになるまで、長い物語を語り継ぎ語り継ぎ私に聞かせてくれた。


人類が遠い過去に置き去りにして、忘れてしまった病気がある。医学の進歩で、やがてはそうなるかも知れないのが黒死病だが、Aが私に教えたのはその類《たぐ》いのものではなかった。人間が石化し、数千年の眠りから覚めると、その内部機構が変質していて不死の生命となる奇病だ。Aも医学の深奥をきわめたわけではないから、彼が書物を漁《あさ》って調べた範囲を出ないが、おそらく人種が幾つかの異根として発生したことによる人類の宿命的な疾病と言えはしないだろうか。異根の二人種が混血したとき、稀れにこの怪病が発生した。

近代病理学は体液病理、器官病理、細胞病理とその分野を拡げてきたが、最も新しいのは細胞間質病理学である。細胞間を埋める物質に異常が生じて起る疾病は、その細胞間質の呼称から膠原病とも呼ばれ、病変は類繊維素病変と血管組合組織病変に二分されるようだ。どれも完全に解明されていないものばかりで、人為的に発病させるのが可能なのは血清病だけだという。

Ａは石人病……彼の呼び方だが、その石人病は膠原病か、おそらくそれに非常に近い病気の一種だと考えているらしい。全身性播種状紅斑性狼瘡《エリテマトーデス》や全身鞏皮《きょうひ》症、結節性多発動脈炎、リウマチ熱、慢性関節リウマチ、皮膚筋炎がその仲間で、治療法は副腎皮質ステロイドホルモンが対症的に効くだけだ。これらは一時平癒に向っても時を置いて再発し、その都度進行の度を深めるという厄介な疾患なのだが、その中の全身鞏皮《きょうひ》症が石人病によく似ているという。

鞏皮症は初めむくみ、やがて皮膚が硬化して一種の光沢を発するようになる。色素が増し黒光りしてくるのだ。その後小色素脱出斑が密生して白っぽく変る。同時に皮膚は萎縮し厚味も減って細かな皺が出る。脳の淡蒼球などの錐体外路障害に似て、筋緊張昂進、仮面性顔貌、運動減少、手指振顫《しんせん》などを伴う。パーキンソン病、ウィルソン病に見られる症状と同じだ。

石人病もまず体の末端が固くなりはじめる。指、掌、腕とどんどん進み、顔はまるで仮面で最後に毛髪までが白っぽいかたまりとなり、曲げればポロリと折れてしまう。だが本来人体は水分が大部分だ。放置すれば萎縮して死んでしまう。誰が最初にそうしたか、時の彼方に霞んで判るはずもないが、古代人たちはこれに多量の人血を与えてきた。副腎皮質が効果を顕《あら》わすことと言い、原始宗教に見る犠牲《いけにえ》の真意が此処に隠されている。キリスト教には塗油儀法が残っているし、バイブルでパウロも、人は自らのうちに変身し第二の生誕を行なう。イエスの神秘な血を飲んで自らを神性に依って満すべしと述べている。

しかしこれは石人病の第三期に入ってからのことである。第三期が終ると、私がＡの家の横穴で見た隅田賢也のように石化して、二千年ないし六千年の眠りに就く。人間本来の組織構造は石の皮膚の下でゆっくり変化を続け、やがて不死の超人として再生する。

しかし蘇生するとき、介添する人間が必要である。ごく微量だが人血を必要とするのだそうだ。舌端に異常発達した細胞が残っていて、それを脱落させねばならない。石人から接吻を受ける相手が必要なのだ。しかもその細胞が脱落する時、石人から病原が染《うつ》される。数千年の空白ののち、次代の石人病がこうして拡まるのだ。

昭和三十年代のある時期、女流カメラマンで巨石遺構《メガリス》研究家でもある椎葉香織という人物が偶然のことからヨーロッパにおける石人の謎を知り、アルバニアのゲグ族の土地で石人の蘇生に立ち会った。世界には日本も含めすでに蘇生した超人の支配下に、この秘密を保ち石人を探求して安全に保存する組織が存在し、椎葉香織という美女はこの組織に保護され、やがて日本に石人病を持ち帰った。

現代日本での病祖香織は、この時体の一部が変化していた。人間の舌には舌乳頭という細かい突起が無数にあるが、特に大きなのは有郭乳頭で直径一ミリ以上もある。味覚をつかさどる味蕾はその個々の乳頭をとりまく溝の壁に発達しているが、香織のそれは一種の刺細胞に変っていたのだ。イソギンチャクの仲間にアコンシアという腔腸動物がいるが、それが刺細胞類の代表的なものだ。外胚葉の一部が中膠《ちゅうこう》内に陥入していて、刺戟《しげき》に会うと刺糸が裏返しとなって表面にとび出し、毒液を分泌して敵の行動力を奪う。香織の舌にはこの毒針が内蔵され、性感の高潮時に作動してエクスタシーとほとんど同時に微量の病液を分泌、相手の体内に注入する。この時、射出する側にもそれを受ける側にも、筆舌に尽し難い快感がある。正常な性と異常な疾病による二重の快美感だ。その愉悦の誘惑に克った人間は絶無だそうだ。

つまり、石人病の伝播は一種の性病として行なわれる。舌からの病液授受は精神の乱れさえ伴う、実にすさまじいばかりの悦楽であって、特に子患者は親患者を身も世もなく恋い慕うようになってしまうのだ。強烈な中毒症状と言ってもよく、病液注入の自覚などあり得ないから、それを愛情と思い込む。十歩譲っても得難い性愛の対象と感じる。このセックスを伴う交渉が重なるにつれ、体の異常が進行する。まず昼は何とも言えぬ焦燥と罪悪感に似た情緒にさいなまれ、怠惰で逃避的となる。ちょうど宿酔の朝の気分に似ている。食欲がなく理由のない後悔に捉われ、いらいらして音に敏感となり、特に水気を欲する。脱水症状なのだ。石化の第一歩である。

ところが夜になると嘘のように気分がよくなり、ひたすら相手を恋い慕う。この辺りが第一期で、その終り頃にぼつぼつ味蕾の変化が始まり、何かの理由で〈恋人〉からの病液の供給がとまると、精神錯乱に陥り四肢に痙攣を起して死んでしまう。石人病の秘密が保たれたのはこの辺の症状が原因で、患者は親患者を愛人とするとともに、事実保護者として親子又は主従の関係に入ってしまうのだ。Aは軽度の従命自動症ではないかと言っている。精神異常の一種で拒絶症の逆例だ。私は正常な人間にも、あなたなしでは死んでしまう、という感情に支配される場合があるのを思い起し、石人病の人類に対する根深さを知らされた。味蕾が変化すると当然味覚が損われて、酷く辛いものでないと感じなくなる。香辛料や大蒜《にんにく》が好まれる。

症状の一期と二期は判然としている。色盲になるのだ。色盲には部分色盲と全色盲があるが、この石人病では百パーセント部分色盲になる。眼球の視細胞は色を感ずる杆状体と明暗を判ずる錐状体があり、どうやら杆状体の機能が損われるらしい。部分色盲は理論上赤緑色盲と青黄色盲があり、赤緑色盲は男子の約四・五パーセント、女子はその十分の一程度だが、青黄色盲は理論上の可能性だけで実例は絶無だ。

その青黄色盲になる。赤緑青黄は主観的四原色と呼ばれるが、このうち青と黄を失ったら自然緑も失われ、赤一色の世界になる。赤以外は明度で判別するより仕方がない。そう言えば中石器のアジール文化は赤色顔料を用いた彩礫を特徴とするし、ウィルトン文化は赤色単彩の岩壁絵画を持つ。カプサ文化も同じものがあるし、日本の神社は赤以外の色彩をあまり用いない。赤い鳥居の例を引合いに出すまでもないことだ。アーリア人種の祖と見られ、化石的民族と言われるヒンズークシ山中の白い蕃族カフィールは、その着衣によって二分される。赤一色の赤カフィールと黒一色の黒カフィールだ。またバイブルのイザイアス書には、エドムより来り赤き服着てボラスより来る者は誰ぞ、としごく訳の判らないことを言っているし、我が眼は傷つき我は泣き、とも言っている。

色盲の時期になると陽光に身を曝《さら》すことは避けねばならない。熱中症にかかってしまう。熱中症とはつまり日射病で、その死亡率は常人で約四十パーセントにものぼる。高熱を発して発汗さえ止る突発的な病気だが、石人患者はほとんど百パーセント頓死する。

これが石人病に関するあらましだが、ヒンズーのヴェーターには、ダルマ、アルタ、カーマの三大目的があり、それを通じて解脱《モークシャ》に至ろうとする。カーマは性愛である。また、この最古の聖典に残る深窓《バルダ》の教えとは、熱中症への警告ではないだろうか。庚申待ちの庚申信仰は中国の三尸《さんし》信仰から来ていて、上尸《し》は青姑といい妄想を起させ眼を病ませる虫、中尸《し》は白姑といい美食と悪行を好ませ、下尸《し》は血姑で色欲を増し殺を好ませ、手足を震わせる虫とある。

ゴルゴダでロンギノスの槍に突かれたキリストの傷口から流れた血はアリアタマのヨセフに引継がれ、やがて聖なるエメラルド盃を探し求める十二人の円卓の騎士が生まれ、聖堂騎士団に発展し、殿堂設計の予言者マーリンと結びついてフリーメーソンになる。秘密は世界史のそこかしこに散在しているのだ。

フリードリッヒ大王に死ぬことができぬ男と呼ばせ、自身二千年の歴史を見て来たと豪語しバビロン宮廷のゴシップなどを語ったサン・ジェルマン伯爵はどう言う人物だったのだろうか。マリー・アントワネットの腹心アデマル夫人は、彼が死んだと言われてのちのマルセーユで逢って話しているし、作曲家ラモーもその博識に驚いている。マルコポーロの東方見聞録にも現われる、イスラム系の怪教暗殺教団の開祖ハサン・ビン・サバーは、険阻なアラムートの山砦に身をひそめたまま、遂に一歩も陽光の下へ現われなかった。大物主命も一切昼行をしない伝説を持っている。ストーカー夫人はドラキュラを全くの想像で書いたのだろうか。ジャン・ジャック・ルソーはこう言っている。

もしこの世に是認され証明された歴史があるとしたら、それは吸血鬼の歴史であると。そして飽くまで吸血鬼は迷妄と断じ難いことを終生言い続けた。裁判官の身で鬼神崇拝論《デモノラトリア》を残したニコライ・レミギウスは、魔女裁判《ヘクセンプロツエス》の真っ只中に生きた勇気ある証人ではなかったろうか。ヤーコプ・シュプレンガーなどの魔女糾問官は、必要不可欠の防疫班ではないだろうか。

Aは私の枕頭でそんな話を続け、最後に東京へ戻ってから逢うべき人の名と場所を私に教えた。いま、東京には非常に発達した石人病患者の組織が存在する。石人病は病祖からある範囲……親、子、孫の患者世代の限られた範囲を超えると次第に軽症になり、遂には消滅してしまうのだと言った。だからAが指定する患者を親に持たないと石人にはなれないと注意し、早く帰京するよう奨めた。

三日後、私は自転車で桜井市へ戻るため、山ノ辺の道までAに送ってもらう途中、なぜそこまで秘密を知りながら、自分自身は超然としているのかと訊ねた。Aは少し淋しげな表情になり、駄目なのだと答えた。

来た時のようによく晴れた日で、振り返ると神社のような家も古墳のあった山も、もう少しも判らず、遠くで鳥が啼いていた。Aはややためらいながら、自分の家系は長い間石人病に免疫となっていると答えた。〈犬神筋《いぬがみすじ》〉なのだという。

犬神は日本に広く分布する憑物《つきもの》の一種で、狐憑はその亜流だ。犬は古代社会で御犬と尊称された狼のことで、真神《まがみ》とも大口《おおぐち》とも言う。大和国風土

記逸文に、

　昔、明日香ノ地ニ老狼アリテ多ク人ヲ喰フ。土民恐レテ大口神ト言フ。某所ヲ名付ケテ大口真神原ト号《との》フ……

　という文章がある。Aはその犬神憑きの家系の頂点に立つ〈犬上《いぬがみの》御《み》田鍬《たすき》〉の子孫だったのだ。石人病のちょっとした変種が、本流から分離して石人とはなり得ない人々を生んだのだ。〈犬神筋〉の家には時折り膠原病の全身性エリテマトーデス……狼瘡を発する子が生まれ、周期的に平癒、憎悪を繰り返しながら狂暴な錯乱の発作を起すという。

　〈犬上御田鍬〉は、石と化す人に仕え、その身を扶ける犬神族の最高神に当り、推古、舒明の二帝に仕え、遣隋使、遣唐使として二度も海外へ渡航している。……はじめは石人病の仲間だったのが、いつの頃か近親相姦があって病質に異変を来したのだ。このような病液授受上の失敗は世界中に例があるそうで、狼人間と吸血鬼が不即不離なのも当然のことなのだ。

　あの急に折れ曲った山ノ辺の道へ出たとき、Aはもう二度と逢うこともあるまいと言って堅く私の手を握った。あんたが石人として蘇る頃には、今の人間社会はなくなっているかも知れない。大物主命や磐余彦や影媛などは先きに蘇り、サン・ジェルマン伯爵たちと新しい社会を築いているだろう。保存は東京の連中がやってくれるだろうが、何なら隅田賢也のようにあの横穴へ引取っても良い、などと親切に言ってくれたりした。

　列車が東京へ近づくに従って、私はAの家での出来事が、どこまで現実でどこまで妄想の産物なのか、次第に判らなくなってきた。神社のようなAの家を訪ねたのは確かだが、石になった隅田賢也や古代の神々と逢ったのは、私が高熱を発して昏倒してしまった間の幻想ではないのだろうか。Aは本当に犬上御田鍬の子孫なのだろうか。吸血鬼や狼人間などという伝説の世界へ入り込んで行こうとしている自分は、果して正気なのだろうか。

東海道を走る列車の中は、揺れる灯影もなく、闇に轟く樹々の風鳴りも、ましてや大物主命や磐余彦の影など何処を探してもありはしない。静岡を過ぎ箱根をこえて小田原に着いた頃には、不死の生命に至る石人病の存在など、まるで馬鹿げたお伽噺に思えていた。

しかし、Aの家での数日が、私に生きる望みをとり戻させたのも確かだった。何とか病気と闘って見よう。もう一度やり直して見よう……いろいろ理窟をつけて山ノ辺の道などで自分を甘やかして見たが、結局人間は生まれてきたからには生きねばならないのだ。他人の世話にならず野垂れ死にできたらなどと、愚にもつかぬことを考えていたが、山中で縊れ死んでも結局誰かに迷惑が及ぶのだ。やはりもう一度出直すべきだ。

東京に着くとすぐ、私は二、三社の広告代理店に電話をして、雇ってくれないかと口をかけた。仕事の上での実績には多少自信があったし、以前来て働かないかと言ってくれた所ばかりなので楽観していた。しかし、タイミングが悪いというのか、どこも人を補充したばかりで椅子が空いていないと断って来た。われながらあさましい限りだが、それからの私は就職運動に明け暮れる始末となった。

家族は私が抛《ほう》り出してしまったので腹を立てており、苦労して新しい生活方式に踏み出したばかりだから、失職の身を良い顔で迎えるはずもなく、別れた女房は原宿に間借りをして働きに出ているそうだが、これも連絡のつけようがない。仲間のあっちこっち駆けまわり、おこぼれの仕事を恵んでもらっては、ドヤ暮しに近い毎日が続いた。

そんな私を見かねたのか、青山にあるプロダクションが来いと言ってくれた。しかしそれは極端に言えば文案《コピー》の清書をするような、ごくつまらない仕事だった。それでもないよりはマシで、引受けはしたものの心中穏やかでなく、でれでれと勤めた最初の給料日、十年キャリアが泣くような金額に堪りかね、焼鳥屋でつい禁じていた酒を呷《あお》った。

久し振りのアルコールで好い機嫌になったのは

ほんの僅かの間で、私の体に酒が毒でないはずはなく、胃の辺りにコンクリートブロックを一個つめ込んだような気分になって、吐き気が襲ってきた。勘定もそこそこに外へとび出し、酔いと体の変調が一緒になってふらふらと青山通りを歩いていたが、とうとう街路樹につかまってへたり込みそうになった。

その時、私すれすれに黄色いタクシーが走りすぎ、少し先きで停ると白っぽい和服の女が降りた。うつむいた私は女の着物の裾が私に向って近づいて来るのを感じていたが、聞き覚えのある声に驚いて顔をあげた。

別れた女房だった。何をやってるの、こんな処で見っともない、と私の腕をとり、どこにいたの、ずいぶん探したのにと恨みがましく言った。知るけえ、てめえなんか……酔ってるのね、死んじゃうわよ。死にてえのさ、放っといてくれ……好きなようにさせてあげるけど、とにかく今は来てよ。

私はそう遠くない原宿まで、女房に連れられて歩いた。間借りと聞いたのでせいぜい二間の安アパートだろうと思っていたら、どうして豪勢なマンションの七階だった。室内の調度も私と暮していた頃の数倍も贅沢で、赤いカーペットを敷きつめた寝室には、どでんとピンクのダブルベッドが置いてあった。

別れてから生活の途もなく、友人のすすめで西銀座の茜《あかね》というクラブへ勤めたという。久し振りに逢えたのだから今日は休業、などと幾分燥いで、グロンサンを飲ませたり風呂に入れたり、すっかり世話女房の昔に戻っている。汚れっぱなしの下着やよれよれのワイシャツまで、女のいない証拠だと喜んでいる。髪を短く切ったせいか、だいぶ若返ったように見え、二十八歳が二十三、四に見えないこともない。やがて、逢いたかった逢いたかったと涙声で抱きついてきて、私をベッドへ押し倒し、のしかかってきた。それはひどく新鮮な一夜で、けだものじみた女房の嬌態にいつしか私も捲き込まれ、かつて味わったことのない悦楽に、あさましいまでの欲情を吐き出し続けた。

醒めると十一時を少し廻っていた。彼女はまだ睡っていて、私は裸のままバスルームへ入った。冷たいシャワーを浴び、冷蔵庫をあけてグレープジュースを一瓶飲んだが、胃の辺りがまだ不快だ。昨夜焼鳥を四、五本食っただけで空腹のはずなのに、あまり食欲もなかった。プロダクションへ出かけなければと服を探したが肝心のワイシャツがない。寝室へ戻って彼女を揺り起すと、薄目をあけて私を認め、すぐくるりとうつぶせになって、顔を枕にあてたままの籠り声で、出掛けなくてもいいじゃないの、と言った。ワイシャツは洗い物の中に一緒にしてしまったから、あとで買ってきてあげると言う。

女房も変った、と思った。以前は人一倍早起きで、日がな一日こまごまと動いていたのが、まるで怠惰になっている。このままよりを戻してもいいのだろうか。この豪勢な暮しぶりは、男でもいなければできないはずだし、彼女の将来を自分は今ぶちこわしているのではなかろうか。言葉に甘えて勤めも休んで、いったいどうなるのだ。

宿酔の不快さの中で、私はあれやこれや、しきりに自分を責めていた。居間のカーテンをあけると明るい陽射しがさっと流れ込み、くらくらと目まいがした。……やはり今日は無理しない方が良いかな。自分にそう言い聞かせ、私はベッドへ戻った。四時頃、女房はいやいや起きあがり、やがてとげとげしい声でカーテンをあけ放して置くと、カーペットや家具が陽に焼けるのにと苦情を言った。しかし、その不機嫌も出勤の支度をはじめる頃になるとすっかり納まり、着つけの間中、今日はどうしようかと迷っていたが、着終るとやっぱり今日も休むわ、と言ってクラブ茜に電話をし、何よ、そのオンボロは、と私の服をけなした。外で食事をして私の服を二着ほどあつらえて、まるで私の保護者のように彼女は振舞い続けた。そしてマンションへ戻ると、再び前夜の激しい肉のからみ合いが始まった。

昨夜よりも私の陶酔はずっと深かった。彼女は夫の私の知らなかった淫蕩さで、私をさまざまに攻めたてた。以前とは立場がまるで逆になり、私は彼女の言うがままに翻弄された。

　翌る日も、その翌る日も同じことが続いた。四日目になって、ようやく私は自分を駆りたてるように職場へ出たが、離れると今さらながら彼女が恋しく、一日中その白い肉を想い続けた。前後の弁えもなく、まるで新婚当時のような、いや、それ以上に粘っこい蜜月が続いたある日、仕事で渋谷に出た私はハチ公の前の交差点で思わず叫んでしまった。

　向う側のシグナルに、赤い色しかなくなっていたからだ。ぐるぐると何度も体を回転させてあたりを見廻したが、その瞬間から世界は赤のモノトーンになっていた。いや、モノクロ写真に赤の部分だけが着色されていたと言ったら良いだろうか。カラー印刷の赤版だけがモノクロ写真の上にのっている感じだ。Ａの家の横穴の岩室で聞いた、あの四壁にこだまする声が私の耳の底でフィードバックし続けた。石人病だ、石人病だ、磐余彦《いわれびこ》だ。


マンションに駆け戻った私は、狂ったように喚いた。なぜ黙っていた、なぜ教えなかった……と。彼女はそれを懶気《ものうげ》に聞き流し、もう遅いわ、外へも出ちゃ駄目よ、と言って私を冷やかに眺めた。

　私は十年前の水商売に戻った。クラブ茜は患者組織の一端で、ホステスたちは皆石人病に侵されていた。柘榴、紅、ドルメン、赤い館、ローズルーム、ロック、岩屋、明日香、スカーレット、オルフェ、ピンキー……夜の銀座、新宿、池袋には、一々挙げたら切りのないほど、組織の店があった。組織は未来へ渡る船として、患者になるべき者を厳選していた。不死の世界に残すべき者は、まず美しくなければいけないのだ。店は患者の生理的要求によって、すべて赤一色のインテリアで統一され、そこには常人にない妖しく光る瞳を持った濃艶な美女たちが生活していた。男たちはその店で働くか、または組織を守るための要員として配置され、時には残虐な暴力行為も発生した。

また、組織は政財界の奥深くにも根を張り、世界組織の長、おそらくは蘇った超人であろう伯爵と呼ばれる人物の支配下にあった。伯爵は過去に石化して再生を待っている、数多くの石人像を発見し、疾病の源を絶やさぬことに努めるとともに、蘇生に伴って生まれるその時代の病祖を保護して、新たに石人を生み出すことを目的としていた。

患者たちは私も含め、組織の支配下にある不動産業者が持つ一連のマンションに住居を与えられ、石化開始まで淫蕩な日々を送っている。必要な血液は、これも組織が経営する血液銀行から供給を受け、多分設計家隅田賢也らの働きにより、北多摩郡守屋の地に作られた地下の巨大な安置所で、その患者としての最終段階を迎えることになっている。

現代の病祖椎葉香織はすでに石化して守屋の安置所に入ったが、患者世代はまだ十代余りで、あと数代は完全な石人病として存続するという。Aのすすめに乗らなかった私は、結局自分の妻によって石人病にされ、組織に加わることになったが、もう悔んではいない。数千年だろうと眠れば一瞬である。醒めた時、不死の私に何が待っているのだろう。こんなせせこましい世界に生まれ、そして死んで行くのは実に愚かしく、徒労であると思える。私は組織の条件さえ満たしてくれるなら、いくらでも石人志願者が増えてくれればいいと思っている。私や女房の子患者なら、まだ充分未来への旅に間に合うのだ。

さあ、赤い酒場を訪れたまえ。ご婦人ならこの私が、男性なら私の女房が、この世のものとも思えぬ悦楽境にご案内しよう。その涯は、遙か彼方の不死の世界だ。そこがユートピアであろうとなかろうと、こんな下らない世の中でこせこせと終るよりは、よほどすばらしいことではないだろうか。

X電車で行こう

KOICHI YAMANO

山野浩一

1939（昭和14）年11月27日、大阪府生まれ。関西学院大学在学中に脚本監督した実験映画「デルタ」が評判を呼び、大学中退後に戯曲「受付の靴下」（「悲劇喜劇」64年3月号）で作家デビュー。SF同人誌「宇宙塵」に発表した「X電車で行こう」が「SFマガジン」7月号に転載されて、創作と評論の両分野で活躍するようになる。「SFマガジン」に発表された評論「日本SFの原点と指向」はSF界で論争を巻き起こした。

70年、イギリスで起こったSFのニューウェーブ運動をいち早く支持し、「季刊NW-SF」を創刊。82年までに18冊を発行し、ここから多くの作家、評論家が育っていった。78年から刊行が始まったサンリオSF文庫では編集顧問として作品選択などを務め、ニューウェーブから前衛文学まで幅広い作家を紹介している。競馬評論家としても著名。

SF作品に『X電車で行こう』『鳥はいまどこを飛ぶか』『殺人者の空』『ザ・クライム』『花と機械とゲシタルト』『レヴォリューション』があり、『サラブレッドの誕生』など競馬関係の著書多数。

初出=「SFマガジン」64年7月号
初刊=『X電車で行こう』（65年12月／新書館）
底本=『X電車で行こう』（73年5月／ハヤカワ文庫JA）

著者のことば

鉄道路線の一筆書きというようなことを考えた人は当時も多くいただろうが、そんなものをよくまぁ小説にしたものと思う。私は必ずしも鉄道マニアというわけでもなく、それだけに間違いもあって、例えば「C53型蒸気機関車に引かれてローカル線を走る貨客混交車」という記述などは後に鉄道マニアの人から、あんなでっかいSLはローカル線のレールを走れるわけはないというような指摘を受けた。でも室蘭本線の苫小牧以北のように後にローカル線になってしまったところもあるので、全くの間違いではないのではないかと思う。鉄道マニアでなくてもマニア的な素質はあったようで、多くの鉄道ファンがこの作品を愛読してくださった。

一か所、今は差別用語として使われなくなっている語を訂正させていただいたが、他はたぶんこのままの方が面白いと思って直していない。

1

『テイク・ジ・A・トレイン』のようなジャズの好きな奴も居れば、柴田の走塁を観るのが最高の楽しみで毎日後楽園へ通うようなものがいてもそれは当然だ。

俺は鉄道が好きだ。江ノ電や能勢電のようにポールをガラガラと鳴らして走る旧式電車、阪急神戸線や新幹線のように、ただやたらとぶっ飛ばす、スピードだけが取柄のもの、ローカル線のC53型蒸気機関車に引かれて走る貨客混交車、そういったもの全てがこの俺の胸をわくわくさせてくれるのだ。不規則に並んだ枕木、どこまでも続く鉄路、その上をある時は軽快にある時は重々しく、規則的な音を残して走り去る列車、それは俺の全てを乗せて走り去ったかと思うと、何時の間にか俺の体内を胃から肝臓へ走りぬけるのだ。

人に自分の持っているものを認める意志と、自分に持っていないものにあこがれる意志があるとすれば、俺の場合、許し得る世界のすべてを自分の持っていないものにかけていることが判る。

なぜなら、俺はサラリーマンなのだ。全く他に何の肩書きもない、何のグループにも属していないただのサラリーマンでしかない。

俺は東京駅へ入場券で入って1番線から17番線まで次々出ていく列車を見送ってはため息をつき、踏切りで胸をときめかせながら通過する電車を眺めることだけで鉄道へのあこがれを満足させている。車輪の音の代わりにタイプライターの音を聞き、時刻表の代わりに出金伝票をくり、信号の代わりにタイムレコーダーに規制され、駅長の代わりに課長に敬礼し、食堂車の代わりに社員食堂で細やかな昼食をする。

ただ、俺の事務机のガラスの下には、少々ピンボケではあるが、マッチ箱を二つ継いだような質素ながら牽引力の強いEH10型電気機関車の写真がはいっているし、一番上の抽斗には、列車時刻表と鉄道地図がはいっている。そして、それらだけが俺の持っている許し得る世界なのだ。

そんな俺は、自分の頭の中に様々な鉄道に関する幻想が生まれるのを絶対に邪魔しない。たとえそれが仕事中であっても、俺はその幻想の世界に快く浸り続けるのだ。

もし、山手線に急行を走らせるとすれば、レールは現在の貨物線を使う。列車はもちろんロマンスシートにしたい。色は薄いグリーンにベージュ色の帯が入ったツートンカラー、加速性能の強いモーターと、高性能ブレーキを備えていなければならないのは当然だが、殆ど平地ばかりを走っている山手線なら思い切ったスピードを出せるであろう。停車駅は、東京、品川、渋谷、新宿、池袋、上野は文句のないところだが、新橋、日暮里にも停車すべきだろう。五反田、目黒のどちらかに停めて、高田馬場も停めるべきだろうか、神田、秋葉原、田端は？　あまり停めると急行の値打が下落するというものだ、せいぜい十ヶ所に絞るべきだろう。

また、中央本線には新宿発、名古屋行という列車は一本もない。塩尻で完全に区切るのならば、中央東線、中央西線とはっきり分けるべきであろう。それより、中央本線から関西本線に抜ける、新宿—湊町間の特急を作るべきだ。東京、大阪の裏口を結ぶ影の幹線、名前は従来の例にしたがって鳥の名を使うとすれば『ふくろう』だろう。

そして、もし俺が日本中の鉄道を支配するならば……。

俺は今日も、月三万七千三百円のサラリーのために、ボールペンとカーボン紙に汚された指を気にしながら十数枚の書類を作った。書類に書き込む小さな数字や、書類の宛先の地名が、鉄道時刻表を連想させ、俺を幻想の世界へ導かないわけでもない。しかしそれも、俺がサラリーマンでしかないという実感を甦らせる場合に比較すれば、ごく僅かなものだ。それより仕事からまったく解放された時、拡げた日刊紙に掲載された新線開通のニュースや、ダイヤ改正の記事に接すると、俺はもう夢の世界から脱出する事はできない。

新線にはどんな車輌がはいり、駅の構造はどうなっているのだろうか。運転経路はどうなるのだろうか。新ダイヤではどんな楽しい列車ができただろう。特急『ふくろう』はまだ運転されないのだろうか。などと考え続ける俺、そんな俺がある時、重大な発見をした。新聞の片隅に掲載された小さな記事である。

幽霊電車？　東武鉄道野田線に出現

十一月二十二日午後三時二〇分頃、東武鉄道野田線、七里—岩槻間に、大宮発船橋行各駅停車がさしかかったとき、信号によって同電車の前方に一編成の電車があることを確認したが、同電車が岩槻駅に到着してみると、前の電車は約一時間前に発車していることが判った。信号が赤から黄、青と変化した事実は、運転手、車掌、乗客数名が確認しており、一時間前に発車した電車と同電車の間に幽霊電車が存在したことになる。

東武鉄道の調べでは、信号機ならびに、付近のレールには故障や異常はなく、原因はわかっていない

俺は何よりも『幽霊電車』というフレーズが気に入った。この事件も現実的には、青であるべき信号が赤になっていたというだけのものである。しかし、日本中にこれだけ鉄道があって、これだけ列車が走っていれば、一列車ぐらいダイヤ通りに走らないものがあってもいいはずだ。『幽霊電車』というものが存在すれば、それは俺が今までに考えていたあらゆる空想を超えた鉄道の世界を実現するものだ。俺が夢の世界に持っている許し得るものとしての鉄道も、そうした制約を持たない列車であるべきだ。俺は幽霊電車の実在を期待し、山手線に急行を走らせることよりも、新幹線を運転してみることよりも、ずっと幽霊電車に乗ってみたくなった。

とはいっても俺は次の日、また会社に出て行き、何の役に立つのか判らない書類のコピーを作り茶色い封筒に入れて数ヶ所の得意先に発送する。俺はそういう世界の住人でしかないのだ。俺は幽霊電車を認める事など、とうていできない社

会にいるのだ。まだまだ同じような書類を二十枚程作って、通勤電車という俺の夢の電車と全く無関係の電車で家に帰る、家ではテレビを見る。家族なんてものは居ないから、一人で好きなテレビを見る事ができる。しかしそれだけだ。全くそれだけなのだ。

二、三日後、俺は昼休みを会社の地下の喫茶店で費やしていた。付近から集まったホワイトカラー族でいっぱいの店内で、みんなスポーツ新聞やテレビを何となくみつめている。俺もそんな仲間の一人であった。テレビではニュースが始まった。このニュースが終わると昼休みが終わるのだ。伝票やタイプライターやスチールのデスクや、黒ぶち眼鏡の課長が待っているオフィスへ帰らなければならない。しかし、その時のニュースはその予定を狂わせるに充分なものだった。

幽霊電車の再出現を報じたのである。

三日前には新聞の片隅で伝えられただけのものが、今度はテレビのニュースで、その名もＸ《エックス》電車と改められて大々的に報道されたのだ。

東武鉄道伊勢崎線、北越谷駅を午前十一時に通過、現われたり消えたりしながらゆっくり走り、正午には竹の塚を通過した。信号が赤になるのを目撃した人が語るところによると、電車の姿は見えず、ただ音だけが小さくチュチュチュと鳴っていたということである。

俺は急いで喫茶店から飛び出して、地下鉄銀座駅に向かって走った。テレビのニュースは早いので有難い。正午に竹の塚ならもう北千住あたりにやってきているだろう。北千住から東武鉄道を浅草へ向かうか、地下鉄日比谷線との相互乗り入れの線に沿って銀座方面に向かってくるかどちらかである。俺はＸ電車がきっと地下鉄にはいってくると思った。

階段を三段ずつ駆け降りて改札口を抜けると、丁度北千住行の電車がはいって来た。俺はそのステンレス車に乗り込み、Ｘ電車を見ることができるという期待に全身の震えを感じながら上り線のレールを一心に見守った。次々流れて行くセメントの柱を眺めている内、こうして窓から見ているより駅で待った方が確実だということに気がつき、人形町駅で降りた。

北千住行が俺だけを残して走り去り、空になったホームを俺はゆっくり歩き廻った、その時、反対側のレールの架線がパチッと火花を飛ばした。そしてすぐに、チュチュチュという小さな音が聞こえた。X電車である。俺はX電車を見た。いや見たのは火花だけだ。そして銀座方面に去って行った音だけが聞こえたのだ。人形町駅の発車信号が青から赤に変わり、やがて黄色になる。音が聞こえたのはX電車が目の前を通ったと思えるほんの僅かの間だけだった。

俺は決して、X電車の華々しい出現を期待していたわけではない。見えない電車というインチキなものが、巧妙な科学的マジックと共に現われ、その姿が見えない事によって、いかにもその存在が感じられるような、そういう逆説的な実感を持ったものであろうと漠然と予想していたのだ。しかし、俺がその姿を見た、いや見なかった瞬間に、とにかく訳が判らなくなり、見てはいけないものを見てしまったような、それとも見なければならないものを見なかったような不明確な混乱が残り、俺は少し後悔めいた気持になった。X電車のあまりにも無雑作な通過ぶりに、見事期待を裏切られたのだ。

俺はとにかく急いで階段を駆け上がり、反対側のホームに出た。次に来た中目黒行の電車の先頭に乗り込むと、運転台付近には既に何人かの鉄道関係者が居て前方をみつめている。みんなX電車を追いかけているのだ。前方の信号は黄色で、その向こうには赤信号が輝やいている。赤信号の向こうにはX電車があるはずである。運転台の横に組み立て椅子を置いてX電車を追っている係員はトランシーバーで応答していた。情報を聞いているとX電車に関する様々な事が判り、俺にとって新たな楽しみとなった。X電車はもう東銀座駅に着いたらしい。

「えー、こちら東銀座駅、ただ今駅の入構信号が赤に変わりました。それから僅かに音が聞こえましたが、えー、急に音が止みまして発車信号の方は変化しません」

X電車は東銀座駅に到着し、そこから発車しなかったという訳である。そして突然姿を消してしまった。つまり、地下鉄日比谷線のどこにも、信号機の異変は見当らなくなってしまったのだ。

俺の乗ったジュラルミン車も、東銀座駅にはいった。駅では数人の駅員や背広を着た係員が、案外にのんびりした顔つきで運転席に近寄ってきた。X電車を追跡してきたグループと一緒になって、東銀座駅のホームを大きく占領して相談が始まった。議論というより、のどかな話しあいのようだ。俺も何とかその話に仲間入りして、楽しく語り合った。こんなに充実した気分になったのは、ここ数年来はじめてのことだった。

「変だな、完全に消えてしまった」

「最初から消えているじゃないか」

「いや、X電車は本当に走っているんだ。我々に見えないだけさ」

「信号が赤だとX電車は大人しく停まって青になるのを待っているんだ。それにポイント通りのコースを走るんだ」

「変な電車だけれど愛嬌のある奴だよ」

「自然現象かね」

「そのうち判るさ。大体、判ってしまえば『なあんだ』というようなものだよ。こういうことはね」

実際それは信号を赤に変えて、次の電車を少々遅らせる以外、大した害も及ぼさない。すべて鉄道のルールに従って走る、むしろ愛嬌のある奴なのだ。だから突然変なものが現われたというだけで、ダイヤをちょっぴり狂わせる事以外、それがあっちこっちにしょっちゅう現われるのでなければ楽しい話の種なのだ。特にこの俺には最高にゴキゲンな事件だ。

しかし、一体X電車の正体は何だろう。地下鉄で調べた所によると、X電車は四輛連結分ぐらいの電力を消費しているらしい。レールの上を電車と全く同じように走っていく不可解なる代物、それが目には見えないのだから判らない。ただ、信号やポイントを守って走るという点で、天然現象より人為的なものを感じるが、まさかそんなものを誰も作り出すとは思えない。そのX電車は今、東銀座駅でいずこともなく消えてしまったままなのだ。

俺達は一時間程度雑談に費やした。そして、やっと俺は課長の怒った顔を思い出した。俺は今勤務時間中である。どうやって弁解すればいいのだろう。そう考えた時、トランシーバーが急に鳴り出した。

「えー、只今、X電車、即ち未確認移動性放電非物質ですね、つまりそれが東銀座から都営地下鉄を押上方面に向かって進行中であります。えー、皆様、御苦労様ですが、都営地下鉄の廻送車、えー、廻送車が用意されていますから、それに乗っていただきまして、えー、X電車を追跡願います」

皆は走った。俺も走っていた。階段を駈け上がり、都営地下鉄の改札口へ向かいながら全員驚き、戦慄を感じていた。

「都営地下鉄だって！　どうやってはいってったんだ」

「レールの上でなくても走れるんだ」

「都営地下鉄は広軌だぞ、狭軌でも広軌でも走れるのか！」

都営地下鉄のホームに出ると廻送車が停まっていた。既に都営地下鉄の係員が乗っていたので、追跡隊は俺をふくめて二十人近くなった。

運転手は変速器をインにしたまま、フルスピードでX電車を追う。去っていくコンクリートの柱列、次にひらけた四角い視角に、黄色いシグナルが見え、そのずっと向こうに赤いシグナルが見えた。赤いシグナルと青いシグナルの間に電車の姿は見えない。しかし、そこにX電車があるのだ。

遠くに見えていた青信号が赤に変わると、手前の赤信号は黄色くなった。X電車は時速四〇キロ程度のスピードで走っているようだ。次々と明るい駅が通過して、カーブと直線が続き、パンタグラフ式地下鉄独特の高い天井に響く音は快い。

X電車はまさに電車である性質と、全く電車的でない性質とを持っており、レールの上を走る時は、電車を真似ているかのように電車的である。レールの上以外でも走れるにもかかわらずレールの上を走るのは、X電車が趣味でそうしているとしか思えない。もしかすれば、誰かがどこかで、X電車を走らせ、それを楽しんでいるのかもしれない。

　X電車は押上駅に入った。都営地下鉄は押上から京成電鉄と相互乗り入れしている。押上駅では俺達の追跡車に京成電鉄の係員が乗り込んで、また人数が増えた。そこから電車は、ポッカリ大空に向けたコンクリートの口から地上に出る。午後の太陽が下町の屋根を照らす。一瞬、斜めの太陽光線を受けて、前方のX電車の正体が浮かび上がったかに見えた。しかし、俺の目の錯覚のようだ。やはり、X電車は見えない。

　京成電鉄では手廻しよく、押上から京成中山までの間に様々なテストを用意していた。その第一ポイントは荒川―四ツ木間である。そこ迄くると信号が赤になっていて、X電車はその習性により赤信号の手前で停車した。俺達の追跡車も、そのすぐ後に停まる。信号の手前の、たぶんX電車があるだろうと思える所へ俺は石を一つ投げてみた。石は抛物線《ほうぶつせん》を画いてレールの反対側に落下した。俺の横にいた制服の男が、俺の真似をしてカナヅチを投げた。鉄のカナヅチはX電車の接触点でバシッと火花を散らせ、レールの向こうへ転がった。反対側に居た男がそれを拾おうとして「あっ！」と叫んだ。

「熱い！　電気が流れているんだ。危険だぞ！」

　全員が無意識に一歩退いた。X電車は停車中まで電力を消費するのだ。しかもそれが空間に放電されているとは……。その時、架線で青白い火花が飛ぶと、チュチュチュというX電車の音が聞こえ始めた。X電車は信号が赤のままであるにもかかわらず発車したのだ。それは丁度、子供が待ちくたびれて我慢できなくなった時のようであった。

　俺達はあわてて追跡車によじ昇った。X電車のスピードは以前より少し早くなったように思われる。追跡隊員は少なからず当惑していた。もしかすれば何か不幸な事件が起こるかもしれないという予感めいたものを持っているようでもあった。しかし、俺はそうではない。俺はこの変なものを理解しているし、その行動の全てが正しくもあり、許し得るものだと信じていた。

「あれは、きっと生き物なんだ」

俺はつい思った事を口にした。X電車が誰かに運転されているか、それともX電車自体が生き物で、それ自身の意志で動いているのではないかと考えたのだ。みんな俺の顔をじろりを見て、それでもすぐに追跡に熱中し始めた。

2

『テイク・ジ・A・トレイン』は、一九四一年、ビリー・ストレイホンがデューク・エリントンのために作曲したジャズのスタンダードナンバーであるが、A電車というニューヨークの地下鉄の急行電車の名称を題名にしたものである。列車に名称があるのは単に便利がいいばかりではなく、その個性的呼び名によって、列車そのものの夢を拡大する。鉄道でも××線といえば、ある地点からかなり離れた一点にまで、二本のレールが間違いなく続いており、それは、誰も侵す事のできない真実となっている。

こうした二本のレールを原点に構成された鉄道の世界は、俺のサラリーマン生活のように、課長の気ままや、仕事のなしくずしや、サボタージュの埋め合わせなどの効かないストイックな世界である。そこには中世の幻の城のように強固な拒絶と孤立があり、車輪と鉄路の接触のモメントにこそ、俺だけの許し得る世界が秘められているのだ。

X電車の出現は正に、そうしたものの実体化であり、俺の依存するサラリーマン世界と鉄道との接点である。俺が今まで拒絶されながらもあこがれ続けた鉄路と車輪の世界に、俺が本当に接近し得るものなら、俺はすべての生活を放棄してもいいと思う。たとえ、俺が長いレールの下の一つの石ころにすぎなくても、列車が走り去る世界に加わる事ができるものなら、喜んで石ころになろう。

京成電鉄青砥駅は、上野から来た電車と中目黒から地下鉄を通って来た乗入れ車との合流点である。駅全体が少しカーブしており、駅の両側は複雑なポイントが構成されている。いま中目黒からの入構線は全部信号を赤にしており、上野方面からのみ青砥駅に入構できるようになっている。

X電車は例によって、赤信号の手前で停車し、数分間待機の後、信号もポイントも変わらないまま青砥駅に入構してしまった。

上野方面からのみ入構できるようになっていたポイントは、その時にも微動だにせず、音もしなかった。しかし、X電車はそこを通過した。X電車の走行にレールは全く関係がないのだ。それでもなぜかレールの上の信号を守って進む。その時も意識的に妨害したものでなければ、信号を守っていたに違いないと思われた。

X電車は時速五〇キロで走った。江戸川駅を定速のまま通過すると、俺達の追跡車も同じ速さで追った。

「しまった！」

叫んだのは京成電鉄の係員だ。

「この先でレールの保正工事を行なっているんだ」

なるほどこいつは大変なことになるかも知れない。一瞬全員が緊張した。遠く十人程の作業員が見える。X電車はもう、すぐ手前に達しているに違いない。作業員達は俺達の電車を見たが、まだ距離があると見て仕事の手を休めない。俺達の電車からは、たて続けに警笛が送られる。スピードをいっぱいに上げて早くそこに行きつくようにした。

X電車は作業員達の手前で停車しているのだろうか。しかし今までの例のようにやがて走り出すだろう。俺達は祈りたい気持で何度も何度も警笛を鳴らし続けた。

やがて作業員達はゆっくり歩き始めた。最後の一人もツルハシをレールからはずして歩いた。その時、その男のはげた作業服に真白い閃光が飛び散り、赤い炎と共に燃え上がったと思うと、たちまち黒いものがまくら木の上にくずれ落ちた。

俺達が駆け寄った時には、灰のようなものに包まれた骨だけが黒く湿気を漂わせ、付近の軌道上に得体の知れない油状のものがギラギラ輝やいていた。

X電車はなぜ最後の一人が立ち去るのを待てなかったのか。俺達の電車が追いつきそうだったからか。それともやはり待ちくたびれたのか。いずれにしろX電車は一人の男を殺してしまった。X電車が人間に危害を加えたのはこれが最初である。

登場した頃あれ程紳士的だったX電車が、それまでに受けた様々な妨害により、あたかもその中に鬱積した被害者意識を爆発させたかのように加虐的になったのだ。こんな残酷な殺し方ができるということは、X電車が人間の手によって、少なくとも健康な人間に操られているものでない事を示している。それでは一体何がX電車を動かしているというのだ。

京成八幡付近で風速計によって観測したところ、X電車通過による空気移動は全くなく、それが物質でないことが実証された。X電車に見られる物理現象は、架線からレールへ一定量の電流を、停車中、走行中にかかわらず放電しているだけなのだ。一方、X電車は感情とか意志とか頭脳といったたぐいの動物的な性質を持っている。進路に邪魔があるとしばらく停車して、我慢できなくなった時には走り出す。俺はそういう点にはかなり同情する。X電車は俺と同じく鉄道好きであっちこっちのレールを走ってみたくてたまらないのだ。子供の電車ごっこのように只楽しんでいるだけだ。だから人を殺すとか、電車を妨害するとかいうことを好む訳ではなく、より自由に自分の遊びを満足させたいだけなのだ。そんなX電車が人間にいじわるな邪魔をされたので、素朴な反抗を試みたのであろう。それをみんながどう受取ろうと俺の知った事じゃない。俺はX電車に素朴な憧れを感じ、俺の期待の全てをX電車によって充たそうと思うだけだ。

　それでも犠牲者が出てから、Ｘ電車は単に愛嬌ある反逆児では済まされない、大きな社会問題の的として、一般大衆の日常生活をおびやかす敵として扱われるようになった。緊急に対策委員会が組織され、Ｘ電車の現在地が十分おきにテレビ、ラジオで放送され、政府からも関係者にレポートの要請があった。

　俺達が黒こげ死体の現場から、再びＸ電車追跡に向かった時、Ｘ電車は京成線を千葉駅まで行ったまま、またもや行方不明になってしまっていた。

「今度は総武線を東京に向かうだろう」

　俺は言った。その場に居合わせた全員が賛成した。俺たちは国鉄千葉駅に向かった。

　Ｘ電車は、電車としてレールの上にある時には放電という物理現象を行ない、とにかく俺達の世界に存在しているが、レールの上以外のところを移動している時には、俺達にとって全く存在していないのだ。しかし、たぶんＸ電車は京成千葉駅から、国電千葉駅に向かっているのに違いない。

　もしＸ電車が、電車ごっこをするという意志を持たなかったとすれば、その存在は俺達と何のかかわりもなかっただろうし、それはこの世界に存在しないものであったに違いない。考えてみれば俺だってそうだ。俺が鉄道という許し得る世界に自分を求めた時、はじめて俺という意志を持ち、ただ単に社会に操られて老いてゆく俺以外の、俺自身というものが存在し得るのだ。俺が毎日会社に通ってサラリーをもらうだけなら、俺以外の誰かだっていい訳だ。俺の、俺だけが許し得る世界には、俺でなければならない本質的なものがある。

　どうでもいいような俺が、このどうでもいいような社会で、只一つ、鉄道の世界というものに接して、今の俺を超越するようになれば俺が本当に存在し得るのだ。まあ、それを志向性と呼ぼうが、神と呼ぼうが何だっていいが、俺は鉄道というものによってのみ存在し得るという実感を持った訳だ。

ここまで考えて、俺は自分がサラリーマンであるという悲しい事実を思い出した。会社に電話をかけて、ちぐはぐな言い訳をしたが、こういう事が会社の連中に通じるはずがない。俺は課長の最後の言葉だけを正確に聞いた。

「お前はクビだ！」

新築の国鉄千葉駅のホームの先端で、やわらかい夕陽を浴びながら、俺は快い風を全身に受けた。たぶん海の方からやってくる風だ。遠く製鉄所の赤い煙が立ち昇る。房総半島を館山に向かうディーゼル車が発車し、赤いテールランプを薄闇に残す。俺はそれらの全てに満足していた。

その日は一日中待っても、X電車は現われなかった。交互に見張りを残して、追跡隊は駅で仮眠をとった。

誰もそのままX電車が現われないだろうとは思わなかった。そしてX電車が活動していない時こそ様々な推理が為されるべきなのだ。

X電車が発生した地点は、東武野田線、七里―岩槻間だ。発生の翌日再び出現した大袋―北越谷間との間、つまり岩槻―大袋間もX電車は走ったと思える。もっと考えれば、X電車が発見される前、つまり七里―大宮間も走っているのではないか？　大宮以前に東北本線か高崎線を通ってきたと考えられないだろうか。発生原因の研究は大宮を中心に行なわれるべきだ。大宮付近の天変地異や事故や、その他の事件はなかっただろうか。俺達はそうした調査を、東京、高崎、水戸、千葉の四つの鉄道管理局に依頼した。

東の山影が白っぽく浮かび上がる頃、高崎鉄道管理局から情報がはいった。

大宮でEF五八型電気機関車が一両行方不明になっているというのである。むろん何かの手違いによる誤報かも知れない。それにEF五八型電気機関車とX電車では様々な性能上の違いもある。しかしヒントではあった。

いずれにせよ、広軌でも狭軌でも走り、レールの上だけで存在を示すX電車は、他元世界とか、霊の世界とか、要するに俺達が飯を食ったりパチンコをしたりするこの俗世界を超越した存在でなければならないのだ。

3

　ジャズを聞いている間にはその中で自己の意識を持ち続け、ジャズを聞いていない時には、ジャズの事を考えたとしても、それはジャズと自己の融合した世界を実証し得るものではない。そんなものはカタルシスとしての自己逃避でしかないのだ。むしろ、ジャズと自分が裏切り合う間にこそ、本当にジャズとの接近が可能なものだと思う。

　俺の場合、全く鉄道と俺は裏切りあい続けてきた。しかし今可能になりつつある俺と鉄道の接点は、単にＸ電車を認めるということによって自分の中だけで解決されるものではなく、俺がＸ電車の中の自己を信じることによって、現実の俺以上の俺の意識が可能になるようなものとしてＸ電車を認めなければならないだろう。

　俺は会社をやめてしまった。俺はもう自由なのだ。俺にとって、今は様々な可能性が開かれたのだ。

　千葉駅から、中野行始発電車の発車時刻が迫っていた。Ｘ電車はまだどこにも現われない。俺達は駅長の好意で差し入れられた握り飯をほおばっていた。様々な鉄道会社の係員達の中で俺の存在は奇妙なものだっただろう。しかし、最初から仲間に加わっている俺を、みんなどこかの社員か何かと思ったのに違いない。

　スイッチを入れたままのトランシーバーから突然声が流れ出る。西千葉駅からの通信であった。

「只今、西千葉駅を発車した始発電車の直後をＸ電車が走っているようです」

　握り飯を食っていたものも、噛りかけていた者も、一斉にそのまま立ち上がった。

　昨夜から用意されていた追跡車は、一両だけの荷物車だが、計器などを積めるし、ドアの開閉も手でできるという便利さがある。

　それにしてもＸ電車は知能犯になったようだ。

本物の電車のすぐ後を走れば、信号に頼る以外発見しようのないX電車は発見されない訳だ。むろんチュチュチュという小さな音も前の電車に打ち消されてしまうだろう。明らかにX電車は俺達の追跡から逃れようとしている。しかし、せっかくX電車が俺達を撒こうとして組んだトリックも西千葉駅で見付かってしまった訳だ。

手にいっぱい飯つぶをつけた国鉄職員が、口をもぐもぐさせながらじっと前方を見つめる。フルスピードで始発電車とX電車を追う俺達の荷物車は西千葉駅を通過し、稲毛に向かう。稲毛駅の手前で黄信号に出合った。稲毛駅の入構信号は赤だ。構内には中野行始発電車が停まっていた。即ち、その始発電車のすぐ後にX電車がある。

始発電車は稲毛駅で、乗客を降ろしているところだった。乗客達はのろのろと不平を並べて降りていく。俺達は気が気でない。今、もしX電車が走り出し、始発電車とぶっつかれば大変だ。

むろんその間に停車中のX電車に対する調査も進んでいた。

X電車の放電空間は長さも幅も三米ぐらいで、放電空間とその外とは鉄の壁でもあるように、はっきり区分けされていた。電流は他の電車と同じようにレールに送られるが、明らかにX電車内で消費された電流である。X電車がそこにあると思える放電空間と外部との違いは放電現象以外に全く見られない。電力は常に一定量消費されている。X電車が動くことと電気とは直接関係なく、それぞれ動くという性質と電力を消費するという性質を別個の形で持っているようだ。チュチュチュという音は電流が流れる際に生じると考えたいが、停車中は聞こえないのでそうとも言い切れない。

その時、チュチュチュという音が鳴り始め、X電車は動き出した。中野行は丁度乗客を降ろし終わり、ドアを閉めた所である。X電車が中野行の最後部に達する寸前、中野行は動き始めた。

稲毛駅のマイクは叫び続ける。

「お後へ願います。X電車が通過します。感電する危険がありますのでさがって下さい。危険です、さがって下さい」

俺達は再び追跡する。もう前方を見守ることに飽きたし、また見守っても仕方ないことを悟って勝手勝手にしゃべり続けた。それでも出る話題はX電車の様々な謎に対する疑問であった。俺だけが積極的な仮説をたてて解答を導き出した。しかし、それも大方の奴等には信用されていないようだ。

「最初は信号もポイントも守って走っていたのに、なぜ守らなくなったのだろう」

「あまりいじわるするからだろう」

俺は常にX電車の味方をした。

「あいつは人間共に腹を立てているのさ！」

「レールの上以外でも走れるのに、なぜレールの上ばかり走るんだ」

「電車ごっこが好きなのさ」

「好きだってねえ君、多勢の乗客もいるんだし、電車の時刻を狂わせたり、人殺しをしたり、電車ごっこでは済ませられないよ。そんな事は第一わがままだ」

「そうだ、そんなわがままを許しておく訳にはいかない」

国鉄職員達は俺に反論する。愚かな奴等め、己れの職業意識の中でしか発言できない奴等だ。こんな奴等に俺の夢の世界を今まで預けてきたのか！

電車は津田沼駅に近付いていた。

「津田沼から新京成にはいるんじゃないか」

俺はふと、考えたことをそのまま口に出した。

「どうしてそんな事が判るんだ」

国鉄野郎はまだからむ気だ。

「あいつは新京成も走ってみたいだろう」

やがて津田沼駅を通過した。何も起こらず、俺達の電車は上り線を走っていたし、前方五〇〇米付近に中野行始発電車も見える。その間にはX電車があると、そうみんなは思っている。しかし、俺はもうX電車が新京成に移っているだろうと思っていた。

X電車が新京成電鉄を走っているという情報がはいったのは、俺達の追跡車が下総中山まできた時だ。X電車は新京成電鉄津田沼駅から松戸へ向かっている訳だ。今からなら津田沼へ戻って追いかけても間に合わないだろう。それより松戸で待ち伏せた方が賢明だ。丁度新小岩から常磐線金町に抜ける貨物線がある。金町から松戸はすぐだから、松戸へはX電車より早く着くだろう。X電車が今まで通り時速50キロ程度で走っていれば大丈夫だ。

新京成に向かうという予想を的中した俺は、その時からX電車の進路予想屋的立場を得た。追跡隊の殆どの奴が、今ではもう俺という変な男の存在を意識していたし、次々突飛なことを言う男だと不審に思っていたことだろう。そして俺としてはこの追跡劇の中で、俺だけが両者に無関係な、言わばアウトサイダーとしてX電車に関する客観的な発言をなし得る人間であるに違いないと思っていた。

みんな追跡者が逃亡者を見失った混乱を感じていたし、X電車が津田沼から松戸の間で何を行なうか気が気でなかった。

「大丈夫さ、こちらから危害を加えなきゃ大人しくしてるさ」

俺は言った。みんな俺に対して敵意を感じながら、俺を信頼しているようでもあった。要するに誰かに頼らなければ安心できない奴等なのだろうが、俺にとって、そうした俗物共の信頼を得ることが五分なりともなぐさめになるものではない。俺がめざすものはX電車そのものなのだ。

「新京成は松戸までの間で、東武野田線と交わっているぜ」

「野田線は以前に走っているからもう走らないさ。それより、松戸へ出て、松戸から常磐線を走るだろう」

俺はそう予言した。みんなあえて反対はしなかった。

俺達が松戸に着いた時、X電車はもうすぐ近くまで来ているということだった。そしてそれを待つ少しの間、俺はジャーナリスト達に取り囲まれてしまった。それに俺はいつの間にかX電車の発見者にされていた。

「X電車の今後の進路をどう思いますか?」

「なぜX電車と名付けたのですか?」

「X電車による被害者も出たわけですが、こうしたことに対する政府の対策についてどうお考えですか?」

「なぜX電車は発生したのですか?」

「一体X電車の正体は何ですか?」

「あなたのお年は? 独身ですか?」

「なぜX電車を放置しておくのですか?」

一体、俺の知ったことか!

それでも俺にはX電車の進路については判る。ある公式が成立すると思うのだ。それは、X電車の『電車ごっこ』の公式だ。同じレールの上を二度通らない。同じところを引返すこともない。だから袋小路へは入らない。そしてこの東京周辺の各線を少しずつでも、できるだけ走ってみる。この公式にはX電車の生理的な好き嫌いも関係するだろうし、その時の風向きにも関係するような不確実なものだろう。だから予想は困難と言える。それでも俺なら大体判るのだ。今までに走った線は、東武鉄道野田線、伊勢崎線、営団地下鉄日比谷線、都営地下鉄、京成電鉄、総武本線、新京成電鉄である。そして今から常磐線に入る。これで東京の東部地区公私鉄を殆ど網羅することになる。残るは亀戸線ぐらいだ。亀戸線へは北千住から東武伊勢崎線を通ってはいり得る。伊勢崎線へは二度目であるが、区間が異なるから走ってもいいだろう。

東京の東北部にある線、東武日光線や高崎線、上越線、信越線、秩父鉄道、上毛電鉄といった線へはなぜはいらないのだろうか。俺はここでもう一つ推理を立てた。

もし、大宮で行方不明になったEF五八がX電車の正体に関係あるとすれば、EF五八からX電車への変身には何か別のものが関係しているはずである。もっと以前に、どこかにX電車である以前のXが存在したはずである。そのXが電車ごっこをしたいという意志を持ってX電車になったと考えられるのだ。Xは電車ごっこを始める前に電車に乗るとか、レール上を歩くとか、とにかく何らかの形で電車というものを知っていたはずである。Xは東武鉄道の北方の線や上越線は既に通ってしまったのだろう。そして大宮まできて、EF五八型電気機関車を自分の次元に引っぱり込んだと考えられる。XこそX電車の意志なのだ。それが他次元か他宇宙か、その他のどんな奇妙な世界のものか判らないし、EF五八がどうして電車になったのかも全く判らない。具体的な科学性を持った裏付けは何一つない。それでも俺はそう思う。

X電車は松戸駅に着くと一度姿を消し、再び常磐線に姿を現わした。松戸駅は大混乱であった。電車運休によってあふれた乗客に加えて、やじ馬、録音器やカメラを持ったジャーナリスト達がホームをいっぱい埋めていた。

場内マイクは叫び続ける。

「危険です、下がってください。危険です。あぶない、さがれ！」

それでも一人、ホームから押し出されてレールの上に転落した。丁度その上をX電車が通った時だった。

第二の犠牲者である。

ラジオやテレビのカメラの前で、黒こげ死体が出来上がった。日本全土に、世界中にその戦慄すべき映像が伝えられ、記者も評論家も政治家も科学者もX電車について発言した。日本政府も防衛庁に出勤を促し、X電車に対し戦闘的構えを明らかにした。

X電車の進路については俺の予想がすべて的中した。北千住から東武鉄道を亀戸に向かい、亀戸から秋葉原へ総武本線を上る。俺達の追跡車は常磐線をそのまま直進した。俺の予想ではX電車が秋葉原から京浜東北線で赤羽に向かうと思われたからである。俺達は日暮里で再びX電車を待ち伏せたのだ。

俺の予想は次々的中し、誰もがそれを信頼した。俺の予想に対する評価が高まって、X電車対策計画も俺の予想に基づいて行なわれるようになった。それは他に信頼し得る定理が発見されず、俺の論理が最も筋道立っていると思われたからであろう。

X電車は依然、時速五〇キロから六〇キロぐらいで信号やポイントを守って走っている。赤羽からは池袋へ向かい、池袋から西武鉄道池袋線を北上するであろう。すべてが俺の予想通りだ。池袋駅には四輛編成の追跡車が用意された。そして西武鉄道は全線運転休止し、様々な地点にてX電車と対決し得る設備が準備された。

X電車は何の邪魔もない西武池袋線を時速七〇キロで走りだした。スピードは少しずつ早くなっていくようだ。俺達の追跡車はX電車から約五〇〇メートル離れて同じスピードで追った。静かな住宅街をパトロールカーがサイレンを鳴らし続けて走り廻り、踏切りでは厳重な通行止が敷かれていた。人々は道端からこの見えない電車を、あっけにとられて見守る。

やがてひばりが丘を過ぎて第一戦闘地点に向かった。レールには絶縁体が置かれ、自衛隊の特車がまわりを囲む。隊長に指令された二等陸佐が張り切って命令を送った。

陽は西に傾き、特車の影がレールに映り不気味な光景を生んだ。X電車は絶縁体の手前で停止したことが測定機で判った。俺達もそのX電車の手前で追跡車を降りた。

しかし、それから何をやらかすんだ？

物質でないものを破壊するには、坊主でも呼んできてお経でも唱えさせた方がましではないのか？　例え米ソのあらゆるミサイルを打ち込んだとて、X電車に対しては何の効果もないだろう。特車が何台並んで、X線や紫外線を次々放射したとて、科学者達にさじを投げさせる条件をそろえるにすぎない。他次元や他宇宙の産物ならクラインの壺へでも押し込めるより他にX電車を消えさせる手はないだろう。こういった人間達の行動はX電車を不当に刺激する以外何の役にも立たないはずだ。

事実、やがて動きだしたX電車は絶縁体を難なく通り抜けて、レールの上にまたがった特車を、一瞬の炎の中に残して走り出した。

そして遂に俺が怖れていたことが起こったよう

だ。電流の消費量やスピードにムラが生じ、全く電気を使わなかったり、一瞬に何千キロの電力を消費したりして、スピードも最高百キロに達するようになった。

所沢から本川越に向かい、その間、停車中の五輛編成の空電車を焼き払った。新所沢に設けられた絶縁体もフルスピードのまま通り抜け、本川越まで十分足らずで着いた。

俺達の追跡隊も人数が減り、所沢では全てをあきらめて解散することになった。ぽつり、ぽつりと話し合う会話は、すべて「一体これからどうする？」というものだった。

「どうすることもできないようだ」

「ねえ予想屋さん」

「俺かい？」

「そうだよ」

「俺は予想はするが、予想屋じゃない」

「X電車は本当に同じところを二度通らないかね」

「今迄の様子じゃやね」

「そうなら、待つよりしかたがなさそうだな」

「待つって？」

「日本中のレールを走り終えてくれるまでさ」

「そういうことだろうよ」

運休によって人気のないプラットホームに夜の闇が滲透《しんとう》する。武蔵野の乾いた寒さがみんなの身震いを誘い、まるで世界の終末にでも接したような虚ろな光景を展開する。俺の中にも判然としないヴィジョンが、時たま意識の奥底を刺激し、すぐ遠ざかる。

「あらゆる電車線への送電を停止したら？」

「X電車がどこに在るか判らなくなるし、いつまでも停めておく訳にもいかないだろう」

「そうか、やっぱり待つより他に手がないな」

「待つだけか」

俺は今までずっとX電車に好意を持ち続けてきた。言うなればX電車のファンだった。たとえそれが何人の人を殺し、何台の電車を焼き払おうと、俺にとっては俺というものの存在し得る世界はX電車だけだ。それでも俺の中にある素朴なヒューマニズムは、俺のそういった意識と対立し、様々な自己矛盾を生み出していた。たぶんこれ以上X電車に挑戦する奴もいまい。そして俺にも何より自分があこがれてきたX電車にとり残されたという空白が、肉体と精神の疲労を呼びさました。

俺はアパートに帰ることに決めていた。快い休息を予期しながら車で夜の武蔵野を走った。眠りはすでに車の中で始まっていた。

俺にとって、自分の中に生じた様々な混乱すら全く快いものであった。俺は今まで、この自己矛盾を待望してきた。X電車がレールの上でのみ可能なように、俺の可能である世界はサラリーマン以外の世界だ。そして、俺のサラリーマン意識を破壊し得るものは、そうした自己矛盾に他ならない。俺はX電車が、自衛隊や科学陣を全く相手とせず、一方的勝利を収めたことに対し拍手を送り、無能な政治家や科学者に「ざまあみろ!」といってやりたかったのだ。

4

七里―岩槻(東武鉄道野田線)―北千住―(営団地下鉄日比谷線)―東銀座―(都営地下鉄)―押上―(京成電鉄)―千葉―(総武本線)―津田沼―(新京成電鉄)―松戸―(常磐線)―北千住―(東武亀戸線)―亀戸―(総武本線)―秋葉原―(山手線)―池袋―(西武鉄道池袋線)―所沢―(西武鉄道新宿線)―本川越。以上がX電車の軌跡である。

その後の進路予想を俺は次のように立てた。

川越―池袋(東武鉄道東上線)

池袋―新宿(営団地下鉄丸ノ内線)

新宿―高田馬場(山手線)

高田馬場―東村山(西武鉄道新宿線)

東村山―国分寺(西武国分寺線)

国分寺―立川(中央本線)

立川―尻手（南武線）
尻手―鶴見（鶴見線）
鶴見―蒲田（京浜東北線）
蒲田―旗の台（東京急行電鉄池上線）
旗の台―大岡山（東急田園都市線）
大岡山―目黒（東急目蒲線）
目黒―東京（山手線）
東京―吉祥寺（中央本線）
吉祥寺―明大前（京王帝都電鉄井ノ頭線）
明大前―新宿（京王線）
新宿―下北沢（小田急電鉄）
下北沢―渋谷（京王井ノ頭線）
渋谷―下高井戸（東急玉川線）
下高井戸―京王八王子（京王線）
八王子―東神奈川（横浜線）
東神奈川―桜木町（京浜東北線）
桜木町―磯子（根岸線）
杉田―湘南久里浜（京浜急行電鉄）
久里浜―鎌倉（横須賀線）
鎌倉―藤沢（江ノ島観光鉄道）

藤沢―大和（小田急江ノ島線）
大和―海老名（相模鉄道）
海老名―小田原（小田急）
小田原―静岡（東海道新幹線）
静岡―藤枝（東海道本線）
藤枝―新袋井（静岡鉄道）
袋井―豊橋（東海道本線）
豊橋―豊川（飯田線）
豊川―東岡崎（名古屋鉄道本線）
岡崎―上挙母（名鉄挙母線）
上挙母―今村（名鉄三河線）
今村―新名古屋（名鉄本線）
名古屋―千種町（名古屋地下鉄）
上飯田―犬山（名鉄小牧線）
犬山―東枇杷島（名鉄犬山線）
東枇杷島―玉ノ井（名鉄尾西線）
須賀―新岐阜（名鉄竹鼻線）
岐阜―大垣（東海道本線）
大垣―桑名（近畿日本鉄道養老線）
桑名―伊勢中川（近鉄名古屋線）

伊勢中川―八木（近鉄大阪線）
八木―橿原神宮（近鉄橿原線）
橿原神宮―古市（近鉄南大阪線）
古市―河内長野（近鉄長野線）
河内長野―三国ヶ丘（南海電鉄高野線）
三国ヶ丘―東和歌山（阪和線）
東和歌山―和歌山市（南海和歌山軌道）
和歌山市―浜寺公園（南海本線）
浜寺駅前―今池（南海阪堺線）
今池―阿倍野（南海平野線）
阿倍野―天王寺駅前（南海上町線）
天王寺―梅田（地下鉄一号線）
梅田―野田（阪神電鉄本線）
野田―甲子園口（阪神国道線）
甲子園口―甲子園（阪神甲子園線）
甲子園―三ノ宮（阪神本線）
三ノ宮―西宮北口（京阪神急行電鉄神戸線）
西宮北口―宝塚（阪急今津線）
宝塚―中津（阪急宝塚線）
中津―野田（阪神北大阪線）

野田―出屋敷（阪神本線）
出屋敷―西九条（阪神伝法線）
西九条―天王寺―鶴橋（大阪環状線）
鶴橋―生駒（近鉄奈良線）
生駒―王寺（信貴生駒電鉄）
新王寺―田原本（近鉄田原本線）
田原本―西大寺（近鉄橿原線）
西大寺―伏見（近鉄京都線）
伏見―京橋（京阪電鉄）
京橋―大阪（大阪環状線）
梅田―桂（阪急京都線）
桂―嵐山（阪急嵐山線）
嵐山―四条大宮（京福電鉄）
阪急大宮―河原町（阪急京都線）
京阪四条―京阪三条（京阪電鉄）
京阪三条―浜大津（京阪京津線）
浜大津―石山寺（京阪石山線）
石山―神戸（東海道本線）
神戸―兵庫（山陽本線）
兵庫―姫路（山陽電鉄）

姫路―門司（山陽本線）
門司―戸畑（鹿児島本線）
戸畑―折尾（西日本鉄道北九州線）
折尾―博多（鹿児島本線）
福岡―大牟田（西鉄本線）
大牟田―………。

同じ線を二度通らず、可能なかぎり多くの線を通るという俺の考えた原則に従って作ったものであるが、袋小路以外は殆ど走るはずである。市街電車は俺の概念では鉄道よりバスに近いものなので、たぶんX電車もそうだろうという予想のもとにはずした。

「スピーク！」（マックス・ローチ）
「セブン・ステップ・トウ・ヘヴン」（マイルス・デイヴィス）
「クリス・クロス」（セロニアス・モンク）

以上はある日、あるジャズ喫茶で聞いたレコードである。

5

ジャズを聞いている時だけ生きている実感を持つことの出来るような奴でも、これだけ数多いレコードの中には一枚や二枚嫌いなものがあっても不思議はない。たとえそれが、ジョン・コルトレエンの「アフリカ」であっても、そいつがジャズ嫌いだと言い切れるものではないだろう。むしろ嫌いなものを持つ程、好きなものに対して熱狂的であるようだ。

俺は鉄道が大好きだが、地下鉄銀座線と東急東横線が嫌いだ。俺のアパートが自由ヶ丘で、毎日のラッシュ電車で銀座まで通うのに、その線を利用していたからであろう。東横線の下ぶくれの車体は、ラッシュの人々に押されて感じる圧迫感を倍増させるものであるし、地下鉄銀座線のうす汚れたオレンジ色に至っては、見るにたえない。そして赤坂見付で丸の内線とすれ違う時、赤いツートンカラーの美しい丸の内線の乗客に劣等感を感じずに居れない……。

今、俺は自由ヶ丘の小さな二間のアパートで寝ついたところだ。しかし、それは、明日オフィスで無為に消費されるエネルギーを蓄積するためではなく、明日俺が俺自身のために行なうことに必要な眠りを取っているのだ。俺はもうラッシュの東横線や地下鉄に乗らなくてもいいのだ。それどころか、どんな電車にも自由に乗れるのだ。夜九時を過ぎても俺は一切を忘れて熟睡していた。その俺の眼を覚まさせたのは、九時三〇分、新聞記者からの電話であった。

「あなたの予想に、東横線と地下鉄銀座線が抜けているんですがね、これ、間違いではないでしょうね」

「抜けていますか?」

「ええ」

「じゃ、それでいいんです」

「どうして抜けていていいのですか?」

「X電車に関しては、どうしてという質問は成り立たないはずです」

「そうですか」

ガチャンという小さな音が聞こえた時、俺は自分の失敗を恥じていた。俺は自分の予想に東横線と地下鉄銀座線を組み込まなかった事を知っていた。それは意識的に組み込まなかったものではなく、またそれを後で書き直す気にもならない程あいまいな形で行なっていたのだ。X電車の進路予想を立てる際、もし自分がX電車ならば、という仮定のもとに組んでいったコースであるが、いくら俺の嫌いな路線であっても、X電車も嫌いだという理由は何もない。俺は少なくとも、俺とX電車を混同していたし、X電車に対し、それが俺を受け入れてしまったものと考えていたのは、全く誤りであった。しかし、もうこうなればしかたがない。どうせ全部の予想が当るとも思えない。コースの取り方はいっぱいあるのだ。俺の予想もまた、予想でしかないものなのだ。

俺は殆ど寝入りばなを起こされてしまったことにいらだちながら、それでも一度起きたとなると

X電車の事を考えない訳にはいかず、テレビのスイッチを入れた。ニュースや特集番組はX電車の話題でぎっしりつまっていた。そして、その画面に映し出される光景は、通行禁止の踏切りと、運転休止の電車と、サイレンを鳴らし続けるパトロールカーで、そのうち時たま、パシッというX電車の放つ火花が写るぐらいである。いまX電車は井ノ頭線を渋谷に向かっていた。ここまでは、俺の予想どおり走ったようだ。しかし、渋谷からたぶん地下鉄銀座線か東横線に入るだろう。俺の予想がみごとはずれる事だろう。それなら、それでいい。俺は予想屋としての権威が必要だった訳ではないのだ。

窓から見える星空は久々のもののように思われた。月のすぐ横の明るい星は木星か。オリオンが東から昇ってくる。シリウスはまだ見えない。俺は急いで上着を着るとアパートを飛び出した。俺の意識から次々と素朴に生まれていった、俺だけのX電車の進路予想がみごとにはずれるのを見たかった。

俺は渋谷に向かった。俺はタクシーが大嫌いだったが、急いでいたのでしかたがない。東横線の踏切は通行止になっている。俺の予想はどうやら信用されてないらしい。いや万全を期して当然の処置であろう。きっと東横線へもX電車はやってくるだろうから。

タクシーは大廻りして渋谷に向かう。運転手はラジオのスイッチを入れた。

「只今、X電車は渋谷から玉川線にはいり、三軒茶屋に向かって時速一〇〇キロ前後で走っております。沿線路上からは至急退避願います」

玉川線を走る、俺の予想通りじゃないか。なぜ東横線や地下鉄に入らなかったのだろう。俺の予想はまだ的中しているという、この事実は俺に一瞬の歓喜と少しだけの恐怖をもたらした。なぜ俺の予想が、こんなに的中するのだろう?

俺の乗った車が道玄坂を昇った時、もう玉川線路上は通行可能になっていた。そして、通行止で停滞していた車が一気に殺到して大変な混雑を見せている。

Ｘ電車が通過した跡は何もないし、今までそこを走っていたという実感は全くない。ただ、パトロールカーが赤い光を廻してサイレンと共に何台も行き交うだけが、何となく戦慄的な光景である。

Ｘ電車は走行スピードが早くなる一方のようだ。俺の車が混雑の中をやっと三軒茶屋まできた時、Ｘ電車が京王線を京王八王子に近づいていることを知った。三軒茶屋の路上には真黒こげのオート三輪が放置されていた。エンストか何かで逃げ損じたのだろう。

もはやタクシーでＸ電車を追いかける事は無意味だ。スピードの点で追いつけるはずがない。先廻りしなければ……。

俺は経堂に向かった。経堂から小田急で藤沢に出るつもりだった。藤沢でＸ電車を待ちうけるのだ。

Ｘ電車の走っている東京は平時の東京と全然変わりはない。しかし、それにしてはなぜ人々は足早で歩くのだ。なぜ街燈が薄暗く感じられるのか。なぜネオンがこうも虚ろなのか。みんな漠然とした不安を感じている。訳の判らぬものの出現に現在の自分の立場を脅やかされているかのように……。

経堂から小田急に乗るとさっそく車内アナウンスが入った。Ｘ電車が小田急線に入りしだい列車の運行を停止するから、すぐ退避するようにということである。しかもその電車は相模大野止まり。乗客達も不平を言う気力も失って、黙々とアナウンスに耳を傾ける。経堂から相模大野までの間で何度も停車し駅ごとに伝令が運転台に走り寄る。乗客達は、すぐ逃げ出せるようにこぞって扉付近に集まる。拡げられた新聞にも、もうＸ電車に関する様々な見出しが大きく掲げられている。車内の明りは線路わきの田畑を照らし、時々電柱の小さな街燈が走り去る。そして、電車の音だけが、車内いっぱいに拡がっていた。

長い長い空虚な時が経って、相模大野のホームにゆっくりと停車する電車には、生き生きとした鉄道の香りが全く欠けていた。それでも乗客達は、やっと着いたという開放感に充たされて改札を出てゆく。俺は？　俺は藤沢へゆく予定だったのだ。俺は改札口を出ず、横にある駅長室に入った。

大声で電話をしている駅員や、時刻表と地図を見て会談中の駅長など、忙しそうな駅長室では、俺がはいっていっても誰一人注目する者も居ない。俺はその中の一人をつかまえて言った。

「X電車の追跡車に乗せてもらえないかい」

「追跡？　冗談じゃない。一五〇キロで走る見えない電車を誰が追いかけるんだ」

「じゃあ、藤沢まで行く便ももうないのかい？」

「新聞記者かね」

「そうだ」

「何新聞だ」

「いや、実は新聞記者じゃない。俺は電車の発見者だ。新聞で見ただろう」

「ああ、あの予想屋かい」

「予想屋だ」

「三番線から大和までいく電車が出るよ。途中でX電車にぶっつかっても知らないよ」

「ぶっつからないさ。大和から相模鉄道にはいるからな」

「その予想が正しければね」

「今、どこを走ってるんだ」

「京浜急行を久里浜に向かっているさ」

「俺の予想通りだな」

「全くその通りさ」

まだ俺の予想通り走っている。一体X電車はなぜ俺の予想通りに走るのだ。このまま地下鉄銀座線や東横線は走らず、俺の予想と全く違わないコースを熱海に向うのではないだろうか？　一体、それはどういうことだ。

俺はX電車について何も知らない。大宮のEF58型電気機関車についても何も判っていない。俺はただ単に自分の様々な不満と、様々な夢のためにX電車を支持しただけだ。俺はX電車と共に電車ごっこをしたかったが、俺の意志でそれを動かしてやろうと思ったことなど一度もない。俺の自己主張はあくまで、自分に対して行なわれるモノローグでしかない。俺は社会と対決する意志など持った事がないのだ。

俺は小田急の関係者に同行して大和までやってきた。X電車との再会に胸ははずんだ。しかし、今更のように襲ってくる不安は一体何だろう? 俺は自分が、X電車が自分の予想からはずれてくれることを願っているのを知った。

大和駅は、付近の丘陵地帯に囲まれて、そこだけの小さな明りの中に、人々の声すら満足に届かないほど静かだ。レールの上には、電流が感じられれば輝やく電光板が設置されてある。俺は他の奴等とはなれて立った。他の奴等の俺に対する疑惑を感じぬほど俺もぬけてはいない。もし、本当に俺がX電車と何等かのかかわりあいを持つものなら、X電車から俺に対するコミュニケイション以外に、俺からX電車に与えるコミュニケイションが在るとすれば、俺は、今までの犠牲者や、焼失した電車にいかなる責任を持たねばならないのだろう。一体、俺にどれだけの力があるというのだ。俺は予想屋だ、誰もがそう言うように……。俺は何の実践力もない男だ。俺は元々はX電車と社会の両側に対して、アウトサイダーでしかないのだ。

「来たぞ!」

小田急の係員の声が消えない間に、レールのわきに設置された電光板が、遠くから順に一つずつ光りすぐに消え、それは一瞬の内に大和駅のホームの下までやってきて、全てが消えた。音も聞こえないし、パシッという光も放たない。俺は、ただ、電光板が光って消えたのを目撃しただけだ。数秒間の出合いは、出合いというより、拒絶された対話の確認であった。もう、俺にも、X電車に対する感動を持つことが許されなくなっていたのだ。

「時速一八〇キロだ!」

「もう相模鉄道を走っているぞ」

「もう海老名へ着く頃さ」

午後十一時を過ぎて、星がいっぱいだ。

6

「テイク・ジ・A・トレイン」をデイブ・ブルーベックが演奏したものはウエストコーストに属するが、ジャズの世界を二分するイーストコースト、ウエストコーストのように、電車も関東と関西では様式的にも、内容的にもかなり異なり、それぞれ味わいも豊かだ。

俺の属していたサラリーマンの世界等は、東京にいても大阪にいても書類と印鑑さえあれば似たようなものだが、なぜ書類を大阪弁で作らないのか疑問に思うことがたびたびあった。

X電車が東京近辺の鉄道をひとまわりした後、関西の私鉄や国電を走ってみたくなるのは、黒人ジャズを聞きあきて、ウエストコーストのクールジャズに興味を持つのと同じであろう。クールジャズは、大衆に熱狂的な支持を得ることはなく、ジャズマニアや熱心なジャズメンをぶった奴等に地道に愛され続けている。それはある意味で大衆を拒絶する感覚ですらあるようだ。X電車は、西へ向かうにつれて、その電車的性格がユニークなものに変わり、X電車を認めていたこの俺を拒絶し続けた。俺が大和駅で感じた断絶も、俺の自由に対する意識や、鉄道の世界に対する理解の欠如に責任があるようにも思える。

信号やポイントを守り、駅ごとに停車する電車ごっこほど初歩的なものでしかなく、本当は輝やく鉄のレールと鉄柱に支えられた架線の遠々と続く鉄道そのものだけが許せる世界なのかも知れない。

俺はX電車に拒絶されながら、社会的にはあたかも俺がX電車であるという誤解を受けた。俺が疑われた理由は、俺があまりにもX電車に熱狂的であることと、俺の予想進路があまりにも的中しすぎる点にあった。

俺の部屋は家宅捜索を受け、俺も警察に任意出頭を求められた。新聞もついに俺を〝謎の男〟と呼ぶようになっていた。

俺は小さな部屋で、刑事に様々な質問を受けた。そして医者に身体検査され、ついに、精神病医の診断まで受けることを強制された。

そして確認されたのは、俺が意外な程平凡な、ノーマルな人間であったことだ。この事は俺に対してもいささかショックだった。俺は、むしろ精神病と診断されるぐらい異常な、X電車に対する執着を持っているつもりだったからだ。

とにかく、奴等がいくら調べたとて、頭の悪い野郎共に何が判る！

俺が警察から出てくれれば、ジャーナリスト達に追いかけられる。一日中記者会見や、テレビ局まわりで、休む暇もない。

X電車は、その後、俺の予想通りのコースを豊橋まで行った。そしてそこで消えてしまって、もう二日も現われないのだ。豊橋からの予定コースである飯田線、名鉄本線は、その間、運転をずっと休止していた。一時は、送電を停止してX電車をさけようとしたが、送電がなければX電車は送電されるまで気長く待ち、しかも、その間にどこへ突然現われるか判らないため、むしろ送電を続けて列車の運転だけを停止して、一刻も早くそこをX電車が通り過ぎるのを願うようになったのである。

俺には何としてもX電車の正体をつきとめる必要があった。果して、X電車は俺を裏切ったのであろうか？　それとも俺がX電車を裏切ったのか？　また、俺がX電車を支持しつづけたこと自体が、そもそも欺瞞《ぎまん》でしかなかったのだろうか？

俺はX電車の謎を解く鍵を求めた。記者会見の席上で或る記者から聞いた事件は、少なからず俺の興味を惹いた。

大宮からずっと北へ上った伊勢崎という所で、俺のように鉄道狂の老人が、X電車の発生前に死亡したという事実である。大方の新聞にも取り上げられず、話した記者すら記事にしなかった程だが、伊勢崎でXが発生したと考えるのは筋が通る。しかし考えてみれば、鉄道狂の老人の死霊など、いささかアクチュアリティに欠ける。俺としてもX電車がそんなちっぽけなものだと思いたくない。

それより、大宮で消失したEF五八型電気機関車はその後も発見されず、それがX電車の正体に何か関係あるだろうことが確定的となった。

しかし、それだけではX電車に関して何も明らかになった訳ではない。むしろ、X電車とEF五八を結びつけることは、よけい不明解な部分を生み出すのだ。それは、存在しないものが実現し、実在するものが姿を消すという二重の謎を形成している。そして、それらの謎を作る総合された動機こそ、俺のようなものには想像もつかない何か巨大な力なのではないだろうか。

俺は生まれて初めて図書館というところへゆき、縮刷版の日刊誌を根気よく調べた。そして三年前の記事から、上越山中に落下した隕石を知った。俺は決して三年前の隕石とX電車を強引に結びつけようと思った訳ではない。しかし、俺にとって、X電車の謎を解決する手づるは、天体と地上との結びつき以外に考えることが出来なかったのだ。俺はそれでも、一応天文台に電話で問い合わせた。しかし、その隕石も、何等ありふれた隕石と変わるものではなかった。

大体、隕石とて物質でしかないのだ。超科学的なものをすぐ宇宙と結びつけたがる俺の凡人でしかない証しが、こんなところにあるのだろう。俺がX電車の謎を一生懸命解決しようとして次々判明する事実は、本当はすべてが全くX電車とは無関係のように思える。いや、もし関係ありとしても、それはX電車の謎をより複雑化するものにすぎないのだ。

一体X電車は何なのだ？　その疑問を最も切実に、最も真剣に考えているのは俺である。俺はもう一体どうしてよいのか判らない。そして、一体俺は何なのだ？

一週間が過ぎ去ってもX電車は豊橋で姿を現わさなかった。飯田線も名鉄も、長期間の運転休止にしびれを切らしていた。そしていつまで待っても現われないX電車に交通機関を取り上げられた大衆は、やがて名鉄の運転再開を望んで当局に圧力をかけ始めた。

名鉄が運転再開に踏み切ったのは、X電車が消えて十日目のことである。関係者は「X電車は消滅した模様」という見解をとった。久々の輸送は混雑を極め、増発、ピストン運転という最大能力で運送を行なってなお捌き切れない乗客がホームにあふれた。

そして、そんな混雑の名鉄をX電車は襲ったのである。

豊橋から豊川の間で飯田線上の国電一列車、豊川から岡崎までの間を走っていた名鉄十六本の列車を、一瞬の内に真黒こげにしてしまったのだ。その間約三〇キロを十分程で突っ走り、岡崎から挙母線にはいっていった。約二〇〇キロのスピードだ。付近のサイレンが高々と鳴りわたり、あらゆる列車から避難する人々があふれる。しかし一瞬の電撃に襲われた人々には逃げ出す間はない。或る人は立ったまま、或る人は重なり合って倒れ、黒い肉片が山と積み重なる間を、油ぎった臭気が漂う。惨事のあとには黒々とした車体だけが、三河平野を横切る鉄路に空々しく残されていた。

誰がどの身体か、どの骨かすら判別出来ない骨々の黒い山。アウシュヴィッツのガス室や、広島の泥沼のように目をおおう光景だ。

俺もそれらの光景をテレビで見た。しかもそれは俺がやったのかも知れない。嘘だ！　俺は何も知らない。俺は単なる予想屋だ。俺が予想したものが偶然当ったただけだ。俺が何でこんな事をするものか。

俺は東京に居たたまれず、飛行機で大阪に向かった。離陸の衝撃に耐えながら、様々な自責と、様々な反省と、様々な裏切りを感じ、それらがぐるぐる俺の頭の中を駈けまわる。小さな窓の下には広々とした平野が、その平野を真直ぐ横切って新幹線が見える。美しい光景ではあった。

俺は昼過ぎて大阪空港についた。そして、またまた着いたとたん新聞記者に取り囲まれた。

X電車はその後も俺の予定したコースを走っているという。西日本の私鉄は全線運休で、あらゆる踏切も通行止になった。いまX電車は、地下鉄一号線を梅田に向かっているとの事だ。時速三〇〇キロから五〇〇キロに達し、大阪中を走りまわるにもそれ程時間はかからない模様だ。

俺は記者に同行して、阪急西宮北口に向かった。待つ間もなくX電車はやってきた。それは、ある一瞬、電光板がチラッと輝やいただけだった。写真のストロボのように、輝やいてすぐ元通りになった。ただそれだけだ。俺など、もう何の関係もない。俺もまた、みんなと同じくX電車が全ての予定進路を通過してしまうのを待つだけだ。一体X電車は全ての予定路線を走り終えたら何をするのだろう。再び、一度走った線を走り直すのだろうか。いや、電車ごっこにあきた時は、誰だって家に帰る。きっと、この広い宇宙のどこかに帰るに違いない。それからだ。全ての論理づけはそれから行なわれなければならない。俺の責任も、それからの問題だ。

X電車が物質でないにもかかわらず存在し得たのは、意志の力による奇跡かも知れない。しかし、それは決して奇跡というたぐいのものでなく、本来はあり得るべき事なのだ。俺がサラリーマンでなくなることがあり得たのと同じである。

もし俺が電車ごっこをしたいと思ったために、俺の幻想が実体化してX電車が生まれたとすれば、俺は何千人もの今までの犠牲者に、人間として罰せられるべきだ。俺にとって、X電車が失われる時に、俺もまた失われてゆくならば、X電車の帰りゆく故郷に俺も同伴出来るものならば、どんなにうれしい事だろう。しかし、それは甘いセンチメンタリズムでしかない。俺はむしろ人間としての罰を、潔ぎよく受け入れるべきだろう。俺は今、どちらかといえば何千人の犠牲者に同情する。心から！

俺は決して、X電車に裏切られた感傷を意識してはいない。俺にとって、X電車自体、俺の夢そのものでないことが、今になって判ったように思うのだ。

俺は大阪駅の駅長室で記者達に囲まれていた。その駅長室の電話に新たな〃驚くべき〃情報がはいった。

X電車が京阪石山線石山駅から東海道線を米原

に向かったというのだ。俺の予想では、そこから大阪を経て広島に向かうはずだった。これで俺とX電車とが無関係であることが実証されたのだ。

——もしかすれば、今、無関係になったのかも知れないが……。

間もなく次の情報が入った。X電車は米原から交流電車区である北陸線に入り、富山まで時速五〇〇キロで突っ走り、富山から富山地方鉄道を立山連山に向かって、千寿河原駅でまた行方不明になった。この行方不明に対しては、殆どの人々がX電車消滅説を説いた。俺も賛成した。千寿河原は袋小路であり、そこからは他の線に出る事ができない。それにこうしたX電車の走り方はどこか投げやり的な所があり、山の中の無人地帯へ走り込んだということは電車ごっこの終わりを感じさせた。しかし、これでいよいよX電車は完全な謎と化したのだ。

俺は大阪駅から、運休中の東海道線のレール上を歩き始めた。ガードレールの横にはビルの白いコンクリートが接近し、丁度ビルの間の溝になっているレールの上を、速やかに風が通り抜けた。もう冬だ。乾いた枕木の一つ一つを踏みしめて歩く俺の頬に感じる冷たい空気が虚ろだ。曇った空は全ての騒音を吸い込んで俺の孤独を充たした。レールはどこまでも続いている。

——これでいいんだ。永遠の謎のままX電車は消滅した。俺はこれでいいと思わなければならないのだ。

ふと俺は自分がもう一度サラリーマンに戻れるだろうかと考えた。書類とタイプライターと課長の顔がふと浮かんだが、それもまた、冷たい風に吹き消された。

そして、その風を追うようにチュチュチュチュチュという小さな音が聞こえ、一瞬、手足のしびれを感じた。まるでジャズ演奏の終わりのように、突然、冷たく拒絶するような痙攣が俺を襲った。

五月の幽霊

TAKASHI ISHIKAWA

石川喬司

1930（昭和5）年9月17日、愛媛県生まれ。東京大学フランス文学科卒。毎日新聞社記者時代から、SFおよびミステリの評論活動を開始。特に黎明期にあった日本SF界においては、ほとんど唯一の専門的評論家としてジャンルの発展に多大な貢献を果たした。ミステリ評論集に『極楽の鬼』、SF評論集に『SFの時代』があり、後者は78年の第31回日本推理作家協会賞評論その他の部門を受賞した。79年、東大で日本初のSF講義を行い、話題となる。

評論活動の一方で創作も精力的に手がけ、作品集に『魔法つかいの夏』『アリスの不思議な旅』『エーゲ海の殺人』『彗星伝説』『絵のない絵葉書』『世界から言葉を引けば』など多数。競馬評論家としても有名で、競馬小説に『走れホース紳士』『競馬聖書』などがあり、『石川喬司競馬全集』全3巻が刊行されている。

初出=「SFマガジン」66年8月増刊号
初刊=『魔法つかいの夏』（68年8月／ハヤカワ・SF・シリーズ）
底本=同上

著者のことば

学生時代に妄想した稚拙な習作で、時間を扱っているが、ＳＦとは呼べない。そう自己診断して、私の処女短編集『魔法使いの夏』の文庫版では省いた『五月の幽霊』が日下三蔵氏の目に留まり、全集に収録されることになって恥ずかしさが先立ちます。

昨夏のワールドＳＦコン開会演説でデイヴィッド・ブリン氏が「影響を受けた日本文化」の中に、一茶、源氏と並べて私の『海への道』を挙げられたときも驚きましたが……

子どもを連れ、デパートの包みを抱えた、幸福そうな夫婦が、日比谷の交差点を、公園の方へ渡ろうとしていた。

横断歩道の途中で、夫婦は足をとめた。

「はじまったわ」

と妻がいった。

夫婦の耳は、皇居前広場の方から響いてくる、あの胸をしめつける歓声をとらえた。

お濠端《ほりばた》に炎が上り、目を血走らせた若者たちが、棍棒をふりかざした警官隊に追われて、一目散にこちらへ駆けてくるのを、二人は認めた。

そして、いつものように――頭が割れ、そこから血を噴き出させている少女が、夫の胸に倒れ込んだ。

「卑怯者!」

と少女は叫んだ。

一方、妻の肩を、破れたシャツ姿の青年の血だらけの手が摑んでいた。

「なぜ逃げたんだ!」

と青年は怒鳴った。

――白昼夢は、それでおしまいだった。

「パパ、ママ、何してんのよ。信号が赤になっちゃうわよ。早く渡りましょう」

子どもたちにせかされて、夫婦は我に返った。亡霊は消えていた。

「終ったな」と夫は吐息をついた。「十五年前の君の抱き心地のよさといったら」

「嫉けるわ」と妻が応じた。「でも、私の肩を掴んだ十五年前のあなたの、あの力強さといったら」

幸福そうな夫婦の上に、五月の平和な青い空がひろがっていた。

夫(マイナス15年)

……比呂人がそのビラを受取ったのは、エヌ・マルモン氏のロンサール講読の時間だった。党員と覚しい隣席の男が、ものものしい警戒をこめた素早さで、それを彼に回してきた。授業中にビラが配られるのは別に珍しいことではない。居眠りをしていた比呂人は、ラグビーのボールを渡されたのかと思って驚いて目をさましたところ、血走った男の目が隣にあるので、あわてて机上のノートを両手でおおった。痩せた指の隙から、ペンで描かれた少女の横顔がのぞき見える。眠りに陥る前に退屈しのぎに描いていた恋人の久美子の顔だ。男はそれには頓着なく、目顔で早くビラを回せと合図してみせた。ビラには「抵抗《レジスタンス》」と大きな赤字が刷られていて、その下で黒い貌をした何者かの軍靴が総理大臣を踏みつけ、その総理大臣の白足袋が更に骨ばかりの亡者のような民衆を押さえつけている。

　去年の春解散になった筈の解放党大学細胞の署名のあるその絵入りのビラを手にとって、比呂人は左隣をうかがった。そこには新入りの女子学生が腰掛けている。彼がビラをそっと彼女のテキストの上に滑らせたとき、教授の口述につれて鉛筆で詩句を辿りながら黙読していたその美人の大学生は、咎めるような瞳を彼に向けた。

Vivez si m'en croyez, n'attendez á demain

……

　十六世紀の宮廷詩人の恋愛詩にそぐわぬマルモン氏の涸《か》れた声が一段と高まったかと思うと、不意にそこで途切れ、荒々しい足音が教壇におこった。何事かと一斉にあげられた学生たちの訝しげな視線をよぎって、白髪の外国人は大股に窓際へ歩み寄り、音高く次々と窓を閉め、

「うるさいな」

と日本語で言った。この教室で日本語が聞かれるのは珍しい。

　色づいた銀杏並木の緑の反映を受けて蒼褪めた教授の横顔を眺めながら、比呂人はしばらくポカンとしていた。やがて窓外から流れ込んでくるアコーデオンの響きが、彼に教授の怒りの原因を悟らせた。

　T大学法文B号館三階のこの20号教室の真下のアーケードで、明日のメーデーにそなえての合唱練習が行なわれているのだった。アコーデオンに合わせて地を踏む大勢の足音が、先刻から神経質

な教授を苛立たせていたらしい。

　詩人は静寂を愛する。まして今読んでいるのは、つれない恋人に「明日を待たず今日から早速生命の悦びの薔薇を摘みとろう」とささやきかけた切々たるソネットなのである。学生たちは、閉めた窓をとおしてなおも侵入してくる歌声を避けて、窓際の日当りのいい席を去り教授の近くに固まった。

……
後の世に戦争を知らすこと勿れ
子どもらの自由に伸びゆく世を作らん
……
友よ肩を組めいざ進まん
平和をめざし新らしき世界作るため
……
われらこよなく自由を守り戦い抜かん
輝かしき栄光を得るはやすからじ
……

　白い天井に揺れている光の泡が歌声に合わせてふくれたり縮んだりしているようだ。その歌詞はいま配られたビラにも載っていた。明日のメーデーに人民広場に参集せよ！　という文句とともに。

　比呂人はノートの久美子の似顔をインクでつぶしながら、ふと暗い気持になった。ぼくの恋と、戦争の恐怖と、こんな平和な講義と……

　突然隣の男が立上って、黙ったまま教室を出て行った。二人ほどそれに和する者がいた。廊下を踏み階段を駆け降りる靴音にまじって、彼らの口笛がアーケードの合唱に応ずるかのように響き遠ざかった。

　歌声はますます高まる一方である。

　室内の軽い動揺を察したフランス人は、肩をすくめて授業を打切るポーズをとった。そしてポータブル蓄音器を取出してそのネジを巻き、これから今日講義したロンサアルのソネットの朗読をレコードで聴かせる、という意味のフランス語を早口で喋った。やがて古ぼけたポータブルから流れ出した年老いた詩人の恋歌は、しばらく窓外の若々しい合唱と競い合っていたが、突然「いのちの薔薇を」という文句を繰返しはじめた。

les roses――les roses――les roses――

まもなく奇妙な音をたてて蓄音器が止まった。

失笑しながら比呂人が隣の女子学生を眺めてみると、彼女は端麗な横顔の線を崩しもしないで、目を固くつむったまま謹聴《きんちょう》の姿勢をとっていた。その細っそりした腕に、赤い小さな蛇のような腕時計が絡みついている。

――あの女は笑うということを知らないのだろうか？

蓄音器の思わぬ挿話に、こわばった気持をほぐされた比呂人は、のんびりとそんなことを考えながら、教室を出て食堂へ向かった。春の日射しに輝いている銀杏の葉が眼に眩しい。わが子の戦死の報せを受けて涙ひとつこぼさなかったなどという『軍国の母』は、ああいう女なのではあるまいか。朝目をさましたときから彼女の心は気を付けの姿勢をとっている。定時定刻の規格型の精神。……ピエール・ド・ロンサアルは千五百二十四年九月十一日、ヴァンドーモワのクーチュール村にあるラ・ポッソニエール館で生まれました。そして千五百八十五年十二月二十七日、六十一歳、サン・コーム・レ・ツールの僧房で死にました。……千五百八十五年……サン・コーム・レ・ツール、サン・コーム・レ・ツール……。蛇のような時間に躰全体を巻きつかれながらそんなことを棒覚えして、他人が一言でも間違おうものなら忽ち咎めるごとく目くじらを立てつつ、生命の薔薇を摘みもしないで、他のどれとでも取換えっこのできる無意味な生涯を終る。なんのことはない、一生かかって自分の葬式をやっているようなものなんだ！

「いけないぞ」と比呂人は声に出して呟いた。ぼくはいつもこうなんだ。ちょっとした思いつきですぐすべてを判断しようとする。ぼくの変てこな発想がでっちあげる奇怪な観念は、丁度あの、少い偏ったデータから「客観的な」行動の方向を決定したがる青年レジスタンス同盟の連中の「状況認識」とそっくりで、ちっとも信用が置けないんだからな。あの連中ときたら、毎日、今にも革命がおっぱじまりそうなことばかりいいふらして騒いでいる。

良子もあんな女だったぞ、良子も。あいつは左側通行が右側通行に変った当日からキチンと道の右側を歩いた。夏の日盛りの物蔭の恋しいときでも規則通り日向を歩いた。学徒動員で働いていた工場のグラウンドで襷を掛けて薙刀《なぎなた》を振っていたあいつの真剣な顔付きが今でも目に浮ぶ。暗い湿った工員用の壕の中で、はじめてあいつに接吻したときぼくはまだ十四だったが……。

〈アラ〉と女の声がした。〈良子サンテヒトノコト、カクシテタノネ〉

〈ムカシノハナシサ〉と男の声が答えた。〈トニカク、イイセンイッテルジャナイカ〉

〈イマノトコハネ〉と女の声が応じた。

比呂人は便所に這入った。そこで放尿しながら思いきり笑っていると、いきなり後ろから目隠しされた。

「誰だか当ててみろ」

「おいおい、あまり月並みなことせんといてや」

手をふりほどいて振りかえると、英文科の津久見の笑顔がそこにあった。

「指の傷癒ったかい?」

「お蔭様で、といいたいとこやが、まだ一向に」

「まあいいさ。お嫁さんを貰う頃までには癒るだろうよ」

「おおきに。うちもその気でいるねん」

——恋人の久美子とふたりで三ッ峠に登ったときこしらえた指の傷が、比呂人と津久見を親しくさせたのだった。同じ中世文学を研究している者同士として共通の友人から紹介されたとき、化膿した比呂人のその指に気付いた津久見は、あくる日早速薬を持ってきて繃帯《ほうたい》をしてくれたのである。田舎の高等学校仲間の、硫酸の中に素手を突っこんでみせるような荒っぽい友情の押し売りに粗くなっていた比呂人の心に、そんな好意がひどく泌みた。いつまでたっても比呂人が繃帯を取ろうとしないので、会うたびごとに津久見はその傷について訊ねるのだった。

「これから鯨食いに行くんやが、つきあわんかい」

「ウン」

二人が地下にある大食堂へ降りる階段にさしかかったとき、手摺の横に立っていた女がビラを差出した。見かけない中年の女だった。比呂人にビラを渡すとき、女の口が何かを言いたそうに開きかけたが、声にならずに閉じた。訴えるような目の色に、どこか見覚えがあった。

階段を降りながら比呂人が受取ったビラを眺めてみると、驚いたことにそれは白紙だった。あやうく彼は階段を転げ落ちそうになった。大急ぎで引返したが、女の姿はどこにもなかった。

「何をウロウロしてんだい」

津久見が怪訝そうに訊いた。

「あの女がいないんだよ。先刻そこでビラを配ってた女が」

「女がビラを？　そんなのいたっけ？」

問い返す津久見に、比呂人は手帳を破って書いてみせた。

幽霊ガマッシロケノ名刺ヲクレタノサ。
――招待状デス。ツイテイラッシャイ。

「なんだい。こりゃあ？」

「コトバさ。現実の感動を歪めちゃう言葉さ」

「そうか、それなら」

と津久見が詩をつづけた。

――招待状デス。ツイテイラッシャイ。
――アリガトウ。アナタハ今朝章魚ヲ食ベマシタネ。口ガ臭イ。
曲リ角デ幽霊ハ電柱ニ小便シタ。
――幸福ニナルオ呪イナノ。尾ケテクル過去ヲ撒イチヤウノ。

その詩を横目で見ながら、比呂人は白紙のビラを掌の中で握りつぶした。そのとき彼は、ビラが生物のように抵抗するのを感じた。鼻をかんで捨てようとして、思いなおしてズボンの尻ポケットに突っ込んだ。

実は昨夜、比呂人は夢の中で、死人から白紙の招待状を受取ったのだった。不気味な偶然の一致である。だが――無数のビラの中にたまたま混じっていた刷り落しの一枚の紙、それが偶然自分に配られたからといって、なんの奇もありはしない……。

地下の食堂の陳列棚の前に二人は立っていた。ちょうど昼食時なので食堂は混雑を極め、カウンターの前には角帽をかぶった胃袋の長い行列ができていた。

行列を縫ってビラを配っている男がいる。拡声器が、文学部の学生諸君は本日の学生大会に是非出席して下さい、と怒鳴っている。行列の耳は無表情にそれを聞いている。

「どうせまた流会になるんだろうな」

津久見が呟いた。すると行列のすぐ前に並んでいた男が振り返って、

「そういう君自身が出席すれば問題はないんだ」

津久見はその男を睨み返そうとしたが、すぐ頬を染めてうつむいた。

もうここ数回、出席者が会則の定員数に充たないために学生大会がお流れになっているのだった。理、工、医、経済の各学部では既に五月上旬のストライキを決議していた。法学部では否決され、態度未定はあと文学部と農学部だけだった。

食堂の壁には所狭しとばかりにさまざまのポスターが貼りめぐらされている。協同組合食堂経営の危機を告げ、反帝国主義闘争こそ当面の危機打開の唯一の道であると叫ぶもの。戦火に荒された故郷を嘆き、平和を訴える朝鮮学生連盟のアッピール。「祖国の中の異国」である軍事基地と軍需工場の実態を暴くと大書して細密に記入された日本地図。解放党都知事候補の応援演説をやっていて「罪もなく」逮捕された学友を救えと呼びかけるもの。人民広場の不法使用反対、メーデーに

全員参加せよ、のアジ・ビラ。保身のため女性も奮って参加あれ、と宣伝する大学唐手術講習会。音楽会。ダンス・パーティ。映画『この旗を見よ』のエキストラ急募、但し兵隊服・軍帽・ゲートル着用のこと。血を買います、二〇〇ｃｃ四百円也……。

血の広告を見て、比呂人は青年レジスタンス同盟の友人から先日耳にしたあの噂を思い出した。レジスタンス同盟の挨拶は「女は美わし」「革命は楽し」という合言葉なのであるが、銀座でひょっこり顔を合わせたその友人は、低い声でこんな話をした。学生運動の総本山、全学連は四十七年九月に結成されて以来、当初の目標であった衣食住、授業料問題その他をめぐる学生生活最低条件確保のための運動から次第に尖鋭化して、教育防衛、反ファシズム闘争、レッド・パージ反対——と政治的色彩を濃くしてゆき、過激な行動が絶えなかったため、コミンフォルムの日共批判の際、党から極左化の理由で除名されたが、それまで主導権を握っていた書記局の国際派の連中は、再建細胞の主流派に漸次《ぜんじ》下から切崩され、浮足立つとともに資金難に陥り、機関紙の発行すら困難な状態となった。そこで国際派は「持ち前の英雄気取りから」（とその友人はいった）自分たちの血を売って金に換えるようなことまでやるようになった。云々……。

比呂人はそのとき感じた軽いめまいのようなものを今思い出した。情熱家たちの赤い血の連想が、その血で購われたビラの一枚である先程の白い紙を想起させた。真紅と純白。その紙を渡されたときの驚愕はここに起因していたのだろうか？

そのようにして作られたビラは、さまざまな方法で配られる。あるときは集会の群衆の頭上に撒き上げられ、ある時は喫茶店のメニューの横にそっとはさまれている。革命に情熱を賭ける男たちの血の一滴一滴がそうやって人びとの心の中に忍び込む。果して忍び込むだろうか？　果して根を張るだろうか？　果して彼らの夢みる社会が実現するだろうか？　果して——

——モチロンサ。それはねえ君、団体等規制令の改正といったってねえ君、そんなことはたいしたことはないんで……

――それからが大変なんだよ。荒れちゃってね。なにしろ役満が一荘に二回もできたんだからな。四万点浮かしちゃった……

――宮本百合子の死因のことだがね、こないだ医学部のヤツから聞いたところでは……

――そこでイクスポオネンシャルにカーブするんだ。その圧力が汽罐の中でどんな工合に変ってゆくか……

――いつも一緒に寝るんだろ。ところが彼女の方では別に危険を感じ……

――ドウヤラコンドノコンタクトモシッパイノヨウネ。シカシマダチャンスガ……

比呂人はふとわれにかえる。さっきからいろんな声が耳に飛び込んでいる。声、声、声……角帽を被った雑多な話題が一様に貧しい食事を囲んでいる。エンゲル係数が生活費の大部分を占める困窮の中にあって毎日一度は学生たちの頭をよぎる考えは、いかに長く食いつなぐかということである。これらの頭脳に吸収されてゆく豆腐なり卵なり菜っ葉なりの旅。

比呂人は惨めな考えをそらせようとして再び貼りビラに目を移した。その一枚が彼の注意を惹きつけた。

真実を伝えたが故に投獄された十六人の学友を救済しよう！

四月五日夕刻十六人の学友が国電I駅前において都知事候補元本学教授I氏の選挙運動中K署警察官数十名の干渉包囲を受けその場で全員逮捕された事件は翌日の各新聞に簡単に報道されたけれども彼らが何故にまたいかにして逮捕されたのか事件の詳細はいまだ明らかにされていない。さらにまた彼ら十六人の学生が何故に彼らの学業の余暇をさいてこの運動に参加したのかその真実の理由についても各紙は全く沈黙を守っている。

四月十六日（この日マックは日本を追われた。そして七年前のこの日都心を二度目の無差別爆撃が襲った！）東京地裁十九号法廷における拘留理由開示公判で明らかにされた十六人に対する被疑事実及び拘留理由は次の如くである。

〈一、K警察署留置番号第十四号以下十五名は共謀の上昭和廿×年四月五日午後国電I駅付近において東京都知事候補I氏の選挙演説に藉口し多数のポスター、プラカードを呈出し、①「戦争屋の贈物」の標題の下に「遺骨還る、小雨降る横浜港へ」と図解説明し昨年十一月十日横浜柳橋職安で朝鮮行人夫の募集が秘密裡に行なわれ所長の「武運長久を祈る」との訓示を受けて送り出されたがこれらの人達は十月五日二百四十七の遺骨となって還ってきた旨の内容を書いた。②「青年よ武器を執るな」「労働者よ武器を作るな」「我々は肉弾とならない」等の見出しで東京付近のN製鋼その他二十工場で戦車や小型兵器七十五粍砲百五粍砲の製造品目をあげ幅三・八寸横七・五寸のプラカードを提出しこれに対し交互に立って注釈を加えた。これらのことは連合国殊にアメリカに対し虚偽又は破壊的言辞を弄し通行人多数に対し刺戟的影響を与え……〉

津久見が肩をつついた。やっと順番が来たのである。

——国史科の学生なんだってねえ。例の逮捕された十六人の中の紅一点。音感合唱研究会のリーダーなんだってさ。ほら、いつもアコーデオンを弾いていた——

鯨は固くてなかなか嚙み切れない。一皿十二円だけのことはある。口をもごもごさせながら津久見がいった。

「君、モオリアックが男色家だって説知ってるかい？」

「へーえ、初耳だね。どうして？」

「テレーズにしろマリア・フロースにしろ、彼の小説の主人公のようにあんなに意志の強い女なんていやしない。つまりあれは男なんで……」

比呂人は津久見のよく動く少年のように脆そうな朱い唇をみつめてニヤニヤ笑ってみせた。

「いやだね。なぜ笑うんだい」

「いいから続け給えよ。君の舌はほんのり桃色でほんとに美しい」

「ふふん。——どうじゃね、ひとつわしに惚れんかね」

「さあ惚れてもいいけど、則子さんがどういうかな？」

「則子？　則子はありゃ君、女じゃよ。ワッハッハッ」

　真似ごとの豪傑笑いにあまり力みすぎたので津久見は中途から噎《む》せ始めた。隣席でコッペパンに味噌汁の最下級の食事をとっていた痩せた学生が眉をしかめてこちらを見た。

「女の執念ってやつは怖ろしいからな。天罰覿面《てんばつてきめん》だ。滅多に悪口もいえやしない。——ところで久美子さんの方はその後どう？」

「相変らずさ。さすがのうちも恋には意気地がのうてなあ、あきまへんわ」

「なにをおっしゃる。こんな御時世に惚れたはれたと騒げるだけあんたも幸福だよ」

「まるで他人ごとみたいだね。こないだまでメソメソしてたのはどこのどいつだ？　何人目っていったっけ？」

「真実を語ることは常に尊いから包まずいうが、何を隠そう、男四人目、女二人目。——もちろん今年になってからだよ」

「悪党奴！　お母様にばらすぞ」

「止した方がいいな。下手なお芝居みたいだ。君が話すとどんな話も嘘に聞こえる」

　比呂人はふと嫌悪を覚えて目をつむった。そして言った。

「Cueillez des aujourd'hui les roses de la vie. 今日ヨリゾ摘マン生命ノ薔薇。じゃあ失敬、これから逢曳きだ。薔薇の花を摘んでくる。明日のメーデーに人民広場で会おう」

〈ヤッパリメーデーニハデルツモリダッタノネ〉

と女がいった。

〈ソリヤソウサ〉と男が答えた。

愚劣！　愚劣！

比呂人はペッペッとそこら一面へ唾を吐き出したいような気持だった。

なんだって僕達はあんな厭味なポーズをとるのだろう。気の利いたふうな、その実なんの意味もない言葉の羅列だ。信じるものを持たない頭脳が、なんら情熱を賭ける思想を持たない精神が、空転するうつろな笑い。

喉の奥でお転婆な雷が鳴っているような津久見の低いけたたましい笑いが迫ってくる。それにおっかぶせるように乾いた甲高い自分の声。

いやだ、いやだ。躰中がもどかしさに泡立ち震えた。冷く鳥肌立つようだった。

こういうとき比呂人はいつも呪文のように次の文句を唱える。「ああ目玉が痒いぞ！」

反省は最大の悪徳である。そこから生れるものは暗い自己嫌悪と生活意欲の喪失と無意識の偽善にすぎない。自虐と自慰の交錯するこの意識の無間地獄にはもう飽き果てた。斜めに向きあった二枚の鏡面が映し出す果しない不毛の砂漠。それは人を決定的に行動から遠ざける。このような悪徳癖を脱するためには、自己の内部に沈潜しようとする瞳を外界に向けるに如くはない、と比呂人は考える。他人を見よう。社会を見よう。ああ、目玉が痒いぞ。見るまえに跳べ！

さも潔癖症らしく嫌悪している自分のポーズをまず殺すことから始めよう。ぼくもまた感覚によってしか動かされない戦争の落し子たちの世代に属している。いつも生理的に反動がやってくるのだ。

ああ、まっしろな歯が欲しい！　そして逞ましい腕と鉄の意志が！

そうだ、明日のメーデーには、必ず人民広場へ行こう。

〈アナタ、レキシヲカエタイトオモウ？〉

〈……〉

〈ネエ、ホントウニレキシヲカエタイトオモウ？〉

〈……〉

構内をさまざまな学生がうろついている。こいつらの一人一人に過去があり夢があり不満があるだろう。こいつらの曳きずってきた昔のこまごました細事はぼくには知り得ない。いずれ変ったものでもあるまい。満州事変前後に生まれ、戦争と共に成長し、思春期に敗戦を経験したアプレ・ゲエルの世代だ。強盗とパンパンと浮浪児の仲間だ。戦争ごっこと配給米と愛国美談とチャンコロと「死んで帰れと励まされ」と提灯行列と鬼畜米英と軍神と「二十歳《ハタチ》限りの人生」と「なんで命が惜しかろう」と工場動員と「そこから先は理屈ではない」滅私奉公と黒パンと特攻隊と空襲と肉親の死と原子爆弾と毎学期中身の変る薄っぺらな教科書と民主主義と同盟休校と首をしめられた英雄と——そんな中で育ち、故郷では神童と騒がれ、かなしい失恋のひとつもし、若さを失い……

比呂人がそんなことを考えているといきなり、「売国奴!」

という怒声が耳に飛込んできた。驚いて足をとめるとそこは三四郎池をめぐる芝生で、人垣を作った二十人ばかりの学生が口々になにか殺気立った罵言を発して、ただならぬ気配を示している。何事かと彼が好奇心にかられてその群れに首を突込む間にも、学生たちはめいめい、「太い野郎だ」「誰の命令でこんなことをしたんだ」「私服《イヌ》め!」などと叫んでいる。その嘲罵を浴びせられている相手は汚れたシャツから出た太い首にニキビをいっぱいはみ出させた鈍重そうな男で、無表情に地面を見詰めている。

「さあこの用紙に詫び状を書きたまえ」

学生大会でよく見かける自治委員会執行部のKがノートの切れ端と万年筆を男の前に突きつけている。

「さあ、私はW大学理工学部のバッジを無断で使用変装の上、T大学構内に侵入し、学生の——おい、書きなよ」

Kはたしか去年の秋「学生の本分を逸脱した過激な政治活動」の咎《とが》で退学になったはずだ。Kの肩は軍人のようにいつも怒っている。ものをいうたびにそれが一層怒る。

「どうしたんだ?」

事情を知らない学生が訊ねた。

「どうしたもこうしたも、この私服の野郎が――」

Kの話によれば、このシャツの男はM署の警官であって、大学担当の私服の一人なのだが、ときどき「われわれの側の」進歩的な教授の講義に顔を出してメモなど取っているのを見かけたことがある。今日はW大学の制服を着て構内をうろつきなにも知らない〈同志〉が彼にメーデーのビラを渡したところ、いきなりその学生をひっぱって行こうとした。そこで通りあわせたわれわれがその非をなじって詫証文を取ろうとしているのである。この男の行為は明らかに公務員法違反であり、またW大学のバッジ不正着用は――

Kは私服から剥ぎ取った上衣の襟章を示した。

「とにかくズボンを見りゃ分るんだ。間抜けな野郎さ。これ、ポリ公のズボンじゃねえか」

数を増した学生たちは口々に私服の尾行や身許調査などの非行をあばきたてた。

「顔を上げろ!」

「震えるな!」

「早く書けよ!」

押問答はなおしばらく続いた。とうとう私服は万年筆を受取った。書き始めようとしてまたためらった。

「考えることはないじゃないですか。現行犯なんだぜ、君は。現行犯ってどういうことか知ってるでしょ?」

「おい、字ィ知らんのか」

下品な田舎訛りの野次が飛んだ。

「ねえ君、大丈夫だよ。一札詫び状を入れたからって、署長さんは君を免職にはしやしないよ。第一、君のそんな太い首はちょっと切れませんからな。せいぜい減俸さ。いや、よくやったと昇給してくれるかも分かんないよ」

「棍棒がなくて残念だねえ」

野次馬の中から笑いがまきおこる。

比呂人はいたたまれぬ思いで、足早にその場を立去った。

　比呂人は、自称党員である田舎の中学時代の友人Yが、資本家の端くれである比呂人の父親に示した憎悪を思い出す。比呂人の大学入学祝いの酒席で、父に向って、その友が盃と共に投げつけた「キサマは敵だ」という言葉。その言葉に滲んでいたなまなましい憎しみを、ぼくは理解することができない。それは小児病的な反抗、人間性の欠如した偏見としか思えない。人間性を失ってしまうほどそれほど奴等はおれらを搾取したのだ、とYはいったが……。

　いま比呂人の耳にあの音がよみがえる。あの音、あの玄関のドアを打ち窓硝子を割り植込みをざわめかせ温室を台無しにしてしまった砂礫の絶え間ない音。その音を彼は寝室で母の胸に抱きしめられて震えながら聞いたのだ。姉も女中もその部屋の隅っこに集まり、入口を書生と会社から来た用心棒が守っていた。父は朝から会社の会議に出かけて留守だった。首を切られた職工が口々になにか叫びながら、外からこの責任者の家をめがけて石を投げつけた。首を切られる、という表現を字義どおりに解していた稚い比呂人は、訳の分らぬままに、死んだ幽霊が自分の家を取り囲んで暴れている不気味な光景を思い描いて泣きじゃくった。書生に抱えられて行った便所の窓にさしていた月明りは気の遠くなりそうな神秘感を彼に与え、それ以後の彼の生活にひとつの翳を投げかけた……。

　その石つぶての音のもたらした恐怖が徐々にうすれその意味が比呂人に明確になるにつれて、その音に象徴されるなにものかへの共感が彼にめざめてきたのではなかったか。未来を閉ざされた生活の底に突き落され餓えて絶望に狂った労働者たちの、それは最後のあがきでなかったと誰がいえよう。投石という無意味な行為に彼らの最後の抵抗が吸いこまれた。じっとしていると不安が黒々と彼らの胸を塗りつぶすので、ただ闇雲に石を投げつづけたのだ。

　その石は本当は誰に向って投げつけられるべきだったのだろうか？

大講堂の前の芝生で弁当を開いているベンチ塗替えの若いペンキ職人たちの傍を通り抜けるとき、彼らの話し合っている声が比呂人の耳に入った。

「そいでよォ、お巡りが学生さんにやりこめられてんのさ」

「ほおう、元気なこっちゃなあ。けんどどうしたんかいな。なんぞ巡査はんが先生はんの悪口でもいうたんじゃろか」

比呂人は空に浮かんでいる世界地図のような白い雲を見上げて大きな呼吸をした。その途端に陽が翳った。

文学部のアーケードの方から歌声が聞こえてくる。合唱練習がまだ続いているらしい。

——輝く太陽青空を
再び戦火で乱すな
健康で明かるいその歌声の方へ比呂人は歩いて行った。
白シャツを着た丸顔の可愛い少女がミカン箱の上で棒を握っている。その横に腰掛けた赤いセーターの大柄な女がアコーデオンを弾いている。
それを取巻く大勢の男女の口が大きく開いて若々しい声をはりあげている。白い手術着を着た大学病院のインターン。肩を組んでいる看護婦と図書館の事務員。躰を揺って拍子を取っている一群。どの顔も若さに輝いている。そこには生き生きした希望が溢れ渦巻いているように見えた。
今迄のなかば沈んだ気分から急に躍動する若さの奔流にぶつかって比呂人はしばらく眩しそうに戸惑いしていた。

若者よ　今旗高く
行けさわやかな　朝風に
乙女の髪に　花かおり
解放の鐘は　鳴りひびく
われら未来を語るもの
世界を一つに結ぶもの

「みんな肩を組んで！」

少女がタクトシュトックを振上げた。

比呂人がぼんやりしていると、横にいた女がいきなり彼の腕を取って肩を組んだ。ずんぐりしたはちきれそうな美人である。彼女の短いシャツの袖から二の腕の奥の腋毛の密生が逞ましく目を掠めた。

彼女といっしょに踊り始めながら、比呂人は決心した。そうだ、明日は人民広場へ行こう！

夫婦（マイナス2年）

夫婦は原稿から目を上げた。赤ん坊が泣いている。

「こんどは君の番だね」

眼鏡を拭きながら、目をしょぼつかせて、夫がいった。

「くたびれもうけに終りそうね」

赤ん坊に乳をふくませながら、妻が応じた。

妻（マイナス15年）

……その曲を弾き終えたピアニストは、肩で息を吸いこみながら、観客席の方へ回転椅子の向きを変えた。パリ国立音楽院出身の名声を若い後輩の爽やかで気取らぬ技巧に奪い取られてから、にわかに衰えを見せ始めたその女流ピアニストの、白い腕にうっすらとにじんだ汗が、窓外の緑に淡く染められて一瞬なにかの翳りの掠め去った胸元が、連続演奏の疲れにゆるく波打っていた。彼女は、広い会場に鳴り渡る拍手の波に、しばらく放心の瞳を漂わせるふうだった。

……お寺はどこへ沈んでいったのだろう？

比呂人の横で拍手しながら、久美子はまたしても蘇ってきた子どもの頃からの久しい疑いにとらえられていた。

……湖に沈んだお寺が夜毎に浮び上ってきて悲

しみに満ちたその鐘の音を聞かせる、こういう空想がドビュッシイの詩情を動かしたにしても——でも、わたしにはなぜだか、お寺が灼けつく熱い砂漠の砂の中へ沈んでいったように思えてならない。埋もれた鐘楼から響く謐かな挽歌がそこを潜りぬけてわたしたちの耳にまで聞えてくる堆積の層は、光を溶かした浄らかな水でもなく、霧に閉ざされた夜の海の湿った大気でもなく、それは重く暗い土砂の厚みなのだ。伽藍の荘厳な屋根が涸くひまなく冷たい水に潤おされて深い苔に包まれている姿よりも、それが砂の熱に焦がされて妖しい赤光に煌いている無稽な空想の方が、わたしには親しく感じられる。それにしても、そのようなとこしえの受苦に自らを曝さなければならなかった寺院の深い罪業とは一体何だったろう?……

ムソルグスキイの自然主義ふうな洗礼を経てフランス独特の抒情をその繊細でいろどり豊かな表現に結集させた詩人音楽家ドビュッシイの〈沈める寺〉を聴くたびに、久美子の心をとらえるのは、そんな理不尽な幻想に充ちた疑問だった。

はじめてこの曲を聴いたときのことは今でもはっきりと覚えている。それは小学校へ上った最初の夏、中国大陸で戦争が始まった夏だった。久美子は応接間の肘掛椅子に腰掛けた母の膝の上で、真っ白な肘当ての布に頬を当てて、ひんやりする清潔な感触を楽しみながらその曲を聴いた。母の恋人であった(と後に知った)青年がそのときの客で、彼がそのレコードを持ってきたのだ。一家は午後から瀬戸内海の島の叔父の別荘へ遊びに出かけることになっていた。庭の樹々の緑が硝子戸に囲まれた応接間を水中のように見せ、蟬の声が喧しかった。しずかな音楽にまじって遠く海鳴りが聞えるようだった。久美子が耳を澄ませてみると、それは母の胸の鼓動だった。……多分その夜だったと思う。別居していた父が急に姿を見せて避暑旅行が取止めになったかして、腹を立てて泣き出した久美子を宥めるために母は夕涼みかたがたバルコニイへ抱いて出た。漢口陥落の提灯行列が町を練っていた。群衆が橋を渡るとき、夜の流れはキラキラと灯の色を映し出した。父が近付いてきて母の横に立った。川向うの町に消えてゆく灯の列を眺めながら、父も母もいつまでたっても口をきこうとしないので、久美子は泣き止めることが出来なかった。

……あの夢を見たのも、やっぱりその夜のことだったろうか？　泣き疲れて寝入った久美子はこんな夢を見たのである。お庭のベルの小舎が燃えている。可哀そうにベルが死んじゃう。緑の葉っぱがけたたましい笑い声を立てながら炎に包まれている。金魚鉢がパッと砕けた。あ、金魚の目が、――ワッと泣き出した久美子は自分の泣き声に驚いて目をさました。隣りの母の寝床は空っぽだった。久美子はもう一度泣いてみた。子どもの頃は泣けば必ず母が現われた。ところがいくら泣いてみても誰もやってこない。暗い廊下を一目散に走って突き当りの「大人部屋」の襖を開けた。

――そこでわたしは見てしまった。

大人の秘密が子ども心にまきおこした混乱を今ならわたしは説明することができる。時折訪れてくる父は酒に酔ったときだけ私を膝に抱いた。臭い息と痛いヒゲは嫌悪の対象でしかなかった。母はわたしにそんな父を蔑むことを教えた。その母が父と抱き合っている姿が、残酷な裏切りでなくて何だったろう？　その日からわたしという暗い目付の少女が生れた。この曲を聴いたその日から……。

戦争が激しくなって疎開の必要が叫ばれ始めた頃、その手始めとして一日をつぶして蔵書やレコードの整理を手伝ったことがある。そのとき題名に惹かされてふとかけてみたのがこの曲だった。ギーゼンキング演奏のコロンビア盤。学徒動員でよいとまけを突かされていたわたしは、散らかった荷物を放り出したまま終日この曲を聴いていた。夕方、はげしい空襲があった。それは忘れられない日である。その夜遅く、わたしはひとよりもおくれて初潮を迎えた。

戦争が終って疎開先から荷物が届いたとき、レコードのアルバムを開くわたしの手は震えた。不吉な予感があった。調べてみると、果してその盤は割れていた。細い一本のヒビが長く円盤を貫いている。戦争はわたしに残忍なヒビと火傷と母の死を贈ってくれた。——

久美子はつぶっていた目をあける。日中が暖かだったので薄着をしてきたせいか少し冷える。躰が震える。

ピアニストは今お得意のショパンを弾いているところだ。マズルカの軽快な旋律が久美子の表面を流れてゆく。このひとの手は、まるで沈んでいったお寺の玻璃窓を泳ぎぬけるお魚のようだわ。そしてもしかしたらそのお魚は瞳のない盲目のお魚なのかも知れない。魚の跳ねるような当てずっぽうなやや荒いタッチを執拗に繰返すピアニストの白い手を眺めながら久美子はそんな方へ考えをそらせようと努めた。

岩掘人夫のようにピアノに向っているこのひとと。これでもか、これでもか。岩は大きく、暗い。逞ましく砕き、叩く、この無限のたたかい。……それは終るだろうか? 岩は彼方の明かるさをのぞかせるだろうか? そうだ、見てごらん。勝利は徐々に獲ちとられている。明かるくなる。次第によろこびの歌声が高まってくる。いまや清掃が始められる。

一転して、彼女はピアノを愛撫し始める。そのやわらかいやわらかい手つき。このさまざまに変貌するピアノという怪獣を宥《なだ》めているかのようだ。その指。そのくねる躰。愛情そのもののような表現のやさしさ。キイは彼女に舐められつくす。それは濡れて燦《きらめ》く。……

いつのまにか隣りの比呂人の肩が自分の肩に触れている。久美子は目を膝の上のハンケチに落した。その純白の布を握っている自分の手。肥えた、翳の深すぎるいやな手。わたしの手は比呂人さんのよりも大きいのだ。火傷の痕のある左手が右手に半ば隠されている。無意識のうちに。こういう習慣がつくまでに、長いあがきがあった。電車の吊り革を摑むとき。他人の家で食事をするとき。比呂人と知りあってしばらくの間、久美子は怪我をよそおって不恰好な繃帯を巻きつづけた。比呂人が三ツ峠でこしらえた指の傷——それは林檎を剥いていた久美子のナイフが偶然のように滑って出来たものだが――その傷が化膿しているのを見ぬふりを装った久美子の心の奥をどう説明したらいいだろう？

〈ソウダッタノカ〉と男が言った。

〈ユメノヨウナオハナシネ〉と女が言った。〈デモ、モンダイハコレカラヨ〉

綺麗なピアニシモが響いている、穏かな春の夕暮れの音楽堂。……こうやっていつまでも坐っていて……いつまでも坐っていていいのだろうか？　幸福……

コウフク？　と比呂人が問い返した。まるで聞きなれぬ他国の言葉のように。武蔵野の森の中を一本の細い道が続いていた。久美子は瞼を閉じる。どこからか水音が聞えてくる。――幸福なんてのは要するに主観の問題さ。客観的な、積極的な、持続的な幸福の条件は存在しない。あるとすればそれは、貧民に与えられた金銭、病人に投じられた妙薬、喉の渇いた人が発見した泉などで、すべてそこから先が問題となるような奴さ。ユウトピアの住人もまた彼らのユウトピアを求めるという論法と同じわけで……。晴れた空から落ちる木洩れ日がふたりの肩に蝶々のように戯れていた。人影はなかった。立止るのが恐しくて、ふたりは足早に歩いていた。幸福は結果ではなくて原因なんだ、とある哲学者がいっているが……。久美子の目の前にまたしてもあのレコードのヒビがちらつく。それは厭らしい音をたてて、夢を、美しいものを、破壊する。どんないいことにも、きっと影の部分が、破局が、あるに違いないのだ。楽しみにしていた遠足の日はいつも雨降りだ。幸福とは摑んだ瞬間に灰になる焔のようなもの、といったのはたしかジイドだったと思うがね。つまり……。わたしには、出発にいつも終《しゅう》熄《そく》の味気なさが見えてしまうのだ。裏切られる怖れが、どんでん返しに会う危惧が、しょっちゅうつきまとっているこんな心に、どのような情熱が巣喰い得るだろう？　恋も――。急に視界が開けた。堤防があった。比呂人が駆け上った。振向いて久美子に、来ちゃいけない、といった。水音だけ聞いている方が美しい。無理に幻滅を味わなくとも娯しく想像していればよい。幸福と同じことだ。さっきもいったとおり幸福とは摑んだ瞬間に灰になる焔の……。高まった水の音に妨げられて充分聞き取れなかった。強い風に髪を弄られながらわたしの方を向いてなにかしきりにいっているあのひとの真剣な顔を見たときわたしは……

いつのまにか久美子は無意識に耳を傾ける姿勢をとっている。フォルテの連弾が耳に飛び込む。

彼女の手の上に熱い手が重なっている。本能的に払いのけようとした。そしてハッキリと目覚めた。

比呂人の手ではなかった。別の男の手だった。

瞬間久美子はじっとしている。不思議なほど冷静な意識が自分を凝視めている。いまわたしは微笑んでいるのかもしれない。ささやかな不貞を自分に許していることで、比呂人への裏切りの先手を打ったという、理不尽な優越感がもたらす安堵があった——やがて疼くような甘い痛みが胸を貫いた。

その手は彼女に紙片を渡した。横目で見ると、小肥りの中年の紳士である。比呂人さんが年をとったらこんな感じになるかもしれない。紙片をハンドバッグにしまってから久美子は恋人の耳に口を近付けた。そして世にも優しい声でささやいた。

「代って。……苦しいの」

〈ハズカシイワ〉と女が嘆息をついた。
〈ナンテヤヤコシインダ〉と男が笑った。
〈シーッ〉と女が指を口に当てた。

暮色の迫った高い空を飛行機が飛んでいる。その黄色い後尾灯がまるで一番星のようだ。いつまでも消えない流れ星。爆音は聞こえない。聞こえてくるのは交叉点の方からの雑踏ばかりだ。自動車や人波のたてるざわめきを縫って、交通整理の警官の笛の音が一際高く響いてくる。

皇居前広場のベンチに腰をおろして、ふたりは都会の夕暮のあわただしい表情を聴覚にぼんやりと映していた。

ふたりとも黙っている。

どのベンチもアベックで満員だ。まだ男の友達というものを一人も持っていなかった頃、暗い木蔭などで寄り添った二人連れを見ると、久美子の胸は妬ましさに締めつけられた。あの人達はわたしの近付くことのできない密室の鍵を持っている。不眠の床で、永久に自分はそこから疎外されているという狂おしい思いを反芻した。はだけた夜着からのぞく白い肩を久美子は嚙む。裸になるとお前は案外肥えているんだな、かあさんよりも肥えているよ。箱根の家族風呂で継母と久美子を見比べながらいった父の言葉。酒焼けのした父の胸、その胸毛。父は内緒めかした低い声で、久美子がだんだん亡くなった母に似てくる、といった。わたしが母に似ているですって！　深夜久美子は起上って鏡を覗き込む。垂らした前髪を乱暴に後ろへかき上げる。露《あら》わにされた額を久美子は見詰める。醜くひきつった火傷の痕。それはだんだん消えかけている。久美子は鏡に微笑んでみせる。目の暗い頰の瘦せた顔の小さい少女。これがわたしだ。ほぐれかけた唇が途中でこわばる。こんなわたしを誰が愛してくれるだろうか？　母はわたしを醜い少女だと思い込ませようと本気で努めていた。自分の娘に対して、まるで一人前の女に向うような大人気なさで。久美子は泣かない。久美子は鏡の奥に何かを求めるようなうつろな目付きで呟く。……いや、わたしは美しい。

……長い間久美子は待っていた。自分を愛してくれる青年の出現を。その愛の力で牢獄から自分を解き放ってくれる王子との邂逅を。そのときこそ呪縛されたわたくしの美しさが迸《とばし》り出るだろう。しかし行き違う男たちの目は久美子には無関心に力なく濁っていた。この陰気な尖った少女を嘲笑っているような目もあった。彼女は待ち疲れた。空しい期待をのせたまま毎日が過ぎた。その実りのない日々の積上げる喪失の悲しみの重さに彼女は打ちひしがれ、その底に沈んだ。砂の中に沈んだお寺のように。一年……二年……そして、あの大雪の日がやってきた。

あの朝わたしは珍らしく早起きした。——久美子はベランダに降積んだ雪に顔を押付けたときの身震いするような爽快さを思い出す。その純潔な初雪に印された顔型。ここが鼻で、ここが口で——わたしはその裏返しにされたわたしの顔、いわばわたしの顔の影の部分をむしりとるようにして食べた。見飽きたはずのあたりの景色をまるで見知らぬ童話の世界のような白一色に変貌させてしまったこの雪という魔法使いが、わたしを過去の呪縛から救い出してくれるように思われた。わたしは生れかわりを感じた。わたしは長い間迷っていた劇団入りを決心した。一番純潔な雪をつかみとって口に頬ばり、その残りをインク瓶に溶かし込んで冷めたいインクを作った。そして退学届けと入団願いに署名した。

……わたしは何を思い出そうとしているのだろう？　雪解けの水のたてるキラキラした微笑、その中を走ってゆく電車、……いえ決してそんなものじゃない。天井からの水洩りで水たまりのできた暗い劇団受付での比呂人との出逢い。そんなことを思い出して何になるだろう。つまらない恋愛小説のひとこまにすぎないではないか。わたしの記憶の中に鮮かに残っているのは、その日わたしが生れかわったという悦びだけなのだ。その日わたしが比呂人を知ったのは偶然にすぎない。

しかしわたしはそれを錯覚した。変身の歓喜の原因をわたしは比呂人に結びつけるという誤りを犯した。わたしは比呂人を恋したと思い込んだ。わたしは劇団のアトリエにいないときは比呂人のところにいた。小さな劇団だったから役はすぐ付いた。それは〈プラーグの栗並木の下で〉のナタアシャの役だった。

舞台への情熱をわたしはこう説明する。それは変身の欲望だ。現在の自分ではありたくない。もしもわたしが大統領夫人なら。もしもわたしが北欧の漁師の娘なら。「もしも」と口に出すことが肝心なのだ。楽天主義の民族は仮定法を頻発する。……しかしわたしは間違っていた。わたしは女であるというわたしの肉体的条件から脱け出すことはできない。演技は単なる観念ではなかった。青年共産党同盟の少女ナタアシャの役はわたしには重すぎた。わたしには革命の情熱というものがまるっきり理解できない。本来性悪である人間の作る社会がどのように改革できるだろう？　わたしが欲したのはすべてを破壊する反抗であって、それ以外のものではなかった。わたしに「新しい世界の光が見えるわ」と叫べって？「われらの敵を倒せ！」って？　われらの？　一体いつわたしは複数で自分の立場を表明することに同意したろう。わたしはひとりだ。わたしはナタアシャのセリフを笑いながら喋った。わたしを咎める劇団の人たちにわたしは答えた。あの小さいときからの固定観念を。世の中には他人よりも皮膚の弱いひとがあって、そのひとは寒い冬にも暑い夏にも人一倍傷ついているかもしれないのよ。頭痛病みをつかまえてシカメ面をするなと叱ることができて？　ひび割れた甲高い声でヒステリックな笑いを痙攣させながら人間の本質的な不平等を説くこのわたしを、彼ら〝空腹を知らない〟左翼青年たちは気まずい沈黙で見守った。

……日はもうすっかり暮れた。夜は、なにも悪いことをしないのにやってくる。ベンチの二人連れはひっそりと寄り添い、交叉点でのざわめきも途絶えている。

また身震いが久美子を襲う。薄着をしてきたせいなんだわ、と彼女はふたたび自分にいい聞かせる。そのとき彼女はこの広場に血の匂いがたちこめているような気がした。嘔気をおぼえてハンドバッグにハンケチを探った。ハンケチと一緒に紙片が出てきた。音楽会で隣席の男から渡された紙だ。彼女は比呂人に隠してその紙片をひらいた。

白紙だった！　紙には何も書かれていなかったのである。

〈ヨカンガハタライタノカナ〉と男がいった。〈ソノヨウネ〉と女がいった。〈オモシロイモノネ〉

〈オモシロイ？〉と男が咎めた。〈ナニガオモシロイモノカ。フキンシンダゾ〉

……長い沈黙。

比呂人の沈黙が久美子を苛立たせ不安にする。彼女は口を切ろうとして躊う。わたしの方から先に話しかけること、それは敗北を意味する。このひとが何を考えていようとそれはわたしの知ったことじゃない。だが久美子は負けてしまう。

「──何を考えてるの。いつまで黙っているつもり？」

「うん？」比呂人は顔を向け微笑する。「あててごらん」

「分らないわ」

久美子は素っ気なく言葉を投げ返す。先に口をきいた後悔がもう彼女をさいなんでいる。

「教えてあげようか。──君がね、何故席を代ってくれなんてぼくにいったのか、その理由を考えていたのさ」

なんだそんなこと。久美子は腹立たしくなって唐突にベンチから立上る。比呂人も腰を上げながら、

「隣の男が手でも握ったのかい？　それとも足をくっつけてきたのかな？」

「どちらでもいいことだわ。そんなことがあなたには大切なの」

「そうさ。頭にツノを生やしたくはないからね」

コキュにひっかけたその洒落が久美子には分らない。反撃しようと焦る。突然子どもじみた出しぬけさで叫ぶ。

「なんだってあなたがそんな比呂人なんて変な名前を持ってるの？」

それは命中弾だった。比呂人はまごつき赤くなる。久美子は立直り、更に浴びせかける。

「ヒロヒトなんて天皇の名前みたいじゃない」

「そう──そうなんだ。ぼくのおじいさんは、誰も人のいないところでは目を光らせながらぼくの名前をそう呼んだものさ。ところが人前じゃヒロトと呼ぶのさ。小学校のときお習字の先生に叱られたことがある。ヒロヒトと署名したのでね。大体ぼくのおじいさんという人は──」

久美子はもう聞いてなどいない。その暗い思い

つめたような目は、少年時代を語る比呂人の次第に微笑のわいてくる口もとをみつめている。このひとには懐かしい思い出というものがあるのだ。甘えん坊でお人よしのお坊ちゃん。それがそのまま大きくなったという感じのこの大学生。わたしたちが愛し合えるなんて考えたのは愚かな錯覚だ――。

はじけるような笑い声が近づいてくる。のっぽの米兵と売春婦の二人連れがすれちがう。米兵は大きな掌に載せた踊る熊の玩具に目を細めている。

「惨めだね、あいつら。ぼくらと同じ年ぐらいだろうが、戦争にひっぱりだされて知らない土地で商売女と意味もなく戯れて」

「意味もなく――そうかしら。でもあのひとたちにも快楽があるんじゃなくって？」

「快楽？　何の快楽だい」

「知らない」

二人はお濠端の柳並木に沿って歩いていた。満開の躑躅《つつじ》の花がほのかに浮んでは消える。この道を昔から数知れぬ恋人たちが歩いた。幸福の幻を抱いて。そしてそれは戦争が起らない限り今後も永久に繰返されることだろう。――このような平凡な感想を自分もまた抱くことができると考えて久美子は擽《くすぐ》ったかった。おそらく比呂人の感化にちがいない。

「お濠の方へ降りてみない？」

いつもわたしがリードするのだわ。他人の顔色を読むことに慣らされたわたしは素直に甘えるということができない。愛される自信が持てない。愛する能動的な立場をとるだけだ。

堤の草を踏み分けて斜面を降り終ってから久美子は、

「こんなときは手くらい取ってくれるものよ」

「ああそうか。三ツ峠でもそういって叱られたね。あッ」

あと一歩というところで比呂人は足許をよろめかせて久美子にぶつかる。このふたつの純潔なからだ。二人は並んで腰をおろした。久美子は待っている。比呂人があわてて口を切る。

「あのときの議論覚えてる？　ホラ、結晶作用の話」

久美子は黙ったままうなずく。

——犬吠の岩鼻だった。強い風が吹きつけていた。比呂人が物事をあまりにも小説的に見すぎるというところから議論になった。ぼくには現実がすべてロマネスクに見える。「見る」のではなくて「見える」のだ。これはどうにもならない。久美子が反論した。人間関係の客観的な認識はすべての少女趣味を凍らせるものよ。比呂人が抗議した。でも恋というものがある。あのひとのために美しくなりたいと希う少女の気持、それは疑うことができない。恋は信仰と同じで綺麗な伝説なんだ。結晶した〝あのひと〟はそこに自分の姿を映すための鏡なんだ。現実の嫉妬にみちた裏切なんての は問題じゃないさ。恋する少女には相手の内臓が白日の下に露呈されることなんか決してないのだ。早口の比呂人の言葉。男にとって大変都合のいい論理ね、と久美子。そこで二人は吹き出したのだった。

「——そんな話つまらない。現実のことを問題にしましょう。わたしお腹空いちゃった」

「これでも食べるかい」

比呂人が手に触れた草を引抜いて久美子の口に押しつけた。

「いやよ、これは忘れな草じゃないの」

「忘れな草ってのはこいつかい。はじめてお目にかかった」

「こんなとき恋人たちは一体どんな会話をするのでしょう」

「お星さまが綺麗だね。君の瞳の中にお星さまがいる。君の瞳はお星さまよりも綺麗だよ。ぼくは君を愛している。——こんな工合さ」

「それから？」

「それからこうするのさ」

二人は抱き合って接吻した。

「なんだ、こんな帽子捨てちゃいなさい」

久美子は比呂人の角帽をもぎとった。比呂人は急に鼻の頭を久美子の鼻の頭にくっつけた。

「処女を失うと鼻の頭が二つに割れるそうだよ」

唾をのみこむ音がした。やがてはしゃいだ声で、

「あ、割れてる、割れてる」

「……あなただって」

「さあ白状しろ。いつ、どこで、誰と？」

「女学生の頃、大学生のイトコと、お留守番してて。……あなたは？」

「ぼくは――今日、ここで、きみと」

「……まあ、心臓ね」

久美子は堤の草に寝転んで、

「わたし処女よ」

と低い声でいった。

〈モウヨウシマョウ〉と女が怒ったようにいった。

〈トンデモナイ。コレカラジャナイカ〉と男が抗議した。

堤防のあちこちに赤い火が見えた。闇を透してよく見ると、それは煙草の火だった。それは人魂のように見えた。

自分たちの他にも草の中で抱き合っているアベックがいる。そう思うことが久美子には堪えられない。いきなり立上って比呂人を堤の上へ誘った。堤から上ったところで二人はパトロールの警官に出会った。腰の警棒に手をあて若い警官は覗き込むようにしてすれちがった。

夜の中を駆け抜ける自動車のヘッドライトが並木を次々と音もなく舗道に薙ぎ倒してゆく。彼方にＧＨＱの建物が皎々《こうこう》と光に包まれて浮上って見える。

二人の前にバスが停った。

バスの標識ランプの夢みるような紫色が闇の中で深海魚の目玉のように濡れている。それは久美子を招き目くばせしているようだ。不意に久美子はそのバスに乗ってみたくなる。

足を一歩踏み出せばいい。いまドアを開けて客を降ろしている車掌にちょっと合図しさえすればいい。そうすればバスは二人を乗せてどこか知らない土地へ連れてってくれるだろう。未知の世界

への出発！　常識と因襲に縛られたこの生温い日常から脱出するには、比呂人と手をつないで決断するたった一瞬でいいのだ。早くしないか！

――しかしもう遅すぎる。車掌は赤い縞の帽子を被り直し笛を吹き手をあげた。機会は去った。バスはみるみる遠去かりやがて闇に消えてしまった。


　はげしい誘惑とそれにつづく幻滅。いくたびそれが繰返されたことだろう。白い飛沫をあげて奔流するダムの上から、すごい地響きとともに驀進《ばくしん》する機関車を見下す陸橋上から、久美子は何度吸い込まれるような衝動に身を委ねたく思ったことだろう。この世から消え去ることの希いではなく、転身の、涯しない無意味な生活からの脱出の熾烈な望み。真っ白い歯と、逞ましい腕と、新しい皮膚と、健康な瞳と――ああ、それが欲しい。

　久美子は足早になり躓《つまず》いてよろめく。さめた意識が彼女に帰ってくる。あのときわたしが衝動に従っていたとしても――バスは相変らず平凡な町並を縫いポストのある煙草屋の角で停り退屈な客をおろし同じように退屈な客を乗せクラクションを鳴らしてまた出発するだろう。そこには何もない。この無限に続く愚劣な些事以外には何もない。ちょうどあの雪の日にわたしが変貌した未来の幻影に導かれて劇団入りを決心したことから由来した結果と同じように。

　街灯が黄色い輪を投げている。その輪の中に比呂人が立ち久美子を振返って微笑んだ。

「何を考えているんだ。急に黙りこんでしまってさ」

　久美子は唇を歪めて首を振る。街灯の投げる影が彼女の頬から胸へと流れ落ちる。久美子は笑っている。とうとう勝った。こんどはこのひとが先に口を切った。……しかしそれはもう喜びではない。

「そのポーズなかなかいいよ。今度のぼくの『赤い血が好き』の幕切れはそいつで頼むよ」

　久美子はわざとらしく腕を街灯にかざして時計を見る恰好をよそおう。決して時計を持ったことのない少女なのに。

「お別れの時が来ましたわ。悲しいけれどもわたしは消えてゆかねばなりません。こんどお逢いするときはあの七色の雲の上……」

その久美子の声を消して、交叉点の方から歌声が響いてきた。おや、と比呂人が聴耳を立てた。

それは低い地の底から湧いてくるような、しかし力強い歌声だった。

「何だろう？」

久美子も耳を傾けた。

「あ、あれだ」

歌声の方向を探していた比呂人が数寄屋橋の方から来るトラックを指さした。沢山の人がその上でひしめきあっているらしいが、暗いのでよく見えない。赤信号でトラックは車体をきしませて停った。

他の車のライトがそのトラックを照らし出した。一瞬、頤紐を掛けたものものしい警官の姿と彼らに取囲まれている学生風の青年たちの姿が浮上って消えた。歌っていたのはこの青年たちらしい。

そこへまた光の束が投げかけられた。人影がひとつ躰を乗出して歩道の人に何か叫んでいる。女だ！　その真剣そうな身振りから何か重大なことを知らせているらしいことが推測される。言葉が聞えないのが久美子には残念だ。あのような真剣さを秘めた情熱の理由を久美子は知りたくてたまらない。

信号が青に変って動き出したトラックが二人とすれちがったとき、青年たちが手錠をはめられているのが見えた。

何事だろう？　警視庁の方角の闇に消えるトラックを振返っていると、傍にいた比呂人が誰かを認めたらしく手を上げた。津久見が大股に走り寄ってきた。血相を変えている。

「軍裁だ！　十六人が軍裁に回されたんだ」

え、と聞き返す比呂人に、

「おれ、すぐ自治委員会に連絡に行ってくる。金を貸せ、足代だ」

と津久見は走る足を止めずそういい残して車道の真中でタクシーを呼びとめ、追いかけた比呂人

から金を受取り、礼もいわず、

「明日人民広場で会おうぜ」

と怒鳴った。

——そうだ、あした人民広場へわたしも行ってみよう——そのとき久美子はそう決心した。

夫婦（マイナス15年↓ゼロ）

〈**朝日新聞**〉一日、明治神宮外苑広場で行われた中央メーデーは、午後零時二十分、五地区に分れてデモ行進に移ったが、このうち「実力をもって皇居前広場へ入ろう」と叫ぶ都学連を主力とする約二千名が本隊から離れ、同二時二十分、日比谷交叉点で警官隊と衝突したのち、ついに馬場先門から皇居前広場へなだれこんだ。このデモ隊は、あとから来た旧朝連系朝鮮人や日雇労務者らの極左分子を加えて五、六千名（警視庁調べ）にふくれ、二重橋前で警戒中の約三千と応援の二千、計五千の警官隊と正面衝突、大乱闘となり、皇居前は血なまぐさい暴動の様相を呈した。デモ隊はタイコを打ちならし、石を投げ、コン棒、プラカード、さては竹ヤリなどを振りかざして警官隊に殺到、警官隊は一時はひるんだが、同三時三十五分ついに催涙ガスを使用、ピストルを発射、入り乱れて……。

＊

二人は、そのとき、ホテルにいた。薄汚い三流のホテルだった。幾度愛し合っても、二人は満たされなかった。自分たちがまるで脱け殻であるかのような奇妙な虚脱感が、彼らを焦立たせつづけた。夕刊を読むまで、二人は事件を知らなかった。——その事件で、津久見は死んだ。

亡霊がはじめて現われたのは、結婚して三年目の五月一日のことである。二人は仲人のところへ別れ話の相談に出かける途中だった。——その青年と少女が、十数年前の自分たちであることが、二人にはすぐ、痛いほどわかった。しかし、もうどうしようもなかった。

過去へ舞い戻って人生をやり直すことができたら――そんな思いをこめて、二人は、メーデー前日のお互いの行動を綿密に再現、いっしょに検討してみたが、結局はむなしい試みでしかなかった。いまさら虚構をひそませてみたところで、現実がどう変貌するわけのものでもない。やがて、過去からの非難のまなざしが、二人の生き甲斐にすらなった。そして、ことしも――。

子どもを連れ、デパートの包みを抱えた、幸福そうな夫婦が、日比谷の交叉点を、公園の方へ渡ろうとしていた。

横断歩道の途中で、夫婦は足をとめた。

「はじまったわ」

と妻がいった。

夫婦の耳は、皇居前広場の方から響いてくる、あの胸をしめつける歓声をとらえた。

お濠端に炎が上り、目を血走らせた若者たちが、棍棒をふりかざした警官隊に追われて、一目散にこちらへ駆けてくるのを、二人は認めた。

そして、いつものように――頭が割れ、そこから血を噴き出させている少女が、夫の胸に倒れ込んだ。

「卑怯者！」

と少女は叫んだ。

一方、妻の肩を、破れたシャツ姿の青年の血だらけの手が摑んでいた。

「なぜ逃げたんだ！」

と青年は怒鳴った。

わからないaとわからないb

写真提供：文藝春秋

MICHIO TSUZUKI

都筑道夫

1929（昭和4）年7月6日、東京生まれ。本名・松岡巖。早稲田実業学校中退。後に落語家となる次兄の影響で幼い頃からミステリを愛読。終戦後、さまざまな筆名を使って時代小説、推理小説、講談リライトなどを発表。翻訳家に転じて、56年から「エラリイ・クイーンズ・ミステリ・マガジン」日本語版（早川書房）の編集長を務める。早川書房時代には福島正実とともに〈ハヤカワ・ファンタジィ〉（後の〈ハヤカワ・SF・シリーズ〉）を発刊。翻訳、編集、創作の各分野で、草創期のSF出版をサポートした。

61年に書下し長篇『やぶにらみの時計』を発表して推理作家として本格的にデビュー。以後、本格ミステリ、捕物帳、ハードボイルド、ショート・ショート、怪奇小説、ミステリ評論と、ジャンルを問わずに質の高い作品を書き続ける。2001年、自伝エッセイ『推理作家の出来るまで』で第54回日本推理作家協会賞評論その他の部門、02年にはそれまでの業績によって第6回日本ミステリー文学大賞を、それぞれ受賞した。03年11月27日、没。

SF作品集に『宇宙大密室』（後に増補して『フォークロスコープ日本』）、シリーズに『未来警察殺人課』『銀河盗賊ビリイ・アレグロ』などがある。

初出=「SFマガジン」60年9月号
初刊本=『いじわるな花束』（62年7月／七曜社）
底本=『フォークロスコープ日本』（82年4月／徳間文庫）

I

仮面の下には、顔がなければならない。自分以外のもの、自分より美しいもの、立ちまさった神のごときもの、あるいは恐しいものに、なりたいという願望が、ただ顔につければ、それになったような気がする、という簡便な芸術を生んだ。それが仮面であるとすれば、その下にはとうぜん、顔がなければばならないだろう。壁にかかげて装飾とするなぞは、仮面の権威のいまや地に墜ちた証拠、といわなければならない。

それとおなじように、TOBACCOと書いた赤い看板が、街角にかかげてあって、その下のガラスケースに、専売公社の製品がならべてあったとすれば、通りがかりの人間にそれを売りつけたい、という意志の表示と見ることができる。したがって、通りがかりの人間が、ガラスケースの前に立ちどまったときには、売りたいという意志をもつ当人、またはその息のかかったものが、そこにすわっていて、「なにをさしあげます」と、いわなければならない。しかるに、売りたいやつがすわるべき位置には、汚れた座布団が一枚、その上においぼれた猫が寝ているという状態は、これはもう、Felis domestica は人語を解しえない、という厳然たる事実がある以上、売る権利の放棄以外、なにものをも意味しないだろう。とすれば、そこに立ちどまった人間は、遠慮なく手をのばして、好みのタバコを任意に持ちさっても、罪に問われることはないはずだ。

いまその店の前に立ちどまって、座布団の上のおいぼれ猫を睨みつけた和地信彦は、こういう理屈ばかり考えている男であり、その理屈をかならず実行に移す人間だった。それが、むんずと手をのばして、タバコをつかみとらなかったのは、猫がとつぜん、歯のかけた口をひらいて、「なにをあげましょう」と、いったからではない。奥でテレビを見ていたらしい爺さんが、ようやく気づいて出てきたからだ。

「ピースをひとつ」

と、信彦はいって、硬貨をガラスケースの上にならべた。爺さんはぺこりと馬鈴薯頭をさげたが、ものはいわない。買ったばかりのタバコを、一本ぬきだしながら、信彦は聞いた。

「和地恭一郎さんの家へは、この道をまっすぐいけば、いいんでしたね」

「さようでがすよ。あっこに雑木林が見えやしょう。あのはずれを左に曲がられて、つきあたったところが、はあ、先生んとこでがす」

爺さんは中風の穿山甲《せんざんこう》みたいに、首をつきだして、太い指を道のはてにむけた。相手が商人としての自覚のうすい人間でも、道を聞くのは、よけいなサービスを強要したわけだから、礼をいわなければならない。

「ありがとう」

と、信彦はいって、歩きだした。赤土の道は、のぼり勾配になっている。曇り日の午後おそい光のなかに、雑木林の葉むらは埃りっぽく、暑苦しい。雲にさえぎられて、ゆくての山は見えなかった。信彦はタバコの煙を吐きちらしながら、ゆっくり歩いた。急いで歩くと、埃がよけいに立って、せっかく駅前で自動靴磨器《シュー・シャイナー》にかけた靴が、台なしになる。雑木林のはずれに立つと、とつぜんそこに、発色コンクリートで舗装したラヴェンダブルーの道路があった。左をむくと、コンクリート道路のはてに、白墨いろの陸屋根が見える。道路の両側は低いブロック塀で、そこに草深い田舎という観念を、遮断しているようであった。白い建物にいたるちょうどまんなかへんに、水銀灯をつけたランプポストが二基、道をはさんで、むかいあっているのも、山村の風景ではない。

「これじゃあ、先生と呼ばれるはずだ」

と、思いながら、信彦がランプポストを通りすぎたとたん、どこからともなく、声がした。かわいらしい女の声だ。

「いらっしゃいまし。どなたさまでございましょう」

信彦はちょっとおどろいた。けれどすぐ、自動開閉ドアとおなじ理屈で、ランプポストのあいだを流れている電波が遮られると、スピーカーが鳴

りだすのだな、と気づいて、

「おれだよ。和地信彦だよ」

「どうぞお通りください。玄関はあいております」

という女の声に送られて、信彦がノブも小窓もない、のっぺらぼうの白いドアに近づくと、それは内側にひらいた。和地恭一郎が、小走りに出てきた。姓は同じでも、近い血のつながりは、ふたりにはない。田舎にはよくあることだが、このへんには和地姓が多いのだ。

「信彦か、よくきたなあ。おどろいたぜ。テレビフォンでもくれれば、駅まで迎えをだしたのに。歩いたんじゃ、大変だったろう」

恭一郎は、コンタクトレンズのうしろで、目に笑みをたたえた。信彦は苦笑して、

「ぼくのところには、テレビフォンがないんだ」

「小説家でひいている連中は、多いって話じゃないか」

「ああ、編集者との話も、簡単なことなら仕事をしながらできるし、話のあとが酒になったりしないから、能率はあがるらしいんだがね。おれみたいな不流行作家は、とてもとても、ひけないよ。きみのところにあることも、知らなかったし」

「視話番号簿を見てくれると、よかったんだ」

恭一郎はさきに立って、客を導きながらいった。

「上野駅で、公衆視話ルームに寄ってみようかと思ったんだが、なにしろ、例によって旅費が乏しいだろう」

信彦は笑いながら、厚いフォームラバーの椅子にすわった。

「つかれたよ。五年ぶりにきてみると、駅からここまでは、ちょっとした健康道路だな」

「うん、駅まで自動道路《オートロード》をひく気になったこともあるんだが、土地の問題があったり、途中の商店街に、反対されたりしてね。そんなに客があるわけじゃないから、ぼくもあきらめちまった」

「東京でもそれがあって、一般的にはならないらしいな。デパートや、劇場では、つけているところが多いが」

信彦がいうと、恭一郎は大きなテーブルのまんなかから、ぴかぴか光る応接セットをひきだしながら、

「酒がいいかい」

「いや、紅茶をもらおう。きみは肥ったな。忙しくないのか」

「こないだ、アメリカに特許をひとつ売ったんで、このところ遊んでいるんだ。きみはたしか、おやじの葬式のときに、きてくれたんだったな」

「だから、五年ぶりだ、といったじゃないか」

「あんまり、変らないね。奥さんは元気かい」

「ああ。きみも細君を、もらったらしいな」

「どうして」

「さっきのスピーカーの声さ。かわいらしい若夫人を、想像したよ」

「あれか」

と、恭一郎は笑って、

「あれは、ぼくの声をデフォルメして、テープにつくったもんだ。女の声のほうが、感じがいいだろう、と思ってね。ところでこんどは、仕事できたんじゃないだろうな。ゆっくりできるんだろう」

「うん、じつはね。いつかのきみの手紙に、書いてあったろう。あれは、完成したのかい。できあがっていたら、見せてもらおう、と思ってきたんだ」

「ああ、タイムマシンのことか。完成したとも」

恭一郎は、得意そうに胸を張った。

Ⅱ

和地信彦が流行作家になれない理由は、三次元映画やカラーテレビの普及と、関係をもたない。こうしたものの発達は、むしろ作家を豊かにしている。彼が豊かになれないのは、作品に接すればわかることだ。そこには、すでに読者が冒頭で読まれたような理屈が、えんえんと展開され、理屈のために組立てられた物語は、じつにしばしば、いま読者が読まされているような息の長い文章の、饒舌によって中断されて、いっこうに発展し

ない。こうした作品が、せっかちな当代の大衆にうけいれられるはずは、あるまい。したがって、彼は口述印字機《ディクタイプ》もいまだ買えず、生産能力の点でもマスコミに追いつけないで、時代遅れな貧乏神に追いかけられている。といって、ほかの仕事に転ずる能力もない彼が、細君とふたり、どうやら餓死をまぬかれているのは、創作の種類に、まだ理屈を好む読者が多少はある推理小説を、なんとなく、選んでおいたおかげだろう。けれど、ひところサイエンス・フィクションと呼ばれていたものと、いまや完全に合流したサスペンスの物語を書いていても、彼には深い科学知識も、科学に対する興味もない。だから、いま和地恭一郎の研究室に案内されて、機械油のぷんぷん匂うタイムマシンを前に、くわしい説明をことこまかに聞かされても、時間と空間の四次元連続体がどういうものやら、時間をエネルギーに換算すると、どうなるものやら、信彦にはまるきり呑みこめなかった。では、なんのために、彼が生れ故郷の旧友をたずねたかというと、やはり、目的はタイムマシンなのだ。このところ、信彦の心にひっかかって、飲み屋の借金みたいに片づかない問題が、ひとつある。まとまったら、長篇小説のねたに使おうと思っているのに、理屈にかけては自信のある信彦が、触角を焼かれた兵隊蟻よろしく、どうどうめぐりをくりかえしている。

「タイムマシンで、自分がまだ、受精卵にもなっていないころの過去へいって、父親を殺害したら、自分はどうなるか」

　問題というのは、これなのだ。もちろん、この問いに答えをだそうとした人間は、和地信彦がはじめてではない。先天的に科学とつきあえないたちの彼も、これに関するかぎりは、科学者の意見も読みあさったのだが、たとえばシカゴ大学のフレドリック・ブラウン教授は、自分という存在はなくなる、と断定している。そうかと思うと、ニューヨーク科学普及局のアルフレッド・ベスター博士は、なくならない、という説だ。つまり、時間はあくまで主観的なものであり、個人的な経験であって、普遍的な時間の持続というものはありえない。したがって、自己の経験内において、アドルフ・ヒトラーが一九三五年、ヴェルサイユ条約による軍備制限条項の破棄を決意する以前に、このチャプリン髭をはやしたポスター描きあがりの菜食主義者を、撲殺してみたところで、第二次世界大戦が起ったことには変りがないし、おなじく、きみのおやじさんがおふくろさんに、プロポーズしているところへ飛びだして、熱線銃《ブラスター》で黒焼にしてみても、きみが寝小便をし、宿題を怠けて立たされ、社長に遅刻の小ごとをいわれてきたことには、いささかの変化もない、というわけだ。要するに学者の意見はまちまちで、洗練されたエッセイストとしても著名な、カリフォーニア大学のチャールズ・ボモント助教授のように、「きみがタイムマシンで過去へいって、お父さんを殺したって、きみはいなくなりませんよ。お母さんの恋人を殺してみたら？」

などと、そらした意見をのべている専門家さえある。

つまり、わからないのだ、実際にやってみなければ。

だが、いま和地信彦の目の前には、タイムマシンがある。恭一郎の説明を聞くべきはずの耳までが目になって、複雑な機械を凝視している彼を見れば、なんのために東京からやってきたか、いまさら、いうまでもないだろう。発明者が口をつぐむと、猩紅熱《しょうこうねつ》にかかったような目を、機械からはなして、信彦はいった。

「これでほんとに、時間旅行ができるんだろうね」

「できるとも。いまも説明したとおり……」

といいかけて、恭一郎は、舌のさきで唇をしめす。信彦はそれを、片手で制して、

「説明はもうわかったんだ。なんだかいやに小さいだろう。おれはタイムマシンて、もっと大きな潜水球みたいなかっこうのものか、と思っていたんでね」

鉄鋼でできた長方形の仕事机の上で、黒光りしている機械は、ちょっと見ると、重量挙のバーベルみたいだった。さしわたし一・三メートルほど

の太い軸の、ちょうどまんなかが、真四角な函状にふくらんで、その蓋にあたる部分に、レンズを嵌めこんだ窓があるのと、左右の円盤にかなりの厚みのあるところだけが、バーベルとちがっている。

「こいつに、跨《また》がるのかい」

と、信彦はいった。恭一郎は首をふって、

「そうじゃない。その軸をつかんで、持っていればいいんだ」

「こうか」

信彦は重量挙のスナッチの要領で、タイムマシンに両手をかけると、ぐいっと持ちあげた。とたんに、尻もちをつきそうになった。重かったからではない。そのつもりで腰をきったら、意外に手ごたえがなく、力負けしたのだ。

「いやに軽いんだな」

「特殊軽量鋼でつくってあるからね。このレンズを見たまえ」

と、恭一郎はまんなかの函状のところをゆびさして、

「ここに赤い短剣印《ダガー》がついているだろう。こっちのギザギザのところを、親指の腹でまわして、いきたいと思う年数のナンバーを、この短剣印《ダガー》にあわす。そうしといて、こっちの下に出っぱっているレバを、小指でおしあげれば、目盛が固定する。それでOKさ。レバをおしあげると、どこにいても、現在へもどれるんだ」

「カメラの操作みたいに、簡単なんだな。そんなに目盛をまわして、大丈夫か。どっかへいっちまやしないかい」

「このままでは、機械が動かないから、平気だよ。レンズのわきに小さな玉がついているだろう。これをつまんで――」

ひっぱりあげると、トランジスタ・ラジオのアンテナみたいに、五センチメートルほどの細い角がのびた。

「こうすると、ほら、レンズのなかにライトがつく。これで準備完了というわけだ」

恭一郎が平手で玉を叩くと、スタート・レバは、きもをつぶしたまいまいつぶろみたいに、角

をちぢめた。

「精巧なもんだな。これで、ひとり乗り？」

タイムマシンを仕事机にもどしながら、信彦は聞いた。

「その棒をつかんでりゃいいんだから、何人でも使えるさ。といっても、まあ、四人ぐらいまでだろうね」

「おれに使わせてくれないか。ひとりじゃ心細いから、きみもいっしょに」

「いいとも」

恭一郎は、気軽にうなずいた。信彦は安心したように、息をつく。

「百年後の世界でも、見たいのかい」

「きみ、いくつだったかな」

恭一郎は、怪訝な顔をした。

「きみとおない年じゃないか。三十九だよ」

信彦は、タイムマシンを左手でつかんだ。スタート・レバをひきあげると、レンズのなかが明るくなる。

「用意はいいね」


信彦は赤い短剣印《ダガー》に、マイナス四十の目盛をあわせた。

「ぼくは過去へいきたいんだ」

「よかろう」

恭一郎が右手をのばして、軸をつかむ。信彦は、函の下がわにつきでているレバに、小指をかけた。

「これをあげればいいんだな」

「うん。震動が起るから、棒をしっかりつかんでろよ」

「わかった。いくぞ」

信彦は小指を上へ、しゃくりあげた。

Ⅲ

ひと昔まえのライターを、つけたときのような音がした。軸の両端の円盤が、かすかに唸りながら、回転しはじめる。回転速度はだんだん、速くなっていく。それにつれて、唸りも細く、鋭くなり、頭の芯に突きささるみたいだ。軸をつかんだ手のさきから、全身かけて、電流がつらぬいたように、硬直した。信彦は目を見ひらいた。まだ見える。ただ視界がいやにぼやけている。ぼやけて、だんだんずれていく。後頭部が、鉛になった。目の前を、さまざまな光の破片が飛びちがう。信彦は一週間まえに、映画博物館で見た古いジャズの実験映画を、思いだした。十六年ぐらい前、マクラレンというカナダ人がつくった *Short and Suit* ——とつぜん暗くなった。フィルムが、ぷつんと切れたように。

後頭部の鉛が落ちた。腹の底に、ずしんと響く音がした。一瞬、足もとが揺れる。鉛になった後頭部が、頭蓋骨から飛びだして、落ちた音か。そうではない。また遠い響が、鼓膜をはげしくふるわせた。信彦は上を見た。天井がない。あるのは菫いろの空。信彦は下を見た。床がない。あるのは翳の濃い緑の草。

「四十年前にもどったんだ」

信彦は、叫んだ。

「そうなんだよ」

恭一郎は、タイムマシンから、手を離した。

「けど、なんだか変だな。いまの音はなんだろう」

といったとたん、こんどは上のほうで、音がした。さっきよりは、低い。乾いた響だ。音のした空を、信彦はあおいだ。菫いろの濃くなっていく空に、水銀の雫のようなものが、五つ六つ、ゆっくり動いている。それをはずれて、煙のかたまりがひとつ、散りかけている。

「おい、あれはなんだ」

信彦がゆびさしたとき、また乾いた響がして、煙のかたまりがひとつできた。同時に水銀の雫が一滴、ぱっと赤く染って、しだいに大きくなりながら、落ちていく。

「ありゃあ、古いかたの飛行機じゃないか」

「四十年前だ、といったな。すると、第二次世界大戦の末期だぜ。アメリカ空軍が、地方都市を空襲しているんだ」

「そうだ。航空機発達展で、模型を見たことがある。なんとかいったな。B29とかいう大きな翼があるやつだ、ありゃあ」

「たいへんなとこへ、きちまったぞ。怪我をしちゃあつまらない。もっと先へいこう」

恭一郎が、目盛へ手をのばす。その手をおさえて、信彦は首をふった。

「大丈夫だよ。むかし小学校の先生に聞いたことがある。おれたちの村には、被害はなかったはずだ。とにかく少し、そこらの様子を見てみよう」

あたりを見まわす。もちろん、恭一郎の研究所など、どこにもない。丘の中腹だ。あたりにあるのは、草ばかり。その色さえも、いまはいちように黝《くろず》んで、この地方の昔噺に、山を枕に寝ていたという大入道の、鬚《ひげ》づらのなかへ迷いこんだかのようだった。

「きみの家は、どこだろう」

と、信彦がいった。恭一郎はきょろきょろしながら、

「ぼくの研究所は、丘を切りひらいて建てたんだから、そうだ、このむこうに、おやじの家があるはずだ」

「いってみよう、その前にタイムマシンを、どこかへ隠しとかなきゃいけないな」

返事の代りに、ふえっ、という、おっとせいのくしゃみみたいな声がした。見ると、恭一郎の影が傾いている。

「どうした」

信彦は、走りよった。

「穴だ。こんなところに、穴がありゃあがって、片足おちこんじまった。かなり深いぞ。なんの穴かな」

蛸壺という無蓋防空壕のつもりで、掘ったものだが、ふたりにはわからない。

「そりゃいいや」

「よくないよ。手を貸してくれないと、出られない」

「この穴のなかへ、タイムマシンを隠しとこう」

信彦は、恭一郎をひきあげたあとへ、機械をそっとおろした。そのあいだにも、爆弾か、焼夷弾か、腹の底へ不気味に響く音はつづき、高射砲の乾いた音もそれにまじって、あたりは騒が

しい。すっかり暗くなった空には、サーチライトまで、ひらめいていた。その光芒《こうぼう》にとらえられても、B29の編隊は水銀のきらめきを見せて、ゆうゆうとしている。都会の明るい夜に馴れた信彦より、研究所をでれば純粋な闇のある田舎ずまいの恭一郎のほうが、まだしも目はきく。恭一郎に手をひかれ、ズボンのベルトにさした鋼鉄のものが、ずりおちるのを気にしながら、信彦は丘にのぼった。鋼鉄のものは、古道具屋で買ってきた回転拳銃《リヴォルバー》だ。旧式な殺人道具だが、つかえることは、たしかめてある。もちろん、弾丸もつめてきた。それを、恭一郎に気づかれぬように、そっとベルトからぬいて、彼は下を見た。すぐ足もとに、大きな藁屋根がある。前方の空の裾は、まっ赤な樹脂《プレクシ》ガラスの衝立《ついたて》を、いちめんにひろげて、立てたようだ。その上を水銀の雫が飛び、白い煙のかたまりが、湧いては消え、湧いては消えするあいだを縫って、サーチライトの帯がのたうつ。と思うと、樹脂《プレクシ》ガラスの衝立に、ダイアモンドの首飾りがかかった。ふたりにはなんだかわからなかったが、白熱した火の玉をつなぎあわせたようなものが、いくすじもいくすじも、ゆっくり地上におりていく。

「空襲って、きれいなもんだなあ」

恭一郎が、うっとりした声でいう。そのとき、藁屋根のすぐむこうに、そびえている木の幹から、大声が起った。

「照明弾を落したぞ。ここへあがって見ろや。ピカピカ光っとるぞ。早くあがってこいや。大丈夫だでぼ。こんな山さに爆弾は落っことさねえて。布団かぶってふるえてることたねえによ、大ちゃん」

間をおいて別な声が、藁屋根のはずれに聞えた。

「ほんとに大丈夫か、五んちゃん」

五んちゃんとは、五平のことだろう。和地五平。おれのおやじだ、信彦は緊張した。下にいる大ちゃんは、和地大助に違いない。恭一郎の父親なのだ。

「見ろ、見ろ、また赤うなった。ありゃきっと、工業所が燃えとるだぞ」

枝の様子から見ると、榧《かや》の木だろう。太い枝の上で、五んちゃんの声がした。

「となりの市がやられているんだ」

恭一郎がうわずった声でいったが、信彦は聞いていない。闇に馴れてきた目で、榧の木を見つめている。

「よし、おれものぼるぞ」

大ちゃんの声がして、榧の下枝がざわっと鳴り、影の飛びあがるのが、目についた。

「いまだ」

信彦は拳銃を握りしめ、藁屋根めがけて跳躍する。

「あぶない。落ちるぞ」

恭一郎もあわてて、丘のはなを蹴った。ふたりは、藁屋根の上で揉みあった。

「とめるな。どうしてもやるんだ。堪忍しろ」

叫ぶと同時に、信彦は拳銃の引金をひいた。その腕には、恭一郎がかじりついている。

銃声が響いた。悲鳴が起った。榧の枝をはらって、人影が落ちる。

「やった」

と、信彦は思った。和地大助を殺したら、この翌年、生れた恭一郎は、どうなるか。この世から消滅したとしても、彼には細君もいなければ、きょうだいもいない。かまうものか。信彦は、恭一郎を見つめた。恭一郎は、信彦を見つめた。彼は、消えてなくならなかったのだ。一瞬、ふたりは見つめあったまま、立ちすくんだ。榧の木の下で、声がした。

「誰だ。屋根の上にいるやつは誰だ。五んちゃん、しっかりしろ。おおい、お兼はいねえか。でてこいや。大変だあ」

信彦は、恭一郎の腕のなかに、たおれこんだ。恭一郎はどうしていいか、わからない。下では家のなかから、母の駈けでる気配がする。こうしてはいられない。つかまったら、最後だろう。説明のしようがないのだ。いや、説明はできる。けれど、信じてもらえまい。恭一郎は信彦のからだをかかえると、藁屋根のはずれにひきずっていった。崖には蔓草が垂れている。それにすがって、丘に匍いあがると、ころげながら、さっきの穴に急いで、タイムマシンをひきずりあげた。

Ⅳ

タイムマシンで、自分がまだ受精卵にもなっていないころの過去へいって、父親を殺害したら、自分はどうなるか。それはたしかめられたが、それを知りたがっていた和地信彦の内部からは、和地信彦がいなくなってしまった。いなくなるのは、当然かも知れない。彼は自分が生れる以前に、父親を、誤ってではあるけれど、殺してしまったのだから。

和地信彦の自意識は、完全に消えてなくなった。だが、小学校には、彼の卒業した記録が残っている。中学校にも、卒業の記録が残っている。高校にも、残っている。大学にも、残っている。彼には、乏しいながら、著書もある。乏しいながら、読者もいる。不器量ながら、細君もいる。子どものころから、知っている恭一郎もいる。そうした記録と、記憶にささえられた肉体だけが、うつろな目をひらいて、いま研究室の椅子に、むきあってすわっているのだ、ということを理解するのに、恭一郎は一時間かかった。いや、それ以外、考えようがない、と納得するのに、一時間かかった、といったほうがいい。恭一郎はため息をついて、濃いコーヒーをすすった。仕事机を挟んですわっている和地信彦であった男は、不眠症の梟《ふくろう》みたいな目つきで、その手もとを見つめている。

「きみも飲むか」

恭一郎はあわてて、聞いた。

「それはなんだ」

信彦であった男は、剥製にしたような声で、聞きかえした。

「コーヒーだよ。わからないか」

「わからない」

「まるで、アムネジアみたいだな。なんにもわからないんだから、アムネジアより、始末が悪いわけだ」

恭一郎はコーヒー沸しに、電流を通じながら、つぶやいた。

「ことによると、衝撃療法もなにも効かないアムネジアというのは、その人間が、未来でタイムマシンを手に入れて、過去へいって親を殺した事実の、あらわれなんじゃないかな」

彼は考えこんでいたが、ふと気づくと、コーヒー沸しはいっこうに沸騰していない。よく見ると、スイッチが完全に入っていないのだ。

「やりなおしか」

恭一郎は小さなつまみに、指をかけながら、いま自分がつぶやいた言葉を、聞きなおした。

「そうだ。やりなおしが、できるはずだ！」

彼は信彦であった男の腕をつかむと、仕事机のそばへひっぱっていった。男の手をタイムマシンの軸にのせて、彼はいった。

「いいか、しっかりにぎるんだ。離すんじゃないぞ」

男は、従順だった。あいかわらず、視神経を間違ってつけられたような目つきで、スタート・レバをひきだす恭一郎の手もとを、見つめている。

恭一郎は、目盛をセットした。けれど、さっきの時間より、すこし前に過去へ到着しなければ、信彦の暴挙を阻止できないことに気づくと、眉がゆがんだ。小型のタイムマシンだから、そこまで目盛はこまかくない。マイナス四十からわずかずらしたところで、目盛をとめた。レバをおしあげたが、うまくおさまらない。恭一郎は、小指に力を入れた。ぱっと火花が散って、ふたりのからだが硬直した。両端の円盤が、はげしくまわりだす。と思うと、あたりに陽光が氾濫して、なにかやわらかいものに、恭一郎はぶつかった。

「ああ、びっくりした」

いきなり背なかに、重いものを乗せられた三十二、三の男が、読みかけの洋書をほうりだした。信彦であった男と恭一郎は、その背なかから、ころげおちた。恭一郎はあわてて起きあがると、これもあわてて起きあがった男に、

「すみません。失礼しました。ところでいま、何

年でしょうか」

と、聞いた。あたりは、緑におおわれた斜面だ。それも、真昼の草のにおいがのどかに、まだ和地研究所は建っていないのだから、過去へきたにはちがいない。だが、機械の目盛がどのへんに狂ったか、まずそれが心配だったのだ。男はツートンカラーのメガネの奥で、気弱そうな目をしばたたいて、洋書についた泥をはたきながら、

「何年って――一九六二年じゃないですか」

「しまった。十七年てまえへ、止っちまった」

恭一郎は、足もとを見た。そこにはタイムマシンがころがって、信彦はまだそれをにぎったまま、のほほんと空を仰いで起きようともしない。目盛をしらべると、無理にレバを入れたときに、数字が動いてしまったのだろう。マイナス二十に少しずれたところを、赤い短剣《ダガー》印はさしている。

「なんですか、それは」

と、メガネの男が手をのばした。

「さわっちゃいけない。タイムマシンなんだ」

恭一郎は、口をすべらした。

「タイムマシン。ほんとですか」

「ほんとうです」

「おどろいたなあ。ちょうどいま、二五七〇年代の男が、記録に残っていないリンカン大統領の演説を録音しに、タイムマシンで、一八五六年にいく話を読んでたところですよ、ぼくは」

と、男は洋書をさしだした。表紙には THE LINCOLN HUNTERS／*Wilson Tucker* と印刷してある。

「すみません」

と、恭一郎はつくり笑いをして、

「ぼくらにあったことは、黙っていてください。いまごろ、このむこうの家で、十六歳のぼくが勉強しているはずなんです。三十九歳のぼくに、ここであったなんてことになると、混乱しますからね」

「わかりました」

と、メガネの男は妙な表情でうなずいた。恭一郎は信彦だった男をかかえあげると、タイムマシンの目盛を直しにかかった。現在へもどらないように、レバを中段でとめて、目盛を動かすのだ

が、信彦のぬけがらを抱いているので、うまくいかない。

「ちょっと、この男をささえてくれませんか」

彼は、メガネの男に頼んだ。

「いいですとも」

メガネの男は、信彦だった肉体を片手でかかえた。

「このひとは、どうしたんです」

「とんだことでしてね。あなたからいうと十七年前、こいつは自分のおやじさんを殺しちまったんですよ。そのときはまだ、ぼくら、生れていなかったんで」

といいながら、恭一郎は目盛をすすめた。

「ありがとう。どいていてください。あぶないから」

けれども、男は運動神経がにぶいと見えて、すぐには手を離さなかった。三人のからだは、硬直した。と思うと、あたりは暗い草むらになり、爆弾の響と、高射砲の炸裂音にみたされた。こうなっては、メガネなんぞにかまってはいられない。恭一郎は目をとじた。闇に目を馴らすためだ。目をひらくと、前方に影がふたつ、草にもつれる足を急がして、丘をのぼっていく。

「あれだ」

あれが、恭一郎と信彦だ。恭一郎は、信彦のぬけがらをおいてきぼりに、恭一郎と信彦のあとを追った。

「あれが、あなたとこのひとですか」

メガネもうれしそうに呶鳴《どな》って、あとから駈けてくる。

「おい、待て。やるな。やめろ」

恭一郎は、さけんだ。だが、前にいる恭一郎たちは、恭一郎の声に耳もかさず、丘のはずれに立ちはだかった。空に、照明弾の花が咲く。藁屋根のむこうの榧の木で、五んちゃんの声がし、大ちゃんの声がする。信彦が藁屋根に飛んだ。恭一郎も飛んだ。もうひとりの恭一郎も飛んだ。メガネも飛んだ。四人は藁屋根の上で、ひとかたまりになった。どれがだれだか、わからない。だが、銃声は起った。榧の下枝で、大ちゃんの悲鳴が起った。一瞬ののち、メガネの男は、それまで恭一郎であった男をかかえて、茫然としていた。

V

一週間たっても、夫は帰ってこない。和地信彦の細君は、心配のあまり、東京を離れた。和地恭一郎の研究所をおとずれてみると、埃だらけ、蜘蛛の巣だらけの部屋のなかで、ふたりは青大将のぬけがらみたいに、たおれていた。鋼鉄の仕事机の上には、コーヒー沸しに水が腐っているだけで、ほかにはなにも、見あたらない。細君は泣きながら、病院へ走った。けれど、医者の見たところ、ふたりはなにも食べていないから、たおれただけで、命に別状はなかった。研究所の台所には、たくさんの食料品が、冷蔵庫いっぱいの新鮮さを誇っている。なぜ、ふたりは食べなかったのか、細君はもちろん、医者も首をひねった。しかし、ふたりが元気を恢復すると、理由は明らかになった。信彦は、とりすがる細君に、いったのだ。

「あなたは誰です」

細君は恐怖して、となりのベッドにいる恭一郎の腕をゆすった。

「うちのひとはいったい、どうしたんです、恭一郎さん」

すると、恭一郎もいったものだ。

「あなたは誰です」

ふたりはいま、県立精神病院の一室で、いちにちじゅう、壁にむかって、すわっている。看護人や軽症患者たちは、ふたりのことを《わからないaとわからないb》と呼ぶ。なにを聞いてもふたりとも、わからない、としか、いわないからだ。けれど、看護人や軽症の患者たちに、

「どちらが、わからないaで、どちらが、わからないbなんですか」

と、聞いても、ひとによって意見はまちまち、そのへんもよく、わからない。

＊これで話はおしまいで、タイムマシンは実際にあったのか、それとも、ふたりの妄想なの

か、なんてことは、どう解釈していただいてもけっこうなんですが、穿鑿《せんさく》ずきな読者のために、ひと言つけくわえておきますと、一九六二年にふたりと出あったメガネの男、というのは、名前を都筑道夫といいまして、つまり、わたくしなのです。仕事机の上にタイムマシンがなかったのも、あたり前。ぬけがらのふたりを軸につかまらせて、でたらめにレバを切ったら、ふたりが出発した現在へもどってしまい、わたくしがふたりを置いて、わたくしのほうの現在へもどるためには、どうしても、あの機械が必要だったのです。したがって、タイムマシンはいまでも、わたくしの家にある。けれど、もちろん、わたくしには過去へいって、おやじを殺してみる気はありませんし、時間旅行ももうこりごり。バーベルそっくりで軽いところ、非力のわたくしに手ごろなので、ボディビルでもはじめようかと、物置のすみにおいてありますから、ご覧になりたいかたは、いつでもおいでください。ただし、精神科医のかたが、わたくしのこのお喋りに妙な興味を持って、おいでくだすっても、お目にかかりたくはありません。これほど冷静に観察して、若干の推理と若干の調査の結果、判明したいきさつを、すじみち立てて話のできる人間が、狂っていてたまるものですか。

巻末座談会1

日本SFの草創期を支えた作家陣

司会　日下三蔵（ミステリ・SF研究家）
星　敬（SF研究家）
山岸　真（SF翻訳家）
北原尚彦（作家、古典SF研究会会長）

日本SF全集刊行までの経緯

日下　二〇〇七年、早川書房から出した『日本SF全集・総解説』の姉妹企画として、実際に一人一篇ずつを収録したアンソロジーを出せることになりました。

星　最初の企画から十年以上？

日下　僕がまだ出版芸術社に勤めていた頃ですから、十二年ぐらいになりますね。経緯を説明しておきますと、最初は一人一冊で二十巻ぐらいの全集を出そうとしたんです。でもこれは、様々な事情で実現しませんでした。その後、ブックガイドとして、この企画の解説だけを「SFマガジン」に連載し、第三期（アンソロジーでは第三巻に該当）までを本にしたわけです。

山岸　元々は、解説、傑作短篇集、著作リストを合わせて、一期ずつ本にしようという計画でしたね。

日下　そうです。解説は（三期までですが）別にまとまったので、次はアンソロジーということになり、そもそもの版元である出版芸術社が企画を引き受けてくれました。

星　著作リストは入らないの？　この人たちの単行本リストがあれば便利だと思うけど。
北原　読者も便利だけど、われわれも便利です（笑）
日下　入れたかったんですが、作品だけでこの厚さなので、また改めてまとめる機会を作りたいと思っています。
星　それは、ぜひ作りましょう。

ショートショートの神様、星新一

日下　アンソロジーの収録作品は、皆さんの意見を参考にしつつ、最終的には僕が選びましたが、どうしても一人一篇ずつという制約がありますので、それ以外のお勧め作品を皆さんに挙げていただきたいと思います。
山岸　作家によって誰もが納得する代表作を選んでいる場合と、それを外している場合がありますね。
日下　そこはバランスを考慮しました。代表作ばかりでも面白くないし、ぜんぜん知らない作品ばかりというのも……。
北原　確かにアンソロジストとしては、星新一を**「ボッコちゃん」**や**「おーいでてこーい」**にするのは抵抗がある。そこで**「処刑」**を選んだのは？
日下　比較的長めで読み応えがあるということと、ストーリーが人生自体の暗喩になっている点が好きで、これを選びました。大げさかもしれませんが、僕の人生観を決定付けた作品です。
山岸　そんな思い入れのある作品だったとは驚き！　僕なら**「午後の恐竜」**かなあ。あと**「マイ国家」**とか。昭和四十年代の作品が好きですね。
星　私は連作で**『ノックの音が』**、短篇一本なら**「愛の鍵」**。でも**『日本ＳＦ全集』**の巻頭に「愛の鍵」は持ってこれないか。
北原　全集に入れると考えなくていいなら**「シャーロック・ホームズの内幕」**ですね。
日下　さすが、ホームズ研究家（笑）
山岸　ショート・ショートの作家としては、最初期の**『ボッコちゃん』**や**『悪魔のいる天国』**なんかに注目が集まりがちだけど、**『ひとにぎりの未来』『夜のかくれんぼ』**など中期以降の作品集も本当に面白い。
星　そこは強調しておきたいね。

短篇のオールラウンドプレイヤー、小松左京

日下　続いて小松さん。名短篇が目白押しで、一本に絞るのは大変でした。

星　私は一作だけといわれたら「**星殺し**《スター・キラー》」かな。

北原　「**神への長い道**」とか「**結晶星団**」といった宇宙もの、本格SFを外して「**時の顔**」というチョイスが日下さんらしい。

日下　SFミステリの傑作として選びました。

山岸　この本を入門書としてSFに入ってくる人への配慮として、ジャンル横断的でとっつきやすい作品を入れるという戦略も分るんだけど、僕は世界的に見ても本格SFの最高峰である「**ゴルディアスの結び目**」を入れて欲しかったな。

日下　『ゴルディアスの結び目』は単体ではなく、短篇集全体で凄い完成度になっていると思うので、かえって入れにくかったんです。

星　「野性時代」に載った一連の宇宙ものね。あのシリーズは凄かった。

山岸　いまはハルキ文庫で読めるので、ぜひ手にとって欲しいですね。

星　本格SFはもちろんいいんだけどさ、小松さんって中間小説誌に発表したような短篇にも傑作がいっぱいあるのよ。「**紙か髪か**」とか「**御先祖様万歳**」とか。

日下　ショート・ショートがあり、女シリーズがあり、芸道ものがあり……。

北原　初期作品では「**地には平和を**」が印象に残ってます。

星　あれ、早川書房のコンテストが六一年だっけ。終戦から十五年ぐらいであんなの書いてるんだから……。

日下　僕らはあまり実感がないですが、確かに当時の読者にとっては、戦争はちょっと前に終わったばかりの現実だったわけですからね。

宇宙SFと時代SFの名手、光瀬龍

日下　続いて光瀬さんですが、タイトルに年号がついている「**宇宙年代記**」シリーズはハルキ文庫で二冊にまとめた（『**宇宙救助隊二一八〇年**』『**辺境五三二〇年**』）ので外し、単発の宇宙ものから「**決闘**」を選ん

でみました。

星　宇宙年代記ものを外すとなると**「勇者還る」「スペース・マン」「異境」**……。どれもいいね。

山岸　その辺をまとめて収録したハヤカワ文庫ＪＡの短篇集**『無の障壁』**が、ハイレベル過ぎるということですね。

日下　光瀬さんの宇宙ＳＦでは、あの作品集がベストだと思います。あと、中島梓さんが編集した**『ベスト・オブ・光瀬龍』**という短篇集がありました。

山岸　太陽企画出版の新書判。あれもバランスが取れていていい選択でしたね。

星　光瀬さんというと、どうしても宇宙ものがクローズアップされるのも分るんだけど、私は時代ＳＦが好きなんだ。**「多聞寺討伐」**とか**「三浦縦横斎異聞」**とか。

日下　いいですねえ。時代ＳＦの傑作集も、ぜひ作りたいと思っています。

北原　私は最初に読んだのが**『夕ばえ作戦』**だったので、ジュブナイルの名手というイメージが強いですね。

山岸　そういえば、二〇〇八年に日本ＳＦ評論賞をとった宮野由梨香さんの評論は、読み応えのある光瀬龍論でした。

星　**『百億の昼と千億の夜』**のあとがきから光瀬さんの真意を推理していくやつね。

山岸　最相葉月さんの評伝**『星新一　一〇〇一話を作った人』**もそうですが、こういう形で第一世代作家の業績が再評価される時期にきているんだなという感じがします。

「組織」と「個人」を描くアイデアマン、眉村卓

星　眉村さんに関しては、山岸くんが色々と言いたそうだな。

山岸　日下さんが最初にあげていたのを、僕のリクエストで代えてもらったので、これ以上いうことはありません。

日下　最初は**「時間と泥」**か**「正接曲線」**を選ぶつもりでした。ただ、眉村さんの宇宙生物ものって、アイデアに捻りがあってどれも面白いんですが、眉村ＳＦの本道かといわれるとちょっと迷いもあったので。

星　インサイダーＳＦを標榜した眉村さんは、**「産業士官候補生」**や**「工事中止命令」**といった作品を経

て、〈司政官〉というキャラクターを創りあげた。
日下　司政官ものが眉村ＳＦの到達点であることは間違いないですね。ただ、一つ一つが長いのでアンソロジーには入れられませんでした。創元ＳＦ文庫から**『司政官　全短編』**という分厚い本が出ているので、そちらをぜひ読んでください。
星　一方でパラレルワールドものというか、サラリーマンが異世界に迷いこんでしまう怪談のような作品があるね。
日下　短篇集でいうと**『異境変化』**や**『かなたへの旅』**あたり。傑作です。
北原　**「幕末未来人」**（ＮＨＫ少年ドラマシリーズ）の原作は……。
星　**「名残の雪」**。雑誌に載ったとき、受け取った編集者が構成のトリックに気がつかなかったという。
日下　異世界ものではあれが一番好きなんですが、百枚超えているので見送りました。ふしぎ文学館の**『虹の裏側』**に入ってますので、ぜひ読んで欲しいですね。
山岸　**「通りすぎた奴」**は、未来風ＳＦであり、インサイダーものでもあり、社会風刺や奇妙な味と、いろんな要素が入っている。それがブレンドされて、ＳＦとしても寓話としても抜群の完成度になっていると思います。
星　多面的な眉村さんの代表作としてはふさわしい傑作だね。

変幻自在の短篇作家、筒井康隆

日下　次は筒井さんなんですが……。
星　「筒井康隆の短篇を一つだけ選べ」というのも無茶な話だよなあ。
山岸　**「お紺昇天」**や**「我が良き狼《ウルフ》」**のようなセンチメンタルな作品があるかと思えば、一方では**「最高級有機質肥料」**……。
日下　まさに変幻自在という感じです。
星　一番好きなのは**「顔面崩壊」**だな。初出は「小説現代」だったと思うけど。確かイラスト付きだった(笑)
北原　げげげ……。
日下　「顔面崩壊」が入っている短篇集**『宇宙衞生博覽會』**はグロテクス路線の極致です。**「蟹甲癬」「こぶ天才」「関節話法」**……。

山岸　実験小説では「裏小倉」「上下左右」などが入っている『バブリング創世記』が凄まじい。

星　どの短篇集を読んでも面白いよね。「五郎八航空」や「熊の木本線」みたいなナンセンスものもいい。

日下　「近所迷惑」でも「トラブル」でも何でもよかったんですが、一応、SF全集である点を考慮して、初期の宇宙もの「カメロイド文部省」を選んでみました。筒井さんからいただいたコメントには「あまりできが良くない」と書かれてしまいましたが、この時期の短篇は、出来不出来を判断できないほど好きなので……。

星　気持ちは分る（笑）私なら「時越半四郎」を選んだかも。

北原　「佇む人」や「母子像」みたいな怖い作品もいいですね。

山岸　とにかく筒井康隆の短篇はお勧めである、と。

人間のダークサイドを抉り出す平井和正

日下　平井さんには〈ウルフガイ〉と〈幻魔大戦〉という二大長篇シリーズがあって、何度も再刊されるんですが、それ以前に出ていた十冊ほどの短篇集も傑作ぞろいなんですよ。

星　私は当時のSF界の内幕を描いた「星新一の内的宇宙《インナー・スペース》」が好きだけど、全集向きではないか。ウルフガイの原型になった「悪徳学園」や「トイレの中の潜水艦」みたいなナンセンスものもいい。

日下　短篇では「転生」が一番好きなんですが、百枚越えてて入れられませんでした。

星　そんなに長かったっけ。ほとんど完璧な構成の傑作。

日下　平井さんの場合、超能力者やサイボーグのような主人公の「人間でないが故の苦悩」にスポットを当てた作品が多い。むしろ、そういう人たちを排除する「普通の人間」の方がダメなのではないか、という視点ですね。

山岸　平井さんのいう「人類ダメ小説」ですね。「虎」はその時代を象徴するキーワードなので、「虎は目覚める」というチョイスは納得です。

北原　あえて『サイボーグ・ブルース』から一本選ぶという手もあった。

日下　あの連作は別に復刊したいと思って外しました。

山岸　平井さんの初期短篇はアイデア自体はオーソドックスなんだけど、平井さん独自のハードボイルド的な要素と結びついて異様な迫力がある。

星　大藪春彦のバイオレンスをＳＦに持ち込んだ点は物凄い功績だったと思う。平井さんから笠井潔の**『ヴァンパイアー戦争**《ウォーズ》』、夢枕獏の〈キマイラ〉へと繋がって、八〇年代の伝奇バイオレンス・ブームが生まれた。

北原　その系統では『**死霊狩り**《ゾンビー・ハンター》』もお勧めです。

歴史ＳＦの開拓者、豊田有恒

日下　豊田さんのドタバタものが好きなんですが、時事ネタが多くて復刊しにくいのが残念です。

星　コンサルタントものとかね。初期の宇宙ものと思う。「**改体者**」「**帰還者**」なんかは、いま読んでも面白いと思う。ミステリの味付けがあるし。

北原　タイム・パトロールが活躍する歴史ＳＦが面白かったですね。

星　〈ヴィンス・エベレット〉シリーズね。「**パチャカマに落ちる陽**」とか「**チキン・ラン**」とか。ただ全集に入れるには長いものが多いかな。

日下　歴史ＳＦは比較文化論を取り入れて歴史改変ものに発展していきますね。

山岸　「**プリンス・オブ・ウェールズふたたび**」とか。第一世代の作家は、ほとんど海外ＳＦの影響を受けているけれど、その面白さを日本に移植しようとした試行錯誤の跡が一番分りやすいのが豊田さんの初期作品だと思う。「**両面宿儺**」は歴史というか土俗性と日本論という独自の方向性に特化して生まれた傑作ですね。

星　「**渡り廊下**」みたいに私小説の要素を絡めた作品もいい。あと『**倭の女王・卑弥呼**』みたいなＳＦじゃない歴史小説を書き始めるんだけど、本人としてはＳＦのつもりだといつも話しておられた。

日下　史料の空白部分を類推して埋めていく作業がＳＦの手法だということですね。豊田さんの歴史ものは時代小説サイドからも再評価すべきだと思います。

星　最近はそうでもないけど一時期の時代小説は江戸時代がほとんどだったから、力を入れて古代史ものを書いても注目されなかった。いろんなタイプの作品を書いて器用な作家に見えるけど、実は本質的には不器用なところがある。

「SFマガジン」初代編集長、福島正実

日下　福島さんは日本にSFという新ジャンルを定着させようと努力した編集者で、国産SF最初期のキーマンの一人ですが、自分でも実に多くの作品を書いています。

星　啓蒙というか、SFの見本として書かれたようなオーソドックスな作品が、初期には多いね。タイムマシンはこう、パラレルワールドはこう、宇宙ものはこう、と。

日下　そういう作品に混じって、福島さん独自の暗い情念が滲み出たような迫力ある短篇が書かれていいます。これが面白い。

山岸　**「出口なし」**とか**「ちがう」**とか、タイトルからして閉塞感がある。

星　でも不思議と読後感は陰惨じゃないんだ。SFなんだけど純文学を読んでいるような透明感を感じるな。

日下　福島さんは四十七歳で亡くなってしまうんですが、亡くなる前の数年間は、明るいとか暗いという次元を超えた鬼気迫る印象があります。**「不定愁訴」**とか**「鬼哭愁々」**あたり。

星　最後の三冊**『百鬼夜行』『虚妄の島』『就眠儀式』**は、自らの死を作品に昇華したようなところがあるね。

山岸　少年ものでは**『異次元失踪』**が大好きです。

星　ジュブナイルもたくさん書いてる。年少の読者からSFファンを育てていこうという戦略だったんだろうね。童話の世界では福島正実記念SF童話賞が設立されてる。

日下　とにかく編集者としての業績が大きすぎて、創作が陰に隠れてしまいがちな気がしますが、作家としての福島正実をきちんと評価していきたいですね。

SF翻訳の巨人、矢野徹

星　福島さんと同じで、矢野さんの場合は翻訳の功績が大きすぎて、創作が目立たない。有名なのはアニメ映画になった**『カムイの剣』**ぐらいか。

日下　国産冒険小説の草分け的な傑作ですね。矢野さ

んもＳＦ黎明期から活躍しているので、いま読むと他愛ない啓蒙目的のような作品もあるのですが、エキゾチックというかロマンにあふれた独自の短篇をいくつも書いています。今回は**「さまよえる騎士団の伝説」**を選びましたが……。

山岸　これ、傑作ですよね。矢野さん、作家としてもうまいんだよなあ。

北原　長篇で一冊だけ選ぶとすると**『折紙宇宙船の伝説』**かな。

星　〈未来弁護士ゴンドー・ゴロー〉シリーズみたいな娯楽ものあり、アクション、ユーモア、戦争ものから時代小説まで、小説のレパートリーも広いんだ。

日下　「さまよえる騎士団の伝説」の系統で本になっていない短篇がいくつかあるので、既刊を増補した作品集を、ぜひ出したいですね。

日本ＳＦの先駆者、今日泊亜蘭

日下　今日泊さんは、星新一の登場以前からＳＦを書いていた先駆者の一人です。国産ＳＦで最初の長篇**『光の塔』**を書いた人として知られていますね。作品数は少ないけれど、どれも面白い。

星　私が大好きなのは、幻想ＳＦ**『縹渺譚《へをべをたむ》』**。和製ファンタジーというか、ＳＦ寓話というか、とにかく凄い。

北原　それ、捜してるんだけど見つからないんですよ。

日下　本当に見ないですね。僕も今日泊さんの本を集め始めて手に入ったのは一番最後でした。

山岸　僕も読んでない。復刊してよ。

日下　短篇集**『海王星市《ポセイドニア》から来た男』**と併せて出したいと思っています。それもあって、今回はもう一冊の短篇集**『最終戦争』**から**「カシオペヤの女」**を選びました。

星　今日泊さんは海外ＳＦの模倣ではなく、伝統的な日本の小説のスタイルで本格ＳＦを書いている感じだな。

日下　もともと時代の流行と関係なく書いていたおかげで、いま読んでも古びていないんだと思います。

星　次は広瀬正さんだけど……。

日下　すみません、広瀬さんは著作権者の方から収録の許可をいただけませんでした。**「ワンス・アポン・ア・タイムマシン」**を、ぜひ入れたかったんですが。

山岸　大きなアンソロジーを作っていると、そういうこともありますよ。集英社文庫で全集の新装版が出ているから、そちらで読んでいただくということで。

ハードSFの元祖、石原藤夫

日下　石原藤夫さんは本業が科学者ということもあって、ハードSFと呼ばれる科学技術に重点を置いた作品をたくさん書いています。惑星調査員のコンビがさまざまな奇妙な星に行って、その星ならではの現象を科学的に推理していく〈惑星〉シリーズが代表作です。

星　設定を聞くと難しそうだけど、むしろユーモラスな味付けがしてあって読みやすい。

山岸　やっぱり第一作**「ハイウェイ惑星」**のアイデアが抜群に素晴らしい。高速道路が張り巡らされている星の生物という。これはどうして外したの？

日下　有名過ぎるということと、惑星シリーズはハイレベルな連作なので、他の秀作を紹介したかったんです。

星　**「解けない方程式」**みたいなショート・ショートも面白いし、長篇では**『コンピュータが死んだ日』**の未来予測が……。

日下　七二年の作品ですが、コンピュータ社会の発展の仕方も脆弱性も、ほとんど小説のまま。これは凄いです。

山岸　**『横須賀カタパルト』**に入ってる**「ブーメランの円筒宇宙」**は、山尾悠子の**「遠近法」**（本全集第二巻に収録）と読み比べると面白い。

日下　原宿の地下のやつでしたっけ？

星　そう。その頃、石原さんのお宅は原宿にあったんだ。

伝奇SFと人情噺の鬼才、半村良

日下　石原さんの**『コンピュータが死んだ日』**と並んで、半村さんの長篇**『軍靴の響き』**の的中ぶりも恐ろしいほどでした。

星　自衛隊をテーマにしたシミュレーション小説ね。地味だけど凄い話。出たのは七二年だったかな。

日下　湾岸戦争のときの海外派遣の状況が、まったく同じです。二十年前に正確に予測していた。これ、劇画雑誌でかわぐちかいじさんがマンガ化していて、そのとき集めた資料が、後のヒット作**『沈黙の艦隊』**に繋がったそうです。
山岸　半村さんは長篇タイプの作家で、再デビュー直後以外は単発のＳＦ短篇は少ないよね。
星　ＳＦではない人情ものは短篇連作が多いけど、ＳＦの短篇は少ないね。
北原　**「夢の底から来た男」**は全集に入れるには長すぎる？
日下　ちょっと長いですね。今回は変化球気味ですが、第一長篇**『石の血脈』**の原型となった短篇**「赤い酒場を訪れたまえ」**を選んでみました。
星　**「虚空の男」**とか面白い作品はあるけど、本格的なものはどれも長いね。あとは**「めぬけのからしじょうゆあえ」**みたいなユーモラスなもの。
山岸　**「箪笥」**は恐怖小説の名作。何度もアンソロジーに採られてる。
日下　一番好きなのは**「ボール箱」**です。段ボールの一人称という異常な設定の傑作。
山岸　「ボール箱」は、今の向こうの作家の翻訳ですって言って出したら、騙される人はいっぱいいると思う。
北原　「箪笥」と「ボール箱」は、ふしぎ文学館の**『赤い酒場』**に入ってますね。
星　半村さんは、とにかく小説が上手い。何を読んでも面白いと思うよ。

ニューウェーブＳＦの旗手、山野浩一

日下　山野さんは**「Ｘ電車で行こう」**と**「メシメリ街道」**の二択まで絞って、結局、前者を選びました。
山岸　これが四十年以上前の作品だというのが恐ろしい。「メシメリ街道」もアメリカの若手が書いた最新文学といって通るでしょう。
星　作品数は少ないけれど、一度読んだら忘れられないような不思議な話ばかりなんだよね。
日下　「Ｘ電車で行こう」を読んで物凄い鉄道マニアなんだと思っていましたが、今回いただいたコメントには、特に鉄道マニアというわけではなかった、とあって驚きました。山野さんは創元ＳＦ文庫から傑作選が刊行される予定なので、そちらも楽しみにお待ちください。

SF評論家の草分け、石川喬司

日下　石川さんは、福島さんや矢野さんと同じパターンで、評論家としての功績が大きすぎて、創作が目立たないように思います。〈夢書房〉シリーズをはじめ、洒落た短篇をたくさん書いているんですが……。

星　〈夢書房〉はいいね。ふしぎ文学館にピッタリのシリーズだと思う。ギャンブル好きの石川さんらしい短篇**「モンテカルロ法」**なんかも好きだなあ。

山岸　星新一が見つけたSF星を小松左京がブルドーザーで開拓して筒井康隆がスポーツカーを乗り回す、という有名なフレーズがあるけれど、石川さんが書評や解説で各作家の特徴をあれだけ端的に紹介しなかったら、日本のSFが読者に受け入れられるのは何年か遅れたでしょうね。

日下　石川さんの活動は、SFというジャンルそのもののプロモーションだったといっても過言ではないと思います。

星　内部の福島さんと外部の石川さんが両輪となって、SF全体を推進していった。

SF黎明期の陰の功労者、都筑道夫

日下　翻訳SF出版に関わって日本SFの誕生に間接的に貢献したのが、ミステリ作家の都筑道夫さんです。早川書房の編集者時代に福島さんと〈ハヤカワ・ファンタジィ〉（後に〈ハヤカワ・SF・シリーズ〉）を出して、初期の八冊は解説も担当しています。

山岸　この叢書の成功が「SFマガジン」の創刊にダイレクトに繋がるので、大変な功労者といえますね。

北原　新装復刊されていまだに売れている〈異色作家短篇集〉も、都筑さんの企画でしたね。

日下　翻訳、編集、創作と三つの面で、初期のSF界に業績を残しています。ご本人は「福島くんへの援護射撃」と表現されていました。

星　福島さんとちがって、都筑さんは啓蒙的な作品はほとんど書いてないね。

日下　**「イメージ冷凍業」「凶行前六十年」**等々、どれも都筑さんならではの捻りの効いたスマートなSFです。

山岸　ショート・ショートは別として、ＳＦ短篇はハヤカワ文庫の**『宇宙大密室』**にまとまっていますね。

星　それを増補したのが徳間文庫の**『フォークロスコープ日本』**。

日下　さらにそれを増補した都筑ＳＦの決定版作品集を、近いうちに作りたいと思っています。それでは駆け足でしたが、第一巻についてはこの辺で。ひきつづき第二巻でも、よろしくお願いいたします。本日は、ありがとうございました。

作品中に、今日の人権的見地から見れば、不当・不適切と思われる語句や表現がありますが、時代背景や作品的・資料的価値を考え合わせ、概ね底本のままとしました。

（編集部）

【編者紹介】日下三蔵（くさか・さんぞう）一九六八年神奈川県生まれ。出版芸術社勤務を経て、SF・ミステリ評論家、フリー編集者として活動。架空の全集を作るというコンセプトのブックガイド『日本SF全集・総解説』（早川書房）の姉妹企画として、本アンソロジー『日本SF全集』を編纂する。編著『天城一の密室犯罪学教程』（日本評論社）は第5回本格ミステリ大賞（評論・研究部門）を受賞。その他の著書に『ミステリ交差点』（本の雑誌社）、主な編著に、《中村雅楽探偵全集》（創元推理文庫）、《山田風太郎忍法帖短篇全集》（ちくま文庫）、《都筑道夫少年小説コレクション》（本の雑誌社）などがある。

日本SF全集　第一巻

発行日　平成二十一年六月二十五日　第一刷発行
平成二十三年五月十五日　第三刷発行

■編者◎日下三蔵■発行者◎原田　裕■発行所◎株式会社　出版芸術社■東京都文京区音羽一－十七－十四■郵便番号一一二－〇〇一三
■電話◎〇三－三九四七－六〇七七■FAX◎〇三－三九四七－六〇七八■http://www.spng.jp■振替◎〇〇一七〇－四－五四六九一七
■印刷所◎シナノ印刷株式会社■製本所◎大口製本印刷株式会社■落丁本・乱丁本は、送料小社負担にてお取替えいたします

装幀◎岩郷重力+wonder workz。

ISBN:978-4-88293-344-1 C0093

日本SF全集 全6巻　ご案内

四六判上製
定価：2500円+税

第一巻 **日本ＳＦの誕生** 1957–1971	1957年「宇宙塵」、1959年「ＳＦマガジン」創刊。新しいジャンルに夢をかけた作家たちの熱気あふれる傑作を集大成！　日本ＳＦ草創期の昂奮が、いま甦る！
第二巻 **ＳＦブーム到来** 1972–1977	72年に田中光二、74年に山田正紀――。大型新人の登場が相次ぐ一方、『日本沈没』が国民的ベストセラーに！　国産ＳＦ界に未曾有のブームが到来する！
第三巻 **ＳＦの浸透と拡散** 1978–1984	SF専門誌が群雄割拠する中、若い作家たちはスペース・オペラに、ヒロイック・ファンタジーに、新たな世界を開拓していく！
第四巻 **新世代作家の台頭** 1985–1989	名作短篇でたどる日本ＳＦ史、いよいよ佳境！専門作家が架空戦記ものやファンタジーに特化する一方、ジャンル外の作家が本格的なＳＦ作品を発表する！
第五巻 **SFとホラーとファンタジー** 1990–1997	1989年創設の日本ファンタジーノベル大賞と、1994年創設の日本ホラー小説大賞。周辺ジャンルの二つの新人賞から国産ＳＦの中核を担う作家たちが登場！
第六巻 **ＳＦの未来へ** 1998–2006	ライトノベルの世界でも注目を集めた実力ある新鋭たちが、鎬を削る21世紀のＳＦ界！　科学技術と人間心理が交錯するその先に、ＳＦの未来がある！